T0153850

CLASSIQUES JAUNES

Littératures francophones

Les Petits Bourgeois

Réimpression de l'édition de Paris, 1971.

Honoré de Balzac

Les Petits Bourgeois

Édition critique par Raymond Picard

PARIS
CLASSIQUES GARNIER
2019

Raymond Picard fut professeur de littérature à la Sorbonne. Spécialiste de la période classique, il a publié plusieurs ouvrages et éditions de référence sur Racine, parmi lesquels la première édition des *Œuvres complètes* du dramaturge dans la Bibliothèque de la Pléiade. Ses travaux ont également porté sur l'édition scientifique de romans des XVIIIe et XIXe siècles (l'abbé Prévost, Balzac).

Couverture :
J. J. Grandville, *Le rentier et sa femme*, 1840.
Maison de Balzac

ISBN 978-2-8124-1232-5
ISSN 2417-6400

INTRODUCTION

CE roman trop peu connu, *notait déjà Lovenjoul*[1].
La remarque demeure valable aujourd'hui : Les Petits
Bourgeois *sont un des romans les moins lus de Balzac.
Il est vrai que l'œuvre (qui remonte à décembre 1843-
février 1844) n'est pas terminée, qu'elle n'a pas été publiée
du vivant de son auteur, et que celui-ci ne l'aurait certainement
pas laissé paraître sous sa forme actuelle. Il n'en reste pas
moins qu'il y a vu, au moment où il l'écrivait,* « un de ces
chefs d'œuvre qui laissent tout petit » *à côté d'eux*[2],
*que, dans un élan d'amour, il en a fait hommage à Mme
Hanska ; ce qui montre, dit-il,* « l'importance de cet
ouvrage », *et qu'il s'est exclamé :* « C'est grand, c'est
à effrayer de verve, de philosophie, de nouveauté,
de peinture et de style[3]. » *Même si l'on fait la part de
l'exaltation un peu aveugle qui accompagne l'élan créateur
et si l'on tient compte du caractère inachevé d'une œuvre
dont son auteur s'est bizarrement détourné quand il était
si près de la mener à bien, il est sage de ne pas laisser
de côté, comme on le fait trop souvent, ce roman qui certes
n'est pas une grande œuvre dans l'état où il nous est parvenu,
mais où le lecteur, souvent récompensé, trouve à la fois une*

1. *Histoire des œuvres de H. de Balzac,* Paris, Calmann-Lévy, 1879,
in-8°, page 144.
2. Lettre du 13 janvier 1844. *Lettres à l'Étrangère,* Paris, Calmann-
Lévy, tome II, pages 267 et 268. Voyez en outre la dédicace des *Petits
Bourgeois,* plus bas, page 3.
3. *Ibid.*

étude psychologique, un intéressant tableau de peinture sociale et une aventure entraînante.

*
**

L'intention première du romancier est parfaitement claire : il a voulu refaire Tartuffe. *On connaît son admiration pour Molière, et son ambition, souvent affirmée, de rivaliser avec lui.* « Molière avait fait *l'Avarice* dans Harpagon, *écrit-il à l'Etrangère* ; moi j'ai fait un avare avec le père Grandet. Eh bien, dans [*Les Petits Bourgeois,*] je lutte encore avec lui pour le sujet de *Tartuffe* [1]. » *Mais il y a bien des transformations à faire subir au personnage pour qu'il puisse entrer dans un roman du XIXe siècle : d'abord, on vient de le voir, là où la comédie classique construisait un type, l'optique romanesque exige un personnage nettement individualisé. Ensuite, la religion ne jouant pas dans la vie de la bourgeoisie de 1830 le rôle considérable qu'elle avait au XVIIe siècle, les ressorts de la dévotion seront remplacés par ceux de la politique :* « Je veux faire le Tartuffe de notre temps, le Tartuffe-Démocrate-Philanthrope [2]. » *Enfin et surtout, au lieu d'un Tartuffe arrivé à ses fins et déjà maître de la place, comme l'est celui de Molière dans la maison d'Orgon, Balzac peindra les détours et les ruses du personnage, l'habileté et les efforts qu'il déploie pour parvenir : Molière* « a montré l'hypocrite dans une seule situation, le triomphe... Mais moi, je veux [*qu'on le voie*] dans toute la partie que Molière a laissée dans son avant-scène, c'est-à-dire à l'œuvre » [3].

---

1. Lettre du 1er janvier 1844. *Lettres à l'Étrangère,* tome II, page 258.
2. *Ibid.*
3. *Ibid.* Les mêmes mots reviennent dans la dédicace; voyez plus bas, page 3.

Ce Tartuffe en action aura ainsi l'occasion de révéler ses merveilleuses aptitudes ; d'autant plus que Balzac tient à lui compliquer la tâche : au lieu de lui donner une seule victime, un Orgon, dupe commode, il le représente « séduisant cinq à six personnes de divers caractères, et qui l'obligent à jouer tous les rôles [1]. »

Ce « Tartuffe moderne, arrivant sans fortune dans une famille et y jouant tous les rôles et comédies nécessaires pour épouser une héritière [2] » *s'appelle Théodose de La Peyrade. Au moment de l'action, c'est-à-dire en 1839, il vient enfin, à l'âge de vingt-sept ans, d'être nommé avocat près la Cour royale de Paris ; ce n'est donc plus un étudiant et il n'a certes pas la fraîcheur du Rastignac de la Pension Vauquer, si provincial encore. Voilà dix ans que Théodose a quitté sa Provence natale ; son apprentissage parisien a été rude, et l'on entrevoit derrière lui tout un passé de misère, d'ailleurs assez trouble. Il sait déjà par expérience tout ce que le Vautrin du* Père Goriot *veut enseigner à Rastignac. Parmi les différentes* chasses sociales *qui sont pratiquées dans la jungle parisienne, il a fait son choix : il chasse à la dot. Céleste Colleville, sur laquelle astucieusement il a jeté son dévolu, sera plus tard immensément riche. Mme Colleville, dont les transformations de la Société ont fait une bourgeoise, fut jadis légère, et ses enfants sont autant de souvenirs que lui ont laissés ses divers amants. Céleste est en réalité la fille de Thuillier, l'ami intime du mari, et, bien qu'elle continue à vivre avec ses parents, les Thuillier l'ont en fait adoptée. Mme Thuillier n'a pas donné d'enfant à son mari ; la sœur de celui-ci, Brigitte Thuillier, est restée fille ; Céleste, dont la dot est déjà énorme, héritera un jour des trois fortunes de Thuillier, de sa femme et de sa sœur.*

---

1. Lettre du 1er janvier 1844. *Lettres à l'Étrangère,* tome II, page 258.
2. Lettre du 17 décembre 1843. *Ibid.,* page 244.

Mais les difficultés sont grandes pour Théodose ; elles sembl nt presque insurmontables. Certes il est locataire des Thuillier, et il est devenu un de leurs familiers ; mais est-il vraisemblable que ces petits bourgeois enrichis et vaniteux donnent leur filleule à un avocat presque misérable, dont un autre locataire peut dire : « Oh ! ce n'est pas grand'chose, et il n'a rien [1] » ? *Théodose se lance donc dans une entreprise qui pouvait sembler impossible, et dont son génie seul le rendra capable. Le voici qui manœuvre de manière à ce que les Thuillier deviennent ses obligés ; il se concilie tour à tour les personnes de qui dépend Céleste ; il a soin d'écarter les rivaux déclarés ou simplement possibles. Il entre dans le caractère de chacun, sans se laisser jamais pénétrer par personne. Sa stratégie s'adapte infatigablement aux diverses psychologies de ceux qu'il veut séduire, aux circonstances toujours nouvelles et souvent imprévues. Enfin, s'il prend avec chacun le masque qui convient, il n'oublie pas pour autant que ses dupes se connaissent, et il fait en sorte qu'elles lui gardent le secret, qu'elles ne songent pas à mettre en commun des images de lui qui se révéleraient inconciliables. C'est là tout un monde de mensonges à soutenir et à organiser, travail harassant, perpétuellement à refaire ou à parfaire.*

Théodose commence par se donner une façade de moralité et de respectabilité : philanthrope, ami du peuple, c'est l'avocat des pauvres [2]. Il se rend bien vite indispensable à Thuillier en servant des ambitions qu'il n'a pas eu de peine

---

1. *Les Petits Bourgeois,* page 63.

2. Sur le mépris de Balzac pour la philanthropie, caricature de la Charité, voyez *Les Employés,* Pléiade, tome VI, page 952 (le personnage de Desroys), et une note très informée de A. Adam dans sa belle édition de *Splendeurs et Misères des courtisanes* (Classiques Garnier), page XXV. Il projetait d'ailleurs un roman qui se serait appelé *Le Philanthrope* (catalogue de 1845, nº 115).

à faire naître ; le petit bourgeois désœuvré ne songe plus qu'à sa croix de la Légion d'honneur, à son siège de conseiller municipal [1], *à la députation. Mais il faudra composer les discours à la Chambre :* « eh bien ! *dit Théodose,* nous les écrirons ensemble [2] ! » *Une excellente affaire qu'il propose à Mlle Thuillier fournit le cens électoral indispensable au candidat et concilie à Théodose l'affection de cette vieille fille avare ; il s'agit de profiter d'une faillite et d'acheter à bon compte une maison dont le loyer annuel donnera vingt ou vingt-cinq pour cent du prix d'achat. Quant à la mère de Céleste, c'est* « une femme de quarante ans [3] » *dont Théodose devine à merveille la psychologie ; elle est bientôt fascinée par l'homme supérieur qu'elle entrevoit en lui, et il achève de la séduire en l'enveloppant de phrases passionnées.* « Je veux être votre gendre, *assure-t-il,* pour que nous ne puissions jamais nous quitter [4]. » *Céleste, de son côté, est incapable de résister à ses parents ; toutefois le sentiment qu'elle éprouve pour un jeune savant, Félix Phellion, pourrait devenir dangereux ; mais Théodose s'emploie aussitôt à rendre manifeste aux yeux de la pieuse jeune fille l'indifférence religieuse de Félix. Les autres*

---

1. Le conseil municipal de Paris et le conseil général de la Seine étaient une seule et même assemblée. Voyez page 132.

2. Page 106.

3. C'est le titre du chapitre IX, page 84. Balzac avait d'abord été tenté (voyez ci-dessous) d'étudier plus longuement ce personnage, qui se situe entre *La Femme de trente ans* et *La Femme de soixante ans* (Mme de la Chanterie).

4. Page 144. Dans le thème psychologique des rapports entre Théodose et Mme Colleville, le romancier retrouvait un sujet auquel il songeait depuis 1839, celui de *Gendres et Belles-Mères* (*Lettres à l'Étrangère,* tome II, pages 244 et 245). Il eut un moment l'intention de lui consacrer la seconde partie de son roman, qu'il aurait intitulée *Le Drame du gendre.* Mais il renonça vite à ce projet : « Je ferai *Gendres et Belles-Mères* autrement » (*op. cit.,* page 263), et ce dernier titre resta jusqu'à sa mort dans la liste des romans à faire (Cf. *Pensées, Sujets, Fragments,* page 140).

personnages sont manœuvrés avec la même dextérité :
Théodose les neutralise, se sert d'eux, ou fait d'eux ses
alliés. Tout tourne ad majorem Theodosi gloriam[1].
Agent électoral pour servir Thuillier, rabatteur de bonnes
affaires pour plaire à Mlle Thuillier, galant avec Mme
Colleville, posant à la vertu avec le solennel Phellion (le
père de Félix), il prend toutes les postures et toutes les
formes : c'est Tartuffe-Protée.

Le fait qu'il ait été lancé dans son entreprise par deux
répugnants personnages, Dutocq et Cérizet, qui lui signalent
en particulier l'affaire véreuse de la maison à acheter, n'enlève
rien à son mérite infernal. Au contraire, car ces dangereux
complices — auxquels à l'origine il doit tout, puisqu'ils
l'ont sauvé des bas-fonds d'une misère sans espoir — se
servent maintenant de lui comme d'un hameçon et, dès qu'il
semble songer à se débarrasser d'eux, se livrent sur lui à
un terrible chantage. Théodose est obligé de les ménager,
de les rassurer, tout en restant sur ses gardes. « Malgré
la perpétuelle contention de ses forces intellectuelles,
note Balzac, malgré les soins continuels que voulait
son personnage à dix faces, rien ne le fatiguait [ ] plus
que son rôle avec ses deux complices [*qui*] se connaissaient en grimaces[2]. » *Ses arrières ne sont aucunement*
assurés : pris entre des associés qui doutent de lui et des
victimes dont il doit endormir la méfiance, il lui faut faire
face sur deux fronts. C'est un beau spectacle que celui de
cet esprit fertile en ruses, déployant avec souplesse toutes
ses ressources et se tirant des situations les plus risquées.
Balzac, pour la première partie du roman, avait d'abord
songé au titre significatif de Un Grand Artiste[3]. *A*

---

1. C'est le titre du chapitre XII, page 120.
2. Page 164.
3. *Lettres à l'Étrangère,* du 15 décembre 1843 au 6 janvier 1844,
loc. cit.

n'en pas douter, le romancier s'est intéressé à ce Provençal
aux cheveux châtain-clair, aux yeux « d'un bleu pâle et
froid », *qui appartient, paraît-il, à une race particulière —*
« la pire espèce dans la Provence » — *d'hommes* « pâles,
assez gras, à l'œil quasi trouble, vert ou bleu,... capables
d'actions féroces... qui sont le résultat d'un enivrement intérieur, inconciliable avec leur enveloppe quasi
lymphatique, avec la tranquillité de leur regard bénin [1]. »
Il y a en quelque sorte un fondement physiologique à l'hypo-
crisie de Théodose, auquel il suffit d'exploiter ce divorce
providentiel entre son apparence physique et ses sentiments
véritables. Il est prédisposé à son métier d'acteur : la
nature lui a donné un masque, et il s'en sert. On reconnaît
ici le souci de Balzac de trouver des racines solides à la
psychologie de son personnage. Théodose est une création
nouvelle dans l'univers balzacien ; son ambition est infi-
niment plus sordide que celle d'un Rastignac ou d'un Lucien
de Rubempré ; quant à ses méthodes, c'est le seul personnage
de la Comédie humaine *qui mette délibérément l'hypo-*
crisie au rang des beaux-arts. Balzac se plaît à mettre en
scène cet artiste en ruses, dans toutes les sinuosités de son
caractère : Théodose est violent mais placide, nerveux mais
maître de soi, prompt au découragement comme aux rétablis-
sements énergiques ; il est même capable de sincérité, quitte
à faire aussitôt de cette sincérité un masque plus impéné-
trable que les autres. On conçoit que « cet être caméléonesque [2] » *ait été un héros rêvé pour le roman psychologique*
auquel avait songé Balzac.

---

1. *Les Petits Bourgeois*, pages 66 et 67.
2. *Ibid.*, page 198.

*
* *

*Mais Molière, qui tenait avant tout à étudier le caractère
de Tartuffe, avait pris soin de maintenir Orgon à sa place ;
tout l'éclairage était centré sur la psychologie du faux dévot,
et l'époux d'Elmire n'était là que pour montrer combien
était efficace la technique de l'hypocrite.* Dans le Tartuffe
de Balzac, *au contraire,* Orgon *prend rapidement une importance qui fausse l'équilibre de l'œuvre, ou plutôt qui lui
donne une signification différente.* « Orgon est la Bourgeoisie », *note le romancier* [1]. *C'est donc ici un personnage
composite, infiniment divers, immense, et l'auteur de* La
Comédie humaine *ne résiste pas à la tentation de le
peindre longuement et minutieusement. Ainsi la lumière
se déplace, et ce sont les multiples dupes de Théodose qui
passent au premier plan. Le milieu où l'hypocrite exerce
sa fructueuse et difficile industrie va être étudié pour lui-
même. Le roman psychologique devient un roman de peinture
sociale.*

*Balzac a eu pleinement conscience de cette métamorphose.
Il avait commencé son roman, comme il le fait souvent,
en décrivant avec soin le cadre matériel et social de l'action.
Et il n'avait eu aucune peine à justifier les indications détail-
lées qu'il prodiguait sur la maison Thuillier et ses habitants,
sur les Colleville, les Minard, les Phellion et leurs amis.*
« ...si toutes ces généralités, *avait-il écrit à la fin du chapitre
V,* ne se trouvaient pas, en forme d'argument, pour
peindre le cadre de cette Scène, donner une idée de
l'esprit de cette société, peut-être le drame en aurait-il
souffert [2]. » *Mais au chapitre VI, dont le titre, singu-*

---

1. Lettre du 1er janvier 1844. *Lettres à l'Étrangère,* tome II, *loc. cit.*
2. Page 54.

lièrement prudent, est Un personnage principal *(et non :* Le personnage principal*)*, *Théodose apparaît pour la première fois ; les deux chapitres suivants racontent son histoire et le montrent à l'œuvre. Or, après cette brève rencontre avec son héros, Balzac juge immédiatement des ressources que lui offrent respectivement ce premier rôle et les autres personnages ; il ne peut alors se dissimuler qu'il est en train de s'éloigner de son dessein primitif.* « Le Tartuffe n'est plus la figure principale, *reconnaît-il ;* c'est la Bourgeoisie de 1830 [1]. » *A ce moment de sa rédaction, il comprend en effet que la richesse proprement psychologique de son héros ne saurait contrebalancer l'intérêt sociologique du milieu où celui-ci trouve ses dupes. La véritable fonction de Théodose sera désormais de faire connaître au lecteur, dans une perspective dramatique, la classe sociale qui est le théâtre de ses exploits :* « La peinture de la bourgeoisie actuelle de Paris a pris tant d'espace que c'est devenu le sujet [2]. » *Cette nouvelle orientation modifie radicalement le caractère de l'œuvre :* « Elle ne peut plus aller dans les *Scènes de la Vie privée* [3]. » *Trois jours après cette constatation, l'auteur, qui a continué à travailler d'arrachepied, confie à l'Étrangère :* « Cela est devenu une *Scène de la vie parisienne* [4]. »

Ce n'est pas sans hésitation que le romancier glisse ainsi d'un roman où l'action a pour but de faire pénétrer aussi profondément que possible dans la psychologie d'un, de deux ou de trois personnages, à un roman où des personnages

---

1. Lettre du 6 janvier 1844. *Lettres à l'Étrangère,* tome II, page 262. Des indications contenues dans cette lettre, on peut conclure que Balzac avait alors rempli environ cinquante feuillets, ce qui correspond à peu près au tiers du texte que nous possédons, soit les huit ou neuf premiers chapitres.
2. *Ibid.*
3. *Ibid.*
4. Lettre du 9 janvier 1844. *Op. cit.,* page 264.

beaucoup plus nombreux et d'une psychologie moins fouillée sont étudiés surtout en fonction de la classe sociale dont ils sont les représentants. L'équilibre avait été conservé dans César Birotteau : le parfumeur, tout en incarnant la Bourgeoisie, restait indiscutablement, dans sa décadence comme dans sa grandeur, le héros du roman ; il montrait une honnêteté tellement sublime qu'il devenait une manière de Christ du commerce, comme Goriot avait été un Christ de la paternité ; l'apothéose du parfumeur faisait d'ailleurs penser à celle du vermicelier, étant entendu qu'il y a beaucoup plus de parfumerie dans César Birotteau que de pâtes alimentaires dans Le Père Goriot. Au contraire, dans le cas des Employés, autre étude de la bourgeoisie parisienne, Balzac avait d'abord jugé que le caractère de Madame Rabourdin était au centre de l'ouvrage, auquel il avait en conséquence donné le titre de La Femme supérieure ; mais par la suite il comprendra l'intérêt primordial dans le roman des employés du Ministère qui sont sous la direction de Xavier Rabourdin, et il l'intitulera Les Employés après y avoir intercalé certains passages de la Physiologie de l'employé, ce qui accentue l'aspect sociologique. La même évolution se produit pour Les Petits Bourgeois : tenté d'abord de faire concurrence à Molière[1], le romancier semble bientôt se contenter de rivaliser avec les compilateurs de ces monographies de la vie sociale, de ces tableaux de mœurs, de ces physiologies qui sont alors tellement à la mode. On n'est pas étonné de voir l'éditeur Hetzel, pour

---

[1]. En fait, Balzac continue à se réclamer de Molière, mais maintenant il songe moins au psychologue, auteur de Tartuffe, qu'au peintre des mœurs. Tout en se justifiant d'avoir choisi, pour les mettre en scène, des personnages appartenant à la bourgeoisie, il rappelle que Molière a fait de même, « car M. Jourdain, Chrysale, etc. sont les patrons éternels du bourgeois, que chaque temps habille à sa manière ». Lettre du 25 mars 1844. L'Œuvre de Balzac, Formes et Reflets, 1953, tome XVI, page 400.

*des raisons évidemment commerciales, encourager Balzac
dans cette voie et suggérer ce nouveau titre :* Les Bourgeois
de Paris. « Il dit, *note le romancier,* que ce titre-là donne
une immense valeur de vente à l'ouvrage[1]. » *Pour
délimiter encore plus nettement le sujet, l'on décide une dizaine
de jours plus tard que l'œuvre s'appellera* Les Petits Bourgeois de Paris, *titre qui, amputé par la suite des deux
derniers mots, deviendra définitif.*

*Après de nombreux ouvrages consacrés aux institutions,
aux groupes, aux métiers, aux types caractéristiques de la
société parisienne,* Les Français peints par eux-mêmes
*venaient, en 1840-1842, de remporter un grand succès[2].
On connaît cet énorme ouvrage collectif, abondamment
illustré, qui constitue sous une forme pittoresque et plaisante
une vaste enquête de morphologie sociale ; les articles,
au nombre de plusieurs centaines, passent du rapin au touriste,
du croque-mort à la* lionne, *du joueur de boules à la loueuse
de chaises, du porteur d'eau à la marchande de friture. A
la même époque paraissaient par douzaines, avec de nombreux croquis, ces petites brochures d'environ cent vingt pages,
qui portent uniformément le nom de* Physiologie[3] : Physiologie de l'homme de loi, Physiologie de l'opéra, du
carnaval, du cancan et de la cachucha, Physiologie
du prêtre, *etc. D'autre part, au moment où Balzac
travaille à son roman, l'on publie* La Grande Ville, *nouveau
tableau de Paris[4], et l'on prépare* Le Diable à Paris[5],
*deux recueils où se manifeste de la même manière le goût
de l'époque pour certaine sociologie facétieuse. Balzac a*

---

1. Lettre du 8 janvier 1844. *Lettres à l'Étrangère,* tome II, page 263.
2. Paris, Curmer, 8 vol. in-8º et un supplément, *Le Prisme.* En
fait, seuls les cinq premiers volumes concernent Paris; les trois derniers sont consacrés à la Province.
3. La plupart ont paru en 1840-1842 chez Aubert et Lavigne, in-32.
4. Paris, Maresq, 1844, 2 vol. in-8º.
5. Paris, Hetzel, 1845-1846, 2 vol. in-8º.

collaboré à toutes ces entreprises, et l'esprit des Petits
Bourgeois *n'est pas sans ressembler parfois à celui qui
anime cette littérature.*

   *La meilleure preuve, c'est qu'il a recopié, de façon discon-
tinue, au chapitre V des* Petits Bourgeois, *une cinquantaine
de lignes de sa* Monographie du rentier [1] *parue en 1840
dans* Les Français peints par eux-mêmes [2] *; il a pensé
qu'il ne pouvait mieux faire que de reprendre ces quelques
traits pour caractériser Phellion, «* ce modèle du petit
bourgeois [3] *», et pour donner un échantillon typique de la
conversation dans un salon petit-bourgeois. Il a de même
utilisé presque entièrement, en les diluant dans les trois pages
consacrées à Colleville, les vingt lignes qui constituent le
portrait de l'Employé, type* le Cumulard, *dans la* Physiologie de l'employé, *parue en 1841. Le personnage de
Colleville n'est en effet qu'un exemplaire, quelque peu
individualisé, de cette* variété d'Employé [4]. *Enfin, à propos
de la retraite de Thuillier, il a transcrit du même petit
ouvrage (chapitre XIV,* Le Retraité) *une douzaine de
lignes de considérations générales [5]. C'est de la même manière
qu'en cette année 1844 il intègre une partie de la même*
Physiologie *dans la nouvelle édition des* Employés.
Toutefois, dans ce dernier cas, la Physiologie *est postérieure
au roman, tandis que pour* Les Petits Bourgeois, *c'est la*

---

   1. On trouvera ce texte à la fin du présent volume, page 313.
   2. Voyez plus bas, page 302, l'Introduction à la *Monographie du
rentier*. Les passages utilisés sont indiqués en note en bas de page
(Voyez pages 49 à 54). La comparaison entre les deux textes a permis,
de façon inespérée, de reconstituer, par-delà les épreuves fautives,
le manuscrit original des *Petits Bourgeois*, perdu pour ce passage, et
de corriger plusieurs endroits inintelligibles (pages 51 et 53).
   3. *Les Petits Bourgeois*, page 49. Pour le même personnage, il
s'est également inspiré de la *Physiologie de l'employé*, variété *la Ganache*.
Mais les emprunts, nombreux dans *Les Employés,* sont moins apparents
dans *Les Petits Bourgeois*.
   4. Voyez les passages en note, pages 33 à 37.
   5. Page 18.

Monographie *qui précède le roman. Est-ce à dire que dans cette dernière œuvre l'intention sociologique, la volonté de* typifier, *soient plus marquées ? Il ne semble pas.*

Dans les deux romans, Balzac s'attache pareillement à peindre une catégorie sociale déterminée, ici la bourgeoisie à ses premiers échelons [1], *là les fonctionnaires ; mais la réalité sociale n'est pas figée dans les contours immobiles d'un exposé systématique : elle apparaît toujours en mouvement, au cœur même du développement romanesque. Ce n'est qu'à de rares moments que le romancier s'arrête, soit pour rapprocher tel personnage du type d'où il est issu, soit pour faire le point, pour délimiter son cadre, pour éclairer la situation particulière par ce qu'il appelle lui-même des* généralités [2] : *alors seulement il y a coïncidence entre roman et* Physiologie *; encore la même notation prend-elle une signification différente selon qu'on la rencontre dans* Les Petits Bourgeois *ou* La Monographie du rentier. *Si donc ces deux moyens d'expression répondent en partie*

---

1. Il s'agit bien en effet de la petite bourgeoisie *qui est en train de parvenir,* et non de la bourgeoisie *parvenue,* à laquelle les Thuillier n'appartiennent pas encore. On mesure tout ce qui sépare ceux-ci des Popinot, par exemple, quand on sait qu'à la page 60 des *Petits Bourgeois,* au lieu du nom d'Olivier Vinet se trouvait primitivement celui de Constant Popinot. Je ne pense donc pas que la phrase de Balzac, «Il faut montrer la bourgeoisie parvenue» (Bibliothèque Lovenjoul, ms. A 159, fol. 13) doive nécessairement évoquer *Les Petits Bourgeois* (M. Bardèche, éd. de *La Femme auteur,* Paris, Grasset, 1950, page 53).

2. Page 54. Même lorsqu'il transcrit dans son roman les observations générales d'une *Physiologie,* Balzac se préoccupe de les intégrer dans la perspective particulière du drame qu'il met en scène. Par exemple, après avoir copié textuellement dans la *Physiologie de l'employé* un passage sur les dangers de la retraite, il a tenu à remplacer le *ils* impersonnel désignant les retraités par le nom d'un collègue de Thuillier, Poiret, qui ne joue par ailleurs pas le moindre rôle dans *Les Petits Bourgeois.* Au lieu de « ils ne peuvent pas voir un carton blanc... » qu'il avait d'abord conservé (voyez page 287, la variante de la page 18), il a corrigé : « Le petit Poiret ne pouvait pas voir... » On pourra comparer le texte du roman, pages 17 et 18 avec celui de la *Physiologie,* cité en note.

à la même curiosité, celle d'une société pour elle-même, il faut bien marquer qu'il y a entre eux, même dans le cas des Petits Bourgeois *ou des* Employés, *la différence qui existe entre un tableau de Paris et un drame de Paris, entre* Les Français peints par eux-mêmes *et* La Comédie humaine. *Roman de peinture sociale assurément, mais avant tout roman.*

Roman du groupe ; et Balzac se réfère aux attitudes de ceux qui ont étudié le groupe, à la peinture, à l'histoire, à l'observation réaliste et caricaturale. Pour recréer l'atmosphère qui l'intéresse, il songe à la technique patiente de la peinture hollandaise et à ses réussites unanimistes : *au moyen d'une multiplicité de petits personnages dont aucun ne saurait être considéré en lui-même, il va tenter de mettre en scène l'être collectif qu'ils expriment chacun à sa manière. Un Brouwer représente dans telle de ses* tabagies *une douzaine de fumeurs finement dessinés, qui forment dans leurs diverses attitudes un groupe indissociable : un plaisir partagé et des origines communes les ont à jamais réunis dans cette pièce sous la lumière éternelle de l'art. Ainsi des* Petits Bourgeois, *et l'auteur écrit à Mme Hanska :* « Je crois en pouvoir faire un joli tableau de l'École hollandaise [1]. »

En fait, le souci pittoresque d'une description lente et exhaustive apparaît moins que la préoccupation de reconstituer et d'expliquer une époque : la Révolution de 1830 avait précisément marqué l'avènement de la Bourgeoisie, et l'auteur de La Comédie humaine *ne pouvait oublier ici sa vocation, si souvent affirmée, d'historien de la société contemporaine. Il s'attache donc à faire revivre deux intérieurs bourgeois avec leur mobilier ; il met en scène un repas ridicule ; il montre dans le dernier détail comment fonctionne une officine*

---

1. Lettre du 4 février 1844. *Op. cit.*, page 299. Il ajoute, bizarrement : « Mais j'y veux une tête de Raphaël au milieu »; ce qui montre son intention de s'attarder sur le personnage de Céleste.

d'usurier, « le dernier rouage de la finance parisienne [1] »,
*dans le faubourg Saint-Jacques ; il explique, chiffres en
mains, l'enrichissement des Thuillier, ces enfants de 1830,
et leur ascension sociale ; il calcule la fortune de Céleste et
laisse entrevoir les hautes destinées promises à qui l'épousera ;
il rend compte de la réussite commerciale de Minard ; il
analyse la spéculation immobilière proposée à Mlle Thuillier [2].
Bref, il met en œuvre une foule d'éléments matériels, financiers,
juridiques, sociaux, et il apporte ainsi incontestablement
une contribution à* « l'histoire oubliée par tant d'historiens, celle des mœurs [3] », — *où il inclut jusqu'à la cuisine,
(voyez page 129). Il ne recule pas devant la crudité de certains détails : voici Mme Colleville, qui, affectée par la mort
d'un nouvel amant, décide de se ranger.* « ...ses amis ne lui connurent chez elle aucun favori ; mais elle allait à l'église,
elle réformait sa toilette, elle portait des couleurs grises,... parlait catholicisme, convenances ; et ce mysticisme produisit, en 1825, un charmant petit enfant qu'elle
appela *Théodore,* c'est-à-dire *présent de Dieu* [4]. » *Il n'hésite
pas davantage à se montrer* positif, *et il se refuse à moraliser :
l'effet produit par la bienfaisance d'un Popinot et par l'usure
d'un Cérizet,* « socialement parlant, *explique-t-il,* ne
différait guère [5]. » *Il fait bon marché de ses sentiments
personnels, lui qui a contre les* bourgeois *tous les préjugés
des artistes romantiques, et il ose reconnaître :* « Phellion,
ce modèle du petit bourgeois, offrait autant de vertus

---

1. Page 153.
2. Balzac cherchait alors dans tout Paris une maison où Mme Hanska
pût venir le rejoindre; ses lettres sont remplies des « bonnes affaires »
qu'il découvrait et des combinaisons qu'il échafaudait. L'on ne peut
s'empêcher de penser qu'il a utilisé ici son expérience personnelle.
3. Avant-propos de *la Comédie humaine* (1842). Pléiade, tome I,
page 7.
4. Page 40.
5. Page 153.

que de ridicules [1]. » *C'est donc à bon droit qu'il peut
affirmer : «* Cette esquisse est... d'une fidélité véritablement historique, et montre une couche sociale de
quelque importance comme mœurs, surtout si l'on
songe que le système politique de la branche cadette
y a pris son point d'appui [2]. » *L'action est datée avec la
plus grande exactitude ; elle commence en février 1840,
avec le renversement du ministère du 12 mai, elle continue
avec la constitution du ministère du 1er mars, les élections
municipales du 20 avril, la crise de juillet-août, la chute de
Thiers en octobre. Et ce n'est pas là un simple cadre chronologique : les personnages subissent le contre-coup des
événements ; les données même du drame varient en fonction
de la conjoncture politique. La rente monte, puis baisse
brusquement ; le prix des immeubles évolue en conséquence,
et les chances de la spéculation à laquelle s'intéressent
Théodose et les Thuillier sont modifiées d'autant. Le roman
se meut en pleine actualité. Non seulement la maison de la
rue Saint-Dominique d'Enfer et la tragi-comédie qui s'y
joue sont caractéristiques de la Monarchie de Juillet ;
mais, plus précisément encore, cette Scène romanesque
exprime spécifiquement la vision du monde de quelques
bourgeois parisiens à un instant strictement défini de l'Histoire, de février à novembre 1840.*

*Toutefois, chose qui pouvait paraître inattendue, le
souci du document et la vérité du détail sont constamment
nuancés d'ironie ; loin d'assumer la gravité imperturbable
de l'historien professionnel, le romancier se moque de ses
personnages. Ce goût de la notation précise dans la repro-
duction d'une réalité dérisoire définit un ton très particulier,
celui d'Henri Monnier. Le créateur de Joseph Prudhomme
s'applique lui aussi à mettre en scène la bourgeoisie*

---

1. Page 49.
2. Page 55.

louis-philipparde, et il obtient paradoxalement des effets d'une extrême bouffonnerie en transcrivant, avec une vérité qui peut sembler sténographique, les propos de ses modèles. Balzac était obsédé depuis des années par les succès de Monnier. Ne pensait-il pas en 1837 à une pièce qu'il voulait intituler, non sans quelque impudence, Le Mariage de Mlle Prudhomme ? *Tout en communiquant à Mme Hanska une longue analyse de ce projet, il se montrait alors préoccupé de faire une* « peinture de la bourgeoisie actuelle », *et il ajoutait en toute innocence :* « Il faut assassiner Monnier, et que mon Prudhomme soit le seul Prudhomme[1]. » *Par le sujet aussi bien que par la manière dont celui-ci est envisagé — et que l'on songe au personnage exemplaire de Phellion —* Les Petits Bourgeois *apparaissent souvent comme une concurrence à Monnier[2]. Mais le roman a plus d'envergure, et sa richesse humaine est infiniment plus grande. Balzac ne se contente pas du rire* hénaurme *de l'étonnant précurseur du* Dictionnaire des idées reçues. *Il tient à faire vivre des êtres dont il est en vérité le créateur bien plus que le peintre : un La Peyrade ou un Cérizet, si l'on veut bien y prendre garde, ont une tout autre réalité que celle du* réalisme. *Et ces personnages, il s'ingénie à les comprendre et à les expliquer, à en faire des* caractères. *C'est dire que l'intérêt ne cesse pas d'être psychologique. Au reste, entre roman de peinture sociale*

---

1. Lettre du 10 octobre 1837. *Lettres à l'Étrangère,* tome I, pages 431 et 443. En 1844 encore, au moment même où il travaillait à notre roman, il avait en chantier une pièce intitulée *Prudhomme en bonne fortune* (lettre du 3 mars 1844. *Ibid.,* tome II, page 325).

2. Sur Balzac et Monnier, voyez dans *A propos du* « *Cousin Pons* » les remarques de Mme M.-J. Durry *(Balzac et la Touraine,* Tours, 1949, pages 148 à 150). Notons en outre que les noms de Clergeot et de Laudigeois, personnages des *Employés* qui reparaissent dans *Les Petits Bourgeois* (pages 47, 48, 123), sont empruntés à des fonctionnaires figurant dans les *Scènes de la vie bureaucratique* d'Henri Monnier *(Scènes populaires,* Paris, Dumont, 1835, tome II, pages 223 et 227).

*et roman psychologique il y a moins chez Balzac une dif-
férence de nature que d'inflexion. Rastignac, c'est aussi*
« l'étudiant dans sa lutte avec Paris » : *cet individu,
comme la plupart de ceux qui peuplent* La Comédie humaine,
*est représentatif d'un certain groupe. Réciproquement,
Brigitte Thuillier, dont la valeur de type historique et social
est évidente, a une vérité irréductiblement individuelle et
psychologique qu'il serait injuste de nier : c'est seulement
après l'avoir reconnue qu'on peut admettre la vocation*
collective — *et le titre même nous y invite* — *d'un roman
comme* Les Petits Bourgeois.

***

*Ce qui confirme assurément cette vocation, c'est le fait
que la plupart des personnages se trouvaient déjà dans un
roman avec lequel,* on l'a vu, Les Petits Bourgeois *ont
bien des rapports, et dont le titre est également générique,*
Les Employés. *Dans cette autre* Scène de la Vie Parisienne, *publiée sept ans plus tôt sous le titre* La Femme
supérieure, *Balzac avait étudié, en tant que catégorie
sociale, les fonctionnaires d'un ministère* — *plus spécialement d'une division dans un ministère* — *sous la Restauration.
Or ces* employés *sont précisément devenus, sous la Monarchie
de Juillet, des* petits bourgeois *de Paris. Le romancier
écrit à Mme Hanska : Ce nouveau roman* « vous amusera
par la réapparition de tous les personnages de *La
Femme supérieure,* non pas Rabourdin, mais les employés
inférieurs des bureaux [1] ». *En effet, Thuillier, Colleville,
Minard, Phellion, Dutocq étaient longuement présentés
et mis en scène, ainsi que leurs familles, dans* Les Employés :
*cette troupe de dix ou douze personnages envahit le nouveau
roman.* Les Petits Bourgeois *ont tous servi, au temps où*

---

1. Lettre du 17 décembre 1843. *Lettres à l'Étrangère,* tome II, page 245.

Rabourdin était chef de bureau, dans la Division La Billardière. Et ils ne l'ont pas oublié ; Thuillier, maintenant à la retraite, évoque parfois les années qu'il a passées dans l'administration : « il racontait les injustices, les intrigues, l'affaire Rabourdin [1]. » *Toutefois l'action du premier roman se passe en 1824, et celle du second en 1839-1840 ; quinze années se sont donc écoulées, et il n'est pas sans intérêt d'étudier comment tout ce monde a vieilli.*

Balzac, comme toujours, a essayé de donner au lecteur le sentiment que dans ces deux Scènes *successives il s'agissait du même univers ; il a pris soin de conserver à ses personnages leurs caractéristiques, et il s'est attaché à leur construire une biographie cohérente.* Dutocq, *l'ancien* « espion des bureaux [2] », *est devenu greffier de la justice de paix ; il a quitté son cinquième étage près du Palais-Royal pour venir habiter la maison Thuillier ;* « ce honteux personnage [3] » *continue à s'occuper d'affaires louches, et il est de mèche avec Cérizet dans les machinations où Théodose est engagé ; notons pourtant qu'il n'est plus question de sa collection de vieilles gravures. Minard est resté fidèle à lui-même : s'il s'est enrichi prodigieusement, s'il est devenu maire de son arrondissement, c'est en mettant en œuvre les qualités, et les défauts, qu'on apercevait en lui quinze ans plus tôt. Les changements intervenus dans le physique de Phellion sont décrits et justifiés : jadis il* « avait une figure de bélier pensif... de grosses lèvres pendantes [4] » ; *maintenant il a* « épaissi » ; « sa figure moutonne » *est* « devenue comme une pleine lune, en sorte que ses lèvres, autrefois grosses, paraiss[ent] ordinaires [5] ».

---

1. *Les Petits Bourgeois*, p. 52.
2. Page 45.
3. *Ibid.*
4. *Les Employés*, Pléiade, tome VI, page 936.
5. *Les Petits Bourgeois*, page 111.

Mais dans son effort pour assurer la continuité entre les deux œuvres, le romancier n'a pas toujours procédé dans le sens que l'ordre chronologique semblait lui imposer. Le lecteur pressé peut bien s'imaginer que le Thuillier ou le Colleville des Employés *de 1838 (La Femme supérieure) sont passés tout naturellement dans* Les Petits Bourgeois *de 1844 avec armes et bagages, avec leur psychologie et leur famille, quand leur créateur a eu besoin d'eux. Or il s'agit là d'une illusion, qui vient de ce qu'on se réfère à la version définitive des* Employés *telle qu'elle est reproduite depuis 1844 dans toutes les éditions de* La Comédie humaine. *Mais quand on se reporte à la version publiée en 1838, on s'aperçoit par exemple que c'est le personnage de Mme Colleville dans* La Femme supérieure *qui a été par la suite harmonisé avec le personnage correspondant des* Petits Bourgeois *— et non l'inverse. Le romancier s'est donc livré à un double travail : d'une part, il a pris soin d'assurer, par-delà un intervalle romanesque de quinze années, l'identité psychologique, dans la nouvelle œuvre, des personnages qu'il empruntait tels quels à l'ancienne ; mais d'autre part, quand un personnage de* La Femme supérieure *(1838) ne lui a pas semblé convenir à la nouvelle construction romanesque, il n'a pas hésité, tout en lui gardant son nom, à en transformer le caractère, et il a ensuite revu le texte pour l'édition des* Employés *(1844), en fonction des modifications qui étaient intervenues dans* Les Petits Bourgeois [1]. *Ainsi les Thuillier et les Colleville, ces personnages essentiels des* Petits Bourgeois, *sont une création originale dont l'auteur a ensuite tenu compte pour les* Employés *(1844), bien*

---

1. Cette révision a eu lieu vraisemblablement dès mars 1844, c'est-à-dire fort peu de temps après la rédaction des *Petits Bourgeois*. Voyez les *Lettres à l'Étrangère*, tome II, page 335. Le tome XI de *La Comédie humaine*, tome III des *Scènes de la vie parisienne*, où devait paraître la version définitive des *Employés*, fut annoncé le 28 septembre 1844 dans la *Bibliographie de la France*.

plus qu'il n'a tenu compte pour cette création de La Femme Supérieure *(1838), version primitive des* Employés.

En effet, Mme Colleville, dans Les Petits Bourgeois *(1844), est la fille d'une danseuse ; «* à la fois jolie et piquante, spirituelle et gaie [1] *», elle reçoit et donne des concerts ; légère, elle a de pères différents cinq enfants (dont quatre sont déjà nés en 1824). Or on lisait en 1838 dans l'édition originale des* Employés (La Femme supérieure) : « Mme Colleville, bonne grosse maman, pleine d'ordre et d'économie, faisait elle-même son ménage [2]. » *Elle ne recevait pas, et avait deux enfants (au moment de l'action, c'est-à-dire en 1824). Quant à Mme Thuillier, c'est dans* Les Petits Bourgeois *une petite femme grasse d'* « une excessive douceur de caractère [3] » *; dans* La Femme supérieure, *c'était une* « femme sèche et atrabilaire [4] ». *Enfin Brigitte Thuillier, dont le caractère est si fermement dessiné dans* Les Petits Bourgeois, *n'existait pas dans* La Femme supérieure *; il était bien question d'une sœur, mais de Mme Thuillier, et en une seule phrase : celle-ci, écrit Balzac,* « vivait avec une vieille sœur qui lui payait pension [5] ».

Thuillier et Colleville eux-mêmes avaient une physionomie bien différente dans La Femme supérieure. *Certes, les relations entre les deux ménages, qui constituent l'une des données fondamentales de l'action des* Petits Bourgeois, *étaient déjà définies en gros : Thuillier et Colleville, qui avait déjà la manie des anagrammes significatives ou prophétiques, étaient amis ; Thuillier, qui était à l'aise, aidait le ménage Colleville, qui était gêné ; en outre, était-il précisé,* « comme Mme Thuillier était inféconde, il passait

---

1. Page 35.
2. Paris, Werdet, 1838, in-8°, tome I, page 213.
3. Page 28.
4. *Loc. cit.*
5. *Ibid.*

pour certain que M. et Mme Thuillier, arrivés à l'âge de cinquante ans, adopteraient l'un des petits Colleville [1]» ; *toutefois il n'était pas question de la future adoptée, Céleste Colleville, qui pourtant, à en croire la chronologie des* Petits Bourgeois, *devait alors avoir trois ans. Mais surtout les deux* employés *étaient présentés dans un diptyque plaisant, où le romancier s'amusait de leurs contrastes et additionnait les traits bouffons de comportement petit-bourgeois. C'est avec raison qu'il avait intitulé :* Quelques employés vus de trois quarts *le chapitre où défilaient, avec dix autres, ces deux personnages des Bureaux ; il s'agissait là en effet d'esquisses humoristiques à la Monnier, et même de* charges, *où la vérité et le comique du détail importaient plus que la réalité et la consistance des êtres.*

Tout autre est son dessein dans Les Petits Bourgeois, *et les remaniements auxquels il s'est livré sont révélateurs. La symétrie facile d'un Colleville marié à une « bonne* grosse maman » *et d'un Thuillier ayant épousé une « femme* sèche et atrabilaire » *ne lui a plus suffi. En Mme Colleville, il a reconnu* la femme de quarante ans, *et il lui a ménagé une biographie plus mouvementée, une personnalité plus complexe ; en faisant de Thuillier, transformé corrélativement en* beau de l'Empire, *un des amants de cette femme accueillante, il a donné du piquant à l'amitié entre les deux* hommes *et il a justifié l'adoption de Céleste. Quant à Mme Thuillier, elle devait nécessairement, étant donné le caractère* de Brigitte, *devenir un personnage fade et effacé, une victime : sinon la cohabitation des trois personnages, qui est néces-saire à l'action, était impossible. Les activités mondaines de Mme Thuillier passent ainsi à Mme Colleville. On lisait dans* La Femme supérieure *: «* Mme Thuillier recevait le mardi ; Mme Colleville ne recevait point, mais elle allait chez Mme Thuillier... On donnait des

---

1. Tome I, pages 214 et 215.

concerts d'amateurs chez Thuillier [1] ». *On lit main-*
tenant dans Les Petits Bourgeois : « Mme Colleville...
recevait les mercredis, elle donnait un concert tous les
mois et un dîner tous les quinze jours [2]. »

Le portrait générique du cumulard *dans la* Physiologie de l'employé (1841) *a en quelque sorte servi de*
relai *dans cette transformation ; car le Colleville de 1838*
se reconnaît tout naturellement dans ce type, *où il trouve*
l'unité qui lui manquait. Or la monographie de cette variété
d'Employé représente un enrichissement certain par rapport
au croquis, encore si flou, de La Femme supérieure.
Sur le canevas détaillé du cumulard, *et en tenant compte*
des nécessités dramatiques de l'action du roman, Balzac
désormais va être en mesure de construire un personnage
un peu plus convaincant et mieux individualisé ; il développe
donc les indications sommaires de la Physiologie, *et il*
habille de façon vivante ce qui n'était d'abord qu'un squelette [3].
En outre, évidemment, le fait que Colleville soit l'ami de
Thuillier et le mari de Flavie ne contribue pas peu à le dis-
tinguer des autres échantillons du genre. *Le voici main-*
tenant lancé dans sa destinée romanesque, et l'on oublie les
avatars de sa fabrication.

Ainsi Balzac a travaillé dans le sens de l'approfondis-
sement de ses personnages. Dans La Femme supérieure,
où tout l'éclairage psychologique était mis sur Rabourdin
et sa femme, il pouvait se contenter, pour restituer le décor
que compose la vie collective d'une administration, d'une
simple galerie de croquis. Mais lorsque Les Employés,
devenus Petits Bourgeois, *ont été élevés au rang de héros*
d'un nouveau roman, il a jugé qu'il ne suffisait plus, pour
les caractériser, d'accumuler des traits purement extérieurs

---

1. Tome I, pages 215 et 216.
2. Page 35.
3. On comparera par exemple le texte des *Petits Bourgeois* page 36,
et celui de la *Physiologie* donné en note.

*dont ils étaient le support en quelque sorte abstrait. Le
Thuillier des* Petits Bourgeois *ne se résout plus en une
collection d'attributs et de comportements exclusivement
significatifs de sa classe sociale — et grotesques ; il reste
un médiocre, sans doute, mais il a désormais une consistance
et une destinée. C'est en cela précisément que Balzac se
distingue de Henri Monnier. Les personnages des* Scènes
populaires, *s'ils sont d'une vérité criante, sont aussi d'une
irréalité totale : ils n'ont aucune intériorité, et leurs paroles,
ainsi que leurs attitudes, d'une parfaite vraisemblance en
elles-mêmes, n'émanent pas du dedans ; elles sont plaquées sur
eux sans pouvoir jamais adhérer tout à fait. Il y a entre l'anima-
teur de ces fantoches et le démiurge de* La Comédie humaine
*tout ce qui sépare un caricaturiste, même s'il est merveilleuse-
ment doué pour l'observation sociale, d'un grand romancier.*

Or *l'élément romanesque domine dans* Les Petits Bourgeois, *et le bon lecteur, qui accepte de se laisser emporter
par l'intrigue, se trouve lancé dans une aventure. Aventure
parisienne avant tout, et qui a ses racines dans la réalité
quotidienne, minutieusement décrite. Balzac se refuse à
peindre des êtres séparés ; ses personnages sont engagés
dans un milieu matériel immédiat : leur propre corps, leurs
vêtements — et plus lointain : leurs meubles, leur maison,
leur quartier — qui les définit et les révèle.* « C'était,
écrit-il, la maison des Phellion, comme les brandebourgs
de la redingote de Cérizet en étaient les ornements
nécessaires [1]. » *Et, tout étant lié, un élément — paléon-
tologie vivante — suffit pour reconstituer l'ensemble,* « car, en
toute chose, un seul fait sert de cachet par sa couleur et

---

1. Page 108.

son caractère [1]. » *Tout est en harmonie : la nourriture, la salle à manger, la maison et ses habitants* [2]. *Corps et âme, hommes et choses*, se répondent. « Tout semblait douteux chez lui, *écrit Balzac au sujet de Cérizet* ; tout ressemblait à son âge, à son nez, à son regard [*qui ont été préalablement décrits*] [3]. » *Cette unité faite de* correspondances *constitue pour un individu donné sa réalité même. Analyse et peinture coïncident : on voit toute l'importance que peuvent prendre, avec une pareille doctrine, le cadre de la vie et le décor urbain. La description des objets devient l'un des moyens de connaissance les plus sûrs de la psychologie des êtres.*

Paris étant le terrain commun sur lequel végètent ou prospèrent les héros de cette Scène parisienne — toute l'action se déroule entre le Panthéon, le Luxembourg, la Sorbonne et Saint-Sulpice — le romancier devait forcément lui faire une place importante. De fait, il se pose au début en historien et récapitule les divers types d'habitation qu'avec une curiosité d'antiquaire *il a déjà décrits ailleurs. En sociologue et en urbaniste, il ajoute quelques considérations sur le déplacement du centre de la Capitale :* « on ne sait ni comment ni pourquoi les quartiers de Paris se dégradent et s'encanaillent, au moral comme au physique » ; *le Quartier Latin et le Luxembourg, autrefois* « le séjour de la Cour et de l'Église », *sont envahis par* « la boue, de sales industries et la misère [4] ». *Ces réflexions ne sont pas étrangères au sujet, puisque la Maison Thuillier, conquête de la petite bourgeoisie, est un exemple de l'avilissement des beaux hôtels du Vieux Paris par des occupants indignes qui les déshonorent ; Balzac tient à retracer dans le détail* « la déplorable profanation exercée sur ce monument de la vie privée au dix-septième siècle par

---

1. Page 149.
2. Pages 130 et 131. Voyez également pages 153 et 154.
3. Page 94.
4. Page 152 sq.

la vie privée du dix-neuvième [1]. » *La longue étude de
la Maison Thuillier* [2] *est à rapprocher de celle de la Maison
Vauquer, bien que le romancier ait peut-être eu le coup
d'œil moins aigu rue Saint-Dominique d'Enfer que rue
Neuve Sainte-Geneviève* [3].

*Tandis que la Maison Thuillier montre dans ses disparates
la dégradation par la petite bourgeoisie d'une demeure qui
ne lui était pas destinée, la Maison Phellion, elle, est en
parfaite harmonie avec son propriétaire : c'est l'habitation
typique du petit bourgeois exemplaire. Mais la description
la plus frappante est celle d'une troisième maison,* « dévorée
par le salpêtre, et dont les murs portaient des taches
vertes, ressuaient, puaient... [4] » : *c'est le repaire de
Cérizet, l'usurier du faubourg Saint-Jacques. On n'oublie
pas facilement la vision de cauchemar des soixante ou quatre-
vingts misérables faisant la queue à l'aube devant le cabinet
du prêteur à la petite semaine, dans* « une horrible cour
dallée d'où il s'élevait des odeurs méphitiques [5] », *
avec des numéros écrits à la craie, les hommes sur le chapeau,
les femmes sur le dos. Le même souci, qu'on qualifiera plus
tard de* réaliste, *de ne pas reculer devant le détail sordide*

1. Page 14. La Maison Minard en est un second exemple. « Un
ancien épicier, un heureux fraudeur », s'est installé dans un magnifique hôtel Louis XIII (page 121).

2. On a essayé d'identifier cette maison dans l'actuelle rue Royer-
Collard. Mais une telle tentative, toujours fort dangereuse avec Balzac,
est ici vouée à l'échec, car le romancier, comme pour décourager
les chercheurs, a commis une erreur topographique. Il situe la maison
à droite en venant de la rue d'Enfer (boulevard Saint-Michel) et il
précise que les arbres du jardin ombrageaient la rue Sainte-Catherine
(rue Le Goff); or pour que la chose fût possible, il aurait fallu que la
maison fût à gauche (pages 8 et 10). Au reste, peu soucieux de ce genre
d'exactitude, il appelle rue Neuve Sainte-Catherine ce qui était en
fait la rue Sainte-Catherine, l'autre rue se trouvant dans le quartier
des Archives.

3. L'auteur fait lui-même ce rapprochement, page 152.

4. Page 154.

5. *Ibid.*

ou répugnant, apparaît lorsqu'il s'agit de Poupillier, dont la nièce, Mme Cardinal, a recours aux services de Cérizet : le mendiant professionnel de Saint-Sulpice a la « main couverte du lichen qui se voit sur les granits[1] » ; *dans sa chambre,* « la fenêtre, presque aveugle, avait sur ses vitres comme une taie de poussière et de crasse qui dispensait d'y mettre des rideaux[2]. » *C'est ici l'envers du décor parisien. Le lecteur a un petit frisson en mesurant à quel point le monde de la respectabilité petite-bourgeoise est près de ce Paris des bas-fonds. Théodose de La Peyrade fait le lien entre ces deux univers : il peut bien se croire établi parmi les bourgeois ; ses anciens amis, ses complices, le font à chaque effort retomber dans la fange.*

Si Phellion pouvait passer pour un personnage de Henri Monnier, Poupillier et Cérizet font songer aux créations d'Eugène Sue. On sait l'immense succès que remportaient au même moment Les Mystères de Paris[3] *où le peuple, et même la* pègre, *sont si complaisamment — et si inexactement — mis en scène. Balzac n'avait que mépris pour cette mauvaise littérature, mais* Les Petits Bourgeois *sont un fragment des vrais Mystères de Paris qu'il souhaitait écrire[4]. Nous avons un curieux témoignage de sa volonté d'exactitude et du sérieux de son entreprise : non content de multiplier les détails techniques de procédure, il avait l'intention de reprendre sur épreuves pour la rédiger en*

---

1. Page 229.
2. Page 235.
3. Paris, Gosselin, 1843-1844, 4 vol. in-8°. Le roman avait d'abord paru en feuilleton. Voyez sur ce succès la gravure reproduite planche IV.
4. Il était scandalisé par les sommes énormes que *Les Mystères* avaient rapportées à leur auteur. Sur ce plan aussi, il voulait rivaliser avec Eugène Sue. S'imaginant qu'il allait tirer vingt mille francs de ses *Petits Bourgeois,* il précisait que cette œuvre correspondait à « trois volumes semblables à ceux des *Mystères* ». *Lettres à l'Étrangère,* tome II, page 298 (4 février 1844).

*patois provençal la scène, actuellement en français, où
Théodose manœuvre Sauvaignou devant l'avoué Desroches ;
il était allé voir Gozlan à ce sujet :* « J'avais besoin de
lui, *écrit-il à l'Étrangère,* pour une scène de patois entre
Provençaux, et il me la fera [1]. » *A défaut de patois, il
s'est rejeté sur la langue familière ou populaire et sur
l'argot ; le texte des* Petits Bourgeois *abonde en tour-
nures vigoureuses, parfois déconcertantes, en barbarismes
ou néologismes pittoresques. Il est question d'une* rebiffade
de Mlle Thuillier, dont la belle-sœur est un peu boule ;
Cérizet, qui est de la manique, *juge que Théodose en a,*
une sucée ; *Mme Cardinal,* Nom d'un petit rien !
se demande si on a reluqué le magot [2]. *Jamais Balzac
n'a étudié d'aussi près les milieux vraiment populaires ;
la misère n'est plus seulement ici un prétexte à croquis
pittoresques. Le romancier, à la suite de Restif et de Sébastien
Mercier, aborde, pour la première fois avec cette précision,
le monde ouvrier des faubourgs : Cadenet, Cérizet, la rue
des Poules, Sauvaignou, Poupillier représentent les excur-
sions les plus hardies qu'il ait tentées dans les basses classes.*

   Vautrin avait jadis déclaré à Rastignac : « Je vous
défie de faire deux pas dans Paris sans rencontrer
des manigances infernales [3]. » *Les Petits Bourgeois
donnent un exemple vivant et multiple de ces manigances.
L'argent, il faut à tout prix et par n'importe quel moyen
se procurer de l'argent, beaucoup d'argent. On achète, on
vend, on fait de l'usure, on spécule, on trafique. Et surtout
l'on calcule : ce roman est rempli de chiffres, d'additions,
de budgets, de comptes de toute sorte, qui traduisent l'obses-*

---

   1. *Lettres à l'Étrangère,* t. II, page 330 (14 mars 1844).
   2. Pages 179, 29, 100, 195, 166, 232. Voyez également pages 98, 180,
208, etc. Cette langue, surtout dans la bouche de Cérizet, semble
beaucoup plus naturelle et moins factice que l'argot systématique
d'Eugène Sue (voyez la légende de la gravure reproduite planche IV)
   3. *Le Père Goriot,* Pléiade, tome II, page 936.

sion de l'argent. *La dot de Céleste est l'objet de supputations qui ont presque le caractère d'une rêverie poétique ; n'est-elle pas l'objet idéal des vœux de Théodose, la récompense de ses longs efforts, la clef du Paradis ? Et que de bilans ! Que de fortunes déduites, analysées, anatomisées ! Thuillier, Théodose, Phellion, Cérizet, Dutocq, et jusqu'à Poupillier, le pauvre de Saint-Sulpice, tous ont une existence financière qui semble fonder leur existence même. C'est que dans ce Paris en proie au désir vertigineux de parvenir, l'argent est l'instrument universel, la pierre philosophale de l'ambition.*

Or chacun ne songe qu'à s'élever d'un échelon dans la hiérarchie sociale. Les petits bourgeois intriguent pour arriver à la grande bourgeoisie : un Minard est devenu maire de son arrondissement, et un Thuillier rêve d'une carrière politique. Quant aux gens des classes inférieures, ils ont un désir plus violent encore d'accéder à la bourgeoisie, d'obtenir argent, plaisir et considération. Le vrai but de Cérizet est « de devenir bourgeois [1] » ; *devant l'or de Poupillier, écrit Balzac,* « il se voyait enfin bourgeois de Paris, capitaliste en état d'entreprendre de belles affaires [2] ! » *La Cardinal elle-même, la marchande de marée, s'écrie avec ravissement :* « Je serai donc bourgeoise de Paris [3] ! » *Mais c'est chez Théodose, si longtemps écrasé par la misère, que la rage d'arriver est la plus forcenée ; voir ses longs efforts compromis par les exigences de ses complices, c'est plus qu'il n'en peut supporter, et il s'écrie dans une sorte de délire :* « Voici dix-huit mois que *je mange du bourgeois !...* et... au moment où j'avance pour m'attabler au festin social, le bourreau me frappe sur l'épaule [4]... »

Une lutte à mort est engagée entre Théodose et Cérizet.

---

1. Page 225.
2. Page 231.
3. Page 232.
4. Page 197 sq.

Il est significatif du Paris d'alors qu'elle se déroule à coups d'artifices de procédure. Cérizet, dans une nouvelle intitulée Les Roueries d'un créancier, *qui est contemporaine de la composition du roman, est doué d'une astuce diabolique en ce domaine* [1]. *Balzac a été l'un des premiers à s'aviser que le chantage, la trahison et le meurtre devenaient plus atroces encore sous la forme juridique que leur donne la société moderne, et lorsque n'intervenait pas la violence physique. Théodose, devant l'un des tours de Cérizet, se sent* «la colonne vertébrale liquide comme si quelque décharge de fluide électrique... l'eût fondue [2] » ; *de fait, il est aussi sûrement exécuté, si les manœuvres de son adversaire réussissent, que si on lui tirait un coup de pistolet. On voit tout ce que le roman gagne en dramatique au rapprochement entre la vie plate et rassurante des* Petits Bourgeois, *et les menées obscures des personnages inquiétants qui les entourent. Dans ce Paris, qui est un Océan, selon une métaphore toujours présente à l'imagination de Balzac, Cérizet, écrit-il, est* « un personnage en quelque sorte sous-marin [3] », *et l'avoué Desroches observe :* « La Peyrade et Cérizet me font l'effet de deux plongeurs qui se battent sous mer [4]. » *Le romancier, on le voit, ne s'est pas contenté de décrire soigneusement ce qu'on aperçoit à la surface, il est descendu dans les profondeurs ténébreuses de la Ville. Paris, avec ses mendiants millionnaires, ses* « artiste[s] en

---

1. Balzac, écrasé de dettes, avait toutes les raisons de bien connaître les diverses péripéties du combat perpétuel que se livrent créanciers et débiteurs. La nouvelle, qu'il dit terminée le 3 janvier 1844 (*Lettres à l'Étrangère*, tome II, page 260), ne devait paraître qu'en septembre 1845; son titre définitif est *Un homme d'affaires*. Je reproduis en note à la page 96 les compléments qu'on y trouve à la biographie de Cérizet.

2. Page 194.

3. Page 93.

4. Page 207. Il est question également de « ces travaux sous-marins » page 178.

Mal [1] », avec *Du Portail* alias *Corentin qui veille à l'écart,* est devenu la *métropole de l'Aventure, où la vie est extra-ordinaire et quotidienne à la fois, banale et mystérieuse. Cette synthèse originale de Henri Monnier et d'Eugène Sue, avec un souci de la vérité largement humaine qui, pour des raisons antagonistes était étrangère à l'un et à l'autre, caractérise assez bien — dans la mesure où on la pressent — la réussite des* Petits Bourgeois.

Quelle aurait été l'issue du combat? Théodose serait-il parvenu à désarmer Dutocq et Cérizet? Aurait-il épousé Céleste et serait-il devenu un riche bourgeois? C'est ce qu'on ne peut savoir avec certitude, puisque le roman est resté inachevé. Quand le fragment se termine, c'est Théodose qui l'emporte. Thuillier est devenu « propriétaire incommu-table [2] » *de la maison disputée ; Cérizet semble s'être apaisé, et Théodose n'a plus devant lui que Dutocq, qui* « n'est pas de force... [3] ». *Ayant levé l'hypothèque de son passé, introduit comme il l'est chez les Petits Bourgeois, il devrait arriver à ses fins. Mais il est difficile de deviner les intentions dernières de Balzac ; l'épisode de Poupillier, avec l'apparition de Du Portail et de Lydie de La Peyrade, à la fin de notre texte, oriente l'intrigue dans une direction qu'il est malaisé de déterminer ; Théodose ne devait certai-nement pas rester étranger à ce nouveau cours des choses. Rabou, on le verra par les extraits reproduits, finissait par donner Céleste en mariage à son soupirant Félix Phellion, tandis que Théodose épousait Lydie et entrait dans la police sous la protection de Du Portail — Corentin.*

---

1. Page 95.
2. Page 208.
3. Page 223.

A ce dernier mariage, Rabou donne un caractère de réparation, car Théodose, par une coïncidence extravagante à laquelle eût répugné Balzac, serait précisément le personnage chargé par Vautrin de violer la pauvre Lydie (Splendeurs et Misères des Courtisanes [1]). *Il n'en est pas moins probable que Balzac a songé à donner Théodose comme époux à Lydie, puisqu'il a pris soin en 1844, en revoyant la première partie de* Splendeurs et Misères, *de faire à ce sujet une addition significative [2] ; il faut reconnaître d'autre part que Théodose était prédisposé — étant donné ses aptitudes — à entrer dans la police. Céleste devait-elle donc nécessairement épouser Félix Phellion ? Rien n'est moins sûr, car ce type de* happy ending *n'est pas dans les habitudes de Balzac.*

Il y aurait bien un moyen de faire quelques conjectures, c'est d'étudier les anagrammes de Colleville, qui sont autant de prédictions parfaitement sûres. « Aucune de ses anagrammes n'avait failli », *constate le romancier [3]. Or, affirme Colleville, les* « nom et prénoms de Charles-Marie-Théodose de La Peyrade prophétisent ceci :

---

1. Balzac, dans une addition, note au contraire que Lydie a été *promise* pour cet usage à de Marsay. Éd. A. Adam, Classiques Garnier, 1958, page 306. (Pléiade, tome V, page 880).

2. Il est question d'un mari pour Lydie, et son père, le vieux policier, Peyrade alias Canquoelle, s'écrie : « Oh ! je n'y songeais point ! je dois avoir un troupeau de neveux, et dans le nombre il peut s'en trouver un digne de toi !... Je vais écrire ou faire écrire en Provence ! Chose étrange ! continue Balzac, en ce moment un jeune homme, mourant de faim et de fatigue, venant à pied du département de Vaucluse, un neveu du père Canquoelle, entrait par la Barrière d'Italie, à la recherche de son oncle. Dans les rêves de la famille à qui le destin de cet oncle était inconnu, Peyrade offrait un texte d'espérances : on le croyait revenu des Indes avec des millions ! Stimulé par ces romans du coin du feu, ce petit-neveu, nommé Théodose, avait entrepris un voyage de circum-navigation à la recherche de l'oncle fantastique. » Éd. A. Adam, page 153.

3. Page 76.

Eh ! monsieur payera, de la dot, des oies é le char... [1] »
*(sic). Mais le riche mariage que doit faire Théodose, est-ce,
dans l'esprit de Balzac, avec Céleste ou avec Lydie ? Rabou,
d'autre part, dans sa continuation ne tient nul compte de
l'anagramme de Flavie Minoret Colleville, qui donne :*
« La vieille C., nom flétri, vole [2] » ; *or, si puérile que
la chose puisse paraître, il y avait là une indication certaine
des intentions de Balzac quant à ce personnage. Les Colleville,
à coup sûr, étaient promis à une fin malheureuse : le romancier
l'annonçait clairement dès le début ; au lecteur qui risquait
de trouver* « peu moral » *le bonheur facile et gai dont
jouissait ce ménage d'une gourgandine et d'un mari complaisant, il faisait observer :* « ... avant de conclure il est bon
d'aller jusqu'à la fin de ce drame, malheureusement
trop vrai, dont l'historien n'est pas d'ailleurs comptable [3] ». *Mais tous ces indices, avouons-le, sont trop faibles
ou trop imprécis, et le problème de la fin des* Petits Bourgeois
reste insoluble.

*On ne serait pas moins curieux de savoir pourquoi Balzac
n'a pas achevé son roman. Il l'avait pourtant commencé
avec beaucoup d'élan. Aussitôt l'idée venue de cette nouvelle
œuvre, il écrivait à Mme Hanska le 17 décembre 1843 :*
« Je me sens si disposé à brocher ce livre, qui m'est
tombé du ciel, que je ne fais plus que cela [4]. » *Deux
jours plus tard, il confirmait :* « Je suis très enthousiaste
de *Modeste* [*c'est le titre primitif.*] Caractères, intrigue,

1. Page 63.
2. Page 77.
3. Page 33.
4. Toutes les citations et indications qui suivent sur l'histoire des
Petite Bourgeois sont extraites des *Lettres à l'Étrangère* de décembre 1843
à mars 1844. *Éd. cit.*, pages 244 à 338.

drame, tout en est neuf, original ». *Le 5 janvier 1844,
il renchérissait :* « Vous ne sauriez croire, chérie,
avec quelle furie je me suis lancé dans *Un Grand Artiste*
[*titre primitif de la première partie*] ». *Et, en effet, la rédaction fut très rapide : le 28 décembre, il en était au vingt-
septième feuillet ; le 6 janvier, le premier volume — soixante-
dix feuillets — était terminé, et le romancier estimait qu'il
lui suffirait de quatre jours* « pour avoir achevé cette
œuvre » ; *le 14 janvier, il avait* « cent quarante beaux
feuillets d'écrits » — *soit deux volumes, mais il envisageait
un troisième tome :* « C'est l'affaire de cette semaine, »
ajoutait-il ; *le 19 janvier, il en était à cent soixante feuillets, mais il avait constaté la veille :* « *Les Bourgeois*
s'étalent, et je crois que cela fera quatre volumes,
environ deux cent quarante feuillets. » *Le roman,
qui prenait de l'ampleur, avait donc été composé avec une
verve merveilleuse dont l'auteur avait conscience. Après
avoir fait dix-neuf feuillets la veille, il avait noté le 7 janvier :*
« Je ne bouge pas. Il me semble que si je changeais
de place, je ferais enfuir l'inspiration aux pieds légers ! »
Et le lendemain : « Cela coule comme de source. »
Deux jours plus tard : « Voici deux volumes de terminés... C'est avoir lestement écrit, car je ne sais pas
si un copiste les aurait copiés aussi rapidement. Je
n'ose pas relire ce que j'ai écrit, de peur de perdre
ma bonne opinion sur mon ouvrage et d'interrompre
cette espèce de veine. » *Or précisément cette veine a été
interrompue : l'éditeur Hetzel apporte au* Journal des
Débats, *qui accepte de les publier en feuilleton, les cent
soixante feuillets terminés le 19 janvier ; on décide de les
composer : c'est chose faite le 29 janvier ; le romancier
remanie son début, risque quelques corrections, et s'arrête :*
Les Petits Bourgeois, *dont le nom revient sans cesse
sous la plume de Balzac dans la liste des œuvres à terminer*

d'urgence, demeureront inachevés — et, tant que Balzac vivra, inédits.

La chose est d'autant plus étrange que c'est ici un cas unique dans toute son œuvre. Il s'est certes jeté dans bien d'autres entreprises qui n'ont pas abouti, mais il ne remplissait pas plus de quelques feuillets avant de s'apercevoir qu'il avait fait fausse route ; parfois il lui suffisait d'écrire le titre, et il n'allait pas plus loin. Il note en 1834 : « J'avais fini par trouver un sujet pour ma troisième livraison, mais après un demi-volume fait, je jette le volume dans le carton des embryons, et je recommence avec un grand, beau, magnifique sujet... [1] ». *Un demi-volume, c'est-à-dire trente-cinq feuillets. Un* embryon *de Balzac atteint rarement cette taille. Que faut-il donc penser des cent soixante feuillets des* Petits Bourgeois ? *Voici un fort long texte, déjà sur épreuves, et qu'il n'a jamais utilisé ; on ne peut manquer d'en être surpris, quand on sait combien il était avide de* copie, *et comment il a fait servir et resservir ses moindres productions. Ces faits ne sont pourtant pas entièrement inexplicables.*

Rentré de Russie malade [2] quelques semaines auparavant et abreuvé de déceptions, il veut aussi vite que possible s'affirmer et reprendre sa place dans le monde parisien. « J'ai une espèce de rage froide d'indignation, *écrit-il,* qui va me faire écrire *Modeste* avec promptitude. Il me tarde de donner cette preuve de mon retour. » *D'autre part, il tient à dédier à Mme Hanska* « la première œuvre, *lui dit-il,* faite après notre entrevue si courte et si nécessaire à deux cœurs affamés ». *Il se met donc au travail avec l'ardeur qu'on a pu voir ; le 6 janvier il a*

---

1. *Lettres à l'Étrangère,* 20 juin 1834, tome I, pages 163 et 164.
2. Il avait en particulier d'horribles maux de tête. Le 5 novembre 1843, deux jours après son arrivée, il avait consulté le docteur Nacquart, et celui-ci avait diagnostiqué une *arachnitis.*

rempli soixante-dix feuillets ; le 9 il en est à cent trois ; le 14 à cent quarante. Mais il a hâte d'en avoir terminé ; le 27 décembre il notait : « Ce sera peut-être fini pour les premiers jours de janvier. » *Le 6 janvier il annonce :* « Il me faudra quatre jours, je crois, pour avoir achevé cette œuvre. » *Le 13 il affirme :* « Quand vous tiendrez cette feuille... eh bien ! j'aurai fini *Les Bourgeois de Paris* » *et il précise qu'il aura composé son roman du 25 décembre au 20 janvier. Or le 19 il en est seulement à cent soixante feuillets. Il est vrai que, pendant ce mois de travail, sa conception s'est élargie et que* Les Petits Bourgeois *doivent maintenant faire plus de quatre volumes (trois cents feuillets), tandis que* Modeste *n'en devait comprendre que deux. Quoi qu'il en soit, il en reste à ces cent soixante feuillets, et il n'ira jamais plus loin. Le feu de l'inspiration n'aura été qu'un feu de paille. Balzac oscille entre l'exaltation et le découragement. Il est pathétique de le voir rappeler à l'Étrangère ces premiers temps de leur amour en Suisse, qui virent la création de son œuvre la plus vantée* [1] *; cette époque lui apparaît rétrospectivement comme une sorte d'âge d'or, dont il affirme — sans peut-être se le persuader tout à fait — qu'il est maintenant revenu :* « Je travaille avec plus d'ardeur et plus de confiance qu'au temps d'*E. Grandet,* que j'ai faite entre Neuch[*âtel*] et G[*enève*], vous en souvenez-vous ? » *Et une douzaine de jours plus tard :* « Je me suis trouvé l'esprit tout neuf. » *On peut bien croire que son génie n'a plus la même fécondité,* « ma vengeance..., *écrit-il,* c'est de faire dire à mes ennemis avec rage : *Au moment où l'on*

---

1. Il observait en avril 1839 dans la préface d'*Un grand homme de province à Paris* (deuxième partie d'*Illusions perdues*) qu'*Eugénie Grandet* était « celle de ses œuvres avec laquelle les critiques essayent d'étouffer les autres par des louanges exagérées. » Éd. A. Adam, Classiques Garnier, 1956, page 762. Il semble être lui-même tombé dans ce piège.

peut croire qu'il a vidé son sac, il lance un chef-d'œuvre ».
Hélas ! il est contraint d'avouer : « L'année 1844 n'est
pas l'an 1833. Je ne puis plus travailler en jeune
homme ; les *Bourgeois de Paris* m'ont mis à bas. »

*La véritable panne d'inspiration s'est produite le 17
janvier. Il vient de rédiger cent quarante feuillets en trois
ou quatre semaines, et il en est à un tournant de l'intrigue,
puisqu'il introduit alors Mme Cardinal et l'affaire Poupillier.*
« Il est trois heures du matin, *écrit-il.* J'ai dormi très
mal. J'étais inquiet. Je n'ai plus que soixante-dix
feuillets à écrire pour terminer *Les Bourgeois,* et je
voudrais les avoir finis. Cela m'agite beaucoup. »
*Le lendemain il entrevoit de nouveaux développements dans
son histoire, qu'il a maintenant l'intention d'étendre à trois
cents feuillets ; mais l'élan est brisé.* « Je suis là devant
mon papier, depuis une heure, sans rien trouver »,
avoue-t-il le 21 ; il confirme le 22 : « Hier, chère, je n'ai
rien pu faire ; ni penser ; ni écrire une ligne. Dans
ma furie de travail, j'ai abusé, je crois, de mes facultés,
ou de ce qui me reste de facultés. » *Il fait encore tant
bien que mal une vingtaine de feuillets, et il confie le tout
à Hetzel ; c'est là un répit qu'il se donne, et qui durera
jusqu'à l'arrivée des épreuves. Mais au début de mars
il ne peut plus se faire illusion :* « Les Petits Bourgeois
sont là sur mon bureau..., Je n'y puis toucher. Cette
montagne d'épreuves m'épouvante... Je ne sais pas
si c'est une phase de cervelle, mais je n'ai pas de continuité dans le vouloir. Je fais des plans, je conçois des
livres, et, quand il faut exécuter, tout s'échappe. »
*Les maux de tête de l'*arachnitis *reprennent avec une extrême
violence. Le 10 mars, il lui échappe ce gémissement :* « Chère,
je me lève avec toutes mes douleurs. C'est affreux.
Voici *Les Petits Bourgeois* reculés jusqu'au 30, au moins.
Si j'avais de l'argent, je suspendrais mes travaux

pour un an. Mais c'est pour moi que Bossuet a dit le fameux : *Marche, marche !* ». *Cependant ces souffrances et cette dépression ne l'empêchent pas de songer à d'autres sujets, et de se lancer dans un roman qui développe le thème d'une* nouvelle *dont Mme Hanska lui avait envoyé l'analyse : ce sera* Modeste Mignon, *dont cinquante feuillets déjà sont écrits le 17 mars. Dès lors le destin des* Petits Bourgeois *est scellé ; le nouveau roman se substitue au précédent : la nouvelle* Modeste *remplace presque symboliquement l'ancienne, et le nom de la Modeste des* Petits Bourgeois *est corrigé en* Céleste. « Vous lirez peut-être votre œuvre dans les *Débats* avant *Les Petits Bourgeois* », écrit Balzac à l'Étrangère. *Il prend aisément son parti de ce nouvel ordre de choses : «* Les Petits Bourgeois, c'est l'épopée de la bourgeoisie, une construction à plusieurs étages ; elle voulait du temps et force corrections, tandis que *Modeste Mignon* a poussé comme un champignon, sans peine, sans efforts. Il y a de ces bonheurs. » *Effectivement ce délicat hommage à Mme Hanska commencera dès le 4 avril à paraître dans le* Journal des Débats. *Pendant ce temps,* Les Petits Bourgeois *sont passés à l'état de pensum et de remords. Le 13 avril, il affirme :* « Je n'aurai le droit de m'aller promener que lorsque j'aurai fini *Les Petits Bourgeois.* » *En juillet encore, puis en novembre, en décembre, il parle de la nécessité absolue de terminer ce roman. En fait, il n'y ajoute pas une seule ligne* [1]. *Ainsi, de mois en mois, et bientôt d'année en année,*

---

1. Dans les *Lettres à l'Étrangère*, tome IV, pages 12 et 13, est reproduit le texte se trouvant sur un feuillet qui servait d'enveloppe à la lettre du 23 août 1846. Il s'agirait d'après l'éditeur d'un fragment supprimé du début des *Petits Bourgeois*. En fait, ce texte est une première rédaction du passage célèbre de *La Cousine Bette* (Pléiade, tome VI, page 178) concernant les masures le long du vieux Louvre et la rue du Doyenné. Balzac travaillait alors précisément à ce roman. On notera d'autre part qu'aucune scène des *Petits Bourgeois* ne se déroule

il diffère cette tâche ; il lui suffira, il en est persuadé, de quelques jours de travail ; c'est si peu de chose qu'il se juge autorisé à ranger Les Petits Bourgeois *parmi les romans terminés, quand il dresse en 1845 le* Catalogue *des ouvrages que devra comprendre* La Comédie humaine *; de même, il considère comme presque disponible la somme que lui rapportera la publication, et il n'hésite pas à la faire entrer dans ses bilans et ses calculs. « Je vais essayer de demander à Bertin quatre mille francs sur* Les Petits Bourgeois *», écrit-il à l'Étrangère le 20 octobre 1846* [1]. *S'il s'indigne bientôt de l'échec de sa tentative, c'est qu'en l'occurrence l'ouvrage n'est pas un simple projet en l'air : on me refuse, observe-t-il, « et cependant* Les Petits Bourgeois *sont composés en imprimerie* [2] *». Pendant les derniers mois de 1846 et les premières semaines de 1847, il réaffirme à une quinzaine de reprises son intention de terminer prochainement ce roman — ainsi d'ailleurs que* Les Paysans *et le* Député d'Arcis, *qui, on le sait, resteront également inachevés* [3]. *En juin 1848 enfin, au cours de son séjour au château de Saché, il revient encore à son sujet ; mais ce n'est pas pour achever le roman, c'est pour esquisser une comédie en cinq*

---

dans ce quartier. Enfin la comparaison, à la Bibliothèque Lovenjoul, de l'écriture de ce fragment et du papier sur lequel il est écrit, avec l'écriture et le papier des manuscrits des *Petits Bourgeois* et de *La Cousine Bette*, achève de démontrer qu'il se rapporte bien à ce dernier roman.

1. *Lettres à l'Étrangère,* tome IV, page 80.
2. *Ibid.,* page 81.
3. *Ibid.,* pages 51, 60, 79, 82, 89, 90, 93, 96, 109, 111, 139, 188, 226, 241, etc. Il semble avoir de nouveau pensé spécialement aux *Petits Bourgeois* d'octobre 1846 à janvier 1847 ; il recommence à les oublier ensuite. Mais vers 1848 encore, préparant une nouvelle édition de *La Comédie humaine* en vingt volumes, il prévoyait « l'addition des *Petits Bourgeois* dans le tome XII ». (Bibliothèque Lovenjoul, notes sur les pages de garde de l'exemplaire annoté. Cité par M. Bardèche, édition de *La femme auteur*, page 71).

actes en prose dont nous ne possédons guère que la table des personnages. Il projette alors cinq ou six œuvres théâtrales, parmi lesquelles Vautrin, Les Parents pauvres *et* Le Père Goriot. *Pourquoi ne tirerait-il pas aussi une pièce des* Petits Bourgeois? *On ne voit toutefois pas le rapport entre le roman et la pièce, et l'on s'étonne que Mme Hanska, devenue Mme de Balzac, ait pu écrire qu'ils avaient le même sujet* [1]. *Peut-être n'a-t-elle voulu parler que d'inspiration commune, et en effet Tardif, l'un des personnages, est, note Balzac,* « un bourgeois du genre Prudhomme, découvert et décrit par Henri Monnier ». *Mais à quoi peuvent bien correspondre dans l'intrigue du roman les deux héritières : Hélène Tardif et Mathilde Ransonnette ? Et l'on n'aperçoit pas davantage dans la pièce de personnage qui évoque Théodose. Peu importe d'ailleurs. Ce projet de théâtre, si vite avorté, n'a pas donné à Balzac l'envie d'en finir au moins avec le roman où il avait dépeint le même milieu social. Il ne s'est jamais remis à cette œuvre ; dans sa vie encombrée de besognes, écrasée de travail, il a préféré céder à d'autres urgences, et il n'a pas souhaité avec assez d'énergie trouver les quelques journées nécessaires ; il était sensible, on l'a vu, aux difficultés de cette* « construction à plusieurs étages », *et il éprouvait peut-être quelque secrète antipathie pour un ouvrage qu'il avait dû abandonner dans un accès d'impuissance, avant d'avoir creusé la psychologie de ses personnages jusqu'à une profondeur véritablement* balzacienne ? *Quoi qu'il en soit, lorsqu'il meurt, en août 1850, le roman des* Petits Bourgeois *est dans le même état qu'en mars 1844.*

---

1. Lettre à Dutacq du 13 décembre 1850. Bibliothèque Lovenjoul, manuscrit A 272, fol. 3.

*
* *

Dès 1850, Mme de Balzac se préoccupa d'exploiter
La Comédie humaine ; *elle tenait à perpétuer la gloire
de son mari ; elle voulait aussi en tirer le plus d'argent
possible, car, expliquait-elle, les créanciers de Balzac la*
« harcelaient de toutes parts [1] ». *Elle fit choix, pour la
conseiller et pour servir d'intermédiaire entre elle et le
monde des journalistes ou des éditeurs, d'Armand Dutacq.
C'était le fondateur du journal* Le Siècle *et il avait été
l'ami du romancier. Il y avait deux manières de concevoir
l'édition des œuvres inachevées ; on pouvait les imprimer
comme* œuvres posthumes *dans l'état où l'auteur les avait
laissées [2] ; on pouvait au contraire les faire terminer par
une plume mercenaire et les donner comme des romans
inédits auxquels l'auteur de* La Comédie humaine *n'avait
pas eu le temps de mettre la dernière main. Dans le premier
cas, on ne touchait que quelques curieux ; dans le second,
on atteignait l'immense public que s'était constitué le romancier. C'est à cette seconde solution qu'on s'arrêta. Charles
Rabou, avec lequel Balzac avait collaboré en 1832 dans
les* Contes Bruns [3], *et qu'il n'avait jamais perdu de vue [4],
se vit confier la tâche de terminer* Le Député d'Arcis,
qui parut en feuilleton dans Le Constitutionnel *en 1853,
puis en volumes chez De Potter [5]. Satisfaite de la fécondité*

---

1. Lettre à Dutacq, 13 décembre 1850. Bibliothèque Lovenjoul,
manuscrit A 272, fol. 269.

2. Lettre de Mme de Balzac à Dutacq. Lovenjoul, A 272, fol. 269.

3. Sur les relations à l'époque entre les deux hommes, voyez leur
correspondance à la Bibliothèque Lovenjoul, manuscrits A 263,
fol. 55 à 76 et A 288, fol. 47 à 49.

4. Il écrivait à l'Étrangère le 18 juillet 1846 : « Je vais te faire envoyer
vingt numéros du *Constitutionnel* qui contiennent un roman de Rabou
[*Les Grands Danseurs du Roi*]. Cela t'amusera. » *Éd. cit.,* tome III, page
322.

5. Treize volumes en tout avec les deux suites. 1854-1855.

*de Rabou, qui au texte de Balzac déjà paru en 1847 avait
ajouté une suite cinq fois plus longue, Mme de Balzac pria
Dutacq d'aller le voir.* « Dites-lui un mot, et comme en
passant, des *Petits Bourgeois,* qui sont bien plus avancés
que *Le Député d'Arcis ;* il n'y manque presque que le
dénouement [1]. » *Elle avait, expliquera-t-elle un peu plus
tard, des raisons particulières de s'assurer pour ce roman
précisément la collaboration du feuilletoniste :* « J'ai fait
choix de M. Rabou pour terminer cette œuvre, non
par une espèce de prévention personnelle, puisque
je le connais à peine, mais uniquement parce que ce
choix m'avait été indiqué par mon mari lui-même dans
les entretiens que nous avons eus ensemble lors de
sa dernière et fatale maladie, au sujet de l'achèvement
de son œuvre interrompue [2]. » *Balzac en effet aurait
alors dit en propres termes :* « Je voudrais bien voir
Rabou ; peut-être qu'il se chargerait de terminer
Les Petits Bourgeois — roman, tandis que je les arran-
gerais de mon côté pour le théâtre [3]. » *Quoi qu'il en
soit* [4], *on n'est pas bien sûr que Balzac eût été satisfait de
voir paraître la prose de Rabou sous son nom ; car un des
aspects les plus déplaisants de cette cuisine, c'est que,
pour des raisons commerciales évidentes, il fallait laisser
le lecteur dans l'illusion que le roman tout entier était
de Balzac. La veuve avisée, qui exigeait quinze mille francs
(soit plusieurs dizaines de milliers de nos nouveaux francs)* [5],
recommandait à Dutacq de « ne pas ébruiter le secret
de la collaboration de M. Rabou, non pas dans mon

---

1. Lettre à Dutacq. Lovenjoul, A 272, fol. 188.
2. Lettre à Dutacq. *Ibid.,* fol. 228.
3. *Ibid.,* fol. 278.
4. Je dois avouer que ces entretiens avec Balzac sur l'achèvement
de son œuvre, ainsi que les paroles qu'il aurait prononcées me paraissent
assez surprenants.
5. A 272, fol. 243.

intérêt, *ajoutait-elle,* mais dans celui de l'acquéreur qui nous imposerait le secret comme condition absolue[1]. »

De fait, si Le Député d'Arcis *avait été publié avec la mention, d'ailleurs fort imprécise,* « Terminé par Charles Rabou », Les Petits Bourgeois, *où le texte de Balzac occupe moins de quatre volumes sur huit, devaient paraître sous le nom de l'auteur de* La Comédie humaine, *et sans qu'il fût question de Rabou.*

Mme de Balzac remit donc à l'associé posthume qu'elle donnait à son mari tout ce qu'elle pensait avoir chez elle — manuscrit ou épreuves — du texte des Petits Bourgeois. *Elle avait naguère tenu à voir Rabou* « pour lui dire ce qu'[*elle savait*] des idées de M. de Balzac sur la conclusion du *Député d'Arcis*[2] ». *Il ne semble pas qu'elle ait disposé d'informations spéciales concernant* Les Petits Bourgeois, *et le feuilletoniste fut abandonné à lui-même. Mais il ne manquait pas d'assurance, et il ne se sentait nullement intimidé à l'idée d'avoir de nouveau à rivaliser avec Balzac. Accusé de* Balzacicide[3] *à propos du* Député d'Arcis, *il était en fait du même avis que le docteur Véron, le directeur du* Constitutionnel, *qui lui aurait alors affirmé :* « C'est au contraire le commencement de Balzac qui nuit à ton roman[4]. » *Il connaissait à merveille les techniques du roman populaire ; c'est pour cette raison, pensait-il, que Mme de Balzac, soucieuse d'obtenir un beau succès de vente, l'avait choisi. Il se mit donc à couper dans le manuscrit certains passages. A Dutacq, qui protestait à propos*

---

1. Lettre à Dutacq. Lovenjoul, A 272, fol. 228. L'acquéreur devait être mis au courant : « Communiquez lui le manuscrit, écrivait-elle à Dutacq, faites-lui bien voir où s'arrête cette plume trop tôt brisée. » Mais c'était à lui de décider dans quelle mesure on informerait le public.

2. Lettre à Dutacq du 5 mai 1851. A 272, fol. 21.

3. A 274, fol. 117.

4. *Ibid.*

de l'un d'eux, il répondait : « Après tout, ce n'est pas une page si merveilleuse. Prenez garde, en ne voulant rien perdre du grand homme, de fatiguer le public[1]. » *Dutacq prit la peine de comparer la version de Rabou avec le texte original de Balzac, et il exigea du feuilletoniste une fidélité plus grande. Celui-ci alors n'hésita plus à définir sa position :* « Vous avez rétabli les phrases avec trop de fétichisme selon moi, *écrivait-il...* Il faut savoir si vous tenez à garder jusqu'aux *cacas* de notre grand homme... L'exactitude servile ne profitera pas à la gloire de Balzac. Vous savez combien il corrigeait. Ce que vous voulez garder si religieusement, c'est un premier jet, fait *au jour le jour,* Mme de Balzac me l'a dit ; il y a donc quelques taches que j'ai tâché [*sic*] d'effacer. Les mettre sous verre ne me paraît pas utile au bien de l'œuvre[2]. » *Il était malaisé d'exiger de Rabou le respect scrupuleux d'un éditeur, tout en lui concédant la liberté d'un adaptateur et d'un continuateur. Le feuilletoniste ne fit pas de coupes sombres, mais il récrivit nombre de phrases et multiplia les adjectifs[3].*

Son travail était très avancé, puisque le journal Le Pays *commençait la publication de l'ouvrage, quand une très vive discussion s'éleva concernant la rétribution. Rabou avait prudemment laissé des amis s'entremettre auprès de Dutacq ; Mme de Balzac, indignée, explosait dans une lettre à ce dernier :* « Qu'est-ce que c'est que ces récriminations du travail de M. Rabou ?... Est-ce que j'ai violenté ce Monsieur et lui ai mis de force la plume à la main ?... Ne m'a-t-il pas remerciée, et dans sa lettre, et par vous-même, de lui avoir procuré un travail

---

1. A 274, fol. 110.
2. Lettre du 1er janvier 1854. *Ibid.* fol. 120.
3. La comparaison du texte de Rabou, repris dans les éditions Michel Lévy, avec le texte original de Balzac, qui est ici reproduit, est instructive. On en tirerait une stylistique du roman-feuilleton.

si honorable [*sic*]... Vraiment ! il sied bien à ses amis... de dire *que je l'exploite*... Et puis, qu'est ce que ces soi-disant amis qui prennent à cœur les intérêts de ce mineur de cinquante ans, qui trouvent que je fais de son travail *ma chose*... Il fallait me le dire auparavant, et j'aurais envoyé promener leur pupille avec sa copie... Mais attendre la publication du feuilleton, et que je sois bien engagée... fi ! c'est ignoble. » *Elle ajoutait charitablement :* « Ne faites pas trop bouillir mon vieux sang sarmate [1]. » *Rabou semble se l'être tenu pour dit ; il renonça aussitôt à son petit chantage, et la publication ne fut pas interrompue.* Les Petits Bourgeois *parurent en feuilleton dans* Le Pays *du 26 juillet au 28 octobre 1854. Mme de Balzac céda aussitôt les droits pour l'étranger à un éditeur de Bruxelles, et l'édition originale, en cinq volumes, fut publiée chez Kiessling, Schnée et Cie en 1855. La première édition française, en huit volumes in-8° chez De Potter, ne parut qu'en 1856-1857 [2].*

Mme de Balzac avait communiqué à Rabou un certain nombre de feuillets manuscrits et des placards comprenant deux cent quatre pages. Étonné de constater que le texte des épreuves s'arrêtait au milieu d'un mot, Rabou demanda si on lui avait bien tout remis. Mme de Balzac, catégorique comme toujours, répondit à Dutacq : « Je vous donne ma pa-

---

1. Lettre à Dutacq du 5 mai 1851. A 272, fol. 269 et 270.
2. L'édition belge n'est ni une contrefaçon ni une préfaçon, mais bien l'originale, car la Convention franco-belge sur la librairie avait été signée le 22 août 1852 et le consentement de Mme de Balzac avait été nécessaire. Voyez P. Van der Perre, *Les préfaçons belges. Bibliographie des véritables originales de Balzac publiées en Belgique.* Paris, Gallimard, 1940, in-8°, pages 127 à 132, ainsi que la Bibliographie à la fin du présent volume, page 291.

role qu'il n'y a pas une ligne de plus des *Petits Bourgeois* sous mon humble toit, et que mon mari n'en
a pas plus écrit que ce que je vous ai donné [1]. » *En
fait, le vicomte de Lovenjoul devait retrouver un jeu d'épreuves
comprenant un placard de plus [2], et il est vraisemblable
que la rédaction de Balzac allait plus loin encore. Dans
ses lettres de janvier 1844, le romancier, on l'a vu, parle
à deux reprises de cent soixante feuillets manuscrits ;
or les épreuves actuelles correspondent à cent quarante-cinq
feuillets au plus ; en outre, on observera que le texte s'arrête
au milieu d'une phrase. Quelque jour on découvrira peut-
être le reste. En attendant, la Bibliothèque Lovenjoul
dispose d'un manuscrit autographe très incomplet et de
deux jeux d'épreuves [3].*

*Quelle doit être la tâche de l'éditeur devant cette œuvre
inachevée et à peine relue ? Sans acquiescer à tout ce que
dit Rabou, il faut bien reconnaître que nous sommes en
présence d'un premier jet. Or Balzac corrigeait énormément :
ce malheur, avouait-il lui-même — car ces corrections
d'auteur coûtaient fort cher, —* « a dans la typographie
une horrible célébrité ». *Assurément il y aurait eu
une différence considérable entre le texte des premières
épreuves — qui est tout ce que nous avons, ou à peu près,
pour* Les Petits Bourgeois — *et ce qu'eût été le texte
définitif. Balzac eût considéré comme une trahison le fait
de lui attribuer les quatre volumes d'une* suite *dont il n'avait
pas écrit le premier mot ; mais c'eût été à ses yeux une
trahison à peine moins grande que de publier ses premières
épreuves comme une œuvre. Au reste, la chose s'était produite
de son vivant : la* Revue de Saint-Pétersbourg *s'était*

---

1. Lettre à Dutacq du 5 mai 1851. A 272, fol. 278.

2. Nous disposons donc de deux versions, celle de Rabou et celle
de Balzac lui-même, pour la scène de la découverte du trésor de
Poupillier.

3. Ces documents sont décrits pages 281 et 282.

permis de donner à ses lecteurs Le Lys dans la vallée *d'après les premières épreuves indélicatement communiquées par Buloz.* *Les protestations de l'auteur avaient été violentes ; les premières épreuves ne constituaient qu'une* « informe composition livrée, *expliquait-il,* à [s]on caprice et à [s]on scalpel » ; *il n'y avait là que* « les informes pensées qui [*lui*] servent d'esquisses et d'ébauches » ; *c'était une indignité de ne l'avoir pas laissé éliminer* « les incorrections de langage, les scories de la pensée qui bouillonnent dans l'encrier de l'écrivain pressé de faire *son carton* avant de peindre sa fresque [1] ». *Il reste beaucoup de ces incorrections et de ces scories dans notre texte des* Petits Bourgeois. *L'honnêteté pour l'éditeur consiste à faire observer avec insistance que c'est bien ici un* carton *et qu'on ne saurait le faire passer pour une fresque. Elle consiste également, après cette mise au point, à reproduire avec une parfaite exactitude le texte original de Balzac ; car il importe du moins de laisser au romancier la responsabilité de son ébauche comme telle. Il ne faut donc pas tenir compte de l'édition Rabou : le meilleur texte est celui du manuscrit (sauf lorsque ce texte est corrigé sur épreuves) et, là où le manuscrit manque, celui des épreuves, avec les additions et les corrections, s'il y a lieu. La présente édition, dont le texte diffère souvent de celui des éditions antérieures [2], est la première où ces principes soient effectivement appliqués. Les précédents éditeurs se plaignaient à juste titre* « des nombreuses imperfections que présentent, dans ce

---

1. Ce texte, ainsi que les trois citations qui précèdent, est tiré de l'*Historique du procès auquel a donné lieu* Le Lys dans la vallée, *30 mai 1836.* Pléiade, tome XI (éd. Roger Pierrot), pages 294 et 295.

2. Balzac, *Œuvres complètes,* éd. Bouteron et Longnon, tome XX, Paris, Conard, 1951 (réimpression). Balzac, *La Comédie humaine,* éd. Bouteron, tome VII. Paris, Gallimard, Bibliothèque de la Pléiade, 1950 (réimpression). On trouvera quelques exemples de ces divergences plus bas, pages 282 et 283.

roman en particulier, le style, la syntaxe, le vocabulaire de Balzac [1] ». *Il convient toutefois de reconnaître qu'un certain nombre de ces défauts sont imputables, non pas à Balzac, mais au prote qui a composé les premières épreuves ; il a été possible en plusieurs endroits de rétablir le texte original, où l'*imperfection *n'existe pas. On lisait dans les éditions antérieures, au moment de la présentation de Cérizet, que ce personnage se trouve dans l'histoire* « comme l'église enterrée sur laquelle repose la façade d'un palais [2] » ; *or sur le manuscrit, il y a non pas* église, *mais* assise ; *et l'on ne peut plus désormais reprocher à Balzac de s'être lancé ici dans des métaphores incohérentes. On lisait d'autre part, dans le tableau des opinions politiques de Phellion :* « il répondait à tout par le colosse du Nord [*La Russie*], espèce de matérialisme anglais [3] », *et nous n'avons pas le manuscrit pour ce passage ; mais Balzac a ici recopié sa* Monographie du rentier [4], *où le texte est* : « par le colosse du Nord, ou par le machiavélisme anglais ». *De la même manière, et toujours en l'absence du manuscrit, on peut corriger :* Napoléon « *réglait* tous les mémoires des fournisseurs » [5] en rognait, *et, dans la liste des phrases toutes faites des Petits Bourgeois :* « On reverra la guerre au pair [6] » — *ce qui est dépourvu de signification —* en « On reverra la queue au pain » ; *dans ce dernier cas, on reconstitue aisément l'erreur de lecture commise par le*

1. Éd. Conard, page 473.
2. Éd. Conard, page 74. Pléiade, page 125. Dans la présente édition, page 93.
3. Conard, page 40. Pléiade, page 98. Dans la présente édition, page 51.
4. Voyez plus haut, page XIII.
5. Conard, page 42. Pléiade, page 100. Dans la présente édition, page 54.
6. Conard, page 42. Pléiade, page 99. Dans la présente édition, page 53.

*prote en 1844. Ainsi nous proposons un texte notablement
plus correct ; il reste, dans cette œuvre inachevée, encore
bien des insuffisances pour le fond, comme pour la forme.
Peut-être néanmoins ne regardera-t-on pas sans plaisir
cette esquisse indécise de ce qui aurait pu être un grand
roman ?*

SOMMAIRE BIOGRAPHIQUE

1799 :

*Naissance, à Tours, le 20 mai, d'Honoré Balzac, fils
du « citoyen Bernard-François Balzac » et de la « citoyenne
Anne-Charlotte-Laure Sallambier, son épouse ». Il sera
mis en nourrice à Saint-Cyr-sur-Loire jusqu'à l'âge
de quatre ans. Il aura deux sœurs : Laure, née en 1800,
et Laurence, née en 1802; un frère, Henri, né en 1807.*

1804 :

Il entre à la pension Le Guay, à Tours.

1807 :

*Il entre, le 22 juin, au collège des Oratoriens de Vendôme,
qu'il quittera, après un rigoureux internat, le 22 avril 1813.*

1814 :

*Pendant l'été, il fréquente le collège de Tours. En novembre,
il suit sa famille à Paris, rue du Temple.*

1815 :

*Il fréquente deux institutions du quartier du Marais,
l'institution Lepître, puis, à partir d'octobre, l'institution
Ganser et suit vraisemblablement les cours du lycée
Charlemagne.*

1816 :

En novembre, il s'inscrit à la Faculté de Droit et entre, comme clerc, chez Me Guillonnet-Merville, avoué, rue Coquillière.

1818 :

Il quitte, en mars, l'étude de Me Guillonnet-Merville pour entrer dans celle de Me Passez, notaire, ami de ses parents et qui habite la même maison, rue du Temple. Il rédige des Notes sur l'immortalité de l'âme.

1819 :

Vers le Ier août, Bernard-François Balzac, retraité de l'administration militaire, se retire à Villeparisis avec sa famille. Honoré, bachelier en droit depuis le mois de janvier, obtient de rester à Paris pour devenir homme de lettres. Installé dans un modeste logis mansardé, rue Lesdiguières, il y compose une tragédie, Cromwell, *qui ne sera ni jouée, ni publiée de son vivant.*

1820 :

Il commence Falthurne *et* Sténie, *deux récits qu'il n'achèvera pas. Le 18 mai, il assiste au mariage de sa sœur Laure avec Eugène Surville, ingénieur des Ponts et Chaussées. Ses parents donnent congé rue Lesdiguières pour le Ier janvier 1821.*

1821 :

Le Ier septembre sa sœur Laurence épouse M. de Montzaigle.

1822 :

Début de sa liaison avec Laure de Berny, âgée de quarante-cinq ans, dont il a fait la connaissance à Villeparisis l'année précédente; elle sera pour lui la plus vigilante et la plus dévouée des amies. Pendant l'été, il séjourne à Bayeux, en Normandie, avec les Surville.

*Ses parents emménagent avec lui à Paris, dans le Marais,
   rue du Roi-Doré.*

*Sous le pseudonyme de Lord R'hoone, il publie, en colla-
   boration,* L'Héritière de Biragne *et* Jean-Louis;
   puis, seul, Clotilde de Lusignan. Le Centenaire *et*
   Le Vicaire des Ardennes, *parus la même année, sont
   signés Horace de Saint-Aubin.*

1823 :

Au cours de l'été, séjour en Touraine.

La Dernière Fée, *par Horace de Saint-Aubin.*

1824 :

*Vers la fin de l'été, ses parents ayant regagné Villeparisis,
   il s'installe rue de Tournon.*

Annette et le Criminel (Argow le Pirate), *par Horace
   de Saint-Aubin. Sous l'anonymat :* Du Droit d'Aînesse;
   Histoire impartiale des Jésuites.

1825 :

*Associé avec Urbain Canel, il réédite les œuvres de Molière
   et de La Fontaine. En avril, bref voyage à Alençon.
   Début des relations avec la duchesse d'Abrantès. Sa
   sœur Laurence meurt le 11 août.*

Wann-Chlore, *par Horace de Saint-Aubin. Sous l'anonymat :* Code des gens honnêtes.

1826 :

*Le 1er juin, il obtient un brevet d'imprimeur. Associé
   avec Barbier, il s'installe rue des Marais-Saint-Germain
   (aujourd'hui rue Visconti). Au cours de l'été, sa famille
   abandonne Villeparisis pour se fixer à Versailles.*

1827 :

*Le 15 juillet, avec Laurent et Barbier, il crée une société
   pour l'exploitation d'une fonderie de caractères d'imprimerie.*

1828 :

Au début du printemps, Balzac s'installe 1, rue Cassini, près de l'Observatoire. Ses affaires marchent mal : il doit les liquider et contracter de lourdes dettes. Il revient à la littérature : du 15 septembre à la fin d'octobre, il séjourne à Fougères, chez le général de Pommereul, pour préparer un roman sur la chouannerie.

1829 :

Balzac commence à fréquenter les salons : il est reçu chez Sophie Gay, chez le baron Gérard, chez Mme Hamelin, chez la princesse Bagration, chez Mme Récamier. Début de la correspondance avec Mme Zulma Carraud qui, mariée à un commandant d'artillerie, habite alors Saint-Cyr-l'École. Le 19 juin, mort de Bernard-François Balzac.

En mars a paru, avec la signature Honoré Balzac, Le Dernier Chouan ou La Bretagne en 1800 *qui, sous le titre définitif* Les Chouans, *sera le premier roman incorporé à* La Comédie humaine. *En décembre,* Physiologie du Mariage, « *par un jeune célibataire* ».

1830 :

Balzac collabore à la Revue de Paris, *à la* Revue des Deux Mondes, *ainsi qu'à divers journaux : le* Feuilleton des Journaux politiques, La Mode, La Silhouette, Le Voleur, La Caricature. *Il adopte la particule et commence à signer* « de Balzac ». *Avec Mme de Berny, il descend la Loire en bateau (juin) et séjourne, pendant l'été, dans la propriété de La Grenadière, à Saint-Cyr-sur-Loire. A l'automne, il devient un familier du salon de Charles Nodier, à l'Arsenal.*

Premières « Scènes de la vie privée » : La Vendetta; Les Dangers de l'inconduite (Gobseck); Le Bal de Sceaux; Gloire et Malheur (La Maison du Chat-

qui-pelote) ; La Femme vertueuse (Une double
famille); La Paix du ménage. *Parmi les premiers
« contes philosophiques »* : Les Deux Rêves, L'Élixir
de longue vie...

1831 :

*Désormais consacré comme écrivain, il travaille avec achar-
nement, tout en menant, à ses heures, une vie mondaine
et luxueuse, qui ranimera indéfiniment ses dettes. Ambitions politiques demeurées insatisfaites.*
La Peau de chagrin, *roman philosophique. Sous l'étiquette*
« Contes philosophiques » : Les Proscrits; Le Chef-
d'Œuvre inconnu...

1832 :

*Entrée en relations avec Mme Hanska, « l'Étrangère »,
qui habite le château de Wierzchownia, en Ukraine.
Il est l'hôte de M. de Margonne à Saché (où il a fait
et fera d'autres séjours); puis des Carraud, qui habitent
maintenant Angoulême. Il est devenu l'ami de la marquise
de Castries, qu'il rejoint en août à Aix-les-Bains et
qu'il suit en octobre à Genève : désillusion amoureuse.
Au retour, il passe trois semaines à Nemours auprès
de Mme de Berny. Il a adhéré au parti néo-légitimiste
et publié plusieurs essais politiques.*
La Transaction (Le Colonel Chabert). *Parmi de nouvelles* « Scènes de la vie privée » : Les Célibataires
(Le Curé de Tours) *et cinq* « scènes » *distinctes qui
seront groupées plus tard dans* La Femme de trente
ans. *Parmi de nouveaux* « contes philosophiques » :
Louis Lambert. *En marge de la future* Comédie
humaine : *premier dixain des* Contes drolatiques.

1833 :

*Début d'une correspondance suivie avec Mme Hanska.
Il la rencontre pour la première fois en septembre à*

*Neuchâtel et la retrouve à Genève pour la Noël. Contrat
avec Mme Béchet pour la publication, achevée par Werdet,
des* Études de mœurs au XIXᵉ siècle *qui, de 1833 à
1837, paraîtront en douze volumes et qui sont comme
une préfiguration de* La Comédie humaine *(I à IV :
« Scènes de la vie privée ». V à VIII : « Scènes de la vie
de province ». IX à XII : « Scènes de la vie parisienne »).*
Le Médecin de campagne. *Parmi les premières* « Scènes
de la vie de province » : La Femme abandonnée; La
Grenadière; L'Illustre Gaudissart; Eugénie Grandet
(décembre).

1834 :

*Retour de Suisse en février. Le 4 juin naît Maria du Fresnay,
sa fille présumée. Nouveaux développements de la vie
mondaine : il se lie avec la comtesse Guidoboni-Visconti.*
La Recherche de l'absolu. *Parmi les premières* « Scènes
de la vie parisienne » : Histoire des Treize (*I*. Ferragus, *1833*. *II*. Ne touchez pas la hache (La Duchesse
de Langeais), *1833-1834*. *III*. La Fille aux yeux d'or,
1834-1835).

1835 :

*Une édition collective d'*Études philosophiques *(1835-
1840) commence à paraître chez Werdet. Au printemps,
Balzac s'installe en secret rue des Batailles, à Chaillot.
Au mois de mai, il rejoint Mme Hanska, qui est avec
son mari à Vienne, en Autriche; il passe trois semaines
auprès d'elle et ne la reverra plus pendant huit ans.*
Le Père Goriot *(1834-1835)*. Melmoth réconcilié.
La Fleur des pois (Le Contrat de mariage). Séraphîta.

1836 :

*Année agitée. Le 20 mai naît Lionel-Richard Guidoboni-
Visconti, qui est peut-être son fils naturel. En juin,*

Balzac gagne un procès contre la Revue de Paris *au sujet du* Lys *dans la vallée. En juillet, il doit liquider* La Chronique de Paris, *qu'il dirigeait depuis janvier. Il va passer quelques semaines à Turin; au retour, il apprend la mort de Mme de Berny, survenue le 27 juillet.*
Le Lys dans la vallée. L'Interdiction. La Messe de l'athée. Facino Cane. L'Enfant maudit *(1831-1836)*. Le Secret des Ruggieri (La Confidence des Ruggieri).

1837 :

Nouveau voyage en Italie (février-avril) : Milan, Venise, Gênes, Livourne, Florence, le lac de Côme.
La Vieille Fille. Illusions perdues *(début)*. César Birotteau.

1838 :

Séjour à Frapesle, près d'Issoudun, où sont fixés désormais les Carraud (février-mars); quelques jours à Nohant, chez George Sand. Voyage en Sardaigne et dans la péninsule italienne (avril-mai). En juillet, installation aux Jardies, entre Sèvres et Ville-d'Avray.
La Femme supérieure (Les Employés). La Maison Nucingen. *Début des futures* Splendeurs et Misères des courtisanes (La Torpille).

1839 :

Balzac est nommé, en avril, président de la Société des Gens de Lettres. En septembre-octobre, il mène une campagne inutile en faveur du notaire Peytel, ancien co-directeur du Voleur, *condamné à mort pour meurtre de sa femme et d'un domestique. Activité dramatique : il achève* L'École des Ménages *et* Vautrin. *Candidat à l'Académie française, il s'efface, le 2 décembre, devant Victor Hugo, qui ne sera pas élu.*
Le Cabinet des antiques. Gambara. Une fille d'Ève.

Massimilla Doni. Béatrix ou les Amours forcés.
Une princesse parisienne (Les Secrets de la princesse
de Cadignan).

1840 :

Vautrin, *créé le 14 mars à la Porte-Saint-Martin, est
interdit le 16. Balzac dirige et anime la* Revue parisienne,
*qui aura trois numéros (juillet-août-septembre); dans
le dernier, la célèbre étude sur* La Chartreuse de Parme.
*En octobre, il s'installe 19, rue Basse (aujourd'hui la
« Maison de Balzac », 47, rue Raynouard).*
Pierrette. Pierre Grassou. Z. Marcas. Les Fantaisies
de Claudine (Un prince de la bohème).

1841 :

*Le 2 octobre, traité avec Furne et un consortium de libraires
pour la publication de* La Comédie humaine, *qui
paraîtra avec un* Avant-propos *capital, en dix-sept
volumes (1842-1848) et un volume posthume (1855).*
Le Curé de village *(1839-1841)*. Les Lecamus (Le
Martyr calviniste).

1842 :

Le 19 mars, création, à l'Odéon, des Ressources de Quinola.
Mémoires de deux jeunes mariées. Albert Savarus.
La Fausse Maîtresse. Autre Étude de femme.
Ursule Mirouët. Un début dans la vie. Les Deux
Frères (La Rabouilleuse).

1843 :

*Juillet-octobre : séjour à Saint-Pétersbourg, auprès de
Mme Hanska, veuve depuis le 10 novembre 1841;
retour par l'Allemagne. Le 26 septembre, création,
à l'Odéon, de* Paméla Giraud.
Une ténébreuse affaire. La Muse du département.
  Honorine.

Illusions perdues, *complet en trois parties* (*I.* Les Deux
Poètes, *1837*. *II.* Un grand homme de province
à Paris, *1839*. *III.* Les Souffrances de l'inventeur,
1843).

1844 :

Modeste Mignon. Les Paysans *(début)*. Béatrix (*II.* La
Lune de miel). Gaudissart II.

1845 :

Mai-août : Balzac rejoint à Dresde Mme Hanska, sa
fille Anna et le comte Georges Mniszech; il voyage avec
eux en Allemagne, en France, en Hollande et en Belgique.
En octobre-novembre, il retrouve Mme Hanska à Châlons
et se rend avec elle à Naples. En décembre, seconde candi-
dature à l'Académie française.
Un homme d'affaires. Les Comédiens sans le savoir.

1846 :

Fin mars : séjour à Rome avec Mme Hanska; puis la
Suisse et le Rhin jusqu'à Francfort. Le 13 octobre, à
Wiesbaden, Balzac est témoin au mariage d'Anna
Hanska avec le comte Mniszech. Au début de novembre,
Mme Hanska met au monde un enfant mort-né, qui
devait s'appeler Victor-Honoré.
Petites Misères de la vie conjugale *(1845-1846)*. L'En-
vers de l'histoire contemporaine *(premier épisode)*.
La Cousine Bette.

1847 :

De février à mai, Mme Hanska séjourne à Paris, tandis
que Balzac s'installe rue Fortunée (aujourd'hui rue
Balzac). Le 28 juin, il fait d'elle sa légataire universelle.
Il la rejoint à Wierzchownia en septembre.
Le Cousin Pons. La Dernière Incarnation de Vautrin

(*dernière partie de* Splendeurs et Misères des courtisanes).

1848 :

*Rentré à Paris le 15 février, il assiste aux premières journées
de la Révolution. La Marâtre est créée, en mai, au Théâtre
historique ;* Mercadet, *reçu en août au Théâtre-Français,
n'y sera pas représenté. A la fin de septembre, il retrouve
Mme Hanska en Ukraine et reste avec elle jusqu'au
printemps de 1850.*
L'Initié, *second épisode de* L'Envers de l'histoire contemporaine.

1849 :

*Deux voix à l'Académie française le 11 janvier (fauteuil
Chateaubriand) ; deux voix encore le 18 (fauteuil Va-
tout). La santé de Balzac, déjà éprouvée, s'altère gravement : crises cardiaques répétées au cours de l'année.*

1850 :

*Le 14 mars, à Berditcheff, il épouse Mme Hanska. Malade,
il rentre avec elle à Paris le 20 mai et meurt le 18 août.
Sa mère lui survit jusqu'en 1854 et sa femme jusqu'en
1882. Son frère Henri mourra en 1858 ; sa sœur Laure
en 1871.*

1854 :

Publication posthume du Député d'Arcis, *terminé par
Charles Rabou.*

1855 :

Publication posthume des Paysans, *terminé sur l'initiative
de Mme Honoré de Balzac. Édition, commencée en 1853,
des* Œuvres complètes *en vingt volumes par Houssiaux,
qui prend la suite de Furne comme concessionnaire (I à*

XVIII. La Comédie humaine. *XIX*. Théâtre. *XX*. Contes drolatiques).

1856-1857 :

Publication posthume des Petits Bourgeois, *roman terminé par Charles Rabou.*

1869-1876 :

Édition définitive des Œuvres complètes *de Balzac en vingt-quatre volumes chez Michel Lévy, puis Calmann-Lévy. Parmi les* « Scènes de la vie parisienne » *sont réunies pour la première fois les quatre parties de* Splendeurs et Misères des courtisanes.

AVERTISSEMENT

L'ORTHOGRAPHE *de Balzac a été modernisée. On lira ici* longtemps *et non* long-temps, enfants *et non* enfans, *etc. Au reste, comme la plus grande partie du présent roman nous est parvenue sous la forme d'épreuves non corrigées, il s'agissait surtout de l'orthographe de l'imprimeur. Le texte y gagnera en clarté, sans rien perdre de sa richesse, ni même de sa couleur.*

Toutes les fois que les épreuves présentent une lacune ou un passage incompréhensible (correspondant en général à une erreur de lecture du prote), la correction suggérée est mise entre crochets.

Les éditions anciennes des Petits Bourgeois *ne sont pas illustrées. Les gravures reproduites dans le présent volume ont été choisies parce qu'elles éclairaient le texte ; mais le rapport qu'elles peuvent avoir avec lui n'a évidemment été indiqué ni par Balzac ni par ses contemporains : il n'a qu'une valeur de suggestion. Les légendes des gravures et les passages du roman auxquels elles renvoient constituent une justification et un commentaire de cette iconographie. Le cas était tout à fait différent pour la* Monographie du Rentier, *dont il a paru deux éditions illustrées du vivant de Balzac. (Voyez plus bas, page 303).*

Les quelques abréviations sont expliquées dans la Bibliographie sommaire, *qu'on trouvera à la suite du texte des* Petits Bourgeois, *ainsi qu'une mise au point concernant* l'Établissement du texte, *une liste des* Variantes (*aux-quelles renvoient, à chacune des pages concernées, les appels de note* a, b, c, *etc.*) *et une* Note sur les personnages des *Petites Bourgeois* dans l'œuvre de Balzac.

Je suis heureux de pouvoir remercier ici M. Jean Pommier, qui m'a libéralement accueilli à la Bibliothèque Lovenjoul, ainsi que MM. Jean Adhémar, Jean-Bertrand Barrère, Patrice Boussel et Frédéric Deloffre, que j'ai consultés sur divers problèmes. Je tiens en outre à dire ma gratitude à M. Pierre-Georges Castex, qui a bien voulu encourager, avec la générosité qu'on lui connaît, mes recherches balzaciennes.

LES PETITS BOURGEOIS

A Constance-Victoire [1]

Voici, *madame, une de ces œuvres* [a] *qui tombent, on ne sait d'où, dans la pensée, et qui plaisent à un auteur avant qu'il puisse prévoir quel sera l'accueil du public, ce grand juge du moment. Presque sûr de votre complaisance à mon engouement, je vous dédie ce livre : ne doit-il pas vous appartenir comme autrefois la dîme appartenait à l'Église, en mémoire de Dieu qui fait tout éclore, tout mûrir, et dans les champs et dans l'intelligence ?*

Quelques restes de glaise, laissés par Molière au bas de sa colossale statue de Tartuffe, ont été maniés ici d'une main plus audacieuse qu'habile ; mais, à quelque distance que je demeure du plus grand des comiques, je serai content d'avoir utilisé ces miettes prises dans l'avant-scène de sa pièce, en montrant l'hypocrite moderne à l'œuvre [b]. *La raison qui m'a le plus encouragé dans cette difficile entreprise fut de la trouver dépouillée de toute question religieuse* [2] *qui devait être écartée pour vous, si pieuse, et à cause de ce qu'un grand écrivain a nommé* l'indifférence en matière de religion [3].

Puisse la double signification de vos noms être pour le livre une prophétie !

Daignez voir ici l'expression de la respectueuse reconnaissance de qui ose se dire le plus dévoué de vos serviteurs,

H. DE BALZAC.

---

1. Il s'agit de Mme Hanska, dont le principal prénom était en fait Ève ou Eveline. Balzac venait de passer plusieurs mois chez elle en Russie, et il tenait à lui dédier la première œuvre composée après son retour à Paris.

2. En effet, l'hypocrisie du Tartuffe de Balzac ne s'étend pas au domaine religieux. La piété de Théodose est sincère. Voyez plus bas, page 69.

3. L'ouvrage de Lamennais, dont on connaît l'énorme succès, avait paru de 1817 à 1823.

I. — LE PARIS QUI S'EN VA.

Le tourniquet Saint-Jean, dont la description parut
fastidieuse en son temps au commencement de
l'étude intitulée *Une double famille* dans les Scènes de
la Vie privée, ce naïf détail du vieux Paris n'a plus
que cette existence typographique [1]. La construction
de l'Hôtel de Ville, tel qu'il est aujourd'hui, balaya
tout un quartier.

En 1830, les passants pouvaient encore voir le tourniquet peint sur l'enseigne d'un marchand de vin, mais
la maison fut depuis abattue [2]. Rappeler ce service,
n'est-ce pas en annoncer un autre du même genre?
Hélas! le vieux Paris disparaît avec une effrayante
rapidité. Çà et là, dans cette œuvre, il en restera tantôt
un type d'habitation du Moyen-Age, comme celle
décrite au commencement du *Chat-qui-pelote* [3], et dont
un ou deux modèles subsistent encore; tantôt la
maison habitée par le juge Popinot, rue du Fouarre,

---

1. Il peut paraître singulier que Balzac justifie cette description,
non par son intérêt romanesque, mais par sa valeur documentaire.

2. Les alignements effectués en 1836-1838 dans trois rues (dont celle
du Tourniquet-Saint-Jean), derrière l'Hôtel de Ville, pour constituer
la rue Lobau, ont amené la destruction en grande partie du quartier
décrit au début d'*Une double famille* (1830) « Le vieux Paris, écrit
Balzac en 1844, n'existera plus que dans les ouvrages des romanciers
assez courageux pour décrire fidèlement les derniers vestiges de l'architecture de nos pères. » (*Ce qui disparaît de Paris*. Voyez la note
de la page 7).

3. La maison du drapier Guillaume, rue Saint-Denis, dont l'enseigne
a donné son nom au court roman de Balzac (1830).

spécimen de vieille bourgeoisie [1]. Ici, les restes [a]
de la maison de Fulbert [2] ; là, tout le bassin de la
Seine sous Charles IX [3]. Nouvel *Old mortality*, pourquoi
l'historien de la société française ne sauverait-il pas
ces curieuses expressions du passé comme le vieillard
de Walter Scott [4] rafraîchissait les tombes [b] ? Certes,
depuis dix ans environ, les cris de la littérature n'ont
pas été superflus : l'art commence à déguiser sous ses
fleurs les ignobles façades de ce qui s'appelle à Paris
les *maisons de produit*, et que l'un de nos poètes compare [c]
à des commodes [5].

Faisons observer ici que la création de la commission
municipale *del ornamento* qui surveille, à Milan, l'archi-

----

1. Dans l'*Interdiction* (1836). Pléiade, tome III, pages 17 à 19.

2. C'est l'habitation de Mme de la Chanterie, rue Chanoinesse, dont
la description venait de paraître en septembre 1843 (Voyez *L'Envers de
l'histoire contemporaine,* éd. M. Regard, Garnier, 1959, pages 23 et 24 ;
Pléiade, tome VII, page 241). Selon une tradition plus constante, la
maison de l'oncle d'Héloïse aurait été située jadis au coin de la rue des
Chantres et de l'actuel quai aux Fleurs.

3. Au début de la première partie *(Le Martyr calviniste)* de *Sur Ca-
therine de Médicis* (1841). Pléiade, tome X, pages 49 à 56.

4. Ce personnage, qui donne son nom à un des romans de la série
des *Tales of my Landlord,* est présenté au début des *Puritains d'Écosse,*
le second roman de cette même série, publié en 1816 et traduit dès
1817. « Je distinguai le bruit d'un marteau, raconte le narrateur qui se
trouve dans un vieux cimetière... Un vieillard était assis sur le monument des anciens presbytériens, et activement occupé à retracer
avec un ciseau les caractères de l'inscription. » Il s'agit d' « un presby-
térien errant... connu dans diverses contrées d'Écosse sous le nom
de *vieillard des tombeaux* (en note : *Old mortality*) » (W. Scott, *Œuvres
complètes,* Paris, Gosselin, 1822, tome XII, pages 243 à 245). Pendant
trente années, son unique occupation a été ainsi de visiter les tombes,
de les restaurer et de les entretenir.

Balzac a fait de ce personnage, auquel il se compare, une manière
de symbole. Dans *la Muse du Département,* en 1843, il avait appelé
le collectionneur Du Sommerard « cet *Old Mortality* des meubles »
(Pléiade, tome IV, page 64).

5. Je n'ai trouvé cette comparaison nulle part chez Victor Hugo,
à qui Balzac l'avait d'abord attribuée. Toutefois, selon l'avis autorisé
de J.-B. Barrère, que j'ai consulté, elle « correspond très nettement
à la vision hugolienne ». Il n'est donc pas imposssbile que le poète
l'ait formulée au cours d'une conversation avec Balzac.

tecture des façades sur la rue, et à laquelle tout propriétaire est obligé de soumettre son plan, date du douzième siècle [1]. Aussi, qui n'a pas admiré dans cette jolie capitale les effets du patriotisme des bourgeois et des nobles pour leur ville, en y admirant *(sic)* des constructions pleines de caractère et d'originalité ?... La spéculation hideuse, effrénée, qui, d'année en année, abaisse la hauteur des étages, découpe un appartement dans l'espace qu'occupait un salon détruit, qui supprime les jardins, influera sur les mœurs de Paris, On sera forcé de vivre bientôt plus au dehors qu'au dedans. La sainte vie privée, la liberté du chez-soi, où se trouve-t-elle ? Elle commence à cinquante mille francs de rente. Encore, peu de millionnaires se permettent-ils le luxe d'un petit hôtel, défendu par une cour sur la rue, protégé de la curiosité publique par les ombrages d'un jardin.

En nivelant les fortunes, le titre du Code qui régit les successions a produit ces phalanstères en moellons qui logent trente familles et qui donnent cent mille francs de rente. Aussi, dans cinquante ans, Paris comptera-t-il les maisons semblables à celle où demeurait, au moment où cette histoire commence, la famille Thuillier ; une maison vraiment curieuse et qui mérite les honneurs d'une exacte description, ne fût-ce que pour comparer la Bourgeoisie d'autrefois à la Bourgeoisie d'aujourd'hui.

La situation et l'aspect de cette maison, cadre de ce tableau de mœurs, ont d'ailleurs un parfum de petite

---

1. Balzac fait allusion à la même institution (en la faisant remonter plus haut) dans un article publié en 1844, *Ce qui disparaît de Paris,* qu'il destinait au *Diable à Paris,* où il figure effectivement (Paris, Hetzel, 1846, tome II, page 13, gr. in 8°) : « A Milan, la création de la commission *del ornamento,* qui veille à l'architecture des façades sur la rue, et à laquelle tout propriétaire est obligé de soumettre son plan, date du onzième siècle. Aussi, allez à Milan ! et vous admirerez les effets du patriotisme des bourgeois et des nobles pour leur ville, en admirant une multitude de constructions pleines de caractère et d'originalité. »

bourgeoisie qui peut attirer ou repousser l'attention, au gré des habitudes de chacun. D'abord, la Maison Thuillier n'appartenait ni à Monsieur, ni à Madame, mais à Mademoiselle Thuillier, sœur aînée de M. Thuillier. Cette maison, acquise dans les six premiers mois [a] qui suivirent la révolution de 1830, par Mademoiselle Marie-Jeanne-Brigitte Thuillier, fille majeure, est située au milieu de la rue Saint-Dominique d'Enfer [1], à droite en entrant par la rue d'Enfer [2], en sorte que le corps de logis habité par les Thuillier, entre cour et jardin, se trouve à l'exposition du midi [3].

Le mouvement progressif par lequel la population parisienne se porte sur les hauteurs de la rive droite de la Seine, en abandonnant la rive gauche, nuisait depuis longtemps à la vente des propriétés du quartier dit Latin, lorsque des raisons, qui seront déduites à propos du caractère et des habitudes de M. Thuillier, déterminèrent sa sœur à l'acquisition d'une maison : elle eut celle-ci pour le prix minime de quarante-six mille francs de principal ; les accessoires allèrent à six mille francs ; total, cinquante-deux mille francs. Le détail de la propriété fait en style d'affiche, et les résultats obtenus par les soins de M. Thuillier expliqueront par quels moyens tant de fortunes s'élevèrent en juillet 1830, tandis que tant de fortunes sombraient.

Sur la rue, la maison présentait cette façade de moellons ravalée en plâtre, ondée par le temps et rayée par le crochet du maçon de manière à figurer des pierres de taille. Ce devant de maison est si commun à Paris et si

---

1. Actuellement rue Royer-Collard.
2. Maintenant boulevard Saint-Michel.
3. D'après la description qui suit, il semble qu'on puisse se représenter ainsi l'ensemble, assez complexe, qui porte le nom de *Maison Thuillier* : d'abord sur la rue, une maison de trois étages du temps de l'Empire ; puis une cour avec, à droite et à gauche, des remises n'ayant qu'un seul étage ; puis un pavillon du XVIIe siècle élevé de deux étages ; enfin un jardin. Dans ces conditions, la façade du pavillon sur le jardin est en effet exposée au midi.

laid, que la Ville [a] devrait donner des primes aux propriétaires qui bâtissent en pierre et sculptent les nouvelles façades. Cette face grisâtre [b], percée de sept fenêtres, était élevée de trois étages et terminée par des mansardes couvertes en tuiles. La porte cochère, grosse, solide, annonçait par sa façon et son style que la maison avait été construite sous l'Empire, afin d'utiliser une partie de la cour d'une vaste et ancienne habitation, au temps où le quartier d'Enfer jouissait d'une certaine faveur.

D'un côté se trouvait le logement du portier, de l'autre se développait l'escalier de cette première maison. Deux corps de logis, plaqués contre les maisons voisines, avaient jadis servi de remises, d'écuries, de cuisines et de communs à la maison du fond ; mais, depuis 1830, ils furent convertis en magasins.

Le côté droit était loué par un marchand de papier en gros, nommé M. Métivier neveu, le côté gauche par un libraire nommé Barbet. Les bureaux de chaque négociant s'étendaient au-dessus de leurs magasins, et le libraire demeurait au premier, le papetier au second de la maison située sur la rue. Métivier neveu, beaucoup plus commissionnaire en papeterie que marchand ; Barbet, beaucoup plus escompteur que libraire, avaient l'un et l'autre ces vastes magasins pour y serrer, l'un, des parties [1] de papier achetées à des fabricants nécessiteux ; l'autre, les éditions d'ouvrages données en gage de ses prêts.

Le requin de la librairie et le brochet de la papeterie vivaient en très bonne intelligence, et leurs opérations, dénuées de cette vivacité qu'exige le commerce de détail, amenaient peu de voitures dans cette cour habituellement si tranquille, que le concierge était obligé d'arracher l'herbe d'entre quelques pavés. MM. Barbet et Métivier, étant à peine ici dans la catégorie

---

1. « Une quantité plus ou moins considérable de marchandises qu'on vend ou qu'on achète. » *Dictionnaire de l'Académie* (1835).

des comparses, faisaient quelques rares visites à leurs propriétaires, et, leur exactitude à payer leurs termes les classant parmi les bons locataires, ils passaient pour de très honnêtes gens aux yeux de la société des Thuillier [1].

Quant au troisième étage sur la rue, il formait deux appartements : l'un était occupé par M. Dutocq, greffier de la justice de paix, ancien employé retraité, habitué du salon de Thuillier ; l'autre, par le héros de cette Scène : aussi doit-on se contenter, pour le moment, de déterminer le chiffre de son loyer, sept cents francs, et la position qu'il était venu prendre au cœur de la place, trois ans avant le moment où le rideau se lèvera sur ce drame domestique [2].

Le greffier, garçon de cinquante ans, habitait, des deux logements du troisième, le plus considérable ; il avait une cuisinière, et le prix de son loyer était de mille francs. Deux ans après son acquisition, Mlle Thuillier eut donc sept mille deux cents francs de revenu d'une maison que le précédent propriétaire avait garnie de persiennes, restaurée à l'intérieur, ornée de glaces, sans pouvoir ni la vendre, ni la louer ; et les Thuillier, logés très grandement, comme on va le voir, jouissaient d'un des plus beaux jardins du quartier, dont les arbres ombrageaient la petite rue déserte Neuve-Sainte-Catherine [3].

Cette maison, située entre cour et jardin, semble avoir été un caprice de bourgeois enrichi, sous Louis XIV, celui d'un président au parlement, ou la demeure d'un savant tranquille. Elle avait dans sa belle pierre

---

1. Ce ridicule critère permet évidemment de condamner la moralité des artistes et des écrivains.

1. Balzac reste fidèle au schéma dramatique : il procède ici à l'*exposition;* l'action proprement dite de ce drame bourgeois ne commencera que vers la page 59.

3. Sur l'erreur quant au nom de la rue, et sur l'impossibilité topographique de cette situation pour la maison, voyez l'*Introduction,* page xxvi, note 2. La rue en question est actuellement la rue Le Goff.

de taille, avariée par le temps, un certain air de grandeur Louis-quatorzienne (permettez ce barbarisme). Les chaînes [1] de la façade figurent des assises, les tableaux en briques rouges [2] rappellent les côtés des écuries à Versailles, les fenêtres cintrées ont des masques pour ornements à la clef du cintre et sous l'appui. Enfin, la porte, à petits carreaux dans la partie supérieure et pleine dans l'inférieure, à travers laquelle on aperçoit le jardin, est de ce style honnête et sans emphase qui fut souvent employé pour les pavillons de concierge dans les châteaux royaux.

Ce pavillon à cinq croisées est élevé de deux étages au-dessus du rez-de-chaussée, et il se recommande par une couverture à quatre pans terminée en girouette, percée de grandes belles cheminées et d'œils-de-bœuf. Peut-être ce pavillon est-il le débris de quelque grand hôtel ; mais, après avoir consulté les vieux plans de Paris, il ne s'est rien trouvé qui confirmât cette conjecture ; et d'ailleurs, les titres de Mlle Thuillier accusent pour propriétaire, sous Louis XIV, Petitot, le célèbre peintre en émaux [3] qui tenait cette propriété du président Le Camus. Peut-être le président demeura-t-il en ce pavillon pendant qu'il faisait construire son fameux hôtel de la rue de Thorigny [4].

La Robe et l'Art ont donc également passé par là.

---

1. Ce sont des rangées ou piliers de pierres de taille apparentes qui entrent dans la construction du mur et en assurent la solidité.

2. Il s'agit des figures géométriques que forment les briques disposées régulièrement à l'intérieur du mur.

3. Petitot, dont les miniatures et les émaux eurent un grand succès à la cour comme à la ville, s'était établi à Paris en 1649. Le Roi lui offrit le logement au Louvre en 1666.

4. Il s'agit très probablement de l'Hôtel Salé ou de Juigné, qui existe toujours au n° 5 de la rue de Thorigny. Construit en 1656 pour Aubert de Fontenay, riche partisan, il fut acheté en 1728 par Nicolas Le Camus, premier président à la Cour des Aides. Balzac semble avoir confondu avec un autre Le Camus, président à mortier au Parlement de Paris, qui mourut en 1620. En tout cas, l'histoire de la Maison Thuillier au xviie siècle est certainement très fantaisiste.

Mais aussi, quelle large entente des besoins et des
plaisirs de la vie avait disposé l'intérieur de ce pavillon ! A droite, en entrant dans une salle carrée formant
antichambre, se développe un escalier en pierre, sous
lequel est la porte de la cave ; [à gauche s'ouvrent les
portes d'un salon][1] à deux croisées donnant sur le
jardin et d'une salle à manger donnant sur la cour.
Cette salle à manger communique par le côté à une
cuisine [attenant] aux magasins de Barbet. Derrière
l'escalier s'étend, du côté du jardin, un magnifique
cabinet long, à deux croisées. Le premier et le second
étage forment deux appartements complets, et les
logements de domestiques sont indiqués, sous le
comble à quatre pans, par des œils-de-bœuf. Un magnifique poêle orne la vaste antichambre carrée [, où]
deux portes vitrées, en face l'une de l'autre, répandent
la clarté. Cette pièce, dallée en marbre blanc et noir,
se recommande par un plafond à solives en saillie
jadis peintes et dorées ; mais qui, sous l'Empire, sans
doute, reçurent une couche de peinture blanche, uni-
forme. En face du poêle est une fontaine en marbre
rouge à bassin de marbre. Les trois portes du cabinet,
du salon et de la salle à manger offrent des dessus à
cadres ovales, dont les peintures attendent une restauration plus que nécessaire. La menuiserie est lourde,
mais les ornements ne sont pas sans mérite. Le salon,
entièrement boisé, rappelle le grand siècle, et par
sa cheminée en marbre de Languedoc, et par son plafond orné dans les angles, et par la forme des fenêtres,
encore à petits carreaux. La salle à manger, à laquelle
on communique du salon par une porte à deux battants, est dallée en pierre, les boiseries tout en chêne,
sans peintures, et l'atroce papier moderne a remplacé
les tapisseries du vieux temps. Le plafond est en châ-

---

1. Il y a ici une lacune dans les épreuves. Cette conjecture, très
vraisemblable, est celle de l'édition Conard, tome XX, page 8.

taignier à caissons qu'on a respectés. Le cabinet, mo-
dernisé par Thuillier, ajoute à toutes les discordances.
L'or et le blanc des moulures du salon sont si bien
passés, qu'on ne voit plus que des lignes rouges à la
place de l'or, et le blanc jauni, rayé, s'écaille. Jamais
les mots latins *otium cum dignitate* n'ont eu plus beau
commentaire, aux yeux d'un poète, que dans cette
noble habitation. La serrurerie de la rampe dans
l'escalier est d'un caractère digne du magistrat et de
l'artiste ; mais pour retrouver leurs traces aujour-
d'hui dans les balcons ouvragés du premier étage,
dans les restes de cette majestueuse antiquité, les yeux
d'un observateur poète sont nécessaires.

Les Thuillier et leurs prédécesseurs ont déshonoré
très souvent ce bijou de haute bourgeoisie par les
habitudes [et] les inventions de la petite bourgeoisie.
Voyez-vous des chaises en noyer foncées, de crin,
une table d'acajou à toile cirée, des buffets en acajou,
un tapis d'occasion sous la table, des lampes en moiré
métallique, un petit papier vert américain à bordure
rouge, les exécrables gravures en manière noire [1], et des
rideaux de calicot bordés de galons rouges dans cette
salle à manger où banquetèrent les amis de Petitot...
Comprenez-vous l'effet que font, dans le salon, les
portraits de Monsieur, de Madame et de Mademoiselle
Thuillier, par Pierre Grassou, le peintre des bourgeois ;

---

1. Tous ces éléments sont caractéristiques des intérieurs petits-
bourgeois, et on les retrouve dans *La Comédie humaine* chaque fois
que l'action se déroule à ce niveau social. Dans *Les Employés* (Pléiade,
tome VI, page 934), le salon Phellion est « tendu de papier vert américain à bordure rouge » et décoré de gravures en manière noire, en
particulier la plus célèbre d'entre elles, *Le Convoi du pauvre* d'après
Vigneron - reproduit planche II. Le salon de la pension Vauquer
est « meublé de fauteuils et de chaises en étoffe de crin » ; sur les buffets de la salle à manger, se trouvent « des ronds en moiré métallique »
(*Le Père Goriot*, Pléiade, tome II, page 851). Dans le salon de l'Employé,
variété Ganache, « sur la tenture vert américain bordée d'un câblé
rouge » se voit « *Le Convoi du pauvre* d'après Vigneron » (*Physiologie
de l'employé*, Paris, Aubert, [1841], in-32, page 80).

des tables de jeu qui ont vingt ans de service, des consoles du temps de l'Empire, une table à thé que supporte une grosse lyre, un meuble d'acajou ronceux garni en velours peint dont le fond est chocolat ; sur la cheminée, une pendule qui représente la Bellone de l'Empire, des candélabres à colonnes cannelées, des rideaux de damas de laine et des rideaux de mousseline brodée, rehaussés par des embrasses en cuivre estampé ?... Sur le parquet s'étend un tapis d'occasion. La belle antichambre oblongue a des banquettes de velours, et des parois à tableaux sculptés sont cachées par des armoires de divers temps et venues de tous les appartements précédemment occupés par les Thuillier. Une planche cache la fontaine et on met dessus une lampe fumeuse qui date de 1815. Enfin, la peur, cette hideuse divinité, a fait adopter du côté du jardin, comme du côté de la cour, de doubles portes garnies de tôle qui se replient sur le mur le jour et qui se ferment à la nuit.

Il est facile d'expliquer la déplorable profanation exercée sur ce monument de la vie privée au dix-septième siècle par la vie privée du dix-neuvième. Au commencement du Consulat, peut-être, un maître maçon acquéreur de ce petit hôtel eut l'idée de tirer parti du terrain en façade sur la rue, et il abattit probablement la belle porte cochère flanquée de petits pavillons qui complétaient ce joli *séjour*, pour employer un mot de la vieille langue, et l'industrie du propriétaire parisien imprime sa flétrissure au front de cette élégance, comme le journal et ses presses, la fabrique et ses dépôts, le commerce et ses comptoirs remplacent l'aristocratie, la vieille bourgeoisie, la finance et la robe partout où elles avaient étalé leurs splendeurs. Quelle étude curieuse que celle des titres de propriété dans Paris ! Une maison de santé fonctionne, rue des Batailles, sur la demeure du chevalier Pierre Bayard du

Terrail [1] ; le tiers-état a bâti la rue sur l'emplacement de l'hôtel Necker [2]. Le vieux Paris s'en va, suivant les rois qui s'en sont allés. Pour un chef-d'œuvre d'architecture que sauve une princesse polonaise [3], combien de petits palais tombent, comme la demeure de Petitot, aux mains de Thuillier ! Voici les raisons qui firent Mlle Thuillier propriétaire de cette maison.

---

1. La partie sud de l'avenue d'Iéna correspond en gros à l'ancienne rue des Batailles, au n° 13 de laquelle Balzac avait loué un appartement en 1835. La localisation de la demeure de Bayard au début du XVIe siècle n'est pas sûre.

2. Une ordonnance royale du 24 janvier 1843 venait en effet d'autoriser la démolition de l'Hôtel de Blanc, où Necker avait habité pendant plus de vingt ans, et le percement de l'actuelle rue de Mulhouse.

3. L'Hôtel de Lambert, dans l'île Saint-Louis, que venait de restaurer la princesse Czartoriska.

II. — LE BEAU THUILLIER

A la chute du ministère Villèle [1], M. Louis-Jérôme Thuillier, qui comptait alors vingt-six ans de service aux Finances, devint sous-chef ; mais à peine jouissait-il de l'autorité subalterne d'une place qui, jadis, fut sa moindre espérance, que les événements de juillet 1830 le forcèrent à prendre sa retraite. Il calcula très finement que sa pension serait honorablement et lestement réglée par des gens heureux de trouver une place de plus, et il eut raison, car sa pension fut liquidée à dix-sept cents francs.

Lorsque le prudent sous-chef parla de se retirer de l'Administration, sa sœur, beaucoup plus la compagne de sa vie que sa femme, trembla pour l'avenir de l'employé [2].

— Que va devenir Thuillier ?... fut une question que s'adressèrent avec un effroi mutuel Mme et Mlle Thuillier, alors logées dans un petit troisième, rue d'Argenteuil [3].

— Sa pension à faire régler l'occupera pendant quelque temps, avait dit Mlle Thuillier ; mais je pense à un placement de mes économies qui lui taillera des

_____

1. En janvier 1828.
2. *Employé*, à l'époque de Balzac, signifie *fonctionnaire*.
3. La rue d'Argenteuil existe toujours ; elle est, en gros, parallèle à l'actuelle avenue de l'Opéra, et va de la rue de l'Échelle à la rue Saint-Roch.

croupières [1]... Oui, ce sera presque de l'administration
que de régir une propriété.

— Oh ! ma sœur, vous lui sauverez la vie ! s'écria
Mme Thuillier.

— Mais j'ai toujours songé à cette crise-là dans la
vie de Jérôme ! répondit la vieille fille d'un air protecteur.

Mlle Thuillier avait trop souvent entendu dire à
son frère : « Un tel est mort ! il n'a pas survécu deux
ans à sa retraite ! » Elle avait trop souvent entendu
Colleville, l'ami intime de Thuillier, employé comme
lui, plaisantant sur cette époque climatérique des bureau-
crates, et disant : « Nous y viendrons aussi, nous autres !... » pour ne pas apprécier le danger que courait
son frère. Le passage de l'activité à la retraite est, en
effet, le temps critique de l'employé. Ceux d'entre
les retraités qui ne savent pas ou ne peuvent pas
substituer des fonctions à celles qu'ils quittent changent
étrangement : quelques-uns meurent ; beaucoup s'adonnent à la pêche, occupation dont le vide se rapproche
de leur travail dans les Bureaux ; quelques autres,
hommes malicieux, se font actionnaires, perdent leurs
économies et sont heureux d'obtenir une place dans
l'entreprise qui réussit, après une première liquidation,
en des mains plus habiles qui la guettaient ; l'employé
se frotte alors les siennes, entièrement vides, en se
disant : « J'avais pourtant deviné l'avenir de cette
affaire... » Mais presque tous se débattent contre leurs
anciennes habitudes.

— Il y en a, disait Colleville, qui sont dévorés par le
spleen (il prononçait *splenne*) particulier aux employés ;
ils meurent de leurs circulaires rentrées ; ils ont, non
pas le ver, mais le carton solitaire. Le petit Poiret ne
pouvait pas voir un carton blanc bordé de bleu sans

---

1. C'est-à-dire qui lui créera des difficultés, des embarras; qui lui
donnera de quoi s'occuper.

que cet aspect bien-aimé le fît changer de couleur ; il passait du vert au jaune [1].

Mlle Thuillier [a] passait pour être le génie de ce ménage ; elle ne manquait ni de force ni de décision, comme son histoire particulière le démontrera. Cette supériorité, d'ailleurs relative à son entourage, lui permettait de bien juger son frère, quoiqu'elle l'adorât. Après avoir vu échouer les espérances qui reposaient sur son idole, elle avait dans son sentiment trop de maternité pour s'abuser sur la valeur sociale du sous-chef. Thuillier et sa sœur étaient fils du premier concierge au ministère des Finances. Jérôme avait échappé, grâce à sa myopie, à toutes les réquisitions et conscriptions possibles. Le père eut l'ambition de faire de son fils un employé. Dans le commencement de ce siècle, il y eut trop de places à l'armée pour qu'il n'y en eût pas beaucoup dans les bureaux, et le manque d'employés inférieurs permit au gros père Thuillier de faire franchir à son fils les premiers degrés de la hiérarchie bureaucratique. Le concierge mourut en 1814, laissant Jérôme à la veille d'être sous-chef, mais ne lui laissant pour toute fortune que cette espérance. Le gros Thuillier et sa femme, morte en 1810, s'étaient retirés en 1806 avec une pension de retraite pour tout bien, ayant employé leurs gains à donner à Jérôme l'éducation des temps et à le soutenir, ainsi que sa sœur. On connaît l'influence de la Restauration sur la bureaucratie.

---

1. « Beaucoup d'employés retraités s'adonnent à la pêche, occupation qui a beaucoup d'analogie avec celle du bureau. Quelques autres, hommes malicieux, se font actionnaires, perdent leurs fonds, mais ils retrouvent une place dans les entreprises. Il y en a qui deviennent maires de village ou adjoints, et qui continuent leurs poses bureaucratiques. Tous se débattent contre leurs anciennes habitudes ; il y en a qui sont dévorés du spleen, ils meurent de leurs circulaires rentrées, ils ont, non pas le ver, mais le carton solitaire : ils ne peuvent pas voir un carton blanc bordé de bleu sans que cela les impressionne. La mortalité sur les employés retraités est effrayante. » *Physiologie de l'employé*, Paris, Aubert, pages 120 et 121.

Il revint des quarante et un départements supprimés [1] une masse d'employés honorables qui demandaient des places inférieures à celles qu'ils occupaient. A ces droits acquis se joignirent les droits des familles proscrites ruinées par la Révolution. Pressé entre ces deux affluents, Jérôme se trouva bien heureux de ne pas être destitué sous quelque prétexte frivole. Il trembla jusqu'au jour où, devenu sous-chef par hasard, il se vit certain d'une retraite honorable. Ce résumé rapide explique le peu de portée et de connaissances de M. Thuillier. Il avait su le latin, les mathématiques, l'histoire et la géographie qu'on apprend en pension ; mais il en était resté à la classe dite seconde, son père ayant voulu profiter d'une occasion pour le faire entrer au ministère en vantant *la main superbe* de son fils. Si donc le petit Thuillier écrivit les premières inscriptions au Grand-Livre, il ne fit ni sa rhétorique ni sa philosophie. Engrené dans la machine ministérielle, il cultiva peu les lettres, encore moins les arts ; il acquit une connaissance routinière de sa partie ; et, quand il eut l'occasion de pénétrer, sous l'Empire, dans la sphère des employés supérieurs, il y prit des formes superficielles qui cachèrent le fils du concierge, mais il ne s'y frotta même pas d'esprit. Son ignorance lui apprit à se taire, et son silence le servit ; il s'habitua, sous le régime impérial, à cette obéissance passive qui plaît aux supérieurs, et ce fut à cette qualité qu'il dut, plus tard, sa promotion au grade de sous-chef. Sa routine devint une grande expérience, ses manières et son silence couvrirent son défaut d'instruction. Cette nullité fut un titre quand on eut besoin d'un homme nul. On eut peur de mécontenter deux partis à la Chambre, qui, chacun, protégeaient un homme, et le ministère sortit d'embarras en exécutant la loi sur l'ancienneté. Voilà comme Thuillier devint sous-chef.

---

1. On sait que l'Empire français avait compté cent trente départements.

Mlle Thuillier, sachant que son frère abhorrait la lecture et ne pouvait remplacer les tracas du bureau par aucune affaire, avait donc sagement résolu de le jeter dans les soucis de la propriété, dans la culture d'un jardin, dans les infiniment petits de l'existence bourgeoise et dans les intrigues de voisinage.

La transplantation du ménage Thuillier de la rue d'Argenteuil à la rue Saint-Dominique d'Enfer, les soins nécessités par une acquisition, un portier convenable à trouver, les locataires à faire venir, occupèrent Thuillier de 1831 à 1832. Quand le phénomène de cette transplantation fut accompli, quand la sœur vit que Jérôme résistait à cette opération, elle lui trouva d'autres soins dont il sera question plus tard, mais dont la raison fut prise dans le caractère même de Thuillier, et qu'il n'est pas inutile de donner.

Quoique fils d'un concierge de ministère, Thuillier fut ce qu'on appelle un bel homme ; d'une taille au-dessus de la moyenne, svelte, d'une physionomie assez agréable avec ses lunettes, mais effroyable, comme celle de beaucoup de myopes, dès qu'il les ôtait ; car l'habitude de voir à travers des besicles avait jeté sur ses prunelles une espèce de brouillard.

Entre dix-huit et trente ans, le jeune Thuillier eut des succès auprès des femmes, toujours dans une sphère qui commençait à la petite bourgeoisie et qui finissait aux chefs de division ; mais on sait que, sous l'Empire, la guerre laissait la société parisienne un peu dépourvue, en emmenant les hommes d'énergie sur les champs de bataille, et peut-être, comme l'a dit un grand médecin, est-ce à ce fait qu'est due la mollesse de la génération qui occupe le milieu du dix-neuvième siècle.

Thuillier, forcé de se faire remarquer par des agréments autres que ceux de l'esprit, apprit à valser et à danser au point d'être cité ; on l'appelait *le beau Thuillier* ; il jouait au billard en perfection ; il savait faire des découpures [1] ; son ami Colleville le serina si bien, qu'il pouvait chanter les romances à la mode. Il résulta de ces petits savoir-faire cette apparence de succès qui trompe la jeunesse et l'étourdit sur l'avenir. Mlle Thuillier, de 1806 à 1814, croyait en son frère comme Mademoiselle d'Orléans à Louis-Philippe [2] ; elle était fière de Jérôme, elle le voyait arrivant à une direction générale, à l'aide de ses succès qui, dans ce temps, lui ouvraient quelques salons où certes il n'aurait jamais pénétré sans les circonstances qui faisaient de la société, sous l'Empire, une macédoine.

Mais les triomphes du beau Thuillier eurent généralement peu de durée ; les femmes ne tenaient pas plus à le garder qu'il ne tenait à les conserver ; il aurait pu fournir le sujet d'une comédie intitulée *le Don Juan malgré lui*. Ce métier de *beau* fatigua Thuillier au point de le vieillir ; son visage, couvert de rides comme [celui d'] une vieille coquette, comptait douze ans de plus que son acte de naissance. Il lui resta de ses succès l'habitude de se regarder dans la glace, de se prendre la taille à lui-même, pour la dessiner et de se mettre dans des poses de danseur, qui prolongèrent au-delà de la jouissance de ses avantages le bail qu'il avait fait avec ce surnom : le beau Thuillier !

La vérité de 1806 devint moquerie en 1826. Il conserva quelques vestiges du costume des beaux de l'Empire, qui ne messeyent pas d'ailleurs à la dignité d'un ancien sous-chef. Il maintient la cravate blanche à plis nombreux où le menton s'ensevelit et dont les deux bouts menacent les passants à droite et à gauche, en leur montrant un nœud passablement coquet, jadis fait par la main des belles. Tout en suivant les modes

---

1. Découper des silhouettes étaient alors un jeu de société très en vogue.
2. Mme Adélaïde rêvait une haute destinée pour son frère, Louis-Philippe, sur lequel elle sut exercer une grande influence.

de loin[1], il les approprie à sa tournure, il met son chapeau très en arrière, il porte des souliers et des bas fins en été ; ses redingotes allongées rappellent les lévites de l'Empire ; il n'a pas encore abandonné les jabots dormants, les gilets blancs; il joue toujours avec sa badine de 1810, il se tient cambré. Personne, à voir Thuillier passant sur les boulevards, ne le prendrait pour le fils d'un homme qui faisait les déjeuners des employés au ministère des Finances et qui portait la livrée de Louis XVI : il ressemble à un diplomate impérial, à un vieux préfet. Or, non seulement Mlle Thuillier exploita très innocemment le faible de son frère en le jetant dans un soin excessif de sa personne, ce qui, chez elle, était une continuation de son culte ; mais encore elle lui donna toutes les joies de la famille en transplantant auprès d'eux un ménage dont l'existence avait été quasi collatérale de la leur.

Il s'agit ici de M. Colleville, l'ami intime de Thuillier ; mais, avant de peindre Pylade, il est d'autant plus indispensable d'en finir avec Oreste, que l'on doit expliquer pourquoi Thuillier, le beau Thuillier, se trouvait sans famille, car la famille n'existe que par les enfants ; et ici doit apparaître un de ces profonds mystères qui restent ensevelis dans les arcanes de la vie privée et dont quelques traits arrivent à la surface au moment où les douleurs d'une situation cachée deviennent trop vives ; il s'agit de la vie de Mme et de Mlle Thuillier, car, jusqu'à présent, on n'a vu que la vie, en quelque sorte publique de Jérôme Thuillier.

---

1. Il y a chez Thuillier des éléments du Dameret, Variété XI de la *Monographie du rentier*. Voyez plus bas, page 343.

III. — HISTOIRE D'UNE DOMINATION

Marie-Jeanne-Brigitte Thuillier, de quatre ans plus âgée que son frère, lui fut entièrement sacrifiée ; il était plus facile de donner un état à l'un qu'une dot à l'autre. Le malheur, pour certains caractères, est un phare qui leur éclaire les parties obscures et basses de la vie sociale. Supérieure à son frère, et comme énergie et comme intelligence, Brigitte était un de ces caractères qui, sous le marteau de la persécution, se serrent, deviennent compactes et d'une grande résistance, pour ne pas dire inflexibles. Jalouse de son indépendance, elle voulut se soustraire à la vie de la loge et se rendre l'unique arbitre de son sort.

A l'âge de quatorze ans, elle se retira dans une mansarde, à quelques pas de la Trésorerie, qui se trouvait rue Vivienne, et non loin de la rue de La Vrillière, où s'était établie la Banque. Elle se livra courageusement à une industrie peu connue, privilégiée grâce aux protecteurs de son père, et qui consistait à fabriquer des sacs pour la Banque, pour le Trésor et aussi pour les grandes maisons de la finance. Elle eut, dès la troisième année, deux ouvrières. En plaçant ses économies sur le Grand-Livre, elle se vit, en 1814, à la tête de trois mille six cents francs de rentes, gagnées en quinze ans. Elle dépensait peu, elle allait dîner presque tous les jours chez son père tant qu'il vécut, et l'on sait, d'ailleurs, que les rentes, dans les dernières convulsions de l'Empire, furent à quarante et quelques francs : ainsi ce résultat, en apparence exagéré, s'explique de lui-même.

A la mort de l'ancien concierge, Brigitte et Jérôme, l'une âgée de vingt-sept ans, l'autre de vingt-trois, unirent leurs destinées. Le frère et la sœur avaient l'un pour l'autre une excessive affection. Si Jérôme, alors à l'époque de ses succès, était gêné, sa sœur, vêtue de bure et les doigts pelés par le fil qui lui servait à coudre, offrait toujours quelques louis à son frère. Aux yeux de Brigitte, Jérôme était le plus bel homme et le plus charmant de l'Empire français. Tenir le ménage de son frère, être initiée à ses secrets de Lindor [1] et de Don Juan, être sa servante, son caniche, fut le rêve de Brigitte ; elle s'immola presqu'amoureusement à une idole dont l'égoïsme allait être agrandi, sanctifié par elle ; elle vendit quinze mille francs sa clientèle à sa première ouvrière, et vint s'établir rue d'Argenteuil chez son frère, en se faisant la mère, la protectrice, la servante de cet *enfant chéri des dames*. Brigitte, par une prudence naturelle à une fille qui devait tout à sa discrétion et à son travail, cacha sa fortune à son frère ; elle craignit sans doute les dissipations d'une vie d'homme à bonnes fortunes, elle mit seulement six cents francs dans le ménage, ce qui, avec les dix-huit cents francs de Jérôme, permettait de joindre les deux bouts de l'année.

Dès les premiers jours de cette union, Thuillier écouta sa sœur comme un oracle, la consulta dans ses moindres affaires, ne lui cacha rien de ses secrets, et lui fit ainsi goûter aux fruits de la domination qui devait être le péché mignon de ce caractère. Aussi, la sœur aurait-elle tout sacrifié à son frère ; elle avait tout mis sur ce cœur, elle vivait par lui. L'ascendant de Brigitte sur Jérôme se corrobora singulièrement par le mariage qu'elle lui procura vers 1814.

En voyant le mouvement de compression violent que

---

1. C'est sous le nom de Lindor que se dissimule le comte Almaviva, lorsqu'il se lance dans son intrigue avec Rosine, au début du *Barbier de Séville*.

les nouveaux [venus] de la Restauration opérèrent dans les bureaux, et surtout au retour de l'ancienne société qui refoulait la bourgeoisie, Brigitte comprit, d'autant mieux que son frère la lui expliqua, la crise sociale où s'éteignaient leurs communes espérances. Plus de succès possibles pour le beau Thuillier chez les nobles qui succédaient aux roturiers de l'Empire !

Thuillier n'était pas de force à se donner une opinion politique, et il sentit, aussi bien que sa sœur, la nécessité de profiter de ses restes de jeunesse pour faire une fin. Dans cette situation, une fille, jalouse comme Brigitte, voulait et devait marier son frère, autant pour elle que pour lui, car elle seule pouvait rendre son frère heureux, et Mme Thuillier n'était qu'un accessoire indispensable pour avoir un ou deux enfants. Si Brigitte n'eut pas tout l'esprit nécessaire à sa volonté, du moins elle eut l'instinct de sa domination, car elle n'avait aucune instruction, elle allait seulement droit devant elle, avec l'entêtement d'une nature habituée à réussir. Elle avait le génie du ménage, le sens de l'économie, l'entente du vivre et l'amour du travail. Elle devina donc qu'elle ne réussirait jamais à marier Jérôme dans une sphère plus élevée que la leur, où les familles s'enquerraient de leur intérieur, et pourraient concevoir des inquiétudes en trouvant une maîtresse au logis ; elle chercha, dans la couche sociale inférieure, des gens à éblouir, et elle rencontra près d'elle un parti convenable.

Le plus ancien des garçons de la Banque, nommé Lemprun [1], avait une fille unique appelée Céleste [a]. Mademoiselle Céleste Lemprun devait hériter de la fortune de sa mère, fille unique d'un cultivateur, et qui consistait en quelques arpents de terre aux envi-

---

1. Le nom convient à merveille à un garçon de la Banque. Il est difficile de savoir si Balzac l'a choisi pour cette raison ou si, sans bien s'en rendre compte, il s'est laissé influencer par l'association d'idées.

rons de Paris, que le vieillard exploitait toujours ; puis de la fortune du bonhomme Lemprun, un homme sorti de la maison Thélusson [et] de la maison Keller pour entrer à la Banque, lors de la fondation [1]. Lemprun, alors chef de service, jouissait de l'estime et de la considération du gouverneur et des censeurs.

Aussi le conseil de la Banque, en entendant parler du mariage de Céleste avec un honorable employé des Finances, promit-il une gratification de six mille francs. Cette gratification, ajoutée à douze mille francs donnés par le père Lemprun, et à douze mille francs donnés par le sieur Galard, maraîcher d'Auteuil, portait la dot à trente mille francs. Le vieux Galard, M. et Mme Lemprun étaient enchantés de cette alliance ; le chef de service connaissait Mlle Thuillier pour une des plus dignes, des plus probes filles de Paris. Brigitte fit, d'ailleurs, reluire ses inscriptions au Grand-Livre en confiant à Lemprun qu'elle ne se marierait jamais, et ni le chef de service ni sa femme, gens de l'âge d'or, ne se seraient permis de juger Brigitte : ils furent surtout frappés par l'éclat de la position du beau Thuillier, et le mariage eut lieu, selon une expression consacrée, à la satisfaction générale.

Le gouverneur de la Banque et le secrétaire servirent de témoins à la mariée, de même que M. de La Billardière, le chef de division, et M. Rabourdin, le chef de bureau, furent ceux de Thuillier. Six jours après le mariage, le vieux Lemprun fut victime d'un vol audacieux dont parlèrent les journaux du temps, mais qui fut promptement oublié dans les événements de 1815. Les auteurs du vol ayant échappé, Lemprun voulut solder la différence, et, quoique la Banque eût porté ce déficit au compte des pertes, le pauvre vieillard mourut du chagrin que lui causa cet affront ; il regardait ce coup de main comme un attentat à sa probité septuagénaire.

---

1. La fondation de la Banque de France remonte au Consulat.

Mme Lemprun abandonna toute sa succession à sa fille, Mme Thuillier, et alla vivre avec son père à Auteuil, où ce vieillard mourut d'accident en 1817 [1]. Effrayée d'avoir à gérer ou à louer les marais et les champs de son père, Mme Lemprun pria Brigitte, dont la capacité, la probité l'émerveillaient, de liquider la fortune du bonhomme Galard et d'arranger les choses de manière à ce que sa fille, en prenant tout, lui assurât quinze cents francs de rente et lui laissât la maison d'Auteuil. Les champs du vieux cultivateur, vendus par parties, produisirent trente mille francs. La succession de Lemprun en avait donné autant, et ces deux fortunes, réunies à la dot, faisaient en 1818 quatre-vingt-dix mille francs.

La dot avait été placée en actions de la Banque au moment où elles valaient neuf cents francs. Brigitte acheta cinq mille francs de rente pour les soixante mille, car le cinq pour cent était à soixante, et elle fit mettre une inscription de quinze cents francs au nom de la veuve Lemprun, comme usufruitière. Ainsi, au commencement de l'année 1818, la pension de six cents francs payée par Brigitte, les dix-huit cents francs de la place de Thuillier, les trois mille cinq cents francs de rente de Céleste et le produit de trente-quatre actions de la Banque composaient au ménage Thuillier un revenu de onze mille francs administré sans conseil par Brigitte. Il a fallu s'occuper de la question financière avant tout, non seulement pour prévenir les objections [2], mais encore pour en débarrasser le drame.

---

1. Pour pouvoir confier plus vite la fortune des Lemprun à l'efficace gestion de Brigitte, Balzac ne se refuse ni un vol, dont la victime meurt de chagrin, ni une mort accidentelle. En l'espace de trois ans, Céleste Thuillier perd de façon inattendue son père et son grand-père.

2. Voyez également un peu plus haut, page 23 : « ce résultat, en apparence exagéré... ». Il s'agit d'établir de la manière la plus rigoureuse comment Céleste Colleville pourra en 1839 être l'héritière de biens totalisant la somme colossale de 700.000 francs. La démonstration a un caractère exemplaire et ne saurait être trop poussée dans le détail :

Tout d'abord, Brigitte donna cinq cents francs par mois à son frère et conduisit la barque de manière à ce que cinq mille francs défrayassent la maison ; elle accordait cinquante francs par mois à sa belle-sœur en lui prouvant qu'elle se contentait de quarante. Pour assurer sa domination par la puissance de l'argent, Brigitte amassait le surplus de ses propres rentes ; elle faisait, disait-on dans les bureaux, des prêts usuraires par l'entremise de son frère, qui passait pour un escompteur. Si de 1815 à 1830 Brigitte a capitalisé soixante mille francs, on pourrait expliquer l'existence de cette somme par des opérations dans la rente qui présente une variation de quarante pour cent, et ne pas recourir à des accusations plus ou moins fondées dont la réalité n'ajoute rien à l'intérêt de cette histoire.

Dès les premiers jours, Brigitte abattit sous elle la malheureuse Mme Thuillier par les premiers coups d'éperon qu'elle lui donna, par le maniement du mors qu'elle lui fit sentir durement. Le luxe de tyrannie était inutile, la victime se résigna promptement. Céleste, bien jugée par Brigitte, dépourvue d'esprit, d'instruction, habituée à une vie sédentaire, à une atmosphère tranquille, avait une excessive douceur de caractère ; elle était pieuse dans le sens le plus étendu de ce mot ; elle aurait expié par de dures pénitences le tort involontaire d'avoir fait de la peine à son prochain. Elle ignorait tout de la vie, accoutumée à être servie par sa mère, qui faisait elle-même le ménage, et obligée à se donner peu de mouvement à cause d'une constitution lymphatique qui se fatiguait des moindres travaux : c'était bien une fille du peuple de Paris, où les enfants sont rarement beaux, étant le produit de la misère,

---

les Petits Bourgeois, en pratiquant des vertus de fourmi laborieuse, en profitant de la hausse des rentes et des propriétés immobilières, en faisant au besoin des prêts un peu usuraires, arrivent à amasser en trente ou quarante ans d'énormes fortunes. Et la Monarchie de Juillet leur reconnaît l'importance sociale et politique correspondant à ces fortunes.

d'un travail excessif, de ménages sans air, sans liberté d'action, sans aucune des commodités de la vie.

Lors du mariage, on vit en elle une petite femme d'un blond fade jusqu'à la nausée, grasse, lente, et d'une contenance fort sotte. Son front, trop vaste, trop proéminent, ressemblait à celui d'un hydrocéphale, et, sous cette coupole d'un ton de cire, sa figure évidemment trop petite et finissant en pointe comme un museau de souris, fit craindre à quelques conviés qu'elle ne devînt folle tôt ou tard. Ses yeux d'un bleu clair, ses lèvres douées d'un sourire presque fixe ne démentaient pas cette idée. Elle eut, dans cette journée solennelle, l'attitude, l'air et les manières d'un condamné à mort qui souhaite que tout finisse au plus tôt.

— Elle est un peu boule [1]!... dit Colleville à Thuillier.

Brigitte était bien le couteau qui devait entrer dans cette nature sans défenses; elle en présentait le contraste le plus violent. Elle se faisait remarquer par une beauté régulière, correcte [a], massacrée par les travaux qui, dès l'enfance, la courbèrent sur des tâches pénibles, ingrates, par les secrètes privations qu'elle s'imposa pour amasser son pécule. Son teint, miroité [2] de bonne heure, avait un ton d'acier. Ses yeux bruns [b] étaient bordés de noir ou plutôt meurtris; sa lèvre supérieure était ornée d'un duvet brun qui dessinait une espèce de fumée; elle avait les lèvres menues, et son front impérieux était rehaussé par une chevelure jadis noire, mais qui tournait au chinchilla [3]. Elle se tenait droit comme une belle blonde, et tout en elle accusait la sagesse de ses trente ans, ses feux amortis et, comme disent les huissiers, *le coût de ses exploits*.

---

1. Terme d'argot qui signifie vraisemblablement : gauche, maladroit, lourdaud.

2. Il y avait sur son visage des marques brunâtres qui ressortaient sur le fond du teint. L'épithète s'applique d'ordinaire à la robe d'un cheval.

3. Gris ondulé de blanc (Littré).

Pour Brigitte, Céleste ne fut qu'une fortune à prendre, une mère à mater, un sujet de plus dans son empire. Elle lui reprocha bientôt d'être *veule*, un mot de son langage, et cette jalouse fille, qui eût été au désespoir de trouver une belle-sœur active, éprouva de sauvages plaisirs à stimuler l'énergie de cette faible créature. Céleste, honteuse de voir sa belle-sœur déployant son ardeur de haquenée [1] et faisant le ménage, essaya de l'aider; elle tomba malade; aussitôt Brigitte fut aux petits soins pour Mme Thuillier, elle la soigna comme une sœur aimée, elle lui disait devant Thuillier : « Vous n'avez pas la force, eh bien ! ne faites rien, ma petite !... » Elle étala l'incapacité de Céleste avec ce faste de consolations que savent trouver les filles et qui font leurs louanges à elles.

Puis, comme ces natures despotiques et qui aiment à exercer leurs forces sont pleines de tendresse pour les souffrances physiques, elle soigna sa belle-sœur de manière à satisfaire la mère de Céleste quand elle vint voir sa fille. Quand Mme Thuillier fut rétablie, elle l'appela, de manière à être entendue d'elle : « Emplâtre, propre à rien, etc. » Céleste allait pleurer dans sa chambre, et, quand Thuillier l'y surprenait essuyant ses larmes, il excusait sa sœur, en disant : « Elle est excellente, mais elle est vive; elle vous aime à sa manière; elle agit ainsi avec moi. »

Céleste, en se souvenant d'avoir reçu des soins maternels, pardonnait à sa belle-sœur. Brigitte traitait d'ailleurs son frère comme le roi du logis : elle le vantait à Céleste, elle en faisait un autocrate, un Ladislas [2], un pape infaillible. Mme Thuillier, privée de son père et de son grand-père, à peu près abandonnée de sa

---

1. C'est-à-dire de jument, de grand cheval : « un vrai cheval à l'ouvrage », lit-on plus loin à propos du même personnage (page 148).
2. Ladislas le Saint, roi de Hongrie au xie siècle, reste le type du roi absolu, paré de toutes les vertus, conquérant héroïque et législateur inflexible.

mère, qui la venait voir les jeudis, et chez qui l'on allait les dimanches, dans la belle saison, n'avait que son mari à aimer, d'abord parce qu'il était son mari, puis il restait le beau Thuillier pour elle. Enfin il la traitait bien quelquefois comme sa femme, et toutes ces raisons réunies le lui rendaient adorable. Il lui paraissait d'autant plus parfait, qu'il prenait souvent la défense de Céleste et grondait sa sœur, non par intérêt pour sa femme, mais par égoïsme et pour avoir la paix au logis dans le peu de moments qu'il y restait.

En effet, le beau Thuillier venait dîner et revenait se coucher très tard; il allait au bal, dans son monde, tout seul, et absolument comme s'il était toujours garçon. Aussi les deux femmes étaient-elles toujours en présence. Insensiblement, Céleste prit une attitude passive et fut ce que Brigitte la voulait, une ilote. La reine Élisabeth de ce ménage passa de la domination à une sorte de pitié pour une victime sans cesse sacrifiée. Elle finit par modérer ses airs de hauteur, ses paroles tranchantes, son ton de mépris, quand elle fut certaine d'avoir rompu sa sœur à la fatigue.

Une fois qu'elle aperçut des meurtrissures faites par le collier au cou de sa victime, elle en eut soin comme d'une chose à elle, et Céleste connut des temps meilleurs. En comparant le début à la suite, elle prit une sorte d'affection pour son bourreau. La seule chance que la pauvre ilote avait de trouver de l'énergie, de se défendre et de devenir quelque chose au sein d'un ménage alimenté par sa fortune à son insu, sans qu'elle eût autre chose que les miettes de la table, lui fut enlevée : en six ans, Céleste n'eut pas d'enfant. Cette infécondité, qui, de mois en mois, lui fit verser des torrents de larmes, entretint longtemps le mépris de Brigitte, qui lui reprochait de n'être bonne à rien, pas même à faire des enfants. Cette vieille fille, qui s'était tant promis d'aimer l'enfant de son frère comme le sien, ne cessa que vers 1820 de gémir sur l'avenir de leur fortune, qui, disait-elle, irait au Gouvernement.

Au moment où commence cette histoire, en 1839, à quarante-six ans, Céleste avait cessé de pleurer, car elle avait acquis la triste certitude de ne pouvoir jamais devenir mère. Chose étrange! après vingt-cinq ans de cette vie où la victime avait fini par désarmer, par lasser le couteau, Brigitte aimait Céleste autant que Céleste aimait Brigitte. Le temps, l'aisance, le frottement perpétuel de la vie domestique, qui sans doute avait adouci les angles, usé les aspérités, la résignation et la douceur pascale de Céleste amenèrent un automne serein. Ces deux femmes étaient d'ailleurs réunies par le seul sentiment qui les eût animées : leur adoration pour l'heureux et égoïste Thuillier.

Enfin ces deux femmes, toutes les deux sans enfants, avaient toutes les deux, comme toutes les femmes qui ont vainement désiré des enfants, pris en amour un enfant. Cette maternité factice, mais d'une puissance égale à celle d'une réelle maternité, veut une explication qui mène au cœur de cette scène et à rendre raison du surcroît d'occupations que Mlle Thuillier avait trouvé pour son frère.

IV. — COLLEVILLE

Thuillier était entré surnuméraire avec Colleville, dont il a été question comme de son ami intime. En regard du ménage sombre et désolé de Thuillier, la nature sociale avait placé comme un contraste celui de Colleville, et, s'il est impossible de ne pas faire observer que ce contraste fortuit est peu moral, il faut ajouter qu'avant de conclure il est bon d'aller jusqu'à la fin de ce drame, malheureusement trop vrai, dont l'historien n'est pas d'ailleurs comptable.

Ce Colleville était fils unique d'un musicien de talent, jadis premier violon de l'Opéra sous Francœur et Rebel. Il racontait, en son vivant, au moins six fois par mois, les anecdotes sur les répétitions du *Devin de village* [1]; il imitait J.-J. Rousseau, et le dépeignait à merveille. Colleville et Thuillier furent amis inséparables, sans secrets l'un pour l'autre, et leur amitié, commencée à quinze ans, n'avait pas encore connu de nuages en 1839.

Colleville fut un de ces employés appelés des *cumulards* [2] dans les bureaux, par dérision. Ces employés

---

1. L'œuvre de Rousseau fut représentée en 1753 à l'Opéra, quand le compositeur Francœur et son ami Rebel en étaient les co-directeurs.

2. Balzac, dix ans plus tôt, avait longuement décrit le type du *cumulard* au début de *La Fille aux yeux d'or* : chaque jour, « ce roi du mouvement parisien » distribue *Le Constitutionnel*, est employé d'état-civil, fait fonction de chantre de la paroisse, se dépense dans la boutique que gère sa femme, fait le copiste, et enfin chante sa partie dans les chœurs de l'Opéra (Éd. P.-G. Castex, pages 374 à 376). Colleville, lui, se contente d'être comptable le matin, fonctionnaire dans la journée et clarinettiste le soir : c'est exactement l'emploi du temps de l'*Employé*

se recommandent par leur industrie [1]. Colleville, bon musicien, devait au nom et à l'influence de son père la place de première clarinette à l'Opéra-Comique [2], et, tant qu'il fut garçon, Colleville, un peu plus riche que Thuillier, partagea souvent avec son ami. Mais, au rebours de Thuillier, Colleville fit un mariage d'inclination en épousant Mademoiselle Flavie, la fille naturelle d'une célèbre danseuse de l'Opéra, prétendue née de Du Bou[squ]ier, un des plus riches fournisseurs de cette époque, et qui, s'étant ruiné vers 1800 [3], oublia d'autant plus sa fille, qu'il conservait des doutes sur la pureté de la fameuse mime.

Par sa tournure et par son origine, Flavie était destinée à un assez triste métier, alors que Colleville, mené souvent chez l'opulent premier sujet de l'Opéra, s'éprit de Flavie et l'épousa. Le prince Galathionne, qui protégeait, en septembre 1815, l'illustre danseuse, alors sur la fin de sa brillante carrière, donna vingt mille francs de dot à Flavie, et la mère y ajouta le plus magnifique trousseau. Les habitués de la maison et les camarades de l'Opéra firent des présents en bijoux, en vaisselle, en sorte que le ménage Colleville fut beaucoup plus riche en superfluités qu'en capitaux. Flavie, élevée dans l'opulence, eut tout d'abord un charmant appartement que le tapissier de sa mère

---

cumulard, sur lequel est d'ailleurs calqué le portrait de Colleville, ainsi qu'on le verra dans les extraits, cités au bas des pages qui suivent, de la *Physiologie de l'employé* (Paris, Aubert et Lavigne, [1841], in-32).

1. « Cet employé se recommande par son industrie » *Physiologie de l'employé* page 90.

2. « Clarinette ou hautbois à l'Opéra-Comique ». *Ibid.*

3. On lit sur les épreuves (non corrigées) *Du Bourguier*, et on comprend fort bien l'erreur de lecture du prote; mais ce nom a été reproduit par Rabou et les éditeurs qui lui ont succédé. Pourtant ni Cerfbeer ni F. Lotte ne s'y sont trompés dans leurs *Dictionnaires* des personnages de Balzac. Il s'agit très évidemment de *Du Bousquier*, et les quelques indications qui définissent le personnage ne laissent aucun doute à ce sujet; elles concordent avec ce qu'on sait de lui par ailleurs (voyez *La Vieille Fille*, éd. P.-G. Castex, Garnier, pages 36 à 39).

meubla, et où trôna cette jeune femme, pleine de goût pour les arts, pour les artistes et pour une certaine élégance.

Mme Colleville était à la fois jolie et piquante, spirituelle et gaie, gracieuse, et, pour tout exprimer d'un mot, *bon enfant*. La danseuse, âgée de quarante-trois ans, se retira du théâtre, alla vivre à la campagne et priva sa fille des ressources que présentait son opulence dissipatrice. Mme Colleville tenait une maison très agréable, mais excessivement lourde. De 1816 à 1826, elle eut cinq enfants. Musicien le soir, Colleville tenait de sept heures à neuf heures du matin les livres d'un négociant[1]. A dix heures, il était à son bureau. En soufflant ainsi dans un morceau de bois le soir, en écrivant le matin des comptes en partie double, il se faisait de sept à huit mille francs par an.

Mme Colleville jouait à la femme comme il faut; elle recevait les mercredis, elle donnait un concert tous les mois et un dîner tous les quinze jours. Elle ne voyait Colleville qu'à dîner[2], et le soir quand il rentrait, vers minuit. Encore, souvent n'était-elle pas revenue. Elle allait au spectacle, car on lui donnait souvent des loges, et elle disait par un mot à Colleville de la venir chercher dans telle maison où elle dansait, où elle soupait. On faisait une excellente chère chez Mme Colleville, et la société, quoique mêlée, y était excessivement amusante; elle recevait les actrices célèbres, les peintres, les gens de lettres, quelques gens riches. L'élégance de Mme Colleville allait de pair avec celle de Tullia, premier sujet de l'Opéra, qu'elle voyait beaucoup; mais, si les Colleville man-

---

1. « Il est musicien le soir; et, le matin, il est teneur de livres chez un négociant de sept heures à neuf heures ». *Physiologie de l'employé.*

2. « En soufflant au théâtre dans un morceau de bois, en suant sang et eau le matin, il se fait ainsi neuf mille francs... Sa femme reçoit les mercredis et joue la femme comme il faut... Elle ne voit son mari qu'à dîner. » *Ibid*, page 91.

gèrent leurs capitaux et si souvent ils eurent de la peine à finir les mois, jamais Flavie ne s'endetta.

Colleville était très heureux, il aimait toujours sa femme et il en était toujours le meilleur ami. Toujours accueilli par un sourire ami et avec une joie communicative, il cédait à une grâce, à des façons irrésistibles.

L'activité féroce qu'il déployait dans ses trois emplois allait d'ailleurs à son caractère, à son tempérament. C'était un bon gros homme, haut en couleur, jovial, dépensier, plein de fantaisies. En dix ans, il n'y eut pas une seule querelle dans son ménage. Il passait dans les bureaux pour être un peu *hurluberlu*, comme tous les artistes, disait-on; mais les gens superficiels prenaient la hâte constante du travailleur pour le va-et-vient d'un brouillon.

Colleville eut l'esprit de faire la bête; il vantait son bonheur intérieur, se donna le travers de chercher des anagrammes [1], afin de se poser comme absorbé par cette passion. Les employés de sa division au ministère, les chefs de bureau, les chefs de division même venaient à ses concerts; il glissait, de temps en temps et à propos, des billets de spectacle, car il avait besoin d'une excessive indulgence à cause de ses perpétuelles absences. Les répétitions lui prenaient la moitié de son temps au bureau; mais la science musicale que lui avait léguée son père était assez réelle, assez profonde pour lui permettre de n'aller qu'aux répétitions générales. Grâce aux relations de Mme Colleville, le théâtre et le ministère se prêtaient aux exigences de la position de ce digne cumulard, qui, d'ailleurs, élevait à la brochette [2] un petit jeune homme vivement recommandé

---

[1]. « C'est un bon gros homme, assez *hurluberlu,* comme tous les artistes, mais qui ne manque pas de bon sens... Le cumulard a l'esprit de faire la bête, il se vante de son bonheur intérieur... il fait des jeux de mots. » *Physiologie de l'employé* page 91.

[2]. Petit bâton dont on se sert pour donner la becquée. D'où, au figuré, l'idée de soins attentifs et assidus.

par sa femme, un grand musicien futur, et qui le remplaçait à l'orchestre avec promesse de sa succession [1]. Et en effet, en 1827, le jeune homme devint première clarinette, quand Colleville donna sa démission.

Toute la critique sur Flavie consistait en ce mot : « Elle est un *petit brin* coquette, Mme Colleville [2] ! ». L'aîné des enfants Colleville, venu en 1816, était le portrait vivant du bon Colleville. En 1818, Mme Colleville mettait la cavalerie au-dessus de tout, même des arts, et distinguait alors un sous-lieutenant des dragons de Saint-Chamans, le jeune et riche Charles Gondreville, qui mourut plus tard dans la campagne d'Espagne; elle avait eu déjà son second fils, qu'elle destina dès lors à la carrière militaire. En 1820, elle regardait la banque comme la nourrice de l'industrie, le soutien des États, et le grand Keller, le fameux orateur, était son idole; elle eut alors un fils, François, dont elle résolut de faire plus tard un commerçant, et à qui la protection de Keller ne manquerait jamais. Vers la fin de 1820, Thuillier, l'ami intime de M. et de Mme Colleville, l'admirateur de Flavie, éprouva le besoin d'épancher ses douleurs au sein de cette excellente femme, et lui raconta ses misères conju-

---

1. « Sa manie consiste à organiser des concerts où tous les employés de la Division vont gratis, car il a besoin d'une excessive indulgence à cause des répétitions. Comme il est très bon musicien, il ne va qu'aux répétitions générales. L'Administration complaisante se prête à cela, soit au ministère, soit au théâtre. D'ailleurs, il élève en musique et à la brochette un petit jeune homme qui le remplace et qui doit lui succèder à l'orchestre. » *Physiologie de l'employé,* page 91.

2. Ce qui suit est un développement bouffon du « un *petit brin* coquette ». La carrière galante de Mme Colleville va être retracée avec une gaieté hardie et satirique, mais un peu superficielle; c'est plutôt du portrait-charge que de la peinture de mœurs. La conduite de Mme Marmus de Saint-Leu (alias Mme de Saint-Fondrille, mentionnée plus loin, page 165), dans le roman inachevé, *Entre savants,* est analogue; ses enfants, tous de père différent, embrassent chacun la carrière de leur père, dont ils portent en général le prénom, à défaut du nom.

gales ; il essayait depuis six ans d'avoir des enfants, et Dieu ne bénissait pas ses efforts, car la pauvre Mme Thuillier faisait inutilement des neuvaines ; elle était allée à Notre-Dame de Liesse [1] ! Il dépeignit Céleste de toutes les manières, et ces mots : « Pauvre Thuillier ! » sortirent des lèvres de Mme Colleville, qui, de son côté, se trouvait assez triste ; elle était alors sans aucune opinion dominante ; elle versa dans le cœur de Thuillier ses chagrins. Le grand Keller, ce héros de la Gauche, était en réalité plein de petitesses ; elle connaissait l'envers de la gloire, les sottises de la banque, la sécheresse d'un tribun. L'orateur ne parlait bien qu'à la Chambre, et il s'était fort mal conduit avec elle ; Thuillier fut indigné. « Il n'y a que les bêtes qui savent aimer, dit-il, prenez-moi ! » Le beau Thuillier passa pour faire un doigt de cour à Mme Colleville, et il fut un de ses *attentifs*, un mot du temps de l'Empire.

— Ah ! tu en veux à ma femme ! lui dit en riant Colleville ; prends garde, elle te plantera là comme tous les autres.

Mot assez fin par lequel Colleville sauva sa dignité de mari dans les bureaux. De 1820 à 1821, Thuillier s'autorisa de son titre d'ami de la maison pour aider Colleville, qui l'avait si souvent aidé jadis, et, pendant dix-huit mois, il prêta près de dix mille francs au ménage Colleville, avec l'intention de ne jamais en parler. En 1821, au printemps, Mme Colleville accoucha d'une ravissante petite fille, qui eut pour parrain et pour marraine M. et Mme Thuillier ; aussi fut-elle nommée Céleste-Louise-Caroline-Brigitte. Mlle Thuillier voulut donner un de ses noms à cette petite fille.

Le nom de Caroline fut une gracieuseté faite à Colleville. La vieille maman Lemprun se chargea de mettre la petite créature en nourrice, sous ses yeux, à Auteuil, où Céleste et sa belle-sœur allèrent la voir deux fois

---

1. Pèlerinage célèbre, remontant au Moyen Age, non loin de Laon (Aisne).

par semaine. Aussitôt que Mme Colleville fut rétablie, elle dit à Thuillier, franchement et d'un ton sérieux :

— Mon cher ami, si nous voulons rester bons amis, ne soyez plus que notre ami; Colleville vous aime : eh bien! c'est assez d'un dans le ménage.

— Expliquez-moi donc, dit alors le beau Thuillier à Tullia la danseuse, qui se trouvait alors chez Mme Colleville, pourquoi les femmes ne s'attachent pas à moi? Je ne suis pas un Apollon du Belvédère, mais enfin je ne suis pas non plus un Vulcain; je suis passable, j'ai de l'esprit, je suis fidèle...

— Voulez-vous la vérité?... lui répondit Tullia.

— Oui, dit le beau Thuiller.

— Eh bien! si nous pouvons aimer quelquefois une bête, nous n'aimons jamais un sot.

Ce mot tua Thuillier, il n'en revint pas; il eut depuis de la mélancolie, il accusa les femmes de bizarrerie.

— Ne t'avais-je pas prévenu?... lui dit Colleville, je ne suis pas Napoléon, mon cher, et je serais même fâché de l'avoir été; mais j'ai ma Joséphine... une perle!

Le secrétaire général du ministère, Des Lupeaulx, à qui Mme Colleville crut plus de crédit qu'il n'en avait, de qui, plus tard, elle disait : « C'est une de mes erreurs... » fut alors, pendant quelque temps, le grand homme du salon Colleville; mais, comme il n'eut pas le pouvoir de faire nommer Colleville dans la division Bois-Levant, Flavie eut le bon sens de se fâcher des soins qu'il rendait à Mme Rabourdin, femme d'un chef de bureau, une mijaurée, chez laquelle elle n'avait jamais été invitée, et qui, deux fois, lui fit l'impertinence de ne pas venir à ses concerts.

Mme Colleville fut vivement atteinte par la mort du jeune Gondreville; elle en fut inconsolable; elle sentit, disait-elle, la main de Dieu. En 1824, elle se rangea, parla d'économie, supprima les réceptions, s'occupa de ses enfants, voulut être une bonne mère de famille, et ses amis ne lui connurent chez elle aucun favori; mais elle allait à l'église, elle réformait sa toilette, elle portait des couleurs grises, elle parlait catholicisme, convenances; et ce mysticisme produisit, en 1825, un charmant petit enfant qu'elle appela *Théodore*, c'est-à-dire *présent de Dieu*.

Aussi, en 1826, le beau temps de la Congrégation [1], Colleville fut-il nommé sous-chef dans la division Clergeot, et devint-il, en 1828, percepteur d'un arrondissement de Paris. Colleville obtint la croix de la Légion d'honneur, afin qu'il pût un jour faire élever sa fille à Saint-Denis [2]. La demi-bourse obtenue par Keller pour Charles, l'aîné des enfants Colleville, en 1823, fut donnée au second; Charles passa avec une bourse entière au collège Saint-Louis, et le troisième, objet de la protection de Madame la Dauphine, eut trois quarts de bourse au collège Henri IV.

En 1830, Colleville, qui avait eut le bonheur de conserver tous ses enfants, fut obligé, par son attachement à la branche déchue, de donner sa démission; mais il eut l'habileté d'en traiter, en quelque sorte, en obtenant une pension de deux mille quatre cents francs due à son temps de service, et une indemnité de dix mille francs offerte par son successeur, et il fut nommé officier de la Légion d'honneur. Néanmoins, il se trouva dans une position difficile, et, en 1832, Mlle Thuillier lui conseilla de venir s'établir près d'eux, en lui faisant entrevoir la possibilité d'obtenir une place à la mairie, qu'il eut au bout de quinze jours, et qui valait mille écus.

―――――――――――

1. Cette association religieuse et charitable était doublée d'une société secrète d'action politique, dont les tendances se situaient à l'extrême droite. Son pouvoir était immense dans l'Administration, et les libéraux dénonçaient bruyamment cette influence occulte. Comme la Congrégation était en fait sous l'autorité du comte d'Artois, l'avènement de celui-ci en 1824, sous le nom de Charles X, fut le début de son âge d'or.

2. Dans la maison d'éducation de la Légion d'honneur. Céleste ne profitera d'ailleurs pas de cette possibilité (voyez page 42).

Charles Colleville venait d'entrer à l'École de marine [1]. Les collèges où les deux autres petits Colleville étaient élevés étaient dans le quartier. Le séminaire de Saint-Sulpice, où devait entrer un jour le petit dernier, se trouvait à deux pas du Luxembourg. Enfin, Thuillier et Colleville devaient finir leurs jours ensemble. En 1833 Mme Colleville, lors âgée de trente-cinq ans, vint s'établir rue d'Enfer, au coin de la rue des Deux-Églises [2], avec Céleste et le petit Théodore. Colleville se trouvait à une distance égale de sa mairie et de la rue Saint-Dominique. Ce ménage, après une existence tour à tour brillante, décousue, pleine de fêtes, reposée, calme, se trouva réduit à l'obscurité bourgeoise, et à cinq mille quatre cents francs pour toute fortune.

Céleste avait alors douze ans, elle était belle; il lui fallait des maîtres; elle devait coûter au moins deux mille francs par an. La mère sentit la nécessité de la placer sous les yeux de son parrain et de sa marraine. Elle avait donc aussi adopté les propositions, si sages d'ailleurs, de Mlle Thuillier, qui, sans prendre aucun engagement, fit entendre assez clairement à Mme Colleville que les fortunes de son frère, de sa belle-sœur et la sienne étaient destinées à Céleste. Cette petite fille était restée à Auteuil jusqu'à l'âge de sept ans, adorée par la bonne vieille Mme Lemprun, qui mourut en 1829, laissant vingt mille francs d'économies et une maison, qui fut vendue pour la somme

1. Il semble y avoir eu dans l'esprit de Balzac quelque flottement quant au prénom du premier et du second fils de Flavie. L'aîné, « portrait vivant du bon Colleville » (page 37) s'appelle Charles (page 40) du nom de son père ; (voyez page 38 : « Le nom de Caroline fut une gracieuseté faite à Colleville »). Mais en vertu du même principe, le second fils devrait également s'appeler Charles, du nom de Charles Gondreville (page 37). En fait, le prénom du second fils Colleville n'est pas expressément cité.

2. Actuellement boulevard Saint-Michel, au coin de la rue de l'Abbé-de-l'Épée. La mairie du XIIe arrondissement se trouvait alors 262 rue Saint-Jacques; Colleville était ainsi à mi-chemin entre son lieu de travail et la rue Saint-Dominique d'Enfer (Royer-Collard).

exorbitante de vingt-huit mille francs. La petite espiègle avait peu vu sa mère et beaucoup Mlle et Mme Thuillier. De 1829, époque de son entrée dans la maison paternelle, à 1833, elle était tombée sous la domination de sa mère, qui s'efforçait alors de bien remplir ses devoirs, et qui les outrait, comme toutes les femmes nourries de remords. Flavie, sans être mauvaise mère, tint fort sévèrement sa fille; elle se souvint de sa propre éducation et se jura secrètement à elle-même de faire de Céleste une honnête femme, et non une femme légère. Elle la mena donc à la messe et lui fit faire sa première communion sous la direction d'un curé de Paris, devenu depuis évêque. Céleste fut d'autant plus pieuse, que Mme Thuillier, sa marraine, était une sainte; et l'enfant adorait sa marraine; elle se sentait plus aimée de la pauvre femme délaissée que de sa mère.

De 1833 à 1839, elle reçut la plus brillante éducation, dans les idées de la bourgeoisie. Ainsi, les meilleurs maîtres de musique firent d'elle une assez bonne musicienne; elle savait faire proprement une aquarelle; elle dansait à merveille; elle avait appris la langue française et l'histoire, la géographie, l'anglais, l'italien, enfin tout ce que comporte l'éducation d'une demoiselle comme il faut. D'une taille moyenne, un peu grasse, affligée de myopie, elle n'était ni laide ni jolie, elle ne manquait ni de blancheur ni d'éclat, mais elle ignorait entièrement la distinction des manières. Elle avait une grande sensibilité contenue, et son parrain, sa marraine, Mlle Thuillier, son père, étaient unanimes sur ce point, la grande ressource des mères, que Céleste était susceptible d'attachement. Une de ses beautés était une magnifique chevelure cendrée, fine; mais les mains, les pieds avaient une origine bourgeoise.

Céleste se recommandait par des vertus précieuses : elle était bonne, simple, sans fiel; elle aimait son père et sa mère, elle se serait sacrifiée pour eux. Élevée dans une admiration profonde de son parrain, et par Brigitte, qui s'était fait appeler par elle *tante Brigitte*, et par Mme Thuillier, et par sa mère, qui se rapprocha de plus en plus du vieux beau de l'Empire, Céleste avait la plus haute idée de l'ex-sous-chef. Le pavillon de la rue Saint-Dominique produisait sur elle l'effet du château des Tuileries sur un courtisan de la jeune dynastie.

Thuillier n'avait pas résisté à l'action de laminoir que produit la filière administrative, où l'on s'amincit en raison de son étendue. Usé par un fastidieux travail, autant que ses succès avaient usé l'homme, l'ex-sous-chef avait perdu toutes ses facultés en venant rue Saint-Dominique; mais sa figure fatiguée, où régnait un air rogue, mélangé d'un certain contentement qui ressemblait à la fatuité de l'employé supérieur, impressionna vivement Céleste. Elle seule passionnait ce blême visage. Elle se savait être la joie de cette maison.

V. — LA SOCIÉTÉ DE
MONSIEUR ET MADAME THUILLIER

Les Colleville et leurs enfants devinrent naturellement le noyau de la société que Mlle Thuillier eut l'ambition de grouper autour de son frère. Un ancien
employé de la division La Billardière, qui, depuis trente
ans, demeurait dans le quartier Saint-Jacques, M.
Phellion, chef de bataillon de la légion, fut promptement retrouvé par l'ancien percepteur et l'ancien sous-
chef à la première revue. Phellion était un des hommes
les plus considérés dans l'arrondissement. Il avait une
fille, ancienne sous-maîtresse dans le pensionnat
Lagrave, mariée à un instituteur de la rue Saint-
Hyacinthe[1], M. Barniol.

Le fils aîné de Phellion était professeur de mathématiques à un collège royal; il donnait des leçons, faisait
des répétitions, et s'adonnait, selon l'expression du
père, aux mathématiques pures. Le second fils était à
l'École des ponts et chaussées. Phellion avait neuf cents
francs de retraite, et possédait neuf mille et quelques
cents de rente, fruit de ses économies et de celles de sa
femme pendant trente ans de travail et de privations.
Il était, d'ailleurs, propriétaire de la petite maison
à jardin qu'il habitait dans l'impasse des Feuillantines[2].

---

1. La rue Saint-Hyacinthe allait de l'actuelle place Edmond Rostand
à la rue des Fossés Saint-Jacques. Le seul tronçon qui en subsiste est
maintenant la rue Malebranche.

2. Voyez plus loin, page 109. La rue des Feuillantines ne fut ouverte
qu'en 1859. Victor Hugo, qui avait habité dans son enfance une des
dépendances de l'ancien couvent, a célébré ce souvenir en particulier
dans *Les Orientales* (1829, XLI, *Novembre*) et *Les Voix intérieures* (1837,
XXIX, *A Eugène Vte H.*)

(En trente ans, il ne dit pas une seule fois l'ancien mot *cul-de-sac*.)

Dutocq, le greffier de la justice de paix, était un ancien employé du ministère; sacrifié jadis à une de ces nécessités qui se rencontrent dans le gouvernement représentatif, il avait accepté d'être le bouc émissaire dans un [e affaire délicate] et fut récompensé secrètement par une somme avec laquelle il avait été mis à même d'acheter sa charge de greffier. Cet homme, peu honorable d'ailleurs, l'espion des bureaux, ne fut pas accueilli comme il croyait devoir l'être par les Thuillier; mais la froideur de ses propriétaires le fit persister à venir chez eux. Resté garçon, cet homme avait des vices; il cachait assez soigneusement sa vie, et il savait se maintenir par la flatterie auprès de ses supérieurs. Le juge de paix aimait beaucoup Dutocq. Ce honteux personnage sut se faire tolérer chez les Thuillier par de basses et grossières flatteries qui ne manquent jamais leur effet. Il connaissait à fond la vie de Thuillier, ses relations avec Colleville, et surtout avec Madame; on craignit sa redoutable langue, et les Thuillier, sans le mettre dans leur intimité, le souffrirent.

La famille qui devint la fleur du salon Thuillier fut celle d'un pauvre petit employé, jadis l'objet de la pitié des bureaux, et qui, poussé par la misère, avait quitté l'Administration en 1827 pour se jeter dans l'industrie, avec une idée. Minard entrevit une fortune dans une de ces conceptions perverses qui déconsidèrent le commerce français, mais qui, vers 1827, n'avaient pas encore été flétries par la publicité. Minard acheta du thé, y mêla moitié de thé qui avait servi et séché de nouveau puis il pratiqua sur les éléments du chocolat des altérations qui lui permirent de le vendre à bon marché. Ce commerce de denrées coloniales, commencé dans le quartier Saint-Marcel, fit de Minard un négociant; il eut une usine, et, par suite de ses relations, il put aller aux sources des matières premières; il fit honorablement, et en grand, le commerce qu'il avait d'abord fait avec indélicatesse. Il devint distillateur, il opéra sur d'énormes quantités de denrées; il passait en 1835 pour le plus riche négociant du quartier Maubert. Il avait acheté l'une des plus belles maisons de la rue des Maçons-Sorbonne[1] ; il avait été adjoint; il était, en 1839, maire d'un arrondissement et juge au Tribunal de commerce. Il avait voiture, une terre auprès de Lagny; sa femme portait des diamants aux bals de la Cour, et il s'enorgueillissait d'une rosette d'officier de la Légion d'honneur à sa boutonnière.

Minard et sa femme étaient, d'ailleurs, d'une excessive bienfaisance. Peut-être voulaient-ils rendre en détail aux pauvres ce qu'ils avaient pris au public. Phellion, Colleville et Thuillier retrouvèrent Minard aux élections, et il s'ensuivit une liaison d'autant plus intime avec les Thuillier et Colleville que Mme Zélie Minard parut enchantée de faire faire *à sa demoiselle* la connaissance de Céleste Colleville. Ce fut à un grand bal donné par les Minard que Céleste fit son entrée dans le monde, à l'âge de seize ans et demi, parée comme le voulait son nom[2], qui semblait être prophétique pour sa vie. Heureuse de se lier avec Mlle Minard, son aînée de quatre ans, elle obligea son parrain et son père à cultiver la maison Minard, à salons dorés, à grande opulence, et où se trouvaient quelques célébrités politiques du juste-milieu : M. Popinot, qui depuis fut ministre du commerce[3]; Cochin, devenu

1. Aujourd'hui, rue Champollion. Sur cette belle demeure, peu en harmonie avec son propriétaire, voyez plus loin, page 121.

2. On sait que Balzac croit à une correspondance fatale entre le nom et la personne; il ne semble pas toutefois qu'il ait modifié sa phrase quand il a changé Modeste en Céleste (Voyez l'Introduction, page XXXVIII).

3. En fait, Anselme Popinot avait été ministre dès la fin de 1830 (Voyez *L'Illustre Gaudissart*, Pléiade, tome IV, page 20). Balzac l'a oublié, comme on le voit plus loin à la page 103, et dans une variante du manuscrit, où il est question de Constant Popinot. « On portait son père, note le romancier, sur la liste des futurs ministres » (Voyez à la page 287, sous P. 61 a).

le baron Cochin, un ancien employé de la division Clergeot[1] au ministère des Finances, et qui, fortement intéressé dans une maison de droguerie, était l'oracle du quartier des Lombards et des Bourdonnais, conjointement avec M. Anselme Popinot. Le fils aîné de Minard, avocat, qui visait à succéder aux avocats qui, depuis 1830, désertèrent le Palais pour la politique, était le génie de la maison, et sa mère, aussi bien que son père, aspiraient à le bien marier. Zélie Minard, ancienne ouvrière fleuriste, éprouvait une passion pour les hautes sphères sociales, et voulait y pénétrer par les mariages de sa fille et de son fils, tandis que Minard, plus sage qu'elle, et comme imbu de la force de la classe moyenne que la révolution de Juillet infiltra dans les fibres du pouvoir, ne pensait qu'à la fortune.

Il hantait le salon des Thuillier afin d'y recueillir des données sur les fortunes que Céleste pouvait recueillir. Il savait, comme Dutocq, comme Phellion, les bruits occasionnés jadis par la liaison de Thuillier avec Flavie, et il avait du premier coup d'œil reconnu l'idolâtrie des Thuillier pour leur filleule. Dutocq, pour être admis chez Minard, le flagorna prodigieusement. Quand Minard, le Rothschild de l'arrondissement, apparut chez les Thuillier, il le compara presque finement à Napoléon, en le retrouvant gros, gras, fleuri, après l'avoir connu, maigre, pâle et chétif au bureau : « Vous étiez dans la division La Billardière, comme Bonaparte avant le 18 brumaire, et je vois le Napoléon de l'Empire ! » Minard reçut froidement Dutocq et ne l'invita point; aussi se fit-il un ennemi mortel du venimeux greffier.

M. et Mme Phellion, quelque dignes qu'ils fussent,

---

1. Ce nom est emprunté à Henri Monnier. Voyez l'Introduction, page XVII, note 2.

ne pouvaient s'empêcher de se livrer à des calculs et à des espérances; ils pensaient que Céleste serait bien l'affaire du professeur : aussi, pour avoir comme un parti dans le salon Thuillier, y amenèrent-ils leur gendre, M. Barniol, homme considéré dans le faubourg Saint-Jacques, et un vieil employé de la mairie, leur ami intime, à qui Colleville avait en quelque sorte soufflé sa place, car M. Laudigeois[1], depuis vingt ans à la mairie, attendait comme récompense de ses longs services la secrétairerie obtenue par Colleville. Ainsi, les Phellion formaient une phalange composée de sept personnes, toutes assez fidèles; la famille Colleville n'était pas moins nombreuse, en sorte que, par certains dimanches, il y avait trente personnes dans le salon Thuillier. Thuillier renoua connaissance avec les Saillard, les Baudoyer, les Falleix, gens considérables du quartier de la place Royale, et qui furent souvent invités à dîner.

Mme Colleville était, en femme, la personne la plus distinguée de ce monde, comme Minard fils [et] le professeur Phellion en étaient les hommes supérieurs; car tous les autres, sans idées, sans instruction, sortis des rangs inférieurs, offraient les types et les ridicules de la petite bourgeoisie. Quoique tout parvenu suppose un mérite quelconque[2], Minard était un ballon bouffi. S'épanchant en phrases filandreuses, prenant l'obséquiosité pour de la politesse et la formule pour de l'esprit, il débitait des lieux communs avec un aplomb et une rondeur qui s'acceptaient comme de l'éloquence. Ces mots, qui ne disent rien et répondent à tout : progrès, vapeur, bitume, garde nationale, ordre, élément

---

1. Ce nom est également emprunté à Henri Monnier. Voyez l'Introduction, page XVII, note 2.

2. Cette remarque dénote un sens de la réalité sociale, un esprit positif et pratique qui sont d'un sociologue autant que d'un peintre des mœurs.

démocratique, esprit d'association, légalité, mouvement
et résistance, intimidation [1], semblaient, à chaque phase
politique, inventés pour Minard, qui paraphrasait alors
les idées de son journal. Julien Minard, le jeune avocat,
souffrait autant de son père que son père souffrait de
sa femme. En effet, avec la fortune, Zélie avait pris
des prétentions, sans avoir jamais pu apprendre le
français; elle était devenue grasse et ressemblait toujours à une cuisinière épousée par son maître.

Phellion, ce modèle du petit bourgeois, offrait autant de vertus que de ridicules. Subordonné pendant
toute sa vie bureaucratique, il respectait les supériorités
sociales. Aussi restait-il silencieux devant Minard.
Il avait admirablement résisté, pour son compte, au
temps critique de la retraite, et voici comment. Jamais
ce digne et excellent homme n'avait pu se livrer à ses
goûts. Il aimait la ville de Paris, il s'intéressait aux alignements, aux embellissements, il était homme à s'arrêter
devant les maisons en démolition. On pouvait le surprendre intrépidement planté sur ses jambes, le nez
en l'air, assistant à la chute d'une pierre qu'un maçon
ébranle avec un levier en haut d'une muraille, et sans
quitter la place que la pierre ne tombât [2]; et, quand la

---

1. On lit dans la *Monographie du rentier* (voyez l'Introduction, page XII
et à la fin du volume, page 319) : « N'est-ce pas pour lui que sont
inventés ces mots qui ne disent rien et répondent à tout : Progrès,
Vapeur, Bitume, Garde nationale, Élément démocratique, Esprit
d'Association, Légalité, Intimidation, Mouvement, et Résistance ? »
Pour cette étude des types et des ridicules de la petite bourgeoisie
où s'attarde ici le roman, Balzac fait tout naturellement des emprunts
au petit ouvrage sociologique qu'il avait publié trois ou quatre ans
plus tôt ; ils sont indiqués en note dans les pages qui suivent.
2. Cette attitude caractéristique a tenté les caricaturistes du temps.
J'ai reproduit (planche IX) le croquis de Meissonier dans la *Physiologie du rentier de Paris* (1841); il illustre précisément cette phrase
(que Balzac a reprise de la *Physiologie*). Gavarni a de son côté, dans sa
série des *Bourgeois* (13), représenté la même attitude avec la légende :
« Inspecteur privé des travaux publics » (*Le Diable à Paris*, tome II,
1846).

pierre était tombée, il s'en allait heureux comme un
académicien le serait de la chute d'un drame romantique. Véritables comparses de la grande comédie
sociale, Phellion, Laudigeois et leurs pareils remplissent les fonctions du chœur antique. Ils pleurent
quand on pleure, rient quand il faut rire, et chantent
en ritournelle les infortunes et les joies publiques, triom-
phant dans leur coin des triomphes d'Alger, de Constantine, de Lisbonne, d'Ulloa[1] ; déplorant également la
mort de Napoléon, les catastrophes si funestes de Saint-
Merri [et] de la rue Transnonain[2] ; regrettant les
hommes célèbres qui leur sont inconnus[3]. Seulement,
Phellion offre une double face : il se partage encore
entre les raisons de l'opposition et celles du gouvernement. Qu'on se battît dans les rues, Phellion avait
alors le courage de se prononcer devant ses voisins ;
il allait sur la place Saint-Michel[4], il plaignait le gouver-

---

1. La prise d'Alger remonte au 5 juillet 1830.
Constantine, après de multiples difficultés, fut emporté dans un
dernier assaut à l'arme blanche le 13 octobre 1837.
Des Français ayant été condamnés arbitrairement au Portugal,
et les protestations de Casimir Périer restant sans effet, celui-ci envoya
une escadre devant Lisbonne le 11 juillet 1831 et obtint aussitôt
satisfaction.
La prise par les Mexicains de San Juan de Ulua, la citadelle de Vera-
Cruz, en 1823, marque la fin de la domination espagnole.

2. Les funérailles du général Lamarque, le 5 juin 1832, donnèrent
le signal de violents mouvements populaires, qui furent aussitôt
réprimés. Les derniers insurgés qui résistaient encore furent écrasés
dans le cloître de Saint-Merry. Phellion (voyez plus bas, page 110 sq)
avait eu les larmes aux yeux en menant son bataillon de la Garde
Nationale à l'attaque de ces « Français égarés ».
Les soldats chargés de mater l'insurrection républicaine d'avril 1834
massacrèrent rue Transnonain tous les habitants d'une maison d'où
un coup de feu avait été tiré. Une lithographie célèbre de Daumier
représente cette scène.

3. Les quinze lignes qui précèdent sont transcrites de la *Monographie
du rentier,* page 319, lignes 4 à 20.

4. Actuellement place Edmond Rostand. C'était le lieu de rassemblement de la Garde Nationale (où Phellion avait le grade de command-
dant; voyez plus bas, page 110 sq).

Intrépidement planté comme sont ses pareils sur leurs jambes, le nez en l'air, il assiste à la chute d'une pierre qu'un maçon ébranle avec un levier en haut d'une muraille; il ne quitte pas la place que la pierre ne tombe, il a fait un pacte secret avec lui-même et la pierre, et quand la chute est accomplie, il s'en va excessivement heureux, absolument

Cl. B. N.

Page de la *Physiologie du Rentier,* Paris, Martinon, 1841
(V. le texte p. 319).
On reconnaît plusieurs phrases reprises dans
Les Petits Bourgeois
Dessin de Meissonier

nement et faisait son devoir. Avant et pendant l'émeute, il soutenait la dynastie, œuvre de Juillet; mais, dès que le procès politique arrivait, il tournait aux accusés [1]. Ce *girouettisme* [2] assez innocent se retrouvait dans ses opinions politiques; il répondait à tout par le colosse du Nord [3] ou par le machiavélisme anglais [4]. L'Angleterre est, pour lui, comme pour *Le Constitutionnel* [5], une commère à deux fins; tour à tour, la machiavélique Albion et le pays modèle : machiavélique, quand il s'agit des intérêts de la France froissée et de Napoléon; pays modèle, quand il s'agit des fautes du gouvernement [6]. Il admet, avec le journal, l'élément démocratique, et se refuse, dans la conversation, à tout pacte avec l'esprit républicain. L'esprit républicain, c'est 1793, c'est l'émeute, la Terreur, la loi agraire. L'élément démocratique est le développement de la petite bourgeoisie, c'est le règne de Phellion.

Cet honnête vieillard est toujours digne; la dignité sert à expliquer sa vie. Il a élevé dignement ses enfants, il est resté père à leurs yeux, il tient à être honoré chez lui, comme il honore le pouvoir et ses supérieurs. Il n'a jamais eu de dettes. Juré, sa conscience le fait suer sang et eau à suivre les débats d'un procès, et il ne rit jamais, alors même que rient la cour, l'audience et le

---

1. « Avant et pendant l'émeute, il est pour le gouvernement; dès que le procès politique commence, il est pour les accusés. » *Monographie du rentier,* pages 324 et 325.

2. Allusion probable au *Dictionnaire des girouettes ou nos contemporains peints d'après eux-mêmes* (Paris, Alexis Eymery, 1815, in-8º), où les multiples retournements politiques des contemporains en vue étaient malicieusement signalés.

3. La Russie.

4. Le texte (des épreuves non corrigées) porte : *le colosse du Nord, espèce de matérialisme anglais,* leçon inintelligible qu'il a été possible de corriger grâce à la *Monographie du rentier.* Voyez ci-dessous, à la note 6.

5. A tendances libérales sous la Restauration, *Le Constitutionnel* était en 1840 devenu gouvernemental. C'était l'organe des bourgeois du Tiers-Parti et de Dupin.

6. Les huit lignes qui précèdent sont tirées presque textuellement de la *Monographie du rentier,* pages 321, et 322.

ministère public. Éminemment serviable, il donne ses soins, son temps, tout, excepté son argent. Félix Phellion, son fils le professeur, est son idole ; il le croit susceptible d'arriver à l'Académie des Sciences.

Thuillier, entre l'audacieuse nullité de Minard et la niaiserie carrée de Phellion, était comme une substance neutre; mais il tenait de l'un et de l'autre par sa mélancolique expérience. Il cachait le vide de son cerveau par des banalités, comme il couvrait la peau jaune de son crâne sous les ondes filamenteuses de ses cheveux gris, ramenés avec un art infini par le peigne de son coiffeur.

— Dans toute autre carrière, disait-il en parlant de l'Administration, j'aurais fait une tout autre fortune.

Il avait vu le bien, possible en théorie et impossible en pratique, les résultats contraires aux prémisses ; il racontait les injustices, les intrigues, l'affaire Rabourdin [1].

— Après cela, l'on peut croire à tout et ne croire à rien, disait-il. Ah! c'est une drôle de chose, une administration, et je suis bien heureux de ne pas avoir de fils, pour ne pas le voir prenant la carrière des places.

Colleville, toujours gai, rond, bonhomme, diseur de quolibets, faisant ses anagrammes, toujours occupé, représentait le bourgeois capable et gausseur, la faculté sans le succès, le travail opiniâtre sans résultat, mais aussi la résignation joviale, l'esprit sans portée, l'art inutile, car il était excellent musicien et ne jouait plus que pour sa fille.

Ce salon était donc une espèce de salon de province, mais éclairé par les reflets du continuel incendie parisien : sa médiocrité, ses platitudes suivaient le torrent du siècle. Le mot à la mode et la chose, car, à Paris, le mot et la chose est comme le cheval et le cavalier [2],

---

1. Rabourdin, administrateur de génie, avait été obligé de démissionner à la suite de honteuses manœuvres. Voyez Les Employés.

2. « Quand le mot arrive, et en France il arrive toujours avec la chose ! à Paris, le mot et la chose, n'est-ce pas comme un cheval et son cavalier? » Monographie du rentier, page 320, à la note 1.

y arrivaient toujours par ricochet. On attendait toujours monsieur Minard [pour] savoir la vérité dans les grandes circonstances. Les femmes tenaient pour les Jésuites; les hommes défendaient l'Université [1] ; mais généralement, les femmes écoutaient. Un homme d'esprit, s'il avait pu supporter l'ennui de ces soirées, eût ri comme à une comédie de Molière, en y apprenant, après de longues discussions, des choses semblables à celles-ci:

« La Révolution de 1789 pouvait-elle s'éviter? Les emprunts de Louis XIV l'avaient bien ébauchée. Louis XV, un égoïste, homme d'esprit néanmoins (il a dit : « Si j'étais lieutenant de police, je défendrais les cabriolets »), roi dissolu, vous connaissez son Parc aux cerfs ! y a beaucoup contribué. Monsieur de Necker, Genevois malintentionné, a donné le branle. Les étrangers en ont voulu toujours à la France. On reverra la queue au pain [2]. Le *maximum* [3] a fait beaucoup de tort à la Révolution. En droit, Louis XVI ne devait pas être condamné; il eût été absous par un jury. Bonaparte a fusillé les Parisiens et cette audace lui a réussi; Louis-Philippe s'est appuyé sur cet exemple. Pourquoi Charles X est-il tombé? Napoléon est un

---

1. L'Université et son monopole, surtout de l'enseignement secondaire, furent attaqués avec une extrême violence en 1840 par le parti catholique. Celui-ci, bientôt assimilé aux jésuites, très impopulaires, échoua dans son offensive. L'intervention véhémente de Michelet et de Quinet est postérieure à l'action des *Petits Bourgeois;* mais elle était précisément d'actualité au moment où Balzac composait son roman.

2. Le texte des épreuves porte ici : *la guerre au pair;* un peu plus haut : *homme d'esprit cérémonieux*; et plus bas : *il réglait tous les mémoires;* leçons fautives que la *Monographie du rentier* (voyez la note 1 de la page qui suit) permet de corriger. Il est question de la *queue au pain* pendant la Révolution dans *la Maison Nucingen* (Pléiade, tome V, page 640).

3. La loi du *maximum* (29 septembre 1793) décidait la fixation d'un prix maximum pour les principaux objets de consommation, et imposait la déclaration des récoltes, ainsi que l'inventaire de toutes les marchandises en stock.

grand homme, et les détails qui prouvent son génie appartiennent à ces anecdotes : il prenait cinq prises de tabac à la minute et dans des poches doublées de cuir, adaptées à son gilet. Il rognait tous les mémoires des fournisseurs ; il allait rue Saint-Denis savoir le prix des choses. Il avait Talma pour ami ; Talma lui avait appris ses gestes, et néanmoins il s'était toujours refusé à décorer Talma. L'Empereur a monté la garde d'un soldat endormi pour l'empêcher d'être fusillé. Ces choses-là le faisaient adorer du soldat. Louis XVIII, qui cependant avait de l'esprit, a manqué de justice à son égard en l'appelant Monsieur de Buonaparte [1]. Le défaut du gouvernement actuel est de se laisser mener, au lieu de mener ; il s'est placé trop bas ; il a peur des hommes d'énergie ; il aurait dû déchirer les traités de 1815 et demander le Rhin à l'Europe. On joue trop au ministère avec les mêmes hommes. »

— Vous avez assez fait assaut d'esprit comme cela, disait Mlle Thuillier ; l'autel est dressé, faites votre petite partie.

La vieille fille terminait toujours les discussions, dont s'ennuyaient les femmes, par cette proposition.

Si tous ces faits antérieurs, si toutes ces généralités ne se trouvaient pas, en forme d'argument, pour peindre le cadre de cette Scène, donner une idée de l'esprit de cette société, peut-être le drame en aurait-il souffert [2].

---

1. Nouvel emprunt de plus de vingt lignes à la *Monographie du rentier*. Voyez à la fin du présent volume, pages 323 et 324.

2. *L'exposition* touche à sa fin. Balzac, comme souvent en pareil cas, se justifie de s'être lancé dans des développements qui semblaient déborder le cadre de l'histoire particulière constituant le roman. En effet, dans les pages qui précèdent, il s'est plus préoccupé du *type* du petit bourgeois, que des personnages de son drame : on le voit assez par les emprunts à la *Monographie du rentier* (plus haut, à la *Physiologie de l'employé*), et en dernier lieu l'énumération des lieux communs caractéristiques d'une conversation petite-bourgeoise. Mais il s'agit de construire à l'intention du lecteur une sorte de décor social, en dehors duquel le drame et ses personnages ne sauraient avoir toute leur signification.

Cette esquisse est d'ailleurs d'une fidélité véritablement historique, et montre une couche sociale de quelque importance comme mœurs, surtout si l'on songe que le système politique de la branche cadette y a pris son point d'appui.

VI. — UN PERSONNAGE PRINCIPAL

L'hiver de l'année 1839 fut, en quelque sorte, le moment où le salon des Thuillier atteignit à sa plus grande splendeur. Les Minard y venaient presque tous les dimanches, et commençaient par y passer une heure lorsqu'ils avaient d'autres soirées obligées, et le plus souvent Minard y laissait sa femme, en emmenant avec lui sa fille et son fils aîné l'avocat. Cette assiduité des Minard fut déterminée par une rencontre, assez tardive d'ailleurs, qui se fit entre MM. Métivier, Barbet et Minard, par une soirée où ces deux importants locataires restèrent un peu plus tard qu'à l'ordinaire à causer avec Mlle Thuillier. Minard apprit de Barbet que la vieille demoiselle lui prenait pour environ trente mille francs de valeurs à cinq et six mois, à raison de sept et demi pour cent l'an, et qu'elle en prenait pour une somme égale à Métivier, en sorte qu'elle devait avoir au moins cent quatre-vingt mille francs à manier.

— Je fais l'escompte de la librairie à douze, et ne prends jamais que de bonnes valeurs. Rien ne m'est plus commode, dit Barbet en terminant. Je dis qu'elle a cent quatre-vingt mille francs, car elle ne peut donner que des effets à quatre-vingt-dix jours à la Banque.

— Elle a donc un compte à la Banque? dit Minard.

— Je le crois, dit Barbet.

Lié avec un régent de la Banque, Minard apprit que Mlle Thuillier y avait un compte d'environ deux cent mille francs, garanti par un dépôt de quarante actions. Cette garantie était, dit-on, superflue; la Banque avait des égards pour une personne qui lui était connue et qui gérait les affaires de Céleste Lemprun, la fille d'un des employés qui avait compté autant d'années de services que la Banque en comptait alors d'existence. Mlle Thuillier n'avait jamais d'ailleurs, en vingt ans, dépassé l'étendue de son crédit. Elle envoyait toujours pour soixante mille francs d'effets par mois à trois mois, ce qui faisait cent quatre-vingt mille francs environ. Les actions déposées représentaient cent vingt mille francs, on ne courait donc aucun risque, car les effets valaient toujours bien soixante mille francs. — Aussi, dit le censeur, elle nous enverrait, le troisième mois, cent mille francs d'effets, nous ne lui en rejetterions pas un seul. Elle a une maison à elle qui n'est pas hypothéquée et qui vaut plus de cent mille francs. D'ailleurs, toutes ses valeurs viennent de Barbet et de Métivier, et se trouvent avoir quatre signatures, y compris la sienne.

— Pourquoi Mlle Thuillier travaille-t-elle ainsi? demanda Minard à Métivier.

— Oh! c'est sans doute pour établir sa Céleste. Ils sont tous fous de cette petite.

— Mais cela doit vous aller à vous, dit Minard.

— Oh! moi, répondit Métivier, j'ai mieux à faire en épousant une de mes cousines ; mon oncle Métivier, qui m'a donné la suite de ses affaires, a cent mille francs de rente et n'a que deux filles.

Quelque cachottière que fût Mlle Thuillier, qui ne disait rien de ses placements à personne, pas même à son frère, quoiqu'elle englobât dans sa masse les économies faites sur la fortune de Mme Thuillier comme sur la sienne, il était difficile que ce jet de lumière ne passât pas sous le boisseau qui couvrait son trésor.

Dutocq, qui hantait Barbet[a], avec lequel il avait plus d'une ressemblance dans le caractère et dans la physionomie, avait évalué plus justement que

Minard les économies des Thuillier à cent cinquante mille francs en 1838, et il pouvait en suivre secrètement les progrès en calculant les profits à l'aide du savant escompteur Barbet.

— Céleste aura de nous deux cent mille francs comptant, avait dit la vieille fille en confidence à Barbet, et Mme Thuillier veut lui assurer au contrat la nue propriété de ses biens. Quant à moi, mon testament est fait. Mon frère aura tout, sa vie durant, et Céleste sera mon héritière, sous cette réserve. M. Cardot, mon notaire, est mon exécuteur testamentaire.

Mlle Thuillier avait dès lors poussé son frère à renouer ses anciennes relations avec les Saillard, les Baudoyer, les Falleix [1], qui tenaient une place analogue à celle des Thuillier et des Minard, dans le quartier Saint-Antoine, où M. Saillard était maire. Cardot le notaire avait présenté son prétendant en la personne de maître Godeschal, successeur de Derville, homme de trente-six ans, capable, ayant payé cent mille francs sur sa charge et que deux cent mille francs de dot acquitteraient. Minard fit congédier Godeschal en apprenant à Mlle Thuillier que Céleste aurait pour belle-sœur la fameuse Mariette, de l'Opéra.

— Elle en sort, dit Colleville en faisant allusion à sa femme, ce n'est pas pour y rentrer.

— M. Godeschal est d'ailleurs trop âgé pour Céleste, dit Brigitte.

— Et puis, reprit timidement Mme Thuillier, ne faut-il pas la laisser se marier à son goût? Qu'elle soit heureuse!

La pauvre femme avait aperçu dans Félix Phellion un amour vrai pour Céleste, un amour comme une femme écrasée par Brigitte et froissée par l'indifférence

---

1. Fait déjà signalé page 48. Balzac aurait vraisemblablement fait disparaître cette répétition, s'il avait corrigé ses épreuves.

de Thuillier, qui s'était soucié de sa femme moins que d'une servante, avait pu rêver l'amour : hardi dans le cœur, timide au dehors, sûr de lui-même et craintif, concentré pour tous, s'épanouissant dans les cieux. A vingt-trois ans, Félix Phellion était un jeune homme doux, candide, comme le sont les savants qui cultivent la science pour la science. Il avait été saintement élevé par sa mère, qui, prenant tout au sérieux, ne lui avait donné que de bons exemples en les lui accompagnant de maximes triviales. C'était un jeune homme de moyenne taille, à cheveux châtain clair, les yeux gris, le teint plein de taches de rousseur, doué d'une voix charmante, d'un maintien tranquille, faisant peu de gestes, rêveur, ne disant que des paroles sensées, ne contredisant personne, et surtout incapable d'une pensée sordide ou d'un calcul égoïste.

— Voilà, s'était dit souvent Mme Thuillier, comment j'aurais voulu mon mari !

Vers le milieu de l'hiver de 1839 à 1840, au mois de février, le salon des Thuillier contenait les divers personnages dont les silhouettes viennent d'être tracées. On approchait de la fin du mois. Barbet et Métivier, ayant chacun à demander trente mille francs à Mlle Brigitte, faisaient un whist avec M. Minard et Phellion. Une autre table réunissait Julien-l'avocat, sobriquet donné par Colleville au jeune Minard, Mme Colleville, M. Barniol et Mme Phellion. Une bouillotte à un sou la fiche occupait Mme Minard, qui ne savait que ce jeu-là, deux Colleville, le vieux père Saillard et Baudoyer, son gendre; les rentrants étaient Laudigeois et Dutocq. Mesdames Phellion, Baudoyer, Barniol et Mlle Minard faisaient un boston, et Céleste était assise auprès de Prudence Minard. Le jeune Phellion écoutait Mme Thuillier en regardant Céleste.

A l'autre coin de la cheminée trônait sur une bergère la reine Élisabeth de la famille, aussi simplement vêtue alors qu'elle l'était depuis trente ans, car aucune prospérité ne lui aurait fait quitter ses habitudes. Elle avait sur ses cheveux chinchilla [1] un bonnet de gaze noire orné de géranium-Charles X; sa robe à guimpe en stoff raisin de Corinthe coûtait quinze francs; sa collerette brodée valait six francs, et déguisait peu le profond sillon produit par les deux muscles qui rattachaient sa tête à sa colonne vertébrale. Monvel, jouant Auguste dans ses vieux jours [2], ne montrait pas un profil plus dur que celui de cette autocrate tricotant des chaussettes à son frère. Devant la cheminée se trouvait Thuillier debout, toujours prêt à aller au-devant de ceux qui pouvaient venir, et près de lui se tenait un jeune homme dont l'entrée avait produit un grand effet, quand le concierge, qui les dimanches passait son plus bel habit pour servir, avait annoncé M. Olivier Vinet [3].

Une confidence de Cardot au célèbre Procureur Général, père du jeune magistrat, avait été la cause de cette visite. Olivier Vinet venait de passer du tribunal d'Arcis à celui de la Seine en qualité de substitut du Procureur du Roi. Cardot le notaire avait fait dîner chez lui M. Thuillier avec le Procureur Général, qui paraissait devoir être ministre de la justice, et avec le fils. Cardot évaluait à sept cent mille francs au moins, pour le moment, les fortunes qui devaient échoir à Céleste. Vinet fils avait paru charmé d'avoir le droit d'aller les dimanches chez les Thuillier. Les grosses dots font faire aujourd'hui de grosses sottises sans aucune pudeur.

---

1. Même notation qu'à la page 29.
2. Comédien célèbre et auteur, Boutet de Monvel était mort en 1812. Un de ses grands succès à la Comédie Française avait été *Cinna*.
3. A la place de ce Vinet, Balzac avait d'abord mis en scène Constant Popinot. Cette variante (voyez p. 287 sous 61[a]) présente l'intérêt de préciser le prénom et la qualité du fils d'Anselme Popinot : Constant « était substitut du Procureur du Roi près le tribunal de la Seine ». Ces indications manquent dans la *Cousine Bette*, seul roman où il soit par ailleurs question de ce personnage.

Dix minutes après [a], un autre jeune homme qui causait avec Thuillier avant l'arrivée du substitut éleva la voix en passionnant une discussion politique, et força le magistrat à suivre son exemple par la vivacité que prit le débat. Il était question du vote par lequel la Chambre des députés venait de renverser le ministère du 12 mai, en refusant la dotation demandée pour le duc de Nemours [1].

— Assurément, disait le jeune homme [2], je suis loin d'appartenir à l'opinion dynastique, et je suis loin d'approuver l'avènement de la Bourgeoisie au pouvoir. La Bourgeoisie ne doit pas plus qu'autrefois l'Aristocratie être tout l'État. Mais, enfin, la Bourgeoisie française a pris sur elle de faire une dynastie nouvelle, une royauté pour elle, et voilà comment elle la traite! Quand le peuple a laissé Napoléon s'élever, il en a créé quelque chose de splendide, de monumental; il était fier de sa grandeur, et il a noblement donné son sang et ses sueurs pour construire l'édifice de l'Empire. Entre les magnificences du trône aristocratique et celles de la pourpre impériale, entre les grands et le peuple, la Bourgeoisie est mesquine, elle ravale le pouvoir jusqu'à elle au lieu de s'élever jusqu'à lui. Les économies de bouts de chandelle de ses comptoirs, elles les exerce sur ses princes. Ce qui est vertu dans ses magasins est faute et crime là-haut. J'aurais voulu bien des choses pour le peuple, mais je n'aurais

---

1. Le ministère formé par le maréchal Soult le 12 mai 1839, au soir de l'insurrection des Saisons, fut en effet renversé en février 1840. Une coalition à la Chambre, où Thiers jouait un rôle important, avait repoussé la demande d'une dotation annuelle pour le duc de Nemours, second fils de Louis-Philippe, à l'occasion de son mariage avec une princesse de Saxe-Cobourg.

2. Cet inconnu si habilement introduit — le lecteur est à son égard dans la situation de Vinet fils et de Minard qui l'entendent parler et cherchent à savoir son identité — est le héros du roman. Godeschal étant congédié, il y a donc quatre prétendants à la main de Céleste : Félix Phellion, Julien Minard, Olivier Vinet, et Théodose.

pas retranché dix millions à la nouvelle liste civile.
En devenant presque tout en France, la Bourgeoisie
nous devait le bonheur du peuple, de la splendeur sans
faste et de la grandeur sans privilège.

Olivier Vinet, dont le père était un des meneurs de
la coalition et dont l'ambition fut déçue, car il rêvait
la simarre [1] du Garde des Sceaux, ne savait que
répondre, et il crut bien faire en abondant dans un
des côtés de la question.

— Vous avez raison, Monsieur, dit le jeune magistrat. Mais, avant de parader, la Bourgeoisie a des
devoirs à remplir envers la France. Le luxe dont vous
parlez passe après les devoirs. Ce qui vous semble si
fort reprochable a été la nécessité du moment. La
Chambre est loin d'avoir sa part dans les affaires; les
ministres sont moins à la France qu'à la Couronne, et
le Parlement a voulu que le ministère eût, comme en
Angleterre, une force qui lui fût propre, et non pas
une force d'emprunt. Le jour où le ministère agira
par lui-même et représentera dans le pouvoir exécutif
la Chambre, comme la Chambre représente le pays,
le Parlement sera très libéral envers la Couronne. Là
se trouve la question, je l'expose sans dire mon opinion,
car les devoirs de mon ministère emportent, en politique, une espèce de féauté à la Couronne.

— En dehors de la question politique, répliqua le
jeune homme, dont l'organe indiquait un Provençal,
il n'en est pas moins vrai que la Bourgeoisie a mal
compris sa mission; nous voyons des Procureurs
Généraux, des Premiers Présidents, des pairs de France
en omnibus, des juges qui vivent de leurs appointe-
ments, des préfets sans fortune, des ministres endettés;
tandis que la Bourgeoisie, en s'emparant de ces places,
devait les honorer comme autrefois les honorait

---

1. Longue robe que portaient les magistrats, et qui est devenue
l'insigne de la dignité de Garde des Sceaux.

l'aristocratie, et, au lieu de les occuper pour faire fortune, ainsi que des procès scandaleux l'ont démontré, les occuper en y dépensant ses revenus...

— Qui est ce jeune homme? se disait Olivier Vinet en l'écoutant; est-ce un parent? Cardot aurait bien dû m'accompagner pour la première fois.

— Qui est ce petit monsieur? demanda Minard à M. Barbet; voici plusieurs fois que je le vois ici.

— C'est un locataire, répondit Métivier en donnant les cartes.

— Un avocat, dit Barbet à voix basse; il occupe un petit appartement au troisième, sur le devant. Oh! ce n'est pas grand'chose, et il n'a rien.

— Comment se nomme ce jeune homme? dit Olivier Vinet à M. Thuillier.

— Théodose de La Peyrade; il est avocat, répondit Thuillier à l'oreille du substitut.

En ce moment, les femmes, aussi bien que les hommes, regardaient les deux jeunes gens, et Mme Minard ne put s'empêcher de dire à Colleville :

— Il est très bien ce jeune homme.,

— J'ai fait son anagramme, répondit le père de Céleste, et ses nom et prénoms de Charles-Marie-Théodose de La Peyrade prophétisent ceci : *Eh! monsieur payera, de la dot, des oies é le char...* Aussi, ma chère maman Minard, gardez-vous bien de lui donner votre fille [1].

— On trouve ce jeune homme-là mieux que mon fils, dit Mme Phellion à Mme Colleville; qu'en pensez-vous?

— Oh! sous le rapport du physique, dit Mme Colleville, une femme pourrait balancer avant de faire un choix.

En ce moment, le jeune Vinet crut agir finement, en contemplant ce salon plein de petits bourgeois, s'il

---

1. Sur la valeur véritablement prophétique des anagrammes de Colleville, voyez plus loin, pages 76 et 77 et l'Introduction, pages XXXII et XXXIII.

exaltait la bourgeoisie, et il abonda dans le sens du jeune avocat provençal en disant que les gens honorés de la confiance du gouvernement devaient imiter le Roi, dont la magnificence surpassait de beaucoup celle de l'ancienne Cour; et qu'économiser les émoluments d'une place était une sottise, et d'ailleurs, était-ce possible, à Paris surtout, où la vie avait triplé de prix, où l'appartement d'un magistrat, par.exemple, coûtait mille écus !...

— Mon père, dit-il en terminant, me donne mille écus par an, et avec mon traitement à peine puis-je tenir mon rang.

Quand le substitut chevaucha dans cette voie marécageuse où le Provençal l'avait finement conduit, [celui-ci] échangea, sans que personne le surprît, une œillade avec Dutocq, qui devait rentrer à la bouillotte [1].

— Et l'on a besoin de tant de places, dit le greffier, qu'on parle de créer deux justices de paix par arrondissement, afin d'avoir douze greffes de plus... Comme si l'on pouvait attenter à nos droits, à ces charges payées à un taux exorbitant !

— Je n'ai pas encore eu le plaisir de vous entendre au Palais, dit le substitut à M. de La Peyrade.

— Je suis l'avocat des pauvres, et je ne plaide qu'à la justice de paix, répondit le Provençal.

En écoutant la théorie du jeune magistrat sur la nécessité de dépenser ses revenus, Mlle Thuillier avait pris un air de cérémonie dont la signification était assez connue et du jeune Provençal et de Dutocq. Le jeune Vinet sortit avec Minard et Julien-l'avocat, en sorte que le champ de bataille resta, devant la cheminée, au jeune de La Peyrade et à Dutocq.

— La haute bourgeoisie, dit Dutocq à Thuillier, se conduira comme autrefois l'aristocratie. La noblesse

---

1. La complicité entre les deux personnages est annoncée ici très discrètement. Les liens qui les unissent ne seront expliqués qu'à la page 100 et surtout, beaucoup plus loin, pages 185 à 188.

voulait des filles d'argent pour fumer ses terres, nos parvenus d'aujourd'hui veulent des dots pour mettre du foin dans leurs bottes.

— C'est ce que M. Thuillier me disait ce matin, répondit hardiment le Provençal.

— Le père, reprit Dutocq, a épousé une demoiselle de Chargebœuf, et il a pris les opinions de la noblesse; il lui faut de la fortune à tout prix, sa femme a un train royal.

— Oh! dit Thuillier, chez qui l'envie des bourgeois les uns contre les autres se réveilla, ôtez à ces gens-là leurs places, et ils retomberaient d'où ils sortent...

Mlle Thuillier tricotait d'un mouvement si précipité qu'on l'eût dite poussée par une machine à vapeur.

— A vous, Monsieur Dutocq, dit Mme Minard en se levant. J'ai froid aux pieds, ajouta-t-elle en venant auprès du feu, où les ors de son turban firent l'effet d'un feu d'artifices à la lumière des bougies de l'Étoile qui faisaient de vains efforts pour éclairer cet immense salon [1].

— Ce n'est que de la Saint-Jean [2], ce substitut-là! dit Mme Minard en regardant Mlle Thuillier.

— De la Saint-Argent! dites-vous? fit le Provençal, c'est très spirituel, Madame...

— Mais Madame nous a depuis longtemps accoutumés à ces choses-là, dit le beau Thuillier.

Mme Colleville examinait le Provençal et le comparait au jeune Phellion qui causait avec Céleste, sans s'occuper de ce qui se passait autour d'eux. Voici certainement le moment de peindre l'étrange personnage qui devait jouer un si grand rôle chez les Thuillier, et qui mérite certes la qualification de grand artiste.

---

1. La bougie n'avait été inventée qu'en 1825. La bougie de l'Étoile, que son bon marché rendait très populaire, obtint une médaille d'or à l'Exposition Nationale de 1830 et à celle de 1844. Plus loin, page 130, Balzac cite une autre marque : « la bougie économique dite de l'Aurore ».

2. C'est sans aucune valeur.

VII. — UN PORTRAIT HISTORIQUE

Il existe en Provence, et sur le port d'Avignon
surtout, une race d'hommes, ou blonds ou châtains,
d'un teint doux et aux yeux presque tendres, dont la
prunelle est plutôt faible, calme ou languissante, que
vive, ardente, profonde, comme il est assez naturel de
la voir aux Méridionaux. Faisons observer, en passant,
que chez les Corses, les gens sujets aux emportements,
aux irascibilités les plus dangereuses, sont souvent des
natures blondes et d'une apparente tranquillité. Ces
hommes pâles, assez gras, à l'œil quasi trouble, vert ou
bleu, sont la pire espèce dans la Provence, et Charles-
Marie-Théodose de La Peyrade offrait un beau type de
cette race, dont la constitution mériterait un soigneux
examen de la part de la science médicale et de la
physiologie philosophique. Il se met en mouvement
chez eux une espèce de bile, d'humeur amère, qui leur
porte à la tête, qui les rend capables d'actions féroces,
en apparence faites à froid, et qui sont le résultat d'un
enivrement intérieur, inconciliable avec leur enveloppe
quasi lymphatique, avec la tranquillité de leur regard
bénin.

Le jeune Provençal, né d'ailleurs aux environs d'Avignon, était d'une taille moyenne, bien proportionnée,
presque gras, d'un ton de chair sans éclat, ni livide, ni
mat, ni coloré, mais gélatineux, car cette image peut
seule donner l'idée de cette molle et fade enveloppe
sous laquelle se cachaient des nerfs moins vigoureux
que susceptibles d'une prodigieuse résistance dans

certains moments donnés. Les yeux, d'un bleu pâle et froid, exprimaient à l'état ordinaire une espèce de mélancolie trompeuse qui, pour les femmes, devait avoir un grand charme. Le front, bien taillé, ne manquait pas de noblesse et s'harmoniait à une chevelure fine, rare, châtain-clair, naturellement frisée aux extrémités, mais légèrement. Le nez, exactement celui d'un chien de chasse, épaté, fendu du bout, curieux, intelligent, chercheur, et toujours au vent, au lieu d'avoir une expression de bonhomie, était ironique et moqueur; mais ces deux faces du caractère ne se montraient point, et il fallait que ce jeune homme cessât de s'observer, entrât en fureur, pour faire jaillir le sarcasme et l'esprit qui décuplait ses plaisanteries infernales. La bouche, d'une sinuosité tout agréable, à lèvres d'une rougeur de grenade, semblait le merveilleux instrument d'un organe presque suave dans le médium, auquel Théodose se tenait toujours, et qui, dans le haut, vibrait aux oreilles comme le son d'un gong. Ce fausset était bien la voix de ses nerfs et de sa colère. Sa figure, sans expression par suite d'un commandement intime, avait une forme ovale. Enfin, ses manières, d'accord avec le calme sacerdotal de son visage, étaient pleines de réserve, de convenance; mais il avait du liant, de la continuité dans les façons, qui, sans aller jusqu'au patelinage, ne manquait pas d'une séduction qui ne s'expliquait plus dès qu'il n'était plus là. Le charme, quand il prend sa source au cœur, laisse des traces profondes; celui qui n'est qu'un produit de l'art, de même que l'éloquence, n'a que des triomphes passagers; il obtient ses effets à tout prix. Mais combien y a-t-il, dans la vie privée, de philosophes en état de comparer? Presque toujours, pour employer une expression populaire, le tour est fait quand les gens ordinaires en pénètrent les moyens.

Tout, chez ce jeune homme de vingt-sept ans, était en harmonie avec son caractère actuel; il obéissait à sa vocation en cultivant la philanthropie [a]. Seule expres-

sion qui puisse expliquer le philanthrope [1], Théodose
aimait le peuple, car il scindait son amour de l'humanité.
De même que les horticulteurs s'adonnent aux roses,
aux dahlias, aux œillets, aux pélargoniums, et ne font
aucune attention à l'espèce qu'ils n'ont pas élue pour
leur fantaisie, ce jeune La Rochefoucauld-Liancourt [2]
appartenait aux ouvriers, aux prolétaires, aux misères
des faubourgs Saint-Jacques et Saint-Marceau. L'homme fort, le génie aux abois, les pauvres [a] honteux de
la classe bourgeoise, il les retranchait du sein de la
charité. Chez tous les maniaques, le cœur ressemble
à ces boîtes à compartiments où l'on met les dragées
par sortes ; le *suum cuique tribuere* est leur devise, ils
mesurent à chaque devoir sa dose. Il est des philanthropes qui ne s'apitoient que sur les erreurs des condamnés. La vanité fait certainement la base de la philanthropie; mais, chez le jeune Provençal, c'était calcul,
un rôle pris, une hypocrisie libérale et démocratique,
jouée avec une perfection à laquelle aucun acteur n'arri-
verait. Il n'attaquait pas les riches, il se contentait de
ne pas les comprendre, il les admettait; chacun, selon
lui, devait jouir de ses œuvres; il avait, disait-il, été
fervent disciple de Saint-Simon [3], mais il fallait attri-

---

1. Balzac considère la philanthropie comme une bizarre manie,
inutile et dangereuse. Elle est, explique-t-il, vanité ou calcul. Voyez
l'Introduction, page iv et note 2.

2. « Patron banal de toutes les philanthropies de la terre », dit
une note de police (citée par Pouthas, *Guizot pendant la Restauration*,
page 342). La Rochefoucauld-Liancourt s'était en effet consacré à la
réforme de l'agriculture, des manufactures, des prisons, des hospices,
et en général à toutes les formes de la bienfaisance. A sa mort, en 1827,
les élèves des Arts et Métiers ayant tenu à porter son cercueil (il avait
fondé l'École de Châlons), la police les chargea, et le cercueil tomba
dans la boue.

3. Les idées du comte de Saint-Simon n'ont véritablement commencé
à se répandre qu'à sa mort, en 1825; en 1829-30, quand Théodose
arrive à Paris, elles jouissaient du plus grand prestige parmi les étudiants.

buer cette faute à son extrême jeunesse : la société
moderne ne pouvait pas avoir d'autre base que l'héré-
dité. Catholique ardent, comme tous les gens du
Comtat, il allait de très grand matin à la messe et cachait
sa piété. Semblable à presque tous les philanthropes,
il était d'une économie sordide et ne donnait aux pauvres que son temps, ses conseils, son éloquence, et
l'argent qu'il arrachait pour eux aux riches. Des bottes,
le drap noir porté jusqu'à ce que les coutures devinssent
blanches, composaient son costume. La nature avait
beaucoup fait pour Théodose en ne lui donnant pas
cette mâle et fine beauté méridionale qui crée des exigences d'imagination chez autrui auxquelles il est
plus que difficile à un homme de répondre, tandis
qu'il lui suffisait de peu de frais pour plaire, et il était,
à son gré, trouvé bien et joli homme, ou très
ordinaire.

Jamais, depuis son admission dans la Maison
Thuillier, il n'avait osé, comme pendant cette soirée,
élever la voix et se poser aussi magistralement qu'il
venait de le faire avec Olivier Vinet; mais peut-être
Théodose de La Peyrade n'avait-il pas été fâché
d'essayer à sortir de l'ombre où il s'était jusqu'alors
tenu; puis il était nécessaire de se débarrasser du jeune
magistrat, comme les Minard avaient précédemment
ruiné l'avoué Godeschal. Semblable à tous les esprits
supérieurs, car il ne manquait pas de supériorité, le
substitut, ne s'étant pas baissé jusqu'au point où les
fils de ces toiles bourgeoises se voient, venait de
donner, comme une mouche, la tête la première, dans
le piège presque invisible où Théodose l'avait amené
par une de ces ruses dont ne se seraient pas défiés de
plus habiles qu'Olivier.

Pour achever le portrait de l'avocat des pauvres, il
n'est pas inutile de raconter ses débuts dans la Maison
Thuillier. Théodose était venu vers la fin de l'année
1837; alors licencié en droit depuis cinq ans, il avait fait
son stage à Paris pour être avocat; mais des circons-

tances inconnues, et sur lesquelles il se taisait [1], l'avaient empêché de se faire inscrire au tableau des avocats de Paris; il était encore avocat stagiaire. Mais, une fois installé dans le petit appartement du troisième étage, avec les meubles rigoureusèment nécessaires à sa noble profession, exigés d'ailleurs par l'Ordre des avocats qui n'admet pas un nouveau confrère s'il n'a pas un cabinet convenable, une bibliothèque, et qui fait vérifier les choses et les lieux, Théodose de La Peyrade devint avocat près la Cour Royale de Paris.

Toute l'année 1838 fut employée à opérer ce changement dans sa situation, et il mena la vie la plus régulière. Il étudiait le matin chez lui jusqu'à l'heure du dîner, et allait parfois au Palais, aux causes importantes. Il se lia, fort difficilement selon Dutocq, avec Dutocq, et il rendit à quelques malheureux dans le faubourg Saint-Jacques, désignés par le greffier à sa charité, le service de plaider pour eux au tribunal; il fit occuper [2] pour eux par les avoués qui, d'après les statuts de la compagnie des avoués, font à tour de rôle les affaires des indigents, et, comme il ne prit que des causes entièrement sûres, il les gagna toutes. Mis en relation avec quelques avoués, il se fit connaître du barreau par ces traits dignes d'éloges, et ces faits déterminèrent son admission d'abord à la conférence des avocats stagiaires, puis son inscription au tableau de l'Ordre. Il devint dès lors, en 1839, l'avocat des pauvres à la justice de paix, et il continua de protéger les gens du peuple. Les obligés de Théodose exprimaient leur reconnaissance et leur admiration chez les portières, malgré les recommandations du jeune avocat [3], et

---

1. La curiosité du lecteur, ainsi éveillée, sera en grande partie satisfaite grâce aux renseignements donnés un peu plus loin par Dutocq.

2. C'est le terme juridique. Théodose fit se charger des affaires des malheureux les avoués qui...

3. Cette discrétion, que Théodose demande pour ne pas l'obtenir, est évidemment un calcul, elle aussi.

il en remontait bien des traits jusqu'aux propriétaires. Aussi, pendant cette année, les Thuillier, ravis de posséder chez eux un homme si recommandable et si charitable, voulurent l'attirer dans leur salon et questionnèrent Dutocq à son sujet. Le greffier parla comme parlent les envieux [1], et, tout en rendant justice à ce jeune homme, il dit qu'il était d'une avarice remarquable, « mais peut-être est-ce l'effet de sa pauvreté, reprit-il. J'ai eu des renseignements sur lui, d'ailleurs. Il appartient à la famille de La Peyrade, une vieille famille du Comtat d'Avignon; il est venu s'enquérir ici d'un oncle dont la fortune passait pour considérable; il a fini par découvrir la demeure de cet oncle trois jours après la mort du susdit, et le mobilier a payé les frais de l'enterrement et les dettes [2]. Un ami du défunt a donné cent louis à ce pauvre jeune homme, en l'engageant à faire son Droit et à prendre la carrière judiciaire; ces cent louis l'ont défrayé pendant trois ans à Paris, où il a vécu comme un moine; mais, n'ayant jamais pu voir ni retrouver le protecteur inconnu, le pauvre étudiant fut dans une grande détresse en 1833, car il était venu dans l'hiver de 1829 à Paris [3].

« Il fit alors, comme tous les licenciés, de la politique

---

1. Dutocq fait en sorte que les Thuillier ne le soupçonnent pas d'être de mèche avec Théodose. La malveillance qu'il affecte donne plus de prix à son éloge, l'avarice étant d'ailleurs une vertu aux yeux des petits bourgeois.

2. La mort du policier Peyrade (le père Canquoëlle), oncle de Théodose, que Vautrin fit empoisonner, est mise en scène dans *Splendeurs et Misères des courtisanes* (Pléiade, tome V, pages 894 à 901). Sur l'arrivée de Théodose à Paris, voyez dans l'Introduction, page xxxii et note 2, une addition au même roman.

3. En fait, Peyrade est mort en mars 1830. Le protecteur inconnu est Corentin, l'ami du policier, qui apparaît à la fin de notre texte des *Petits Bourgeois* sous le nom de M. Du Portail — ainsi que la nièce de Peyrade, la cousine de Théodose, Lydie. En ne dépensant que cent louis en trois ans, l'étudiant a vécu avec moins de deux cent cinquante nouveaux francs par mois (en monnaie de 1960) ; à la page 239, nous apprenons toutefois qu'il s'agissait non de deux mille, mais de deux mille cinq cents francs.

et de la littérature, et il s'est soutenu pendant quelque temps au-dessus de la misère, car il ne pouvait rien espérer de sa famille : son père, le plus jeune frère de l'oncle décédé rue des Moineaux [1], est à la tête de onze enfants qui vivent sur un petit domaine appelé les Canquoëlles.

« Il est enfin entré dans un journal ministériel dont le gérant était le fameux Cérizet, si célèbre par les persécutions qu'il a éprouvées sous la Restauration pour son attachement aux libéraux, et à qui les gens de la nouvelle gauche ne pardonnent pas de s'être fait ministériel, et comme aujourd'hui le pouvoir défend très peu ses serviteurs les plus dévoués, témoin l'affaire Gisquet [2], les républicains ont fini par ruiner Cérizet. Ceci est pour vous expliquer comment il se fait que Cérizet est expéditionnaire dans mon greffe [3].

« Eh bien! dans le temps où il florissait comme gérant d'un journal dirigé par le ministère Périer contre les journaux incendiaires, la *Tribune* [4] et autres, Cérizet, qui est un brave garçon après tout, mais qui aime un peu trop les femmes, la bonne chère et les plaisirs, a été très utile à Théodose, qui faisait la rédaction politique [5]; et, sans la mort de Casimir Périer [6],

---

1. Au coin de la rue Saint-Roch. La maison est décrite dans *Splendeurs et Misères* (Pléiade, tome V, pages 758 à 760).

2. Préfet de police en 1831, Gisquet, qui s'était montré énergique dans la répression des troubles et complots de 1832-34, s'était attiré de solides haines. Remplacé en 1836, il fut nommé conseiller d'État. En 1838, il fut accusé de concussion par un journal, qui fut condamné pour diffamation; le conseiller d'État n'en fut pas moins révoqué en décembre 1838.

3. Dutocq évidemment ne souffle mot des ennuis de Cérizet avec la justice. Le lecteur n'est renseigné sur la véritable biographie du personnage qu'à la page 95.

4. Journal d'Armand Marrast, la *Tribune* était l'organe le plus ardent du parti républicain.

5. Il n'est pas sans intérêt que l'hypocrite Théodose ait fait ses premières armes dans le journalisme, que Balzac considère comme un milieu de dissolution morale.

6. Casimir Périer avait pris le pouvoir en mars 1831; il mourut pendant l'épidémie de choléra, en mai 1832.

ce jeune homme eût été nommé substitut à Paris! En 1834 et 1835, il est retombé, malgré son talent, car sa collaboration au journal ministériel lui a nui. « Sans mes principes religieux, m'a-t-il dit alors, je me serais jeté dans la Seine. » Enfin, il paraît que l'ami de son oncle l'aura su dans le malheur; il a reçu de quoi se faire recevoir avocat [1]; mais il ignore toujours le nom et la demeure de ce protecteur mystérieux. Après tout, dans ces circonstances, son économie est excusable, et il faut avoir bien du caractère pour refuser ce que lui offrent de pauvres diables à qui son dévouement fait gagner des affaires. Il est indigné de voir des gens spéculant sur l'impossibilité où sont les malheureux de pouvoir avancer les frais d'un procès qu'on leur intente injustement [2]. Oh! il arrivera; je ne serais pas étonné de voir ce garçon-là dans une position très brillante; il a de la ténacité, de la probité, du courage! Il étudie, il pioche. »

Malgré la faveur avec laquelle il fut accueilli, maître de La Peyrade alla sobrement chez les Thuillier. Mais,

---

1. De cette seconde intervention du protecteur, il n'est question nulle part ailleurs, et l'on peut penser qu'il s'agit d'une fable inventée par Dutocq pour expliquer la résurrection de Théodose. Le lecteur doit attendre la page 185 pour savoir ce qui s'est réellement passé. La chronologie de Balzac pour les années 1832 à 1837 en ce qui concerne Théodose et Cérizet est au reste assez lâche (voyez plus bas, page 185 et la note).

2. Dans les *Mystères de Paris*, Eugène Sue venait d'insister de la manière la plus démagogique sur « l'impossibilité matérielle où sont les classes pauvres de jouir du bénéfice des lois civiles » (éd. illustrée, 1844, tome IV, page 114). C'était poser le problème de l'assistance judiciaire. Il avait reçu toute une correspondance sur ce sujet qui, au moment même où Balzac composait *Les Petits Bourgeois*, passionnait l'opinion. L'institution, qui fonctionnait dans divers pays étrangers, d'un *avocat des pauvres*, magistrat rétribué par l'État, était donnée en exemple à la France. Théodose, en assumant bénévolement de pareilles fonctions, pratiquait donc une forme de *philanthropie* qui était d'actualité; elle ne pouvait qu'attirer l'attention sur lui, et risquait de lui être profitable : Balzac jetait ainsi le doute sur une réforme que Sue préconisait avec le plus grand sérieux.

grondé pour sa réserve, il se montra souvent ; il finit par venir tous les dimanches, fut prié de tous les grands dîners, et il était si familier dans la maison, que, s'il arrivait pour parler à Thuillier vers les quatre heures, on le forçait à manger sans cérémonie *la fortune du pot.* Mlle Thuillier se disait :

— Nous sommes sûrs alors qu'il dînera bien, le pauvre jeune homme !

Un phénomène social, qui certainement a été observé, mais qui n'a pas encore été formulé, publié, si vous voulez, et qui mérite d'être indiqué, c'est le retour des habitudes, de l'esprit, des manières de la primitive condition chez certaines gens qui, de leur jeunesse à leur vieillesse, se sont élevés au-dessus de leur premier état. Ainsi Thuillier était redevenu, moralement parlant, fils de concierge ; il faisait usage de quelques-unes des plaisanteries de son père ; il reparaissait enfin à la surface de sa vie, un peu du limon des premiers jours.

Environ cinq ou six fois par mois, quand la soupe grasse était bonne, il disait, comme un propos entièrement neuf, en posant sa cuiller sur son assiette vide : « Ça vaut mieux qu'un coup de pied, le reçût-on dans les os des jambes !... » En entendant cette plaisanterie pour la première fois, Théodose, qui ne la connaissait pas, perdit sa gravité, se mit à rire de si bon cœur, que Thuillier, le beau Thuillier, fut caressé dans sa vanité comme jamais il ne l'avait été. Depuis, Théodose accueillait toujours cette phrase par un petit sourire fin. Ce léger détail expliquera comment, le matin même de la soirée où Théodose venait d'avoir son engagement avec le jeune substitut, il avait pu dire à Thuillier, en se promenant dans le jardin pour voir l'effet de la gelée: « Vous avez beaucoup plus d'esprit que vous ne le croyez ! », et avoir de lui cette réponse: « Dans toute autre carrière, mon cher Théodose, j'aurais fait un grand chemin, mais la chute de l'Empereur m'a cassé le cou. »

— Il est encore temps, avait dit le jeune avocat. D'abord, qu'a fait ce saltimbanque de Colleville pour avoir la croix?

Là, maître de La Peyrade avait touché la plaie que Thuillier cachait à tous les yeux, si bien que sa sœur ne la connaissait pas; mais le jeune homme, intéressé à étudier tous ces bourgeois, avait deviné la secrète envie qui rongeait le cœur de l'ex-sous-chef.

— Si vous voulez me faire l'honneur, vous si expérimenté, de vous conduire par mes conseils, et surtout de ne jamais parler de notre pacte à personne, pas même à votre excellente sœur, à moins que je n'y consente, je me charge de vous faire décorer aux acclamations de tout le quartier.

— Oh! si nous réussissions, s'était écrié Thuillier, vous ne savez pas ce que je serais pour vous...

Ceci explique pourquoi Thuillier venait de se rengorger quand, tout à l'heure, Théodose avait eu l'audace de lui donner des opinions.

VIII. — LE FINALE DE LA SOIRÉE [a]

Dans les arts, et peut-être Molière a-t-il mis l'hypocrisie au rang des arts en classant à jamais Tartuffe
dans les comédiens, il existe un point de perfection
au-dessous duquel vient le talent et auquel atteint seul
le génie. Il est si peu de différence entre l'œuvre du
génie et l'œuvre du talent, que les hommes de génie
peuvent seuls apprécier cette distance qui sépare
Raphaël du Corrège, Titien de Rubens. Il y a plus, le
vulgaire y est trompé. Le cachet du génie est une
certaine apparence de facilité. Son œuvre doit paraître,
en un mot, ordinaire au premier aspect, tant elle est
toujours naturelle, même dans les sujets les plus élevés.

Beaucoup de paysannes tiennent leurs enfants. comme
la fameuse *Madone de Dresde* [1] tient le sien. Eh bien !
le comble de l'art, chez un homme de la force de
Théodose, est de faire dire de lui plus tard : « Tout le
monde y aurait été pris ! » Or, dans le salon Thuillier,
il voyait poindre la contradiction, il devinait chez
Colleville la nature assez clairvoyante et critique de
l'artiste manqué. L'avocat se savait déplaisant à
Colleville, qui, par suite de circonstances inutiles à
rapporter, était payé pour croire à la science des anagrammes [2]. Aucune de ses anagrammes n'avait failli.

---

1. Ce tableau de Raphaël était pour Balzac une des plus parfaites
expressions du Beau; il y fait plusieurs fois allusion, dans *César
Birotteau* (Pléiade, tome V, page 381), dans *Les Amours de deux bêtes*
(Éd. Conard, tome XL, page 469), etc.

2. On trouve dans *Les Employés* (Pléiade, tome VI, pages 959 à 961)
quelques exemples de ces anagrammes prophétiques.

On s'était moqué de lui dans les bureaux, quand, en lui demandant l'anagramme du pauvre Auguste-Jean-François Minard, il trouvait : *J'amassai une si grande fortune*, et l'événement justifiait, à dix ans de distance, l'anagramme. Or, l'anagramme de Théodose était fatale. Celle de sa femme le faisait trembler, il ne l'avait jamais dit, car Flavie Minoret Colleville donnait : *La vieille C., nom flétri, vole.*

Déjà, plusieurs fois, Théodose avait fait quelques avances au jovial secrétaire de la mairie, et il s'était senti repoussé par une froideur peu naturelle chez un homme si communicatif. Quand la bouillotte fut finie, il y eut un moment où Colleville attira Thuillier dans l'embrasure d'une croisée, et lui dit :

— Tu laisses prendre trop de pied chez toi à cet avocat, il a tenu ce soir le dé de la conversation.

— Merci, mon ami, un homme averti en vaut deux, répondit Thuillier en se moquant intérieurement de Colleville.

Théodose qui, en ce moment, causait avec Mme Colleville, avait les yeux sur les deux amis, et il devina par cette prescience dont font usage les femmes qui savent quand et en quel sens on parle d'elles, d'un angle de salon à l'autre, que Colleville essayait de lui nuire dans l'esprit du faible et niais Thuillier.

— Madame, dit-il à l'oreille de la dévote, croyez que, si quelqu'un est en état de vous apprécier ici, c'est moi. Vous êtes une perle tombée au milieu de la fange; vous n'avez pas quarante-deux ans, car une femme n'a que l'âge qu'elle paraît avoir, et beaucoup de femmes de trente ans ne vous valent pas, seraient heureuses d'avoir votre taille et cette sublime figure où l'amour a passé sans jamais vous satisfaire. Vous vous êtes donnée à Dieu, je le sais, j'ai trop de piété pour vouloir être autre chose que votre ami; mais vous vous êtes donnée à lui, parce que vous n'avez jamais trouvé personne digne de vous. Enfin, vous avez été aimée, mais vous ne vous êtes jamais sentie adorée, et j'ai deviné cela... [a] Mais voici votre mari, qui n'a pas su vous faire une position en harmonie avec votre valeur; il me hait, comme s'il se doutait que je vous aime, et m'empêche de vous dire ce que je crois avoir trouvé pour vous mettre dans la sphère à laquelle vous étiez destinée... Non, Madame, dit-il en se levant et à haute voix, ce n'est pas l'abbé Gondrin qui prêchera cette année le carême à notre pauvre Saint-Jacques du Haut Pas; c'est M. d'Estival, un de mes compatriotes [1], qui s'est voué à la prédication dans l'intérêt des classes pauvres, et vous entendrez un des plus onctueux prédicateurs que je connaisse, un prêtre d'un extérieur peu agréable, mais quelle âme !...

— Mes souhaits seront donc accomplis, dit la pauvre Mme Thuillier ; je n'ai jamais pu comprendre les prédicateurs en renom !

Un sourire erra sur les lèvres sèches de Mlle Thuillier et sur celles de plusieurs personnes.

— Ils s'occupent trop de démonstrations théologiques, il y a longtemps que je suis de cette opinion, dit Théodose; mais je ne parle jamais religion, et, sans Mme Colleville...

— Il y a donc des démonstrations en théologie? demanda naïvement et à brûle-pourpoint le professeur de mathématiques.

— Je ne pense pas, reprit Théodose en regardant Félix Phellion, que vous fassiez sérieusement cette question.

— Mon fils, dit le vieux Phellion, arrivant pesamment au secours de son fils, en saisissant une expression douloureuse sur le pâle visage de Mme Thuillier, mon fils sépare la religion en deux catégories : il la considère au point de vue humain et au point de vue divin, la tradition et le raisonnement.

---

1. C'est ici, semble-t-il, le seul endroit dans *La Comédie humaine* où apparaissent ces deux prêtres.

— Quelle hérésie, Monsieur! répondit Théodose ; la religion est une; elle veut la foi avant tout.

Le vieux Phellion, cloué par cette phrase, regarda sa femme :

— Il est temps, ma bonne amie...

Et il montra la pendule.

— Oh! Monsieur Félix, dit Céleste à l'oreille du candide mathématicien, ne seriez-vous pas, comme Pascal et Bossuet, savant et pieux?...

Les Phellion, en se retirant en masse, entraînèrent les Colleville; il ne resta bientôt plus que Dutocq, Théodose et les Thuillier.

Les flatteries adressées par Théodose à Flavie ont les caractères du lieu commun; mais il est à remarquer, dans l'intérêt de cette histoire, que l'avocat se tenait au plus près de ces esprits vulgaires; il naviguait dans leurs eaux, il leur parlait leur langage. Son peintre était Pierre Grassou et non Joseph Bridau; son livre était *Paul et Virginie* [1]. Le plus grand poète actuel était Casimir Delavigne; à ses yeux, la mission de l'art était, avant tout, l'utilité. Parmentier, *l'auteur de la pomme de terre*, valait trente Raphaëls; l'homme au petit manteau bleu [2] lui paraissait *une sœur de charité*. Ces expressions de Thuillier, il les rappelait parfois.

— Ce jeune Félix Phellion est tout à fait l'universitaire de notre temps, le produit d'une science qui a mis Dieu de côté. Mon Dieu! où allons-nous? Il n'y a que la religion qui puisse sauver la France, car il n'y a que la peur de l'enfer qui nous préserve du vol domestique, accompli à toute heure au sein des ménages,

---

1. Voici quelques éléments du goût bourgeois, de même qu'on a eu plus haut, pages 50 à 54, quelques échantillons des idées bourgeoises. Pierre Grassou, le peintre des bourgeois, est déjà cité à la page 13.

2. Connu sous ce nom, Edme Champion consacra sa fortune et son activité aux œuvres de bienfaisance à partir de 1829; il avait alors soixante-cinq ans. L'hiver, il faisait servir des soupes aux pauvres dans tout Paris. Il se distingua en particulier lors de l'épidémie de choléra en 1832. Il devait mourir seulement en 1852.

et qui ronge les fortunes les mieux assises. Vous avez tous une guerre au sein de la famille.

Sur cette habile tirade, qui fit une vive impression à Brigitte, il se retira, suivi de Dutocq, après avoir souhaité une bonne nuit aux trois Thuillier [1].

— Ce jeune homme est plein de moyens ! dit sentencieusement Thuillier.

— Oui, ma foi, répondit Brigitte en éteignant les lampes.

— Il a de la religion, dit Mme Thuillier en s'en allant la première.

— Môsieur, disait Phellion à Colleville, en atteignant à la hauteur de l'École des Mines et après s'être assuré qu'ils étaient seuls dans la rue [a], il est dans mes habitudes de soumettre mes lumières aux autres, mais il m'est impossible de ne pas trouver que ce jeune avocat fait bien le maître chez nos amis les Thuillier.

— Mon opinion, à moi, repartit Colleville, qui marchait avec Phellion en arrière de sa femme, de Céleste et de Mme Phellion, serrées toutes trois les unes contre les autres, est que c'est un jésuite, et je n'aime pas ces gens-là... Le meilleur n'en vaut rien. Pour moi, le jésuite, c'est la fourberie, et la fourberie pour fourber; ils fourbent pour le plaisir de fourber, et, comme on dit, pour s'entretenir la main. Voilà mon opinion, je ne la mâche pas...

— Je vous comprends, Môsieur, répondit Phellion, qui donnait le bras à Colleville.

---

1. La grande scène de la réception chez les Thuillier à la fin de février 1840 se termine ici. Elle est marquée avant tout par l'entrée en action de Théodose, sur le passé duquel Balzac donne en outre quelques lumières. Au cours de cette soirée, le Provençal écarte Olivier Vinet, jette un doute sur Félix Phellion, se concilie Mme Colleville, et donne à Thuillier ainsi qu'à sa sœur une haute idée de ses capacités bourgeoises. Dans les deux pages qui suivent, les Thuillier et leurs invités, en allant se coucher, expriment tour à tour leur sentiment sur la personnalité de l'avocat.

— Non, Monsieur Phellion, répondit Flavie en prenant une petite voix de tête, vous ne comprenez pas Colleville, mais je sais bien ce qu'il veut dire, et il fera bien d'en rester là... Ces sortes de sujets ne s'agitent pas dans la rue, à onze heures, et devant une jeune personne.

— Tu as raison, ma femme, dit Colleville.

En atteignant à la rue des Deux-Églises, que les Phellion allaient prendre, on se souhaita le bonsoir et Félix Phellion dit alors à Colleville :

— Monsieur, votre fils François pourrait entrer à l'École Polytechnique, s'il était vivement poussé; je vous offre de le mettre en état de passer les examens cette année.

— Ceci n'est pas de refus! merci, mon ami, dit Colleville; nous verrons cela.

— Bien! dit Phellion à son fils.

— Ceci n'est pas maladroit! s'écria la mère.

— Que voyez-vous donc là? demanda Félix.

— Mais c'est faire ta cour aux parents de Céleste.

— Que je ne trouve pas mon problème si j'y pensais! s'écria le jeune professeur; j'ai découvert, en causant avec les petits Colleville, que François a la vocation des mathématiques, et j'ai cru devoir éclairer son père...

— Bien! mon fils, répéta Phellion, je ne te voudrais pas autrement. Mes vœux sont exaucés, j'ai dans mon fils la probité, l'honneur, les vertus citoyennes et privées que je lui souhaitais.

Mme Colleville, une fois Céleste couchée, dit à son mari :

— Colleville, ne te prononce donc pas si crûment sur les gens sans les connaître à fond. Quand tu dis jésuites, je sais que tu penses aux prêtres [1], et fais-moi

---

1. Balzac avait observé (page 53) que dans ce salon « les femmes tenaient pour les jésuites » ; les hommes, tout au contraire. On pourrait croire que la dévotion de Flavie remonte à 1824 (voyez plus haut, page 39); en fait, ce ne fut alors qu'un accès, et sa piété actuelle ne date que de deux ans (voyez plus loin, page 85).

le plaisir de garder pour toi tes opinions sur la religion, toutes les fois que tu seras en présence de ta fille. Nous sommes les maîtres de sacrifier nos âmes et non celles de nos enfants. Voudrais-tu pour fille d'une créature sans religion?... Maintenant, mon chat, nous sommes à la merci de tout le monde, nous avons quatre enfants à pourvoir, peux-tu dire que, dans un temps donné, tu n'auras pas besoin de celui-ci, de celui-là? Ne te fais donc pas d'ennemis, tu n'en as pas, tu es bon enfant, et, grâce à cette qualité qui, chez toi, va jusqu'au charme, nous nous sommes assez bien tirés de la vie!...

— Assez! assez! dit Colleville, qui jetait son habit sur une chaise et qui se débarrassait de sa cravate; j'ai tort, tu as raison, ma belle Flavie.

— A la première occasion, mon gros mouton, dit la rusée commère en tapotant les joues de son mari, tu tâcheras de faire une politesse à ce petit avocat; c'est un finaud, il faut l'avoir pour nous. Il joue la comédie? eh! joue la comédie avec lui; sois sa dupe en apparence, et, s'il a du talent, s'il a de l'avenir, fais-t'en un ami. Crois-tu que je veux te voir longtemps à ta mairie?

— Venez, femme Colleville, dit en riant l'ancienne clarinette de l'Opéra Comique en se tapant sur le genou pour indiquer à sa femme la place qu'il lui voulait voir prendre, chauffons nos petons et causons... Quand je te regarde, je suis de plus en plus convaincu de cette vérité, que la jeunesse des femmes est dans leur taille...

— Et dans leur cœur...

— L'un et l'autre, reprit Colleville, la taille légère et le cœur lourd...

— Non, grosse bête!... profond.

— Ce que tu as de bien, c'est d'avoir conservé ta blancheur sans avoir eu recours à l'embonpoint!... Mais voilà, tu as de petits os... Tiens, Flavie, je recommencerais la vie, je ne voudrais pas d'autre femme que toi.

— Tu sais bien que je t'ai toujours préféré aux autres... Quel malheur que Monseigneur soit mort! Sais-tu ce que je te voudrais?

— Non.

— Une place à la ville de Paris, une place de douze mille francs, quelque chose comme caissier, ou à la caisse municipale ou à celle de Poissy, ou facteur[1].

— Tout cela me va.

— Eh bien! si ce monstre d'avocat pouvait quelque chose; il a bien de l'entregent : ménageons-le... Je le sonderai,... laisse-moi faire,... et surtout ne contrarie pas son jeu chez les Thuillier...

Théodose avait touché le point douloureux dans le cœur de Flavie Colleville, et ceci mérite une explication qui, peut-être, aura la valeur d'un coup d'œil synthétique sur la vie des femmes[2].

---

1. Très anciennement établie, la Caisse de Poissy était un établissement financier jouissant d'importants privilèges, qui prêtait de l'argent aux bouchers pour l'achat du bétail, et qui, d'une manière générale, contrôlait le marché de la viande.

Le facteur est un fonctionnaire qui, sur les marchés publics, vend les denrées aux enchères et en gros.

2. Balzac revient ici aux *généralités*. Il y a dans le début du chapitre qui suit l'esquisse d'une *Physiologie de la femme de quarante ans*.

IX. — UNE FEMME
DE QUARANTE ANS [a]

A quarante ans, la femme, et surtout celle qui a goûté à la pomme empoisonnée de la passion, éprouve un effroi solennel; elle s'aperçoit qu'il y a deux morts pour elle : la mort du cœur et celle du corps. En faisant des femmes deux grandes catégories qui répondent aux idées les plus vulgaires, les appelant ou vertueuses ou coupables, il est permis de dire qu'à compter de ce chiffre redoutable elles ressentent une douleur d'une vivacité terrible. Vertueuses et trompées dans les vœux de leur nature, soit qu'elles se soient soumises, soit qu'elles aient enterré leurs révoltes dans leur cœur ou au pied des autels, elles ne se disent pas sans effroi que tout est fini pour elles. Cette pensée a de si étranges et diaboliques profondeurs, que là se trouve la raison de quelques-unes de ces apostasies qui [b] parfois surprennent le monde et qui l'épouvantent. Coupables, elles sont dans une de ces situations vertigineuses qui se traduisent souvent, hélas! par la folie, ou finissent par la mort, ou se terminent en passions aussi grandes que la situation même.

Voici le sens dilemmatique de cette crise : Ou elles ont connu le bonheur, s'en sont fait une voluptueuse vie et ne peuvent que respirer cet air chargé d'encens, s'agiter dans cette atmosphère fleurie où les flatteries sont des caresses, et alors comment y renoncer ? Ou, phénomène plus bizarre encore que rare, elles n'ont trouvé que de lassants plaisirs en cherchant un bonheur qui les fuyait, soutenues dans cette chasse ardente par les irritantes satisfactions de la vanité, se piquant à ce jeu comme un joueur à sa martingale, et pour elles ces derniers jours de beauté sont le dernier enjeu du ponte au désespoir ª.

— Vous avez été aimée, et non pas adorée !

Ce mot de Théodose, accompagné d'un regard qui lisait, non pas dans le cœur, mais dans la vie, était le mot d'une énigme, et Flavie se sentit devinée.

L'avocat avait répété quelques idées que la littérature a rendues triviales ; mais qu'importe de quelle fabrique et de quelle espèce est la cravache, quand elle atteint la plaie du cheval de race ? La poésie était dans Flavie et non dans l'ode, de même que le bruit n'est pas l'avalanche, quoiqu'il la détermine.

Un jeune officier, deux fats, un banquier, un maladroit petit jeune homme et le pauvre Colleville, étaient de tristes essais [1]. Une fois dans sa vie, elle avait été le bonheur, mais elle ne l'avait [pas] ressenti ; puis la mort s'était hâtée de rompre la seule passion où Flavie avait trouvé du charme. Elle écoutait depuis deux ans la voix de la Religion, qui lui disait que ni l'Église ni la société ne parlent de bonheur, d'amour, mais de devoirs et de résignation ; que, pour ces deux grandes puissances, le bonheur gît dans la satisfaction causée par l'accomplissement de devoirs pénibles ou coûteux, et que la récompense n'est pas en ce monde. Mais elle entendait en elle-même une voix autrement criarde, et, comme sa religion était un masque nécessaire à porter, et non une conversion, qu'elle ne le déposait pas, en y voyant une ressource, et que la dévotion, feinte ou vraie, était une manière d'être appropriée à son avenir, elle restait dans l'Église comme dans le carrefour d'une forêt, assise sur un banc, lisant les indications de route, et attendant un hasard en attendant la grande nuit.

---

1. Le père du petit Théodore est oublié, probablement à dessein, dans cette liste.

Aussi sa curiosité fut-elle vivement excitée en entendant Théodose lui formuler sa situation secrète et n'en pas profiter, mais s'attaquer au côté purement extérieur de la vie et lui promettre la réalisation d'un château en Espagne sept ou huit fois renversé.

Dès le commencement de l'hiver, elle s'était vue, et à la dérobée, examinée à fond, étudiée par Théodose. Elle avait plus d'une fois mis sa robe de moire grise, ses dentelles noires et sa coiffure de fleurs entortillée de malines pour se montrer à son avantage, et les hommes savent toujours quand une toilette a été faite pour eux. L'atroce beau de l'Empire l'assassinait de grosses flatteries: elle était la reine du salon, mais le Provençal en disait mille fois plus par un fin regard.

Flavie avait attendu de dimanche en dimanche une déclaration; elle se disait:

— Il me sait ruinée et n'a pas le sou! Peut-être est-il réellement pieux.

Théodose ne voulait rien brusquer, et, comme un habile musicien, il avait marqué l'endroit de sa symphonie où il devait donner le coup sur le tam-tam. Quand il se vit entamé par Colleville auprès de Thuillier, il avait lâché sa bordée, habilement préparée depuis trois ou quatre mois employés à étudier Flavie, et il avait réussi, comme le matin auprès de Thuillier.

En se couchant, il se disait:

— La femme est pour moi, le mari ne peut pas me souffrir: à cette heure, ils se disputent, et je serai le plus fort, car elle fait ce qu'elle veut de son mari.

Le Provençal s'était trompé, en ceci qu'il n'y avait pas eu la moindre dispute et que Colleville dormait auprès de sa chère petite Flavie, pendant qu'elle se disait:

— Théodose est un homme supérieur.

Beaucoup d'hommes, de même que La Peyrade, tirent leur supériorité de l'audace ou de la difficulté d'une entreprise; les forces qu'ils y déploient leur grossissent les muscles, ils y dépensent énormément;

puis, soit le succès obtenu, soit après la chute, le monde
est étonné de les trouver petits, mesquins ou épuisés.
Après avoir jeté dans l'esprit des deux personnes de
qui dépendait le sort de Céleste une curiosité qui
devait devenir fébrile, Théodose fit l'homme occupé :
pendant cinq à six jours, il sortit depuis le matin jusqu'au soir, afin de ne revoir Flavie qu'au moment où
le désir aurait atteint chez elle à ce point où l'on passe
par-dessus toutes les convenances, et de forcer le
vieux beau à venir chez lui.

Le dimanche suivant, il fut à peu près certain de
trouver Mme Colleville à l'église et ils sortirent en
effet tous les deux au même moment, se rencontrèrent
dans la rue des Deux-Églises, et Théodose offrit
le bras à Flavie, qui l'accepta, laissant sa fille aller en
avant, en compagnie de [Théodore] [a]. Ce dernier
enfant, alors âgé de douze ans [1], devant entrer au séminaire, était en demi-pension dans l'institution Barniol,
où il recevait une instruction élémentaire, et, naturellement, le gendre de Phellion avait restreint le prix
de la demi-pension en perspective de l'alliance espérée
entre le professeur Phellion et Céleste.

— M'avez-vous fait l'honneur et la faveur de penser
à ce que je vous ai si mal dit l'autre jour ? demanda
d'un ton câlin l'avocat à la jolie dévote en lui pressant
le bras sur son cœur par un mouvement à la fois doux
et fort, car il paraissait se contenir afin de paraître
respectueux à contre-cœur. Ne vous méprenez pas
sur mes intentions, reprit-il en recevant de Mme Colleville un de ces regards que les femmes qui ont l'habitude
des passions savent trouver, et dont l'expression peut
également convenir et à une fâcherie sévère et à une
collusion de sentiments. Je vous aime comme on

---

1. Quatorze ou quinze, si l'on tient compte de la date de naissance
donnée plus haut, page 40. Balzac a même eu une distraction quant
au nom de cet enfant : le manuscrit porte *Anatole,* ainsi que les épreuves,
et ce nom n'a pas été corrigé.

aime une belle nature aux prises avec le malheur; la charité chrétienne embrasse aussi bien les forts que les faibles, et son trésor appartient à tous. Fine, gracieuse, élégante comme vous l'êtes, faite pour être l'ornement du monde le plus élevé, quel homme peut vous voir, sans une immense compassion au cœur, roulant parmi ces odieux bourgeois qui ne savent rien de vous, pas même la valeur aristocratique d'une de vos poses ou d'un de vos regards, ou d'une coquette inflexion de voix ! Ah ! si j'étais riche ! ah ! si j'avais le pouvoir, votre mari, qui certainement est un bon diable, deviendrait Receveur Général, et vous le feriez nommer député ! Mais moi, pauvre ambitieux, dont le premier devoir est de taire mon ambition en me trouvant au fond du sac comme le dernier numéro d'un lot de famille, je ne puis que vous offrir mon bras, au lieu de vous offrir mon cœur. J'espère tout d'un bon mariage et croyez bien que je rendrai ma femme non seulement heureuse, mais une des premières dans l'État, en recevant d'elle les moyens de parvenir... — Il fait beau, venez faire un tour dans le Luxembourg, dit-il en arrivant à la rue d'Enfer, au coin de la maison de Mme Colleville, en face de laquelle se trouve un passage qui conduit au jardin par l'escalier d'un petit édifice, le dernier débris du fameux couvent des Chartreux[1].

La mollesse du bras qu'il tenait indiqua le consentement tacite de Flavie, et, comme elle méritait l'honneur d'une espèce de violence, il l'entraîna en ajoutant:

— Venez ! nous n'aurons pas toujours un si bon moment. — Oh ! dit-il, votre mari nous regarde, il est à la fenêtre; allons lentement...

— Ne craignez rien de M. Colleville, dit Flavie en souriant, il me laisse entièrement maîtresse de mes actions.

---

1. Ce couvent, avec son Enclos, occupait toute la partie sud du jardin du Luxembourg. Il fut vendu, bientôt détruit, à la Révolution, et le jardin fut agrandi.

— Oh! voilà bien la femme que j'ai rêvée! s'écria le Provençal avec cette extase et cet accent qui n'embrasent que des âmes et ne sortent que des lèvres méridionales. Pardon, Madame, dit-il en se reprenant et revenant d'un monde supérieur à l'ange exilé qu'il regarda pieusement; pardon! je reviens à ce que je disais... Eh! comment n'être pas sensible aux douleurs qu'on éprouve soi-même, en les voyant le lot d'un être à qui la vie devrait n'apporter que joie et bonheur!... Vos souffrances sont les miennes; je ne suis pas plus à ma place que vous n'êtes à la vôtre: le malheur nous a faits sœur et frère. Ah! chère Flavie! le premier jour où il me fut donné de vous voir, c'était le dernier dimanche du mois de septembre 1838... Vous étiez bien belle; je vous reverrai souvent dans cette petite robe de mousseline de laine [a] aux couleurs d'un tartan de je ne sais quel clan d'Écosse!... Ce jour-là, je me suis dit: « Pourquoi cette femme est-elle chez les Thuillier, et pourquoi surtout a-t-elle jamais eu des relations avec un Thuillier?... »

— Monsieur!... dit Flavie, effrayée de la pente rapide que le Provençal donnait à la conversation.

— Eh! je sais tout, s'écria-t-il en accompagnant ce mot d'un mouvement d'épaule, et je m'explique tout,... et je ne vous en estime pas moins. Allez! ce n'est jamais le péché d'une laide, ni d'une bossue... Vous avez à recueillir les fruits de votre faute, et je vous y aiderai! Céleste sera très riche, et là se trouve pour vous tout votre avenir; vous ne pouvez avoir qu'un gendre, ayez le talent de le bien choisir [1]. Un ambitieux devien-

---

1. C'est la complexité de ces relations entre *Gendres et Belles-Mère* que Balzac avait l'intention d'étudier dans le roman, resté à l'état de projet, auquel il avait donné ce titre (voyez l'Introduction, page v, note 4). Théodose essaie de faire comprendre à Flavie qu'ils sont liés par la conformité des intérêts : Céleste est fort riche et ses parents n'ont rien; par celle des aspirations : tous deux se sentent incompris et déplacés dans ce milieu de petits bourgeois; par celle des sentiments : il existe entre eux, de par ce qui précède, une fraternité d'âme, qui

dra ministre, un niais vous humiliera, vous tracassera, vous rendra votre fille malheureuse; et, s'il en perd la fortune, il ne la retrouvera certes pas. Eh bien! je vous aime, dit-il, et je vous aime d'une affection sans bornes; vous êtes au-dessus d'une foule de petites considérations où s'entortillent les sots. Entendons-nous...

Flavie était abasourdie; elle fut néanmoins sensible à l'excessive franchise de ce langage, et se disait en elle-même: « Il n'est pas cachottier, celui-là!... » Mais elle s'avouait aussi qu'elle n'avait jamais été si profondément émue et remuée que par ce jeune homme.

— Monsieur, je ne sais pas qui peut vous avoir induit en erreur sur ma vie, ni de quel droit vous...

— Ah! pardon, Madame, reprit-il avec une froideur pleine de mépris, j'ai rêvé [a]... Je me suis dit: « Elle est tout cela! » ou n'a que des dehors. Je sais maintenant pourquoi vous resterez à jamais au quatrième étage, là-haut, rue d'Enfer.

Et il commenta sa phrase par un geste énergique en montrant les fenêtres de l'appartement des Colleville, qui se voyaient de la grande allée du Luxembourg où ils se promenaient seuls, dans cet immense champ labouré par tant de jeunes ambitions.

— J'ai été franc, j'attendais la réciprocité. Moi, j'ai eu des jours sans pain, Madame; j'ai su vivre, faire mon Droit, obtenir le grade de licencié dans Paris, avec deux mille francs pour tout capital, et j'étais entré par la barrière d'Italie avec cinq cents francs dans ma po-

---

doit devenir une complicité. L'hypocrite, dans cette scène, joue toutes les comédies, y compris celle de la sincérité. Mais tous les éléments de la situation ne deviennent sensibles à Flavie que parce que Théodose a réussi à la troubler par des regards, des compliments et des protestations qui sont d'un amant plutôt que d'un gendre. Le génie de l'ambitieux consiste à exploiter lucidement cette ambiguïté (voyez plus loin, page 180). Il laisse entendre ici ce qu'il aura l'audace de dire clairement plus tard (page 144) : « Ma femme... ce ne peut être qu'une machine à enfants, mais... la divinité, ce sera toi... »

che [1], en me jurant, comme un de mes compatriotes, d'être un jour un des premiers hommes de mon pays [2]... Et l'homme qui souvent a ramassé sa nourriture dans les paniers où les restaurateurs mettent leurs rebuts et qu'ils vident à six heures du matin à leurs portes, quand les regrattiers n'en veulent plus... cet homme ne reculera devant aucun moyen... avouable. — Eh! me croyez-vous l'ami du peuple?... dit-il en souriant; il faut un porte-voix à la Renommée; elle ne se fait guère entendre en parlant des lèvres;... et, sans renom, à quoi sert le talent? L'avocat des pauvres sera celui des riches... Est-ce assez m'ouvrir les entrailles? Ouvrez-moi votre cœur... Dites-moi: « Soyons amis, » et nous serons tous heureux un jour...

— Mon Dieu! pourquoi suis-je venue ici? pourquoi vous ai-je donné le bras?... s'écria Flavie.

— Parce que c'est dans votre destinée! répondit-il. — Eh! ma chère et bien aimée Flavie, ajouta-t-il en lui pressant le bras sur son cœur, vous attendiez-vous à entendre de moi des vulgarités?... Nous sommes sœur et frère... voilà tout.

Et il la reconduisait vers le passage pour retourner rue d'Enfer.

Flavie éprouvait une terreur au fond du contentement que causent aux femmes les émotions violentes, et elle prit cette épouvante pour l'espèce d'effroi qu'une nouvelle passion occasionne; mais elle se sentait charmée, et elle marchait en gardant un profond silence.

— A quoi pensez-vous?... lui demanda Théodose au milieu du passage.

---

1. Cette indication n'est pas conforme à la version donnée dans l'addition de *Splendeurs et Misères* (citée dans l'Introduction, page xxxii, note 2). Peut-être Théodose ne veut-il pas dire qu'il était arrivé à Paris « mourant de faim »? Mais pourquoi, puisqu'il fait en même temps un tableau effrayant de sa misère ensuite?

2. Allusion à Thiers qui *monta* d'Aix à Paris en 1821; il avait alors vingt-quatre ans.

— A tout ce que vous venez de me dire, répondit-elle [1].

— Mais, dit-il, à nos âges, on supprime les préliminaires ; nous ne sommes pas des enfants, et nous sommes l'un et l'autre dans une sphère où l'on doit s'entendre. Enfin, sachez-le, ajouta-t-il en débouchant rue d'Enfer, je suis tout à vous...

Et il salua profondément [a].

— Les fers sont au feu [2] ! se dit-il en suivant de l'œil cette proie étourdie.

---

1. En face de l'éloquent Théodose, Balzac sait ménager la réserve et la pudeur que les conventions imposent à Flavie : elle ne prononce au cours de la promenade que quelques phrases courtes et banales, et ses véritables réactions n'apparaissent guère que dans les commentaires du romancier.

2. C'est-à-dire, dans le langage du maréchal-ferrant : on va pouvoir ferrer la bête. L'affaire est engagée, et elle va bon train.

X. — LE MOT DE L'ÉNIGME

En rentrant chez lui, Théodose trouva sur le palier un personnage en quelque sorte sous-marin de cette histoire, qui s'y trouve comme l'assise enterrée sur laquelle repose la façade d'un palais. La vue de cet homme, qui sans doute avait sonné, sans le trouver, à sa porte et qui venait de sonner chez Dutocq, fit tressaillir l'avocat provençal, mais en lui-même et sans que rien pût trahir à l'extérieur cette émotion profonde [1]. Cet homme était le Cérizet de qui Dutocq avait déjà parlé comme de son expéditionnaire aux Thuillier.

Cérizet, qui n'avait que trente-neuf ans, paraissait être un homme de cinquante, tant il avait vieilli par tout ce qui peut vieillir les hommes. Sa tête, sans cheveux, offrait un crâne jaunâtre, mal couvert par une perruque que la décoloration avait jauni; son masque pâle et flasque, démesurément ridé, semblait d'autant plus horrible, qu'il avait le nez rongé, mais pas assez pour pouvoir le remplacer par un faux nez, car depuis la naissance, au front, jusqu'aux narines, il existait comme la nature le lui avait fait; la maladie, après avoir mangé les ailes du bout, n'y laissait que deux trous de formes bizarres qui viciaient la prononciation et gênaient la parole. Les yeux, primitivement bleus, affaiblis par des misères de tout genre, par des nuits consacrées aux veilles, devenus rouges sur les bords, présentaient des altérations profondes et le regard,

---

1. La figure de l'hypocrite Théodose, lit-on plus haut, est toujours « sans expression par suite d'un commandement intime » (page 67).

quand l'âme y envoyait une expression de malice, eût effrayé des juges ou des criminels, enfin ceux-là mêmes qui ne s'effrayent de rien.

La bouche, démeublée et où se voyaient quelques dents noires, était menaçante; il y venait une salive écumeuse et rare qui ne dépassait point des lèvres pâlies et minces. Cérizet, petit homme moins sec que desséché ^a, tâchait de remédier aux malheurs de sa physionomie par le costume, et, s'il n'était pas opulent, il le maintenait dans un état de propreté qui faisait ressortir sa misère. Tout semblait douteux chez lui, tout ressemblait à son âge, à son nez, à son regard. S'il avait aussi bien trente-[neuf] que soixante ans, il était impossible de savoir si son pantalon bleu, déteint, mais étroitement ajusté, serait bientôt à la mode, ou s'il appartenait à celle de l'année 1835. Des bottes avachies, soigneusement cirées, remontées pour la troisième fois, fines autrefois, avaient peut-être foulé des tapis ministériels. La redingote à brandebourgs lavés par des averses, et dont les olives avaient l'indiscrétion de laisser voir leurs moules, témoignait par sa forme d'un élégance disparue. Le col-cravate en satin cachait assez heureusement le linge, mais par derrière on le voyait déchiré par l'ardillon de la boucle, et le satin était resatiné par une espèce d'huile distillée par la perruque aux jours de sa jeunesse; le gilet ne manquait pas de fraîcheur, mais c'était l'un de ces gilets achetés pour quatre francs et venu des profondeurs d'un étalage de marchand d'habits tout faits. Tout était soigneusement brossé, comme le chapeau de soie luisant et bossué. Tout s'harmoniait [1] et faisait accepter les gants noirs qui cachaient les mains de cet employé subalterne, dont voici la vie antérieure en une seule phrase.

1, Sur les *correspondances* qui font l'unité d'un être, voyez l'Introduction, pages XXIV et XXV.

C'était un artiste en Mal, à qui, dès le début, le mal avait réussi, et qui, trompé par de premiers succès, continuait à ourdir des infamies en restant dans des termes légaux. Devenu chef d'une imprimerie en trahissant son maître [1], il avait subi des condamnations comme gérant d'un journal libéral; et, en province, sous la Restauration, il était alors devenu l'une des bêtes noires du gouvernement royal, l'infortuné Cérizet, comme l'infortuné Chauvet, comme l'héroïque Mercier [2]; et il avait dû à cette réputation de patriotisme une place de sous-préfet en 1830; six mois après, il fut destitué; mais il [se] prétendit jugé sans avoir été entendu, et il cria tant, que, sous le ministère Casimir Périer, il devint gérant d'un journal contre-républicain soldé par le ministère. Il en sortit pour faire des affaires, au nombre desquelles se trouva l'une des plus malheureuses commandites condamnées par la

---

1. Dans *Les Souffrances de l'inventeur,* troisième partie des *Illusions Perdues,* on voit en effet Cérizet, tout jeune prote alors, se vendre aux concurrents de son patron, l'imprimeur David Séchard, commettre un faux qui a pour effet de conduire son maître en prison (Pléiade, tome IV, page 1008), et enfin racheter l'imprimerie Séchard (page 1048).

2. Impliqué dans la conspiration de Berton en 1822, François Chauvet réussit à s'enfuir en Angleterre; il fut condamné à mort par contumace. Après avoir passé sept années en exil, il se rallia en 1830 à la Monarchie de Juillet, fit sonner bien haut sa condamnation à mort, et devint principal du Collège de Montluçon. Plus de dix ans auparavant, M. Prudhomme, mis en scène par Balzac dans sa *Comédie du diable,* faisait allusion déjà au « malheureux Chauvet » (Éd. Conard, tome XXXIX, page 607). Sur ce personnage pittoresque, voyez A. Hachette, *F. Chauvet, Revue bleue,* 6 et 13 juin 1908.
La majorité de la Chambre ayant voté son expulsion, le député Manuel, le grand homme des libéraux, refusa de s'incliner devant ce qu'il considérait comme un coup d'État. La Garde Nationale fut requise, mais le sergent qui commandait le détachement, Mercier, qui exerçait la profession de passementier, refusa de procéder à l'expulsion. Il fallut faire appel à la gendarmerie (4 mars 1823).

Police Correctionnelle [1], et il accepta fièrement sa condamnation, en la donnant pour une vengeance ourdie par le parti républicain, qui, disait-il, ne lui pardonnait pas de lui avoir porté de rudes coups dans son journal, en lui rendant dix blessures pour une. Il avait fait son temps de prison dans une maison de santé. Le pouvoir eut honte d'un homme sorti de l'hospice des Enfants Trouvés, et dont les habitudes presque crapuleuses, dont les affaires honteuses faites en société d'un ancien banquier nommé Claparon avaient enfin amené la déconsidération la plus méritée. Aussi Cérizet, tombé de chute en chute au plus bas degré de l'échelle sociale, eut-il besoin d'un reste de pitié pour obtenir la place d'expéditionnaire dans le greffe de Dutocq. Au fond de sa misère, cet homme rêvait une revanche, et, comme il n'avait plus rien à perdre, il admettait tous les moyens. Dutocq et lui se

---

1. Dans *Un homme d'affaires,* qui parut en 1845, mais que Balzac donnait comme terminé — fait probablement inexact — le 3 janvier 1844 (*Lettres à l'Étrangère,* tome II, page 260), c'est-à-dire au moment même où il travaillait aux *Petits Bourgeois,* on trouve une biographie plus détaillée de Cérizet. A un détail près, elle cadre avec celle-ci. « Le métier de ce Cérizet consista, de 1823 à 1827, à signer intrépidement des articles poursuivis avec acharnement par le ministère public, et à aller en prison. Un homme s'illustrait alors à bon marché. Le parti libéral appela son champion départemental *le courageux Cérizet...* (En 1830), il fut envoyé dans une très jolie sous-préfecture... Malheureusement pour Cérizet, le pouvoir n'a pas autant d'ingénuité qu'en ont les partis, qui, pendant la lutte, font projectile de tout. Cérizet fut obligé de donner sa démission, après trois mois d'exercice. Ne s'était-il pas avisé de vouloir être populaire !... Le gouvernement lui proposa, comme indemnité, de devenir gérant d'un journal d'opposition qui serait ministériel *in petto.* Ainsi ce fut le gouvernement qui dénatura ce beau caractère. Cérizet, se trouvant un peu trop, dans sa gérance, comme un oiseau sur une branche pourrie, se lança dans cette gentille commandite où le malheureux a... attrapé deux ans de prison, là où de plus habiles ont attrapé le public ». (Pléiade, tome VI, page 808). Des indications analogues, avec quelques détails qui diffèrent (trois ans de prison en 1827, deux mois sous-préfet en 1830, etc.) se trouvent dans une variante (édition de 1843) de la fin d'*Illusions Perdues,* Éd. A. Adam, Garnier, 1956, page 864).

trouvaient liés par leurs habitudes dépravées. Cérizet
était à Dutocq, dans le quartier, ce que le lévrier est au
chasseur. Cérizet, au fait des besoins de tous les malheureux, faisait cette usure de ruisseau nommée le
prêt à la petite semaine; il partageait avec Dutocq,
et cet ancien gamin de Paris, devenu le banquier des
éventaires, l'escompteur des charrettes à bras, était
l'insecte rongeur de deux faubourgs[1].

— Eh bien! dit Cérizet en voyant Dutocq ouvrant sa
porte, puisque Théodose est de retour, allons chez lui...

Et l'avocat des pauvres laissa passer ces deux hommes
devant lui.

Tous trois ils traversèrent une petite antichambre
carrelée, frottée, où le jour reluisait sur une couche
d'encaustique rouge, en passant entre des rideaux de
percale, et faisant voir une modeste table ronde en
noyer, des chaises en noyer, un buffet en noyer sur
lequel était une lampe. De là, l'on passait dans un
petit salon à rideaux rouges, à meuble en acajou et en
velours d'Utrecht rouge dont la paroi opposée aux
fenêtres était occupée par une bibliothèque pleine de
livres de jurisprudence. La cheminée était ornée
d'une garniture vulgaire: une pendule à quatre colonnes de bois d'acajou, des flambeaux sous verre.
Le cabinet, où allèrent s'asseoir devant un feu de
charbon de terre les trois amis, était le cabinet de l'avocat qui débute : un bureau, le fauteuil à bras, des
rideaux de soie verte aux fenêtres, un tapis vert, des
cartonniers et un lit de repos[2] au-dessus duquel se
voyait un Christ en ivoire sur un fond de velours.
Évidemment la chambre à coucher et la cuisine de
l'appartement avaient vue sur la cour.

— Eh bien! dit Cérizet, ça va-t-il ? marchons-nous ?

— Mais oui, répondit Théodose.

---

1. C'est-à-dire des faubourgs Saint-Jacques et Saint-Marcel. En fait
(voyez plus loin, page 156) la clientèle de Cérizet s'étendait à tout Paris.

2. En vertu d'un usage constant du barreau de Paris, un lit ne saurait
faire partie du mobilier d'un cabinet d'avocat.

— Avouez que j'ai eu, s'écria Dutocq, une fameuse idée en imaginant le moyen d'empaumer cet imbécile de Thuillier...

— Oui, mais je ne suis pas en reste, s'écria Cérizet : je viens ce matin vous donner les cordes pour mettre les poucettes [1] à la vieille fille et la faire aller comme un toton [2] ... Ne nous abusons pas ! Mlle Thuillier est tout dans cette affaire : l'avoir à soi, c'est avoir ville gagnée [3]... Parlons peu, mais parlons bien, comme cela se doit entre gens forts. Mon ancien associé, Claparon, vous savez, est un imbécile, et il doit toute sa vie être ce qu'il fut, un plastron. Or, il sert en ce moment de prête-nom à un notaire de Paris, associé avec des entrepreneurs qui, notaire et maçons, font la culbute ! C'est Claparon qui la gobe : il n'avait jamais fait faillite [4], il y a commencement à tout, et, dans ce moment, il est caché dans mon taudis de la rue des Poules [5], où jamais on ne le trouvera. Mon Claparon enrage, il n'a pas le sou ; et il y a, dans les cinq ou six maisons qui vont se vendre, un bijou de maison, bien construite tout en pierres de taille, sise aux environs de la Madeleine [6], — un devant brodé, comme un melon, de sculptures ravissantes, — mais qui, n'étant pas terminée, sera donnée pour tout au plus cent mille francs ; en y dépensant vingt-cinq mille francs, on aura là peut-être quarante mille francs de

---

1. Pour les pouces, l'équivalent de ce que sont les menottes pour les mains. Ici au figuré, bien entendu.

2. Un toton (ou tonton) est une sorte de dé percé d'un pivot, que les enfants font tourner à leur guise.

3. C'est-à-dire avoir surmonté toutes les difficultés, remporter la victoire.

4. Claparon a fait une liquidation en 1829 (_La Maison Nucingen_, Pléiade, tome V, page 650), mais il ne semble pas qu'il ait jamais fait faillite.

5. Actuellement, rue Laromiguière.

6. C'est par excellence le quartier de la spéculation. Vingt ans auparavant, on jouait sur les terrains (voyez plus loin, page 171, l'allusion à _César Birotteau_) ; maintenant on joue sur les immeubles.

rente d'ici à deux ans. En rendant un service de ce
genre à Mlle Thuillier, on deviendra son amour, car
on lui fera sous-entendre qu'il se rencontre tous les
ans des occasions semblables. On s'empare des vaniteux
en servant leur amour-propre ou en les menaçant;
on tient les avares quand on s'attaque à leur bourse
ou quand on la leur remplit. Et comme, après tout,
travailler pour la Thuillier, c'est travailler pour nous,
il faut la faire profiter de ce bon coup-là.

— Et le notaire [a], dit Dutocq, pourquoi laisse-t-il
aller ça?

— Eh! Dutocq, c'est le notaire qui nous sauve!
Le notaire, forcé de vendre sa charge, ruiné d'ailleurs,
s'est réservé cette part dans les débris du gâteau.
Croyant à la probité de l'imbécile Claparon, il l'a
chargé de lui trouver un acquéreur nominal; car il
lui faut autant de confiance que de prudence. Nous lui
laisserons croire que Mlle Thuillier est une honnête
fille qui prête son nom au pauvre Claparon, et ils
seront dedans tous deux, Claparon et le notaire. Je
dois bien ce petit tour à mon ami Claparon, qui m'a
laissé porter tout le poids de l'affaire dans sa commandite, et où nous avons été roués par Couture [1] dans
la peau [b] duquel je ne vous souhaite pas d'être! dit-il
en laissant briller un éclat de haine infernale dans ses
yeux flétris. J'ai dit, Messeigneurs, ajouta-t-il en gros-
sissant sa voix, qui passa toute par ses fosses nasales,
et prenant une attitude dramatique, car, dans un
moment d'excessive misère, il s'était fait acteur [c][2].

---

1. Le nom de Couture n'apparaît que sur les épreuves. Le manuscrit
dit seulement : *un banquier*. « Couture, lit-on dans *La Maison Nucingen,*
pour le compte de qui Cérizet venait d'être condamné en Police
Correctionnelle » (Pléiade, tome V, page 634).

2. Ce dernier trait de la biographie de Cérizet, qui explique certaines
de ses poses, a été ajouté sur le manuscrit. Mais il fait désormais partie
du personnage; il joue un rôle important dans le Cérizet d'*Un homme
d'affaires* (Pléiade, tome VI, page 820) et Balzac l'introduit dans la
version définitive (Furne corrigé), qui concerne précisément Cérizet,
de la fin d'*Illusions Perdues* (éd. A. Adam, Garnier, page 752).

Le profond silence par lequel ce dernier couplet de Cérizet fut accueilli permit d'entendre les accents de la sonnette et Théodose courut à la porte.

— Êtes-vous toujours content de lui? dit Cérizet à Dutocq. Je lui trouve un air..., enfin je me connais en trahisons.

— Il est tellement dans nos mains, dit Dutocq, que je ne me donne pas la peine de l'observer; mais, entre nous, je ne le croyais pas aussi fort qu'il l'est... Sous ce rapport, nous avons cru mettre un alezan entre les jambes d'un homme qui ne savait pas monter à cheval, et le mâtin est un ancien jockey! Voilà...

— Qu'il y prenne garde! dit sourdement Cérizet, je puis souffler sur lui comme sur un château de cartes! Quant à vous, papa Dutocq, vous pouvez le voir à l'ouvrage et l'observer à tout moment; surveillez-le! D'ailleurs, j'ai le moyen de le tâter en lui faisant proposer par Claparon de se débarrasser de nous, et nous le jugerions...

— C'est assez bien, ça, dit Dutocq, et tu n'as pas froid aux yeux.

— *On est de la manique*[1], *et voilà tout!* dit Cérizet.

Ces paroles furent échangées à voix basse pendant le temps que Théodose mit à se rendre à sa porte et à en revenir. Cérizet examinait tout dans le cabinet quand l'avocat reparut.

— C'est Thuillier, j'attendais sa visite; il est dans le salon, dit-il, et il ne faut pas qu'il voie la redingote de Cérizet, ajouta-t-il en souriant, ces brandebourgs-là l'inquiéteraient.

— Bah! tu reçois des malheureux, c'est dans ton rôle... As-tu besoin d'argent? ajouta Cérizet en sortant cent francs du gousset de son pantalon. Tiens, tiens, cela fera bien.

Et il posa la pile sur la cheminée.

---

1. C'est-à-dire : on connaît le métier. Cette expression populaire est tirée du jargon des cordonniers.

— D'ailleurs, dit Dutocq, nous pouvons nous en aller par la chambre à coucher.

— Eh bien ! adieu, dit le Provençal en leur ouvrant la porte perdue [1] par laquelle on communiquait du cabinet dans la chambre à coucher.

— Entrez, mon cher Monsieur Thuillier, cria-t-il au beau de l'Empire.

Et, quand il l'eut vu à la porte de son cabinet, il alla reconduire ses deux associés par sa chambre, par son cabinet de toilette et sa cuisine, dont la porte donnait sur le carré.

— Dans six mois, tu dois être le mari de Céleste, et te trouver sur le trottoir [2]... Tu es bien heureux, toi, tu ne t'es pas assis sur les bancs de la Police Correctionnelle deux fois..., comme moi ! la première en 1824 [3] pour un procès en tendance [4],... une suite d'articles que je n'avais pas faits, et la seconde fois pour les bénéfices d'une commandite qui nous ont passé devant le nez ! Allons ! chauffons ça, sac-à-papier ! car, Dutocq et moi, nous avons crânement besoin chacun de nos trente mille francs ; et bon courage, mon ami ! ajouta-t-il en tendant sa main à Théodose, en faisant de ce serrement de main une épreuve.

Le Provençal donna sa main droite à Cérizet et lui serra la sienne avec une chaleureuse expression.

— Mon enfant, sois sûr que, dans aucune position, je n'oublierai celle d'où tu m'as tiré pour me mettre à cheval ici... Je suis votre hameçon, mais vous me

---

1. C'est une porte invisible, ou du moins discrète, pratiquée dans un lambris.

2. Sur le trottoir de la mairie.

3. En 1827, d'après la variante d'*Illusions Perdues* (voyez plus haut, page 96, la note 1, *in fine*).

4. La connaissance des délits de presse ayant été retirée au jury et attribuée à la Correctionnelle, la loi de 1823 définissait le délit de *tendance,* qui consistait pour un journal, en dehors de toute affirmation déterminée, dans la simple *intention* de « porter atteinte à la paix publique », au Trône ou à l'Autel.

donnez la plus belle part, et il faudrait être plus infâme qu'un forçat qui se fait mouchard pour ne pas jouer franc jeu.

Dès que la porte fut fermée, Cérizet regarda par le trou de la serrure afin de voir la figure de Théodose; mais le Provençal s'était retourné pour aller retrouver Thuillier, et il ne put surprendre l'expression que prit la physionomie de son associé.

Ce ne fut ni du dégoût ni de la douleur, mais de la joie qui se peignit sur cette figure devenue libre. Théodose voyait s'accroître les moyens du succès, et il se flattait de se débarrasser de ses ignobles compères, auxquels il devait tout d'ailleurs [1]. La misère a des profondeurs insondables, à Paris surtout, des fonds vaseux, et quand un noyé revient de ce lit à la surface, il en ramène des immondices attachées à son corps ou à ses vêtements [a]. Cérizet, l'ami jadis opulent, le protecteur de Théodose, était la fangeuse souillure encore imprimée au Provençal, et l'ancien gérant de la commandite devinait qu'il voulait se brosser en se trouvant dans une sphère où la mise décente était de rigueur.

XI. — LES HONNÊTES PHELLION

— Eh bien! mon cher Théodose, dit Thuillier, nous avons espéré vous voir chaque jour de la semaine, et chaque soir nous avons vu nos espérances trompées... Comme ce dimanche est celui de notre dîner, ma sœur et ma femme m'ont chargé de vous prier de venir...

— J'ai eu tant d'affaires, dit Théodose, que je n'ai pas eu deux minutes à donner à qui que ce soit, pas même à vous que je compte au nombre de mes amis, et avec qui j'avais à causer...

— Comment! vous pensez donc bien sérieusement à ce que vous m'avez dit? s'écria Thuillier en interrompant Théodose.

— Si vous ne veniez pas pour nous entendre, je ne vous estimerais pas autant que je vous estime, reprit La Peyrade en souriant. Vous avez été sous-chef; donc, vous avez un petit reste d'ambition, et chez vous elle est diantrement légitime! Voyons! entre nous, quand on voit un Minard, une cruche dorée, aller complimenter le Roi, pavaner aux Tuileries; un Popinot en train de devenir ministre[1];... et vous, un homme rompu au travail administratif, un homme qui a trente ans d'expérience, qui a vu six gouvernements, repiquant ses balsamines... Allons donc!... Je suis franc[2], mon cher Thuillier, je veux vous pousser, parce que vous me tirerez après vous. Eh bien! voilà mon plan.

---

1. Voyez plus haut, page 46, note 3.
2. La tactique de l'hypocrite est ici la même qu'avec Flavie au Luxembourg (page 90). Les deux scènes sont d'ailleurs parallèles.

Nous allons avoir à nommer un membre du conseil
général [1] dans cet arrondissement, il faut que ce soit
vous !... Et, dit-il en appuyant sur ce mot, ce sera vous !
Un jour, vous serez le député de l'arrondissement,
quand on réélira la Chambre, et cela ne tardera pas...
Les voix qui vous auront nommé au conseil municipal [1]
vous resteront quand il s'agira de la députation, fiez-
vous à moi...

— Mais quels sont vos moyens ?... s'écria Thuillier
fasciné.

— Vous le serez, mais laissez-moi conduire cette
longue et difficile affaire ; si vous commettez une
indiscrétion sur ce qui se dira, se tramera, se conviendra
entre nous, je vous laisse, et votre serviteur !

— Oh ! vous pouvez compter sur l'absolue discrétion
d'un ancien sous-chef, j'ai eu des secrets...

— Bien ! mais il s'agit d'avoir des secrets avec votre
femme, avec votre sœur, avec M. et Mme Colleville.

— Pas un muscle de ma figure ne jouera, dit Thuillier
en se mettant au repos.

— Bien ! reprit La Peyrade, et je vais vous éprouver.
Pour être éligible, il faut payer le cens, et vous ne le
payez pas.

— C'est vrai !...

— Eh bien ! j'ai pour vous un dévouement qui va
jusqu'à vous livrer le secret d'une affaire et vous faire
gagner trente ou quarante mille francs [a] de rente
avec un capital de cent cinquante mille francs au plus.
Mais, chez vous, c'est votre sœur qui, depuis longtemps,
et vous avez eu raison, a la direction des affaires d'intérêt ; elle a, comme on dit, la meilleure judiciaire
du monde ; il faudra donc me laisser conquérir l'affection, l'amitié de Mlle Brigitte en lui soumettant ce

---

1. Le conseil municipal de Paris constitue le conseil général de
la Seine (voyez plus bas, page 132). On parlera donc indifféremment
dans la suite de *conseiller général* ou de *conseiller municipal*.

placement, et en voici la raison. Si Mlle Thuillier n'avait
pas foi en mes reliques, nous éprouverions des tirail-
lements; puis est-ce à vous de dire à votre sœur de
mettre l'immeuble en votre nom? Il vaut mieux que
je lui en donne l'idée. Vous serez d'ailleurs juges
l'un et l'autre de l'affaire. Quant à mes moyens, eh bien !
les voici : Phellion dispose d'un quart des voix du
quartier, lui [et] Laudigeois ᵃ y habitent depuis trente
ans, on les écoute comme des oracles. J'ai un ami
qui dispose d'un autre quart, et le curé de Saint-
Jacques, qui ne manque pas d'une certaine influence
due à ses vertus, peut avoir quelques voix. Dutocq,
en relation, ainsi que le juge de paix, avec les habitants,
me servira, surtout si je n'agis pas pour mon compte;
enfin Colleville, comme secrétaire de la mairie, représente un quart des voix.

— Mais vous avez raison, je suis nommé ! s'écria
Thuillier.

— Vouz croyez? dit La Peyrade d'un son de voix
effrayant d'ironie; eh bien ! allez seulement prier
votre ami Colleville de vous servir, vous verrez ce qu'il
vous dira... Jamais le triomphe, en matière d'élections,
ne s'enlève par le candidat, mais par ses amis. Il ne
faut jamais rien demander soi-même pour soi-même,
il faut se faire prier d'accepter, paraître sans ambition.

— La Peyrade !... s'écria Thuillier en se levant et prenant
la main du jeune avocat, vous êtes un homme très fort...

— Pas autant que vous, mais j'ai mon petit mérite,
répondit le Provençal en souriant.

— Et, si nous réussissons, comment vous récom-
penserai-je? demanda naïvement Thuillier.

— Ah ! voilà... Vous allez me trouver impertinent;
mais songez qu'il y a chez moi un sentiment qui fait
tout excuser, car il m'a donné l'esprit de tout entreprendre ! J'aime et je vous prends pour confident...

— Mais qui? dit Thuillier.

— Votre chère petite Céleste, répondit La Peyrade,
et mon amour vous répond de mon dévouement;

que ne ferais-je pas pour mon beau-père ! C'est de l'égoïsme, c'est travailler pour moi...

— Chut ! s'écria Thuillier.

— Eh ! mon ami, dit La Peyrade en prenant Thuillier par la taille, si je n'avais pas pour moi Flavie, et si je ne savais pas tout, vous en parlerais-je ?... Seulement, écoutez-la sur ce sujet, ne lui en touchez pas un mot. Écoutez-moi ; je suis du bois dont on fait les ministres, et je ne veux pas Céleste sans l'avoir méritée : aussi ne me la donnerez-vous que la veille du scrutin d'où votre nom sortira le nombre de fois nécessaire pour que ce soit celui d'un député de Paris. Pour être député de Paris, il faut l'emporter sur Minard : il faut donc annuler Minard, il faut garder vos moyens d'influence, et, pour obtenir ce résultat, laissez Céleste comme une espérance, nous les jouerons tous... Mme Colleville, vous et moi, nous serons un jour des personnages. Ne me croyez pas, d'ailleurs, intéressé : je veux Céleste sans fortune, avec des espérances seulement... Vivre en famille avec vous, vous laisser ma femme au milieu de vous, voilà mon programme. Vous me voyez, je suis sans aucune arrière-pensée. Quant à vous, six mois après votre nomination au conseil général, vous aurez la croix, et, quand vous serez député, vous vous ferez faire officier... Quant à vos discours à la Chambre, eh bien ! nous les écrirons ensemble ! Peut-être faudra-t-il que vous soyez l'auteur d'un livre grave sur quelque matière moitié morale, moitié politique, comme les établissements de charité considérés à un point de vue élevé, comme la réforme du Mont-de-Piété, dont les abus sont effroyables [1]. Attachons une petite

---

1. Ces questions passionnaient alors l'opinion. A. Esquiros venait de publier dans la *Revue de Paris* (11 juin 1843) une étude sur le Mont-de-Piété et ses tares. Eugène Sue, au même moment, dénonçait les mêmes abus dans les *Mystères de Paris* et lançait l'idée d'une Banque des Travailleurs sans ouvrage (voyez en particulier la quatrième partie, chapitre VII). Sur le Mont-de-Piété, voyez également plus loin, pages 153 et 160.

illustration à votre nom... Cela fera bien, surtout dans cet arrondissement. Je vous ai dit : « Vous pouvez avoir la croix et devenir membre du conseil général du département de la Seine. » Eh bien ! ne croyez en moi, ne pensez à me mettre dans votre famille que quand vous aurez un ruban à votre boutonnière, et le lendemain du jour où vous reviendrez de l'Hôtel de Ville. Je ferai plus, cependant : je vous donnerai quarante mille francs de rente...

— Pour chacune de ces trois choses-là seulement, vous auriez notre Céleste !

— Quelle perle ! dit La Peyrade en levant les yeux au ciel, j'ai la faiblesse de prier Dieu pour elle tous les jours... Elle est charmante, elle tient de vous, d'ailleurs... Allons ! est-ce à moi qu'il faut faire des recommandations ! Eh ! mon Dieu, c'est Dutocq qui m'a tout dit [1]. A ce soir ! Je vais chez les Phellion travailler pour vous. Ah ! il va sans dire que vous êtes à cent lieues de penser à moi pour Céleste;... autrement vous me couperiez bras et jambes. Silence là-dessus, même avec Flavie ! Attendez qu'elle vous en parle. Phellion, ce soir, vous violera pour avoir votre adhésion à son projet et vous porter comme candidat.

— Ce soir, dit Thuillier.

— Ce soir, répondit La Peyrade, à moins que je ne le trouve pas.

Thuillier sortit en se disant [a] :

— Voilà un homme supérieur ! nous nous entendrons toujours bien, et, ma foi ! nous pourrions trouver difficilement mieux que lui pour Céleste; il vivrait avec nous, en famille [2], et c'est beaucoup ; il est brave garçon, bon homme [b]...

Aux esprits de la trempe de Thuillier, une considération secondaire a toute l'importance d'une raison

---

1. Sur la véritable identité du père de Céleste.
2. *L'imbécile Thuillier* répète textuellement les paroles de Théodose.

capitale. Théodose avait été de la plus charmante
bonhomie.

La maison vers laquelle il se dirigea, quelques
moments après, avait été l'*hoc erat in votis* de Phellion
pendant vingt ans; mais c'était aussi la maison des
Phellion, comme les brandebourgs de la redingote
de Cérizet en étaient les ornements nécessaires [1].

Ce bâtiment, plaqué contre une grande maison, sans
autre profondeur que celle des chambres, une vingtaine de pieds, était terminé à chaque bout par une
espèce de pavillon à une seule croisée. Il avait pour
principal agrément un jardin large d'environ trente
toises et plus long que la façade de toute l'étendue d'une
cour sur la rue, et d'un bosquet planté de tilleuls au
delà du second pavillon. La cour avait, sur la rue, pour
fermeture, deux grilles au milieu desquelles se trouvait
une petite porte à deux battants.

Cette construction, en moellons enduits de plâtre,
élevée de deux étages, était badigeonnée en jaune, et
les persiennes peintes en vert, ainsi que les volets du
rez-de-chaussée. La cuisine occupait le rez-de-chaussée
du pavillon qui donnait sur la cour, et la cuisinière,
grosse fille forte, protégée par deux chiens énormes,
faisait les fonctions de portière. La façade, composée
de cinq croisées et des deux pavillons avancés d'une
toise, était d'un style Phellion. Au-dessus de la porte,
il avait mis une tablette en marbre blanc sur laquelle se
lisait, en lettres d'or: *Aurea mediocritas*. Sous le méridien
tracé dans un tableau de cette façade, il avait fait inscrire cette sage maxime: *Umbra mea vita sit!*

Les appuis des fenêtres avaient été récemment remplacés par des appuis en marbre rouge du Languedoc,
trouvés chez un marbrier. Au fond du jardin était une
statue coloriée qui faisait croire à un passant qu'une
nourrice allaitait un enfant. Phellion était son propre

---

1. Voyez l'Introduction, page xxiv.

jardinier. Le rez-de-chaussée se composait uniquement d'un salon et d'une salle à manger, que la cage de l'escalier séparait et dont le palier formait antichambre. Au bout du salon se trouvait une petite pièce qui servait de cabinet à Phellion.

Au premier étage, les appartements des deux époux et celui du jeune professeur; au-dessus, les chambres des enfants et des domestiques, car Phellion, vu son âge et celui de sa femme, s'était chargé d'un domestique mâle âgé d'environ quinze ans, surtout depuis que son fils avait percé dans l'enseignement. A gauche, en entrant dans la cour, on voyait de petits communs qui servaient à serrer le bois, et où le précédent propriétaire logeait un portier. Les Phellion attendaient sans doute le mariage de leur fils le professeur pour se donner cette dernière douceur.

Cette propriété, pendant longtemps guignée par les Phellion, avait coûté dix-huit mille francs en 1831. La maison était séparée de la cour par une balustrade à base en pierres de taille garnie de tuiles creuses mises les unes sur les autres et couverte en dalles. Cette défense d'ornement était doublée d'une haie de rosiers du Bengale, et il se trouvait au milieu une porte en bois figurant une grille placée en face de la double porte pleine de la rue.

Ceux qui connaissent l'impasse des Feuillantines comprendront que la maison Phellion, tombant à angle droit sur la chaussée, était exposée en plein midi et garantie du nord par l'immense mur mitoyen auquel elle était adossée. La coupole du Panthéon et celle du Val-de-Grâce ressemblent à deux géants, et diminuent si bien l'air, qu'en se promenant dans le jardin on s'y croit à l'étroit [1]. Rien, d'ailleurs, n'est plus silencieux

---

[1]. Au début du *Père Goriot* (1834), Balzac avait décrit « ces rues serrées entre le dôme du Val-de-Grâce et le dôme du Panthéon, deux monuments qui changent les conditions de l'atmosphère en y jetant des tons jaunes, en y assombrissant tout par les teintes sévères que projettent leurs coupoles » (Pléiade, tome II, page 848). Dans *La Femme*

que l'impasse des Feuillantines. Telle était la retraite du grand citoyen inconnu qui goûtait les douceurs du repos, après avoir payé sa dette à la patrie en travaillant au ministère des Finances, d'où il s'était retiré commis d'ordre au bout de trente-six ans de service.

En 1832, il avait mené son bataillon de garde nationale à l'attaque de Saint-Merri, mais ses voisins lui virent les larmes aux yeux d'être obligé de tirer sur des Français égarés. L'affaire était décidée quand la légion franchissait au pas de charge le pont Notre-Dame, après avoir débouché sur le quai aux Fleurs. Ce trait lui valut l'estime de son quartier, mais il y perdit la décoration de la Légion d'honneur ; le colonel dit à haute voix que, sous les armes, on ne devait pas délibérer : un mot de Louis-Philippe à la garde nationale de Metz. Néanmoins, la pitié bourgeoise de Phellion et la profonde vénération dont il jouissait dans le quartier le maintenaient chef de bataillon depuis huit ans. Il atteignait à soixante ans, et voyait approcher le moment de déposer l'épée et le hausse-col ; il espérait que le Roi (Roâ) daignerait récompenser ses services en lui accordant la Légion d'honneur, et la vérité nous force à dire, malgré la tache que cette petitesse imprime à un si beau caractère, que le commandant Phellion se haussait sur la pointe des pieds aux réceptions des Tuileries ; il se mettait en avant, il regardait en coulisse le roi-citoyen quand il dînait à sa table, enfin il intriguait sourdement, et n'avait pas encore pu obtenir un regard du roi de son choix. Cet honnête homme ne pouvait pas encore prendre sur lui de prier Minard de parler à cet égard pour lui.

Phellion, l'homme [a] de l'obéissance passive, était stoïque à l'endroit des devoirs, et de bronze en tout ce qui touchait la conscience. Pour achever ce portrait

---

de trente ans (chapitre IV, 1831), il avait déjà observé que « les proportions des deux monuments [vus de ce qui est aujourd'hui le boulevard Blanqui] semblent gigantesques » (Pléiade, tome II, page 775).

par celui du physique, à cinquante-neuf ans, Phellion avait *épaissi*, pour se servir du terme de la langue bourgeoise; sa figure moutonne et marquée de petite-vérole était devenue comme une pleine lune, en sorte que ses lèvres, autrefois grosses, paraissaient ordinaires. Ses yeux, affaiblis, voilés par des conserves [1], ne montraient plus l'innocence de leur bleu clair et n'excitaient plus le sourire; ses cheveux blanchis, tout avait rendu grave ce qui, douze ans auparavant, frôlait la niaiserie et prêtait au ridicule. Le temps, qui change si malheureusement les figures à traits fins et délicats, embellit celles qui, dans la jeunesse, ont des formes grosses et massives: ce fut le cas de Phellion. Il occupait les loisirs de sa vieillesse en composant un abrégé de l'histoire de France, car Phellion était auteur de plusieurs ouvrages adoptés par l'Université [2].

Quand La Peyrade se présenta, la famille était au complet; Mme Barniol venait donner à sa mère des nouvelles d'un de ses enfants, qui se trouvait indisposé. L'élève des Ponts et Chaussées passait la journée en famille. Endimanchés tous et assis devant la cheminée du salon boisé, peint en gris à deux tons, sur des fauteuils en bois d'acajou, ils tressaillirent en entendant Geneviève annoncer le personnage dont ils s'entretenaient à propos de Céleste, que Félix Phellion aimait au point d'aller à la messe pour la voir. Le savant mathématicien avait fait cet effort le matin même, et on l'en plaisantait agréablement, tout en souhaitant que Céleste et ses parents reconnussent le trésor qui s'offrait à eux.

— Hélas! les Thuillier me paraissent entichés d'un homme bien dangereux, dit Mme Phellion; il a pris ce matin Mme Colleville sous le bras et ils s'en sont allés ensemble dans le Luxembourg.

---

1. « Sorte de lunettes qui grossissent peu les objets, et qui conservent la vue ». *Dictionnaire de l'Académie*, édition de 1835.

2. Il y a des précisions à ce sujet dans le passage des *Employés* consacré à Phellion, qui est tout entier à rapprocher de celui-ci (Pléiade, tome VI, pages 933 à 936).

— Il y a, s'écria Félix Phellion, chez cet avocat quelque chose de sinistre; il aurait commis un crime, cela ne m'étonnerait pas...

— Tu vas trop loin, dit Phellion père; il est cousin-germain de Tartuffe, cette immortelle figure coulée en bronze par notre honnête Molière, car Molière, mes enfants, a eu l'honnêteté, le patriotisme pour base de son génie.

Ce fut là que Geneviève entra pour dire:

— Il y a là Monsieur de La Peyrade qui voudrait parler à Monsieur.

— A moi? s'écria Phellion. Faites entrer! ajouta-t-il avec cette solennité dans les petites choses qui lui donnait une teinte de ridicule, mais qui jusqu'alors avait imposé à sa famille, où il était accepté comme un roi.

Phellion, ses deux fils, sa femme et sa fille se levèrent et reçurent le salut circulaire que fit l'avocat.

— A quoi devons-nous l'honneur de votre visite, Môsieur? dit sévèrement Phellion.

— A votre importance dans le quartier, mon cher Monsieur Phellion, et aux affaires publiques, répondit Théodose.

— Passons alors dans mon cabinet, dit Phellion.

— Non, non, mon ami, dit la sèche Mme Phellion, petite femme plate comme une limande et qui gardait sur sa figure la sévérité grimée [1] avec laquelle elle professait la musique dans les pensionnats de jeunes personnes, nous allons vous laisser.

Un piano d'Erard, placé entre les deux fenêtres et en face de la cheminée, annonçait les prétentions constantes de la digne bourgeoise.

— Serais-je assez malheureux pour vous faire enfuir? dit Théodose en souriant avec bonhomie à la mère et à la fille. Vous avez une délicieuse retraite ici, reprit-il,

---

1. Emprunt alors récent à l'italien *grimo*, ridé (voyez plus bas, page 160 et note 2). La sévérité sourcilleuse.

et il ne vous manque plus qu'une jolie belle-fille pour
que vous passiez le reste de vos jours dans cette *aurea
mediocritas*, le vœu du poète latin, et au milieu des joies
de la famille. Vos antécédents vous méritent bien ces
récompenses, car, d'après ce qu'on a dit de vous, cher
Monsieur Phellion, vous êtes à la fois un bon citoyen
et un patriarche...

— Môsieur, dit Phellion embarrassé, Môsieur, j'ai
fait mon devoir (*devoâr*) et voilà tout (*toute*).

Mme Barniol, qui ressemblait à sa mère autant que
deux gouttes d'eau se ressemblent entre elles, regarda
Mme Phellion et Félix au mot de belle-fille, quand
Théodose exprima son vœu, de manière à dire: « Nous
tromperions-nous? »

L'envie de causer sur cet incident fit envoler ces
quatre personnages dans le jardin, car, en mars 1840,
le temps fut presque sec, à Paris du moins.

— Monsieur le commandant, dit Théodose quand il
fut seul avec le digne bourgeois, que ce nom flattait
toujours, car je suis un de vos soldats, il s'agit d'élection...

— Ah! oui, nous nommons un conseiller municipal,
dit Phellion en interrompant.

— Et c'est à propos d'une candidature que je viens
troubler vos joies du dimanche; mais peut-être ne sorti-
rons-nous pas en ceci du cercle de la famille.

Il était impossible à Phellion d'être plus Phellion
que Théodose était Phellion; il avait les gestes Phellion, le parler Phellion, les idées Phellion [1].

— Je ne vous laisserai pas dire un mot de plus, répondit Phellion, en profitant de la pause que fit Théodose, qui attendait l'effet de sa phrase; car, mon choix
est fait...

— Nous avons eu la même idée! s'écria Théodose,

---

1. Balzac insiste longuement sur la formule qui rend compte de
l'attitude de Théodose depuis le début de la scène.

les gens de bien peuvent aussi bien que les gens d'esprit se rencontrer...

— Je ne crois pas, répliqua Phellion. Cet arrondissement eut pour représentant à la Municipalité le plus vertueux des hommes, comme il était le plus grand des magistrats, dans la personne de M. Popinot, décédé conseiller à la Cour Royale... Lorsqu'il s'est agi de le remplacer, son neveu, l'héritier de sa bienfaisance, n'était pas un habitant du quartier; mais depuis, il a pris et acheté la maison où demeurait son oncle, rue de la Montagne-Sainte-Geneviève[1]; il est le médecin de l'École Polytechnique et celui d'un de nos hôpitaux; c'est une illustration de notre quartier; à ces titres, et pour honorer dans la personne du neveu la mémoire de l'oncle, quelques habitants du quartier et moi, nous avons résolu de porter le docteur Horace Bianchon de l'Académie des Sciences, comme vous savez, et l'une des jeunes gloires de l'illustre école de Paris... Un homme n'est pas grand à nos yeux uniquement parce qu'il est célèbre, et feu le conseiller Popinot a été, selon moi, presque un saint Vincent de Paul.

— Un médecin n'est pas un administrateur, répondit Théodose, et, d'ailleurs, il s'agit d'un homme à qui vos intérêts les plus chers vous commandent de faire le sacrifice de ces opinions entièrement indifférentes à la chose publique.

— Ah! Môsieur! s'écria Phellion en se levant et se posant comme Lafond se posait dans *Le Glorieux*[2], me mésestimez-vous donc assez pour croire que des intérêts personnels pourront jamais influencer ma

---

1. Le conseiller Popinot habitait rue du Fouarre (voyez plus haut, pages 5 et 6). Il y a probablement confusion avec la demeure du marquis d'Espard, 22 rue de la Montagne-Sainte Geneviève, auquel Popinot avait rendu visite (Voyez *l'Interdiction*).

2. Sociétaire de la Comédie Française depuis 1806, Lafond était resté célèbre par son interprétation de cette comédie de Destouches. Il est déjà question de Lafond dans la *Nouvelle théorie du déjeuner* (*La Mode,* 29 mai 1830), éd. Conard, tome XXXIX, page 44.

conscience politique! Dès qu'il s'agit de la chose publique, je suis citoyen, rien de moins, rien de plus.

Théodose sourit en lui-même à l'idée du combat qui
s'allait passer entre le père et le citoyen.

— Ne vous engagez pas ainsi vis-à-vis de vous-
même, je vous en supplie, dit La Peyrade, car il s'agit
du bonheur de votre cher Félix.

— Qu'entendez-vous par ces paroles?... reprit Phellion en s'arrêtant au milieu de son salon et s'y reposant,
la main passée dans son gilet de droite à gauche, un
geste imité du célèbre Odilon Barrot [1].

— Mais je viens pour notre ami commun, le digne
et excellent M. Thuillier, dont l'influence sur les destinées de la belle Céleste Colleville vous est assez
connue; et si, comme je le pense, votre fils, un jeune
homme qui rendrait fières toutes les familles, et dont
le mérite est incontestable, courtise Céleste dans des
vues honorables, vous ne sauriez rien faire de mieux
pour vous concilier l'éternelle reconnaissance des
Thuillier que de le proposer aux suffrages de nos concitoyens... Quant à moi, nouveau venu dans le quartier,
malgré l'influence que m'y donne quelque bien fait
dans les classes pauvres, je ne pouvais prendre sur
moi cette démarche; mais servir les pauvres gens vaut
peu de crédit sur les plus fort imposés, et d'ailleurs,
la modestie de ma vie s'accommoderait peu de cet
éclat. Je me suis consacré, Môsieur, au service des
petits, comme feu le conseiller Popinot, homme sublime, comme vous le disiez, et, si je n'avais pas une
destinée en quelque sorte religieuse et qui s'accommode
peu des obligations du mariage, mon goût, ma seconde
vocation serait pour le service de Dieu, pour l'Église...
Je ne fais pas de tapage, comme font les faux philanthropes; je n'écris pas, j'agis, car je suis un homme
voué tout bonnement à la charité chrétienne... J'ai

---

1. Le chef de l'opposition dynastique, c'est-à-dire de la gauche
modérée, prenait volontiers des attitudes.

cru deviner l'ambition de notre ami Thuillier, et j'ai
voulu contribuer au bonheur de deux êtres faits l'un
pour l'autre, en vous offrant les moyens de vous donner
accès dans le cœur un peu froid de Thuillier [1].

Phellion fut confondu par cette tirade admirablement bien débitée; il fut ébloui, saisi; mais il resta
Phellion, il alla droit à l'avocat, lui tendit la main, et
La Peyrade lui donna la sienne. Tous deux ils se
donnèrent une de ces solides poignées de main comme
il s'en est donné, vers août 1830, entre la Bourgeoisie
et les hommes du lendemain.

— Môsieur, dit le commandant ému, je vous avais
mal jugé. Ce que vous me faites l'honneur de me confier
mourra là!... reprit-il en montrant son cœur. Vous
êtes un de ces hommes comme il y en a peu, mais qui
consolent de bien des maux, inhérents d'ailleurs à
notre état social. Le bien se voit si rarement, qu'il est
dans notre faible nature de nous défier des apparences...
Vous avez en moi un ami, si vous me permettez de
m'honorer en prenant ce titre auprès de vous... Mais
vous allez me connaître, Monsieur: je perdrais ma
propre estime si je proposais Thuillier. Non, mon fils
ne devra pas son bonheur à une mauvaise action de
son père... Je ne changerai pas de candidat parce que
mon Félix y trouve son intérêt... La vertu, Môsieur,
c'est cela!

La Peyrade tira son mouchoir, se le fourra dans l'œil,
y fit venir une larme, et dit en tendant la main à Phellion et détournant la tête:

— Voilà, Môsieur, le sublime de la vie privée et de
la vie politique aux prises. Ne fussé-je venu que pour
avoir ce spectacle, ma visite ne serait pas sans fruit...
Que voulez-vous!... à votre place, j'agirais de même...
Vous êtes ce que Dieu a fait de plus grand : un homme
de bien! Beaucoup de citoyens à la Jean-Jacques! car

---

1. Cette tirade montre la duplicité cynique de l'hypocrite, et les
dons du comédien qui s'est grimé en Joseph Prudhomme.

vous êtes un homme à la Jean-Jacques, et la France !
ô mon pays ! que [ne] deviendrais-tu !... C'est moi,
Môsieur, qui sollicite l'honneur d'être votre ami [1].

— Que se passe-t-il ? s'écria Mme Phellion, qui
regardait la scène par la croisée, votre père et ce monstre d'homme s'embrassent.

Phellion et l'avocat sortirent et vinrent retrouver
la famille dans le jardin.

— Mon cher Félix, dit le vieillard en montrant
La Peyrade qui saluait Mme Phellion, sois bien recon-
naissant pour ce digne jeune homme ; il te sera bien
plus utile que nuisible.

— Ah ! Madame, dit Théodose en emmenant Mme
Phellion, empêchez le Commandant de faire une faute
capitale...

Il alla se promener cinq minutes avec Mme Barniol
et Mme Phellion, sous les tilleuls sans feuilles, et il
leur donna, dans les circonstances graves que créait
l'entêtement politique de Phellion, un conseil dont les
effets devaient éclater dans la soirée, et dont la première
vertu fut de faire de ces deux dames deux admira-
trices de ses talents, de sa franchise [2], de ses qualités
inappréciables. L'avocat fut reconduit par toute la
famille en corps, au seuil de la porte sur la rue, et
tous les yeux le suivirent jusqu'à ce qu'il eût tourné
la rue du Faubourg Saint-Jacques. Mme Phellion
prit le bras de son mari pour revenir au salon, et lui
dit :

— Eh quoi ! mon ami, toi, si bon père, irais-tu,
par excès de délicatesse, faire manquer le plus beau
mariage que puisse faire notre Félix ?

— Ma bonne, répondit Phellion, les grands hommes

---

1. C'est ici un échantillon du gros comique d'observation sociale
et de parodie que le spectateur aurait trouvé dans les comédies de Balzac
autour de Prudhomme ou des *Petits Bourgeois*. Voyez l'Introduction,
pages XVII et XL.
2. De même qu'avec Flavie ou Thuillier, toujours la *franchise* de
l'hypocrite. Voyez plus haut, pages 90 et 103 (note 2).

de l'antiquité, tels que Brutus et autres, n'étaient jamais pères quand il s'agissait de se montrer citoyens... La Bourgeoisie a, bien plus que la noblesse, qu'elle est appelée à remplacer, les obligations des hautes vertus. M. de Saint-Hilaire ne pensait pas à son bras emporté devant Turenne mort... Nous avons nos preuves à faire, nous autres : faisons-les à tous les degrés de la hiérarchie sociale. Ai-je donné ces leçons à ma famille pour les méconnaître au moment de les appliquer !... Non, ma bonne, pleure, si tu veux, aujourd'hui ; tu m'estimeras demain !... dit-il en voyant sa sèche petite moitié les larmes aux yeux.

Ces grandes paroles furent dites sur le pas de la porte sur laquelle était écrit : *Aurea mediocritas.*

— J'aurais dû mettre : *et digna!* ajouta-t-il en montrant la tablette ; mais ces deux mots impliqueraient un éloge.

— Mon père, dit Marie-Théodore Phellion, le futur ingénieur des Ponts et Chaussées, quand toute la famille fut réunie au salon, il me semble que ce n'est pas manquer à l'honneur que de changer de détermination à propos d'un choix indifférent en lui-même à la chose publique.

— Indifférent ! mon fils, s'écria Phellion. Entre nous, je puis le dire, et Félix partage mes convictions : M. Thuillier est sans aucune espèce de moyens ! il ne sait rien ! M. Horace Bianchon est un homme capable, il obtiendra mille choses pour notre arrondissement, et Thuillier pas une ! Mais apprends, mon fils, que changer une bonne détermination pour une mauvaise, par des motifs d'intérêt personnel, est une action infâme qui échappe au contrôle des hommes, mais que Dieu punit. Je suis ou je crois être pur de tout blâme devant ma conscience, et je vous dois de laisser ma mémoire intacte parmi vous. Aussi rien ne me fera-t-il varier.

— Oh ! mon bon père, s'écria la petite Barniol en se jetant sur son coussin aux genoux de Phellion, ne

monte pas sur tes grands chevaux ! Il y a bien des imbéciles et des niais dans les conseils municipaux, et la
France va tout de même. Il opinera du bonnet, ce brave
Thuillier... Songe donc que Céleste aura cinq cent mille
francs, peut-être.

— Elle aurait des millions ! dit Phellion, je les
verrais là,... je ne proposerais pas Thuillier, quand je
dois à la mémoire du plus vertueux des hommes de
faire nommer Horace Bianchon. Du haut des cieux,
Popinot me contemple et m'applaudit !... s'écria
Phellion exalté. C'est avec de semblables considérations
qu'on amoindrit la France et que la bourgeoisie se
fait mal juger !

— Mon père a raison, dit Félix sortant d'une rêverie
profonde, et il mérite nos respects et notre amour,
comme pendant tout le cours de sa vie modeste, pleine
et honorée. Je ne voudrais pas devoir mon bonheur,
ni à un remords dans sa belle âme, ni à l'intrigue ; j'aime
Céleste autant que j'aime ma famille, mais je mets
au-dessus de tout cela l'honneur de mon père, et, du
moment que c'est une question de conscience chez
lui, n'en parlons plus.

Phellion alla, les yeux pleins de larmes, à son fils
aîné, le serra dans ses bras et dit :

— Mon fils ! mon fils ! d'une voix étranglée.

— C'est des bêtises tout cela, dit Mme Phellion à
l'oreille de Mme Barniol ; viens m'habiller, il faut que
cela finisse ; je connais ton père, il s'est buté. [Pour]
mettre à exécution le moyen donné par ce brave et
pieux jeune homme, Théodose, j'ai besoin de ton
bras, tiens-toi prêt, mon fils.

En ce moment, Geneviève entra et remit une lettre
à M. Phellion père.

— Une invitation à dîner pour ma femme et moi,
chez les Thuillier, dit-il.

XII. — AD MAJOREM
THEODOSI GLORIAM !

La magnifique et étonnante idée de l'avocat des
pauvres avait tout aussi bien bouleversé les Thuillier
qu'elle bouleversait les Phellion; et Jérôme, sans rien
confier à sa sœur, car il se piquait déjà d'honneur
envers son Méphistophélès, était allé tout effaré chez
elle, lui dire :

— Bonne petite (il lui caressait toujours le cœur
avec ces mots), nous aurons des gros bonnets à dîner
aujourd'hui; je vais inviter les Minard : ainsi soigne
ton dîner; j'écris à M. et à Mme Phellion pour les
inviter; c'est tardif, mais avec eux, on ne se gêne pas...
Quant aux Minard, il faut leur jeter un peu de poudre
aux yeux, j'ai besoin d'eux.

— Quatre Minard, trois Phellion, quatre Colleville,
et nous, cela fait treize...

— La Peyrade, quatorze, et il n'est pas inutile
d'inviter Dutocq, il va m'être utile; j'y monterai.

— Que trafiques-tu donc? s'écria sa sœur; quinze
à dîner, voilà quarante francs au moins à sortir de
notre poche!

— Ne les regrette pas, ma bonne petite, et surtout
sois adorable pour notre jeune ami La Peyrade. En
voilà un ami... tu en auras des preuves!... Si tu m'aimes,
soigne-le comme tes yeux.

Et il laissa Brigitte stupéfaite.

— Oh! oui, j'attendrai des preuves! se dit-elle.
On ne me prend pas par de belles paroles, moi!...
C'est un aimable garçon, mais, avant de le mettre

dans mon cœur, il me faut l'étudier un peu plus que nous ne l'avons fait [1].

Après avoir invité Dutocq, Thuillier, qui s'était adonisé [2], se rendit rue des Maçons-Sorbonne, à l'hôtel Minard, pour y séduire la grosse Zélie, déguiser l'impromptu de l'invitation.

Minard avait acheté l'une de ces grandes et somptueuses habitations que les anciens ordres religieux s'étaient bâties autour de la Sorbonne, et, en montant un escalier à grandes marches de pierre, à rampe d'une serrurerie qui prouvait combien les arts du second ordre florissaient sous Louis XIII, Thuillier enviait et l'hôtel et la position de monsieur le maire.

Ce vaste logis, entre cour et jardin, se recommande par le caractère à la fois élégant et noble du règne de Louis XIII, placé singulièrement entre le mauvais goût de la Renaissance expirant et la grandeur de Louis XIV à son aurore. Cette transition est accusée en beaucoup de monuments. Les enroulements massifs des façades, comme à la Sorbonne, les colonnes rectifiées d'après les lois grecques, commencent à paraître dans cette architecture.

Un ancien épicier, un heureux fraudeur, remplaçait là le directeur ecclésiastique d'une institution appelée autrefois l'Économat, et qui dépendait de l'Agence générale de l'ancien clergé français, une fondation due au prévoyant génie de Richelieu. Le nom de Thuillier lui fit ouvrir les portes du salon où trônait, dans le velours rouge et l'or, au milieu des plus magnifiques chinoiseries, une pauvre femme qui pesait de

---

1. *La conquête de Brigitte* sera le chef-d'œuvre de Théodose; Balzac, qui songe à une grande scène de séduction (plus loin, pages 166 à 173), tient à souligner qu'elle n'est pas faite, et qu'elle ne sera pas facile.

2. « Terme de plaisanterie et de pure conversation... Il s'emploie aussi avec le pronom personnel pour marquer le trop grand soin que prend un homme de s'ajuster pour paraître plus jeune ou plus beau. » *Dictionnaire* de Trévoux (1771).

tout son poids sur le cœur des princes et princesses aux bals populaires du Château [1].

« Cela ne donne-t-il pas raison à la caricature? » dit un jour en souriant une pseudo-dame d'atour à une duchesse qui ne put retenir un rire à l'aspect de Zélie, harnachée de ses diamants, rouge comme un coquelicot, serrée dans une robe lamée et roulant comme un des tonneaux de son ancienne boutique.

— Me pardonnerez-vous, belle dame, dit Thuillier en se tortillant [2] et s'arrêtant à sa pose numéro deux de son répertoire de 1807, d'avoir laissé cette invitation sur mon bureau et d'avoir cru l'avoir envoyée?... Elle est pour aujourd'hui; peut-être viens-je trop tard...

Zélie examina la figure de son mari, qui s'avançait pour saluer Thuillier, et elle répondit :

— Nous devions aller voir une campagne, dîner chez un restaurateur *à l'hasard*; mais nous renoncerons à nos projets d'autant plus volontiers que c'est, selon moi, diablement commun d'aller hors Paris le dimanche.

— Nous ferons une petite sauterie au piano pour les jeunes personnes, si nous sommes en nombre, et c'est à présumer; j'ai mis un mot à Phellion, dont la femme est liée avec Mme Pron, la successeur...

— La successrice, dit Mme Minard.

— Eh! non, ce serait la successeresse, reprit Thuillier, comme on dit la mairesse, [de la] demoiselle Lagrave, et qui est une Barniol.

— Faut-il faire une toilette? dit Mlle Minard.

— Ah! bien, oui, s'écria Thuillier, vous me feriez joliment gronder par ma sœur... Non, nous sommes en famille! Sous l'Empire, Mademoiselle, c'était en dansant qu'on se connaissait... Dans cette grande époque, on estimait autant un beau danseur qu'un bon mili-

---

1. Sur la désharmonie entre cet hôtel et ses habitants, voyez l'Introduction, pages xxv et xxvi.
2. Le rentier de la variété Dameret « dit : *Belle dame*, flûte sa voix, etc. » *Monographie du rentier*, plus bas, page 343.

taire... Aujourd'hui, l'on donne trop dans le positif...

— Ne parlons pas politique, dit le maire en souriant.
Le Roi est grand, il est habile, je vis dans l'admiration
de mon temps et des institutions que nous nous sommes
données. Le Roi, d'ailleurs, sait bien ce qu'il fait en
développant l'industrie; il lutte corps à corps avec
l'Angleterre, et nous lui causons plus de mal pendant
cette paix féconde que par les guerres de l'Empire...

— Quel député fera Minard! s'écria naïvement Zélie;
il s'essaie entre nous à parler, et vous nous aiderez
à le faire nommer, pas vrai, Thuillier?

— Ne parlons pas politique, répondit Thuillier;
venez à cinq heures...

— Ce petit Vinet y sera-t-il? demanda Minard; il
venait sans doute pour Céleste.

— Il peut bien en faire son deuil, répondit Thuillier,
Brigitte n'en veut pas entendre parler.

Zélie et Minard échangèrent un sourire de satisfaction.

— Dire qu'il faut s'encanailler avec ces gens-là pour
notre fils! s'écria Zélie, quand Thuillier fut sur l'escalier, où le reconduisit le maire.

— Ah! tu veux être député! se disait Thuillier en
descendant. Rien ne les satisfait, ces épiciers! Oh mon
Dieu! que dirait Napoléon en voyant le pouvoir aux
mains de ces gens là!... Moi, je suis un administrateur,
au moins!... Quel concurrent! Que va dire La
Peyrade?...

L'ambitieux sous-chef alla prier toute la famille
Laudigeois [1], et passa chez Colleville, afin que Céleste
eût une jolie toilette. Il trouva Flavie assez pensive;
elle hésitait à venir, et Thuillier fit cesser son indécision.

— Ma vieille et toujours jeune amie, dit-il en la
prenant par la taille, car elle était seule dans sa chambre,
je ne veux pas avoir de secrets pour vous. Il s'agit
d'une grande affaire pour moi... Je ne veux pas en dire

---

1. Pas pour le dîner, pour la sauterie qui suivra.

davantage, mais je puis vous demander d'être particulièrement charmante pour un jeune homme...

— Qui?

— Le jeune de La Peyrade.

— Et pourquoi, Charles [1]?

— Il tient entre ses mains mon avenir; c'est d'ailleurs
un homme de génie. Oh! je m'y connais... Il y a de ça!
dit Thuillier en faisant le geste d'un dentiste arrachant
une dent du fond. Il faut nous l'attacher, Flavie!... et
surtout ne lui faisons rien voir, ne lui donnons pas
le secret de sa force... Avec lui, je serai donnant,
donnant.

— Comment! dois-je être un peu coquette?...

— Pas trop, mon ange, répondit Thuillier d'un air fat.

Et il partit sans s'apercevoir de l'espèce de stupeur
à laquelle Flavie était en proie.

— C'est une puissance, se dit-elle, que ce jeune
homme-là... Nous verrons.

Mais elle se fit coiffer avec des marabouts; elle mit
sa jolie robe gris et rose, laissa voir ses fines épaules
sous sa mantille noire, et elle eut soin de maintenir
Céleste en petite robe de soie à guimpe avec une collerette à grands plis, et de la coiffer en cheveux, à la
Berthe [2].

A quatre heures et demie, Théodose était à son poste;
il avait pris son air niais et quasi servile, sa voix douce,
et il alla d'abord avec Thuillier dans le jardin.

— Mon ami, je ne doute pas de votre triomphe,
mais j'éprouve le besoin de vous recommander encore
une fois un silence absolu. Si vous êtes questionné

---

1. Les prénoms de Thuillier sont Louis Jérôme (page 16). C'est le
mari de Flavie qui s'appelle Charles (page 38).

2. Céleste a une robe montante, une collerette qui dissimule les
formes et les cheveux en double bandeau plat sans ornement. Flavie,
au contraire, porte une robe décolletée, et sa coiffure est ornée de plumes
de marabout. Cette rivalité entre mère et fille est un autre aspect du
problème des *Gendres et Belles-Mères*. Voyez plus haut, page 89 et
la note.

sur quoi que ce soit, surtout sur Céleste, ayez de ces réponses évasives qui laissent le solliciteur en suspens, et que vous avez su dire autrefois dans les bureaux.

— Entendu! répondit Thuillier. Mais avez-vous une certitude?

— Vous verrez le dessert que je vous ai préparé. Soyez modeste, surtout. Voici les Minard, laissez-moi les piper... Amenez-les ici, puis filez.

Après les salutations, La Peyrade eut soin de se tenir près de monsieur le maire; et, dans un moment opportun, il le prit à part et lui dit :

— Monsieur le maire, un homme de votre importance politique ne vient pas sans quelques desseins s'ennuyer ici; je ne veux pas juger vos motifs, je n'y ai pas le moindre droit, et mon rôle ici-bas n'est point de me mêler aux affaires des puissances de la terre; mais pardonnez à mon outrecuidance, et daignez écouter un conseil que j'ose vous donner. Si je vous rends un service aujourd'hui, vous êtes dans une position à m'en rendre deux demain; ainsi, au cas où je vous aurais servi, j'écoute en ce moment la loi de l'intérêt personnel. Notre ami Thuillier est au désespoir de n'être rien, et il s'est ingéré [1] de devenir quelque chose, un personnage dans son arrondissement...

— Ah! ah! dit Minard.

— Oh! peu de chose; il voudrait être nommé membre du conseil municipal. Je sais que Phellion, devinant toute l'influence d'un pareil service, se propose de désigner notre pauvre ami comme candidat. Eh bien! peut-être trouverez-vous nécessaire à vos projets de le devancer en ceci? La nomination de Thuillier ne peut que vous être favorable, agréable; et il tiendra bien sa place au conseil général, il y a en de moins forts que lui... D'ailleurs, vous devant un tel appui,

---

1. Il s'est mêlé, sans avoir la capacité pour cela, il s'est mis dans l'esprit, de devenir quelque chose. Léger archaïsme.

certes il verra par vos yeux, il vous regarde comme un des flambeaux de la ville...

— Mon cher, je vous remercie, dit Minard; vous me rendez un service que je saurai reconnaître, et qui me prouve...

— Que je n'aime pas ces Phellion, reprit La Peyrade en profitant d'une hésitation du maire, qui eut peur d'exprimer une idée où l'avocat pouvait voir du mépris ; je hais les gens qui font état de leur probité, qui battent monnaie avec les beaux sentiments.

— Vous les connaissez bien, dit Minard, voilà des sycophantes! Cet homme-là, toute sa vie, depuis dix ans, s'explique par ce morceau de ruban rouge, ajouta le maire en montrant sa boutonnière.

— Prenez garde! dit l'avocat, son fils aime Céleste, et il est au cœur de la place.

— Oui, mais mon fils a douze mille francs de rente à lui...

— Oh! dit l'avocat en faisant un haut-le-corps, Mlle Brigitte a dit l'autre jour qu'elle voulait au moins cela chez le prétendu de Céleste. Et après tout, avant six mois, vous apprendrez que Thuillier a un immeuble de quarante mille francs de rente.

— Ah! diantre, je m'en doutais, répondit le maire. Eh bien! il sera membre du conseil général.

— Dans tous les cas, ne lui parlez pas de moi, dit l'avocat des pauvres, qui se pressa d'aller saluer Mme Phellion. — Eh bien! ma belle dame, avez-vous réussi?

— J'ai attendu jusqu'à quatre heures, mais ce digne et excellent homme ne m'a pas laissé achever[1]; il est trop occupé pour accepter une pareille charge, et M. Phellion a lu la lettre par laquelle le docteur

---

1. C'est pour faire une démarche auprès de Bianchon que Mme Phellion avait décidé de sortir à l'issue de la visite de Théodose (page 119).

Bianchon le remercie de ses bonnes intentions et lui dit que, quant à lui, son candidat est M. Thuillier. Il emploie son influence en sa faveur et prie mon mari d'en faire autant.

— Qu'a dit votre admirable époux?...

— J'ai fait mon devoir; je n'ai pas trahi ma conscience, et maintenant je suis tout à Thuillier.

— Eh bien! tout est arrangé, dit La Peyrade. Oubliez ma visite, ayez bien tout le mérite de cette idée.

Et il alla vers Mme Colleville, en se composant une attitude pleine de respect...

— Madame, dit-il, ayez la bonté de m'amener ici ce bon papa Colleville; il s'agit d'une surprise à faire à Thuillier, et il doit être dans le secret.

Pendant que La Peyrade se faisait artiste avec Colleville et se laissait aller à de très spirituelles plaisanteries en lui expliquant la candidature et lui disant qu'il devait la soutenir, ne fût-ce que par esprit de famille, Flavie écoutait au salon la conversation suivante, qui la rendait stupide; les oreilles lui tintaient:

— Je voudrais bien savoir ce que disent MM. Colleville et La Peyrade, pour rire autant? demanda sottement Mme Thuillier en regardant par la fenêtre.

— Ils disent des bêtises, comme les hommes en disent tous entre eux, répondit Mlle Thuillier, qui souvent attaquait les hommes par un reste d'instinct naturel aux vieilles filles.

— Il en est incapable, dit Phellion gravement, car Môsieur de La Peyrade est un des plus vertueux jeunes gens que j'aie rencontrés. On sait l'état que je fais de Félix: eh bien! je le mets sur la même ligne, et encore je voudrais à mon fils un peu de la piété ornée de M. Théodose!

— C'est en effet un homme de mérite et qui arrivera, reprit Minard. Quant à moi, mon suffrage (il ne convient pas de dire ma protection) lui est acquis...

— Il paie plus d'huile à brûler que de pain, dit Dutocq, voilà ce que je sais.

— Sa mère, s'il a le bonheur de la conserver, doit être bien fière de lui, dit sentencieusement Mme Phellion.

— C'est pour nous un vrai trésor, ajouta Thuillier, et si vous saviez combien il est modeste! il ne se fait pas valoir.

— Ce dont je puis répondre, reprit Dutocq, c'est que nul jeune homme n'a eu plus noble attitude dans la misère, et il en a triomphé; mais il a souffert, cela se voit.

— Pauvre jeune homme! s'écria Zélie; oh! ces choses-là me font un mal!...

— On peut lui confier son secret et sa fortune, dit Thuillier; et, dans ce temps-ci, c'est tout ce qu'on peut dire de plus beau d'un homme [1].

— C'est Colleville qui le fait rire! s'écria Dutocq.

En ce moment, Colleville et La Peyrade revenaient du fond du jardin les meilleurs amis du monde.

— Messieurs, dit Brigitte, la soupe et le roi ne doivent pas attendre: la main aux dames!...

---

1. Cet amusant concert de louanges, où Théodose est célébré par ses dupes, récompense la virtuosité de l'hypocrite à l'œuvre dans les vingt pages qui précèdent. Seuls Dutocq, et Flavie dans une certaine mesure, savent à quoi s'en tenir.

XIII. — ATTENTAT
A LA MODESTIE MUNICIPALE
DE THUILLIER

Cinq minutes après cette plaisanterie issue de la loge de son père, Brigitte eut la satisfaction de voir la table bordée des principaux personnages de ce drame, que d'ailleurs son salon allait contenir tous, à l'exception de l'affreux Cérizet. Le portrait de cette vieille faiseuse de sacs serait peut-être incomplet, si l'on omettait la description d'un de ses meilleurs dîners. La physionomie de la cuisinière bourgeoise en 1840 est d'ailleurs un de ces détails nécessaires à l'histoire des mœurs, et les habiles ménagères y trouveront des leçons [1]. On n'a pas fait pendant vingt ans des sacs vides sans chercher les moyens d'en remplir quelques-uns pour soi. Or Brigitte avait ceci de particulier, qu'elle unissait à la fois l'économie à laquelle on doit la fortune et l'entente des dépenses nécessaires. Sa prodigalité relative, dès qu'il s'agissait de son frère ou de Céleste, était l'antipode de l'avarice. Aussi se plaignait-elle souvent de ne pas être avare. A son dernier dîner, elle avait raconté comment, après avoir combattu pendant dix minutes et avoir souffert le martyre, elle avait fini par donner dix francs à une

---

1. La cuisine est certes un élément dont il faut tenir compte dans l'histoire de la vie privée; mais d'autre part, le *repas ridicule* est un thème traditionnel de la satire de mœurs, qui le dispute ici à l'histoire des mœurs. Le lecteur actuel est surtout impressionné — effet que l'auteur ne voulait pas produire — par le nombre des mets énumérés plus bas.

pauvre ouvrière du quartier qu'elle savait pertinemment être à jeun depuis deux jours.

— La nature, dit-elle naïvement, a été plus forte que la raison.

La soupe offrait un bouillon quasi blanc; car, même dans une occasion de ce genre, il y avait recommandation à la cuisinière de faire beaucoup de bouillon; puis, comme le bœuf devait nourrir la famille le lendemain et le surlendemain, moins il fournissait de sucs au bouillon, plus substantiel il était. Le bœuf, peu cuit, s'enlevait toujours à cette phrase dite par Brigitte pendant que Thuillier y plongeait le couteau:

— Je le crois un peu dur; d'ailleurs, va, Thuillier, personne n'en mangera, nous avons autre chose!

Ce bouillon était, en effet, flanqué de quatre plats montés sur de vieux réchauds désargentés et qui dans ce dîner, dit de la candidature, consistaient en deux canards aux olives, ayant en vis-à-vis une assez grande tourte aux quenelles et une anguille à la tartare répondant à un fricandeau sur de la chicorée. Le second service avait pour plat du milieu une sérénissime oie pleine de marrons; une salade de mâches ornée de ronds de betterave rouge faisait vis-à-vis à des pots de crème, et des navets au sucre regardaient une timbale de macaroni. Ce dîner de concierge qui fait noces et festins coûtait tout au plus vingt francs, les restes défrayaient la maison pendant deux jours, et Brigitte disait:

— Dame! quand on reçoit, l'argent file!... c'en est effrayant!

La table était éclairée par deux affreux flambeaux de cuivre argenté, à quatre branches, et où brillait la bougie économique dite de l'Aurore. Le linge resplendissait de blancheur, et la vieille argenterie à filets était de l'héritage paternel, le fruit d'achats faits pendant la Révolution par le père Thuillier, et qui servirent à l'exploitation du restaurant anonyme qu'il tenait dans sa loge, et qui fut supprimé en 1816 dans tous les ministères. Ainsi, la chère était en harmonie avec la salle à manger, avec la maison, avec les Thuillier [1], qui ne devaient pas s'élever au-dessus de ce régime et de leurs mœurs. Les Minard, Colleville et La Peyrade échangèrent quelques-uns de ces sourires qui trahissent une communauté de pensées satiriques, mais contenues. Eux seuls connaissaient le luxe supérieur, et les Minard disaient assez leur arrière-pensée en acceptant un pareil dîner. La Peyrade, mis à côté de Flavie, lui dit à l'oreille:

— Avouez qu'ils ont besoin qu'on leur apprenne à vivre, et que vous, et Colleville, vous mangez ce qu'on nomme *de la vache enragée*, une vieille connaissance à moi! Mais ces Minard, quelle hideuse cupidité! Votre fille serait à jamais perdue pour vous; ces parvenus ont les vices des grands seigneurs d'autrefois, sans en avoir l'élégance. Leur fils, qui a douze mille francs de rente, peut bien trouver des femmes dans la famille Potasse [2] sans venir passer le râteau de leur spéculation ici... Quel plaisir [de jouer] de ces gens-là comme d'une basse ou d'une clarinette!

Flavie écouait en souriant, et ne retira pas son pied quand Théodose mit sa botte dessus.

— C'est pour vous avertir de ce qui se passe, dit-il, entendons-nous par la pédale; vous devez me savoir par cœur depuis ce matin, je ne suis pas homme à faire de petites malices...

Flavie n'avait pas été gâtée en fait de supériorité; le ton tranchant, [l'assurance] de Théodose éblouissaient

---

1. Voici à nouveau l'idée de l'*unité* des êtres et de leur milieu; elle consiste dans *l'harmonie* de leur psychologie, de leur comportement, et de leur cadre social et matériel, qui *correspondent*. Voyez l'Introduction pages xxiv et xxv.

2. Dans *La Muse du département* (1843), Mme Schontz dit des Chiffreville, les fabricants de produits chimiques, qu'ils constituent « l'aristocratie d'aujourd'hui, quoi? des Potasse » (Pléiade, tome IV, page 156). La famille Potasse, c'est le milieu des industriels et des commerçants. Dès 1835, dans une caricature contre le journal des bourgeois, Daumier mettait en scène *M. Potasse, Molasse, Bécasse, Constitutionnel* (Delteil, *Catalogue*, nᵒ 258).

cette femme, à qui l'habile prestidigitateur avait présenté le combat de façon à la mettre entre le oui et le non. Il fallait l'adopter ou le rejeter absolument; et comme sa conduite était le résultat du calcul, il suivait d'un œil doux, mais avec une intérieure sagacité, les effets de sa fascination. Pendant qu'on enlevait les plats du second service, Minard, inquiet de Phellion, dit à Thuillier d'un air grave:

— Mon cher Thuillier, si j'ai accepté votre dîner, c'est qu'il s'agissait d'une communication importante à vous faire et qui vous honore trop pour ne pas en rendre témoins tous vos convives.

Thuillier devint pâle.

— Vous m'avez obtenu la croix!... s'écria-t-il en recevant un regard de Théodose et voulant lui prouver qu'il ne manquait pas de finesse [1].

— Vous l'aurez quelque jour, répondit le maire; mais il s'agit de mieux que cela. La croix est une faveur due à la bonne opinion d'un ministre, tandis qu'il est question d'une espèce d'élection due à l'assentiment de tous vos concitoyens. En un mot, un assez grand nombre d'électeurs de mon arrondissement ont jeté les yeux sur vous et veulent vous honorer de leur confiance en vous chargeant de représenter cet arrondissement au conseil municipal de Paris, qui, comme tout le monde le sait, est le conseil général de la Seine...

— Bravo! fit Dutocq.

Phellion se leva.

— Môsieur le maire m'a prévenu, dit-il d'une voix émue, mais il est [si] flatteur pour notre ami d'être l'objet de tous les bons citoyens à la fois, et de réunir la voix publique sur tous les points de l'arrondissement, que je ne puis me plaindre de ne venir qu'en seconde ligne, et d'ailleurs : au pouvoir l'initiative!... (Et il salua Minard respectueusement.) Oui, Môsieur Thuil-

---

1. Thuillier, comme le lui a recommandé Théodose, fait semblant de ne pas savoir ce dont il s'agit réellement.

lier, plusieurs électeurs pensaient à vous donner leur mandat dans la partie de l'arrondissement où j'ai mes modestes pénates, et il y a cela de particulier pour vous, que vous leur fûtes désigné par un homme illustre... (Sensation !), par un homme en qui nous voulions honorer l'un des plus vertueux habitants de l'arrondissement, qui en fut pendant vingt ans le père, je veux parler ici de feu M. Popinot, en son vivant conseiller à la Cour Royale et notre conseiller au conseil municipal. Mais son neveu, le docteur Bianchon, l'une de nos gloires,... a décliné, eu égard à ses fonctions absorbantes, la responsabilité dont il pouvait être alors chargé, tout en nous remerciant de nos hommages, et il a, remarquez ceci, il a désigné à nos votes le candidat de Môsieur le maire, comme, à son sens, le plus capable, à raison de la place qu'il a naguère occupée, d'exercer la magistrature de l'édilité !...

Et Phellion se rassit, au milieu d'une rumeur acclamative.

— Thuillier, tu peux compter sur ton vieil ami, dit Colleville.

En ce moment, les convives furent tous attendris par le spectacle que leur donna la vieille Brigitte et Mme Thuillier. Brigitte, pâle comme si elle défaillait, laissait couler sur ses joues des larmes qui se succédaient lentement, larmes d'une joie profonde, et Mme Thuillier restait comme foudroyée, les yeux fixes. Tout à coup, la vieille fille s'élança dans la cuisine en criant à Joséphine :

— Viens à la cave, ma fille !... il faut du vin de derrière les fagots !

— Mes amis, dit Thuillier d'une voix émue, voici le plus beau jour de ma vie, il est plus beau que ne sera celui de mon élection, si je puis consentir à me laisser désigner aux suffrages de mes concitoyens (Allons ! allons !), car je me sens bien usé par trente ans de service public, et vous penserez qu'un homme d'honneur doit consulter ses forces et ses capacités avant d'assumer sur soi les fonctions de l'édilité...

— Je n'attendais pas moins de vous, Môsieur Thuillier! s'écria Phellion. Pardon! voici la première fois de ma vie que j'interromps, et un ancien supérieur encore! mais il y a des circonstances...

— Acceptez! acceptez! s'écria Zélie; et nom d'un petit bonhomme! il nous faut des hommes comme vous pour gouverner.

— Résignez-vous, mon chef! dit Dutocq, et vive le futur conseiller municipal!... Mais nous n'avons rien à boire...

— Ainsi, voilà qui est dit, reprit Minard, vous êtes notre candidat?

— Vous présumez beaucoup de moi, répondit Thuillier.

— Allons donc! s'écria Colleville; un homme qui a trente ans de galères dans les bureaux des Finances est un trésor pour la ville!

— Vous êtes par trop modeste! dit le jeune Minard, votre capacité nous est bien connue, elle est restée comme un préjugé [1] aux Finances...

— C'est vous qui l'avez voulu!... s'écria Thuillier.

— Le Roi sera très content de ce choix, allez, fit Minard en se rengorgeant.

— Messieurs, dit La Peyrade, voulez-vous permettre à un [jeune] habitant du faubourg Saint-Jacques une petite observation, qui n'est pas sans importance?

La conscience que chacun avait de la valeur de l'avocat des pauvres amena le plus profond silence.

— L'influence de Monsieur le maire de l'arrondissement limitrophe, et qui est immense dans le nôtre, où il a laissé de si beaux souvenirs; celle de M. Phellion, l'oracle, disons la vérité, fit-il en apercevant un geste de Phellion, l'oracle de son bataillon; celle non moins

---

1. « Opinion sans jugement ». Voltaire, *Dictionnaire philosophique*. Ici, dans un sens favorable, opinion généralement reçue.

puissante que M. *de* Colleville doit à la franchise de ses
manière, à son urbanité; celle de Monsieur le greffier
de la justice de paix, laquelle ne sera pas moins efficace,
et le peu d'efforts que je puis offrir dans ma modeste
sphère d'activité, sont des gages de succès; mais ce
n'est pas le succès!... Pour obtenir un rapide triomphe,
nous devons nous engager tous à garder la plus profonde discrétion sur la manifestation qui vient d'avoir
lieu ici... Nous exciterions, sans le savoir et sans le
vouloir, l'envie, les passions secondaires, qui nous
créeraient plus tard des obstacles à vaincre. Le sens
politique de la nouvelle question, la base même de son
symptôme et la garantie de son existence est dans un
certain partage, dans une certaine limite, du pouvoir
avec la classe moyenne, la véritable force des sociétés
modernes, le siège de la moralité, des bons sentiments, du travail intelligent; mais nous ne pouvons
pas nous dissimuler que l'élection, étendue à presque
toutes les fonctions, a fait pénétrer les préoccupations
de l'ambition, la fureur d'être quelque chose, passez-
moi le mot, à des profondeurs sociales qu'elles n'auraient
pas dû agiter. Quelques-uns y voient un bien, d'autres
y voient un mal; il ne m'appartient pas de juger la
question en présence d'esprits devant la supériorité
desquels je m'incline; je me contente de la poser pour
faire apercevoir le danger que peut courir l'étendard
de notre ami. Voyez, le décès de notre honorable
représentant au conseil municipal compte à peine
huit jours de date, et déjà l'arrondissement est soulevé
par des ambitions subalternes. On veut être en vue
à tout prix. L'ordonnance de convocation n'aura peut-
être son effet que dans un mois. D'ici là, combien
d'intrigues!... N'offrons pas, je vous en supplie, notre
ami Thuillier aux coups de ses concurrents! Ne le
livrons pas à la discussion publique, cette harpie moderne qui n'est que le porte-voix de la calomnie [1],

---

1. Cette suite incohérente de métaphores fait partie de la rhétorique

de l'envie, le prétexte saisi par les inimitiés, qui diminue
tout ce qui est grand, qui salit tout ce qui est [respec-
table], qui déshonore tout ce qui est sacré !... Faisons
comme a fait le tiers-parti [1] à la Chambre, restons muets
et votons !

— Il parle bien, dit Phellion à son voisin Dutocq.

— Et comme c'est fort de choses !...

L'envie avait rendu le fils de Minard jaune et vert.

— C'est bien dit et vrai ! s'écria Minard.

— Adopté à l'unanimité, dit Colleville. Messieurs,
nous sommes gens d'honneur, il nous suffit de nous
être entendus sur ce point.

— Qui veut la fin veut les moyens, dit emphatique-
ment Phellion.

En ce moment, Mlle Thuillier parut suivie de ses
deux domestiques ; elle avait la clef de la cave passée
dans sa ceinture, et trois bouteilles de vin de Champagne,
trois bouteilles de vin de l'Hermitage, une bouteille
de vin de Malaga, furent placées sur la table ; mais elle
portait avec une attention presque respectueuse une
petite bouteille, semblable à une fée Carabosse, qu'elle
mit devant elle. Au milieu de l'hilarité causée par cette
abondance de choses exquises, fruit de la reconnaissance
et que la pauvre fille, dans son délire, versait avec une
profusion qui faisait le procès de son hospitalité de
chaque quinzaine, il arrivait de nombreux plats de
dessert : des quatre-mendiants en monceaux, des pyra-
mides d'oranges, des tas de pommes, des fromages,
des confitures, des fruits confits venus des profondeurs de ses armoires, qui, sans les circonstances,
n'auraient pas figuré sur la nappe.

— Céleste, on va t'apporter une bouteille d'eau-de-
vie que mon père a eue en 1802 ; fais-en une salade

_____

électorale à laquelle déjà s'est amusé Balzac dans l'intervention de
Phellion.

1. Dirigé par l'avocat Dupin et situé au centre, c'était avant tout
le parti des bourgeois.

d'oranges! cria-t-elle à sa belle-sœur. — Monsieur Phellion, débouchez le vin de Champagne; cette bouteille est pour vous trois. — Monsieur Dutocq, prenez celle-ci! — Monsieur Colleville, vous qui savez faire partir les bouchons!...

Les deux filles distribuaient des verres à vin de Champagne, des verres à vin de Bordeaux et des petits verres, car Joséphine apporta trois bouteilles de vin de Bordeaux.

— De l'année de la comète[1]! cria Thuillier. Messieurs, vous avez fait perdre la tête à ma sœur.

— Et ce soir, du punch et des gâteaux! dit-elle. J'ai envoyé chercher du thé chez le pharmacien. Mon Dieu! si j'avais su qu'il s'agissait d'une élection, s'écriait-elle en regardant sa belle-sœur, j'aurais mis le dinde!...

Un rire général accueillit cette phrase.

— Oh! nous avions une oie, dit Minard fils en riant.

— Les charrettes y versent! s'écria Mme Thuillier en voyant servir des marrons glacés et des meringues.

Mlle Thuillier avait le visage en feu; elle était superbe à voir, et jamais l'amour d'une sœur n'eut une expression si furibonde.

— Pour qui la connaît, c'est attendrissant! s'écria Mme Colleville.

Les verres étaient pleins; chacun se regardait; on semblait attendre un toast, et La Peyrade dit :

— Messieurs, buvons à quelque chose de sublime!...

Tout le monde fut dans l'étonnement.

— A Mademoiselle Brigitte!...

On se leva, l'on trinqua, l'on cria : « Vive Mademoiselle Thuillier! » tant l'expansion d'un sentiment vrai produit d'enthousiasme.

— Messieurs, dit Phellion en lisant un papier écrit au crayon. « Au travail, à ses splendeurs, dans la personne de notre ancien camarade, devenu l'un des

---

1. La récolte de 1811 était particulièrement renommée.

maires de Paris, à Monsieur Minard et à son épouse ! »

Après cinq minutes de conversation, Thuillier [se leva et] dit :

— Messieurs, au Roi et à la famille royale !... Je n'ajoute rien, ce toast dit tout.

— A l'élection de mon frère ! dit Mlle Thuillier.

— Je vais vous faire rire, dit La Peyrade, qui ne cessait de parler à l'oreille de Flavie.

Et il se leva :

— Aux femmes ! à ce sexe enchanteur à qui nous devons tant de bonheur, sans compter nos mères, nos sœurs et nos épouses !...

Ce toast excita l'hilarité générale, et Colleville, déjà gai, cria :

— Gredin, tu m'as volé ma phrase !

Monsieur le maire se lève, le plus profond silence règne.

— Messieurs, à nos institutions ! de là vient la force et la grandeur de la France dynastique !

Les bouteilles disparaissaient au milieu d'approbations données de voisin à voisin sur la bonté surprenante, sur la finesse des liquides.

Céleste Colleville dit timidement :

— Maman, me permettez-vous de faire un toast ?...

La pauvre jeune fille avait aperçu la figure hébétée de sa marraine, oubliée, elle, la maîtresse de la maison, offrant presque l'expression du chien ne sachant à quel maître obéir, allant de la physionomie de sa terrible belle-sœur à celle de Thuillier, consultant les visages, s'oubliant elle-même ; mais la joie sur cette face d'ilote, habituée à n'être rien, à comprimer ses idées, ses sentiments, faisait l'effet d'un pâle soleil d'hiver sous une brume : elle éclairait à regret ces chairs molles et flétries. Le bonnet de gaze orné de fleurs sombres, la négligence de la coiffure, la robe couleur carmélite dont le corsage offrait pour tout ornement une grosse chaîne d'or ; tout, jusqu'à la contenance, stimula l'affection de la jeune Céleste, qui, seule au monde, connaissait la valeur de cette femme condamnée au silence et qui savait tout autour d'elle, qui souffrait de tout et qui se consolait avec elle et Dieu.

— Laissez-lui faire son petit toast, dit La Peyrade à Mme Colleville.

— Va, ma fille, s'écria Colleville; il y a le vin de l'Hermitage à boire, et il est chenu[1]!

— A ma bonne marraine! dit la jeune fille en inclinant son verre avec respect, et le lui tendant.

La pauvre femme, effarouchée, regarda, mais à travers un voile de larmes, alternativement sa sœur et son mari; mais sa position au sein de la famille était si connue, et l'hommage de l'innocence à la faiblesse avait quelque chose de si beau, que l'émotion fut générale; tous les hommes se levèrent et s'inclinèrent devant Mme Thuillier.

— Ah! Céleste, je voudrais avoir un royaume à mettre à vos pieds! lui dit Félix Phellion.

Le bon Phellion essuyait une larme, et Dutocq lui-même était attendri.

— Quelle charmante enfant! dit Mlle Thuillier en se levant et allant embrasser sa belle-sœur.

— A moi! dit Colleville en se posant en athlète. Écoutez bien! A l'amitié! — Videz vos verres! remplissez vos verres! — Bien. Aux beaux-arts! la fleur de la vie sociale. — Videz vos verres! remplissez vos verres! — A pareille fête le lendemain de l'élection!

— Qu'est-ce que cette petite bouteille?... demanda Dutocq à Mlle Thuillier.

— C'est, dit-elle, une des trois bouteilles de liqueur de Madame Amphoux[2]; la seconde est pour le mariage de Céleste, et la dernière pour le jour du baptême de son premier enfant.

---

1. Dans la vieille langue du peuple de Paris, il est vieux, excellent.
2. Liqueur réputée d'une maison de Bordeaux. La distillerie était à la Martinique, et non dans une colonie espagnole, comme semble le croire Balzac (voyez à la page suivante).

— Ma sœur a presque perdu la tête [1], dit Thuillier à Colleville.

Le dîner fut terminé par un toast porté par Thuillier, et qui lui fut soufflé par Théodose, au moment où la bouteille de malaga brilla dans les petits verres comme autant de rubis.

— Colleville, Messieurs, a bu *à l'amitié*; moi, je bois, avec ce vin généreux, *à mes amis!*...

Un hourra plein de chaleur accueillit cette sentimentalité; mais, comme dit Dutocq à Théodose :

— C'est un meurtre que de donner de pareil vin de Malaga à des gosiers du dernier ordre.

— Ah! si l'on pouvait imiter ça, bon ami! cria la mairesse en faisant retentir son verre par la manière dont elle suçait la liqueur espagnole, quelle fortune on ferait!

Zélie était arrivée à son plus haut degré d'incandescence; elle était effrayante.

— Ah! répondit Minard, la nôtre est faite!

— Votre avis, ma sœur, dit Brigitte à Mme Thuillier, est-il de prendre le thé dans la salle?...

Mme Thuillier se leva.

---

1. Thuillier a déjà dit la même chose peu de temps auparavant (voyez page 137).

XIV. — DEUX SCÈNES D'AMOUR

— Ah! vous êtes un grand sorcier, dit Flavie Colleville en acceptant le bras de La Peyrade pour passer de la salle à manger au salon.

— Et je ne tiens, lui répondit-il, à ensorceler que vous; et, croyez-moi, c'est une revanche que je prends : vous êtes devenue aujourd'hui plus ravissante que jamais!

— Thuillier, reprit-elle pour éviter le combat, Thuillier qui se croit un homme politique!

— Mais, chère, dans le monde, la moitié des ridicules sont le fruit de conspirations de ce genre; l'homme n'est pas si coupable en ce genre qu'on le pense. Dans combien de familles ne voyez-vous pas le mari, les enfants, les amis de la maison, persuader à une mère très sotte qu'elle a de l'esprit, à une mère de quarante-cinq ans qu'elle est belle et jeune?... De là des travers inconcevables pour les indifférents. Tel homme doit sa fatuité puante à l'idolâtrie d'une maîtresse, et sa fatuité de rimailleur à ceux qui furent payés pour lui faire accroire qu'il était un grand poète[1]. Chaque famille a un grand homme, et il en résulte, comme à la Chambre, une obscurité générale avec tous les flambeaux de France... Eh bien! les gens d'esprit rient entre eux, voilà tout. Vous êtes l'esprit et la beauté de ce petit monde bourgeois; voilà ce qui m'a fait vous

---

1. Cette tirade de psychologie générale fait songer à Molière, que Balzac a pris comme modèle - mais peut-être au *Misanthrope* plus qu'à *Tartuffe*. Toutefois l'allusion à la mère de quarante-cinq ans peut paraître surprenante devant Flavie qui en a quarante-deux.

vouer un culte ; mais ma seconde pensée a été de vous
tirer de là, car je vous aime sincèrement ; et plus d'amitié
que d'amour, quoiqu'il se soit glissé beaucoup d'amour,
ajouta-t-il en la pressant sur son cœur à la faveur de
l'embrasure où il l'avait conduite.

— Madame Phellion tiendra le piano, dit Colleville ;
il faut que tout danse aujourd'hui : les bouteilles,
les pièces de vingt sous de Brigitte, et nos petites
filles ! Je vais aller chercher ma clarinette.

Et il remit sa tasse de café vide à sa femme, en souriant de la voir en bonne harmonie avec Théodose.

— Qu'avez-vous donc fait à mon mari ? demanda
Flavie à son séducteur.

— Faut-il vous dire tous nos secrets ?

— Vous ne m'aimez donc pas ? répondit-elle en le
regardant avec la sournoiserie coquette d'une femme
à peu près décidée.

— Oh ! puisque vous me dites tous les vôtres, reprit-
il en se laissant aller à cette exaltation recouverte de
gaieté provençale, si charmante et si naturelle en apparence, je ne voudrais pas vous cacher une peine dans
mon cœur...

Et il la ramena dans l'embrasure de la fenêtre, et il
lui dit souriant :

— Colleville a vu, pauvre homme, en moi l'artiste
opprimé par tous ces bourgeois, se taisant devant eux
parce qu'il serait incompris, mal jugé, chassé ; mais
il a senti la chaleur du feu sacré qui me dévore. Oui,
je suis d'ailleurs, dit-il avec un ton de conviction
profonde, artiste en parole à la manière de Berryer ;
je pourrais faire pleurer les jurés en pleurant moi-
même, car je suis nerveux comme une femme. Et alors
cet homme, à qui toute cette bourgeoisie fait horreur,
en a plaisanté avec moi ; nous avons commencé contre
eux en riant, il m'a trouvé aussi fort que lui. Je lui ai
dit le plan formé de faire quelque chose de Thuillier,
et je lui ai fait entrevoir tout le parti qu'il tirerait
d'un mannequin politique : « Ne fût-ce, lui ai-je dit,

que pour devenir Monsieur *de* Colleville, et mettre
votre charmante femme où je voudrais la voir, dans
une bonne recette générale, où vous devriez vous faire
nommer député ; car, pour devenir tout ce que vous
devez être, il vous suffira d'aller huit ans dans les Hautes
ou dans les Basses-Alpes, dans un trou de ville où tout
le monde vous aimera, où votre femme séduira tout
le monde... Et ceci, lui ai-je dit, ne vous manquera
pas, surtout si vous donnez votre chère Céleste à un
homme capable d'être influent à la Chambre... » La
raison, traduite en plaisanterie, a la vertu de pénétrer
ainsi plus avant qu'elle ne le ferait toute seule chez
certains caractères : aussi, Colleville et moi sommes-
nous les meilleurs amis du monde [1]. Ne m'a-t-il pas
dit à table : « Gredin, tu m'as volé ma phrase ! » Ce
soir, nous serons à tu et à toi... Puis une petite partie
fine, où les artistes, mis au régime de ménage, se com-
promettent toujours, et où je l'entraînerai, nous rendra
tout aussi sérieusement amis et peut-être plus qu'il
ne l'est avec Thuillier, car je lui ai dit que Thuillier
crèverait de jalousie en lui voyant sa rosette... Et
voilà, ma chère adorée, ce qu'un sentiment profond
donne le courage de produire ! Ne faut-il pas que
Colleville m'adopte, que je puisse être chez vous de
son aveu ?... Mais, voyez-vous, vous me feriez lécher
des lépreux, avaler des crapauds vivants, séduire
Brigitte ; oui, j'empalerais mon cœur de ce grand
piquet-là, s'il fallait m'en servir comme d'une béquille
pour me traîner à vos genoux !

— Ce matin, dit-elle, vous m'avez effrayée...

— Et, ce soir, vous êtes rassurée ?... Oui, dit-il, il
ne vous arrivera jamais rien de mal avec moi.

— Ah ! vous êtes, je l'avoue, un homme bien
extraordinaire !...

---

1. Le lecteur a vu effectivement l'hypocrite à l'œuvre avec Flavie,
Thuillier, Phellion, puis enfin Minard. Il n'a pas assisté à la scène de
la séduction de Colleville, qui est ici remplacée par un récit de Théodose
fait à la demande de Flavie.

— Mais non; les plus petits, comme les plus grands efforts, sont les reflets de la flamme que vous avez allumée, et je veux être votre gendre, pour que nous ne puissions jamais nous quitter... Ma femme, hé! mon Dieu, ce ne peut être qu'une machine à enfants; mais l'être sublime, la divinité, ce sera toi, lui glissa-t-il dans l'oreille [1].

— Vous êtes Satan! lui dit-elle avec une sorte de terreur.

— Non, je suis un peu poète, comme tous les gens de mon pays. Allons! soyez ma Joséphine!... J'irai vous voir demain, à deux heures et j'ai le désir le plus ardent de savoir où vous dormez, les meubles qui vous servent, la couleur des étoffes, comment sont disposées les choses autour de vous, d'admirer la perle dans sa coquille!...

Et il s'éloigna fort habilement sur cette parole, sans vouloir entendre la réponse.

Flavie, pour qui, dans toute sa vie, l'amour n'avait jamais pris le langage passionné du roman, resta saisie, mais heureuse, le cœur palpitant, et se disant qu'il était bien difficile d'échapper à une pareille influence. Pour la première fois, Théodose avait mis un pantalon neuf, des bas de soie gris et des escarpins, un gilet de soie noire et une cravate de satin noir, sur les nœuds de laquelle brillait une épingle choisie avec goût. Il portait un habit neuf, à la nouvelle mode, et des gants jaunes relevés par le blanc des manchettes; il était le seul homme qui eût des manières, un maintien, au milieu de ce salon que les invités remplissaient insensiblement.

Mme Pron, née Barniol, était arrivée avec deux pensionnaires de chacune dix-sept ans, confiées à ses soins maternels par des familles qui demeuraient à Bourbon et à la Martinique. M. Pron, professeur de rhétorique dans un collège dirigé par des prêtres,

---

1. Sur Flavie et Théodose, voyez plus haut, page 89 et la note.

appartenait à la classe des Phellion; mais, au lieu d'être en surface, de s'étaler en phrases, en démonstrations, de toujours poser en exemple, il était sec et sentencieux. M. et Mme Pron, les fleurs du salon Phellion, recevaient les lundis; ils s'étaient liés très étroitement par les Barniol avec les Phellion, Quoique professeur, le petit Pron dansait. La grande renommée de l'institution Lagrave, à laquelle M. et Mme Phellion avaient été, pendant vingt ans, attachés, s'était encore accrue sous la direction de Mlle Barniol, la plus habile et la plus ancienne des sous-maîtresses. Pron jouissait d'une grande influence dans la portion du quartier circonscrite par le boulevard de Montparnasse, le Luxembourg et la route de Sèvres. Aussi, dès qu'il vit son ami, Phellion, sans avoir besoin d'avis, le prit-il par le bras, pour aller l'initier, dans un coin, à la conspiration Thuillier, et, après dix minutes de conversation, ils vinrent tous les deux chercher Thuillier, et l'embrasure de la fenêtre opposée à celle où restait Flavie entendit sans doute un trio digne, dans son genre, de celui des trois Suisses dans *Guillaume Tell* [1].

— Voyez-vous, vint dire Théodose à Flavie, l'honnête et pur Phellion intrigant!... Donnez une raison à l'homme probe, et il patauge très bien dans les stipulations les plus sales; car, enfin, il raccroche le petit Pron, et Pron emboîte le pas, uniquement dans l'intérêt de Félix Phellion, qui tient en ce moment votre petite Céleste... Allez donc les séparer... Il y a dix minutes qu'ils sont ensemble, et que le fils Minard tourne autour d'eux comme un bouledogue irrité.

Félix, encore sous le coup de la profonde émotion que lui avait fait éprouver l'action généreuse et le cri parti du cœur de Céleste, quand personne, excepté Mme Thuillier, n'y pensait plus, eut une de ces finesses

---

1. L'opéra de Rossini avait été représenté pour la première fois en 1829.

ingénues qui sont l'honnête charlatanisme de l'amour vrai; mais il n'en était pas coutumier : les mathématiques lui donnaient des distractions. Il alla près de Mme Thuillier, imaginant bien que Mme Thuillier attirerait Céleste auprès d'elle, profond calcul [d'une] profonde passion. [Elle en] sut d'autant plus de gré à Félix, que l'avocat Minard, qui ne voyait en elle qu'une dot, n'eut pas cette inspiration soudaine et buvait son café tout en causant politique avec Laudigeois, qu'on trouva dans le salon avec M. Barniol et Dutocq, par ordre de son père, qui pensait au renouvellement de la législature de 1842.

— Qui n'aimerait pas Céleste! dit Félix à Mme Thuillier.

— Pauvre chère petite, il n'y a qu'elle au monde qui m'aime! répondit l'ilote en retenant ses larmes.

— Eh! Madame, nous sommes deux à vous aimer, reprit le candide Mathieu[1] en riant.

— Que dites-vous donc là? vint demander Céleste à sa marraine.

— Mon enfant, répondit la pieuse victime en attirant sa filleule, et en la baisant au front, il dit que vous êtes deux à m'aimer...

— Ne vous fâchez pas de cette prédiction, Mademoiselle! dit tout bas le futur candidat de l'Académie des Sciences, et laissez-moi tout faire pour le réaliser!... Tenez, je suis fait ainsi: l'injustice me révolte profondément!... Oh! que le Sauveur des hommes a eu raison de promettre l'avenir aux cœurs doux, aux agneaux immolés!... Un homme qui ne vous aurait qu'aimée, Céleste, vous adorerait après votre sublime élan, à table! Mais à l'innocence seule de consoler le martyr!.. Vous êtes une bonne jeune fille, et vous serez une de

---

1. Il semble que Balzac veuille ici comparer Félix, qui prévoit le moment où il sera le gendre de Mme Thuillier (voyez un peu plus bas), au célèbre astrologue Mathieu Laensberg sous le nom duquel paraissait depuis des siècles un almanach populaire.

ces femmes qui sont à la fois la gloire et le bonheur d'une famille. Heureux qui vous plaira !

— Chère marraine, de quels yeux M. Félix me voit-il donc?...

— Il t'apprécie, mon petit ange, et je prierai Dieu pour vous...

— Si vous saviez combien je suis heureux que mon père puisse rendre service à M. Thuillier,... et comme je voudrais être utile à votre frère !...

— Enfin, dit Céleste, vous aimez toute la famille?

— Eh ! oui, répondit Félix.

L'amour véritable s'enveloppe toujours des mystères de la pudeur, même dans son expression, car il se prouve par lui-même; il ne sent pas la nécessité, comme l'amour faux, d'allumer un incendie, et un observateur, s'il avait pu s'en glisser un dans le salon Thuillier, aurait fait un livre en comparant les deux scènes, et voyant les énormes préparations de Théodose et la simplicité de Félix: l'un était la nature, l'autre était la société; le vrai et le faux en présence. En apercevant, en effet, sa fille ravie, exhalant son âme par tous les pores de son visage, et belle comme une jeune fille cueillant les premières roses d'une déclaration indirecte, Flavie eut un mouvement de jalousie au cœur, elle vint à Céleste et lui dit à l'oreille:

— Vous ne vous conduisez pas bien, ma fille, tout le monde vous observe, et vous vous compromettez à causer aussi longtemps seule avec M. Félix, sans savoir si cela nous convient.

— Mais, maman, ma marraine est là.

— Ah ! pardon ! chère amie, dit Mme Colleville, je ne vous voyais pas...

— Vous faites comme tout le monde, répliqua le saint Jean-Bouche d'Or [1].

Cette phrase piqua Mme Colleville, qui la reçut

---

1. La belle parleuse. Mme Thuillier est *Chrysostome* en toute innocence.

comme une flèche barbelée; elle jeta sur Félix un regard de hauteur et dit à Céleste: « Viens t'asseoir là, ma fille, » en s'asseyant elle-même auprès de Mme Thuillier, et désignant une chaise à côté d'elle à sa fille.

— Je me tuerai de travail, dit-il alors à Mme Thuillier, ou je deviendrai membre de l'Académie des Sciences, pour obtenir sa main à force de gloire.

— Ah! se dit à elle-même la pauvre femme, il m'aurait fallu quelque savant tranquille et doux comme lui!... Je me serais lentement développée à la faveur d'une vie à l'ombre... Mon Dieu, tu ne l'as pas voulu; mais réunis et protège ces deux enfants! ils sont faits l'un pour l'autre.

Et elle resta pensive en écoutant le bruit du sabbat que faisait sa belle-sœur, un vrai cheval à l'ouvrage, et qui, prêtant la main à ses deux [servantes], desservait la table, enlevait tout dans la salle à manger, afin de la livrer aux danseurs et aux danseuses, vociférant comme un capitaine de frégate sur un banc de quart en se préparant à une attaque: « Avez-vous encore du sirop de groseilles? Allez acheter de l'orgeat! » ou: « Il n'y a pas beaucoup de verres, peu d'eau rougie, et prenez les six bouteilles de vin ordinaire que je viens de monter. Prenez garde à ce que Coffinet, le portier, n'en prenne! Caroline, ma fille, reste au buffet! Vous aurez une langue de jambon, dans le cas où l'on danserait encore à une heure du matin. Pas de gaspillage! ayez l'œil à tout. Passez-moi le balai... mettez de l'huile dans les lampes... et surtout ne faites pas de malheurs... vous arrangerez les restes du dessert, afin de parer le buffet!... Voyez si ma sœur viendra nous aider! Je ne sais pas à quoi elle pense, cette lendore-là [1]... Mon Dieu! qu'elle est lente!... Bah! ôtez les chaises, ils auront plus de place. »

Le salon était plein des Barniol, des Colleville, des Laudigeois, des Phellion et de tous ceux que le bruit

---

1. Vieux mot. Personne lente et qui a l'air endormie.

d'une sauterie chez les Thuillier, répandu dans le Luxembourg entre deux et quatre heures, moment où la bourgeoisie du quartier se promène, avait attirés.

— Etes-vous prête, ma fille? dit Colleville en faisant irruption dans la salle à manger; il est neuf heures, et ils sont serrés comme des harengs dans votre salon. Cardot, sa femme, son fils, sa fille et son futur gendre viennent d'arriver, accompagnés du jeune substitut Vinet, et le faubourg Saint-Antoine débouche en ce moment. Nous allons passer le piano du salon ici, hein?

Et il donna le signal en essayant sa clarinette, dont les joyeux canards furent accueillis par un hourra dans le salon.

Il est assez inutile de peindre un bal de cette espèce. Les toilettes, les figures, les conversations, tout y fut en harmonie avec un détail qui doit suffire aux imaginations les moins rigides, car, en toute chose, un seul fait sert de cachet par sa couleur et son caractère[1]. On passait sur des plateaux décolorés par places, dévernis, des verres communs pleins de vin pur, d'eau rougie et d'eau sucrée[2]. Les plateaux où se voyaient des verres d'orgeat, des verres de sirop, s'absentaient fréquemment. Il y eut cinq tables de jeux, vingt-cinq

---

1. Balzac précise ici sa théorie de l'unité harmonique dont les éléments se répondent, par celle du détail significatif. Voyez l'Introduction, pages xxiv et xxv.

2. Des réceptions comme celle-ci, avec la description qu'elles comportent, étaient devenues l'un des thèmes courants de la peinture de mœurs. On trouve par exemple des détails analogues dans *Une soirée dans la petite propriété* : « On donnera de l'eau sucrée ou de l'eau pure à la volonté des personnes qui auront soif, et puis on fera circuler une grosse brioche que l'on aura soin de couper en petits morceaux. On allumera les deux lampes (la petite propriété ne peut pas encore aborder la Carcel); enfin il y aura des flambeaux avec la bougie de l'Étoile pour les tables à jeu et le piano, mais on aura grand soin de ne les allumer que lorsqu'ils seront indispensables, et on ne manquera pas de les souffler aussitôt qu'ils ne seront plus en activité de service. » *La Grande Ville,* Paris, Maresq, 1844, tome I, page 68.

joueurs! dix-huit danseurs et danseuses! A une heure du matin, on entraîna Mme Thuillier, Mlle Brigitte et Mme Phellion, ainsi que Phellion père, dans les extravagances d'une contredanse vulgairement appelée la *Boulangère*, et où Dutocq figura la tête voilée, à la façon des Kabyles[1]! Les domestiques qui attendaient leurs maîtres et ceux de la maison firent galerie, et, comme cette interminable contredanse dura une heure, on voulut porter Brigitte en triomphe quand elle annonça son souper; mais elle entrevit la nécessité de cacher douze bouteilles de vieux vin de Bourgogne. On s'amusait tant, les matrones comme les jeunes filles, que Thuillier trouva le moyen de dire:

— Eh bien! ce matin, nous ne savions guère que nous aurions une pareille fête ce jour!...

— On n'a jamais plus de plaisir, dit le notaire Cardot, que dans ces sortes de bals improvisés. Ne me parlez pas de ces réunions où chacun vient gourmé!...

Cette opinion constitue un axiome dans la bourgeoisie.

— Ah bah! dit Mme Minard, moi, j'aime bien papa, j'aime bien maman[2]...

— Nous ne disons pas cela pour vous, Madame, chez qui le plaisir a fait élection de domicile, dit Dutocq.

La *Boulangère* finie, Théodose arracha Dutocq au buffet, où il prenait une tranche de langue et lui dit:

— Allons-nous-en, car il faut que nous soyons demain au petit jour chez Cérizet, pour avoir tous les renseignements sur l'affaire à laquelle nous penserons l'un et l'autre, car elle n'est pas si facile que Cérizet le croit.

— Et comment? dit Dutocq en venant manger son morceau de la langue dans le salon.

---

1. La longue et difficile pacification de l'Algérie avait rendu familier en France ce facile exotisme.

2. C'est-à-dire, semble-t-il : les bals improvisés sont agréables, mais les bals officiels (comme en donnent les Minard, voyez plus haut page 46) ne sont pas nécessairement moins réussis. On notera ci-dessous que Dutocq parle en jargon de greffier.

— Mais vous ne connaissez donc pas les lois?... J'en sais assez pour être au fait des périls de l'affaire. Si le notaire veut la maison, et que nous la lui soufflions, il a la ressource de la surenchère pour nous la reprendre, et il pourra se mettre dans la peau d'un créancier inscrit. Dans la législation actuelle du régime hypothécaire, quand une maison se vend à la requête d'un des créanciers, si le prix qu'on en retire par l'adjudication ne suffit pas à payer tous les créanciers, ils ont le droit de surenchérir [1]; et le notaire, une fois pris, se ravisera.

— C'est juste! dit Dutocq. Eh bien! nous irons voir Cérizet.

Ces mots: « Nous irons voir Cérizet » furent entendus par l'avocat Minard, qui suivait immédiatement les deux associés; mais ils n'avaient aucun sens pour lui. Ces deux hommes étaient si loin de lui, de sa voie et de ses projets, qu'il les écouta sans les entendre.

— Voilà l'une des plus belles journées de notre vie, dit Brigitte quand elle se trouva seule avec son frère, à deux heures et demie du matin, dans le salon désert; quelle gloire, que d'être ainsi choisi par ses concitoyens!

— Ne t'y trompe pas, Brigitte, nous devons tout cela, mon enfant, à un homme...

— A qui?

— A notre ami La Peyrade.

---

1. Cette faculté de surenchère, qui va jouer un grand rôle dans la suite du roman, est en effet stipulée par le *Code civil* (cas de vente volontaire, article 2185). Toutefois elle est ouverte à tous en cas de vente forcée (loi du 2 juin 1841), ce qui semblerait être ici le cas, si Balzac ne précisait plus bas, page 170, que « l'on vend sur publications volontaires » : l'article 2185 s'applique donc.

XV. — LE BANQUIER DES PAUVRES

La maison vers laquelle allèrent non pas le lendemain
lundi, mais le surlendemain mardi, Dutocq et Théodose,
à qui le greffier fit observer que Cérizet s'absentait le
dimanche et le lundi, en profitant de l'absence totale de
pratiques pendant ces deux jours, consacrés par le
peuple à la débauche; cette maison est un des traits
de la physionomie du faubourg Saint-Jacques [1],
tout aussi important que la maison de Thuillier ou celle
de Phellion. On ne sait pas (il est vrai que l'on n'a pas
encore nommé de commission pour étudier ce phénomène), on ne sait ni comment ni pourquoi les quartiers de Paris se dégradent et s'encanaillent, au moral
comme au physique; comment le séjour de la Cour et
de l'Église, le Luxembourg et le Quartier Latin deviennent ce qu'ils sont aujourd'hui, malgré l'un des plus
beaux palais du monde, malgré l'audacieuse coupole
Sainte-Geneviève [2], celle de Mansard au Val-de-Grâce,
et les charmes du Jardin des Plantes! pourquoi l'élégance de la vie s'en va; comment les maisons Vauquer [3],
les maisons Phellion, les maisons Thuillier pullulent,
avec les pensionnats, sur les palais des Stuarts, des

---

1. Ici encore, Balzac est à la recherche de l'élément caractéristique
permettant de reconstituer l'ensemble. Voyez l'Introduction, page XXIV.
2. Le palais du Luxembourg et la coupole du Panthéon.
3. Dans *Le Père Goriot,* la pension Vauquer, rue Neuve-Sainte-
Geneviève (aujourd'hui rue Tournefort).

cardinaux Mignon, Duperron [1], et pourquoi la boue, de
sales industries et la misère s'emparent d'une montagne,
au lieu de s'étaler loin de la vieille et noble ville?...
Une fois mort l'ange dont la bienfaisance planait sur
ce quartier, l'usure de bas étage était accourue. Au
conseiller Popinot [2] succédait un Cérizet; et chose étrange, bonne à étudier d'ailleurs, l'effet produit, socialement
parlant, ne différait guère. Popinot prêtait sans intérêt
et savait perdre; Cérizet ne perdait rien et forçait les
malheureux à bien travailler, à devenir sages. Les
pauvres adoraient Popinot, mais ils ne haïssaient pas
Cérizet [3]. Ici fonctionne le dernier rouage de la finance
parisienne. En haut, la maison Nucingen, les Keller,
les Du Tillet, les Mongenod; un peu plus bas, les Palma,
les Gigonnet, les Gobseck; encore plus bas, les Sama-
non, les Chaboisseau, les Barbet; puis enfin, après le
Mont-de-Piété, cette reine de l'usure, qui tend ses
lacets au coin des rues pour étrangler toutes les misères
et n'en pas manquer une, un Cérizet [4]!
   La redingote à brandebourgs doit vous annoncer le

---

1. La maison connue sous le nom d'Hôtel des Stuarts était située
8 rue Saint-Hyacinthe (sur cette rue, voyez plus haut, page 44, note 1).
Je n'ai pu trouver à quel édifice songe Balzac quand il parle du palais
du cardinal Mignon - à moins qu'il ne désigne ainsi ce qui était en
fait l'ancien collège fondé au XIVe siècle par Jean Mignon, archi-
diacre de Chartres. Quant au cardinal Du Perron, nommé en 1606
archevêque de Sens, il habita dès lors et jusqu'à sa mort, en 1618,
l'Hôtel de Sens : cette belle demeure était en 1840 louée à une entreprise de roulage qui lui fit subir des dommages irréparables.
   2. Il a déjà été question à plusieurs reprises de ce héros de *l'Interdiction* et de sa bienfaisance. Voyez en particulier pages 115, 119 et 133.
   3. Sur le plan de la sociologie positive où Balzac a l'audace de se
placer, Popinot et Cérizet ont à peu près le même rôle, et inspirent
parfois les mêmes sentiments (voyez page 156).
   4. L'institution du Mont-de-Piété était alors très critiquée (voyez
plus haut, page 106, note 1, et plus bas, pages 159 et 160). Ce palmarès de
la finance balzacienne est loin d'être complet ; ni Couture, dont le nom
est cité dans *Les Petits Bourgeois,* ni Claparon, qui y joue un rôle, ne
sont mentionnés.

taudis de cet échappé de la commandite et de la sixième chambre [1].

C'était une maison dévorée par le salpêtre, et dont les murs portaient des taches vertes, ressuaient, puaient comme le visage de ces hommes [?], sise d'ailleurs au coin de la rue des Poules et garnie d'un marchand de vin de la dernière espèce, à boutique peinte en gros rouge vif, décorée de rideaux en calicot rouge, garnie d'un comptoir de plomb, armée de barreaux formidables.

Au-dessus de la porte, se balançait un affreux réverbère sur lequel on lisait: *Hôtel garni*. Les murs étaient sillonnés de croix en fer qui attestaient le peu de solidité de l'immeuble, appartenant d'ailleurs au marchand de vin; il en habitait la moitié du rez-de-chaussée et l'entresol. Mme Veuve Poiret (née Michonneau) [2] tenait l'hôtel garni, qui se composait du premier, du second et du troisième étage et où logeaient les plus malheureux étudiants.

Cérizet y occupait une pièce au rez-de-chaussée et une pièce à l'entresol, où il montait par un escalier intérieur, éclairé sur une horrible cour dallée d'où il s'élevait des odeurs méphitiques. Cérizet donnait quarante francs par mois, pour dîner et déjeuner, à la Veuve Poiret; il s'était ainsi concilié l'hôtesse en se faisant son pensionnaire, et le marchand de vin en lui procurant une vente énorme, un débit de liqueurs, des bénéfices réalisés avant le lever du soleil [3]. Le comptoir du sieur Cadenet s'ouvrait avant celui de Cérizet, qui commençait ses opérations le mardi, vers trois

---

1. La redingote de Cérizet suffisait à caractériser le personnage. Voici maintenant un second élément : son logement. On constate une fois de plus, en vertu du même système, que ces deux éléments sont en harmonie (voyez l'Introduction, page XXIV).

2. Après avoir livré Vautrin à la police et touché la prime (voyez *Le Père Goriot*), Mlle Michonneau avait épousé un autre pensionnaire de la Maison Vauquer, Poiret, qui était mort par la suite.

3. Les admirables lithographies de Traviès peuvent nous aider à nous représenter le personnage de Cérizet aussi bien que l'atmosphère du débit de Cadenet (planches I et III).

heures du matin en été, vers cinq heures en hiver. L'heure de la grande Halle, où se rendaient beaucoup de ses clients et clientes, déterminait celle de son affreux commerce. Aussi le sieur Cadenet, en considération de cette clientèle entièrement due à Cérizet, ne lui louait-il les deux pièces que quatre-vingts francs par an, et souscrivit-il un bail de douze ans que Cérizet seul avait le droit de rompre, sans indemnité, de trois mois en trois mois. Cadenet apportait tous les jours lui-même une bonne et excellente bouteille de vin pour le dîner de son précieux locataire, et, quand Cérizet était à sec, il n'avait qu'à dire à son ami : « Cadenet, prête-moi donc cent écus » pour les avoir ; mais il les lui rendait toujours fidèlement.

Cadenet eut, dit-on, la preuve que la Veuve Poiret avait confié deux mille francs à Cérizet, ce qui pourrait expliquer la progression de ses affaires depuis le jour où il s'était établi dans le quartier avec un dernier billet de mille francs, et la protection de Dutocq. Cadenet, animé d'une cupidité que le succès accroissait, avait proposé, depuis le commencement de l'année, une vingtaine de mille francs à son ami Cérizet, que Cérizet refusa, sous prétexte qu'il courait des chances dont les malheurs seraient une cause de brouille avec des associés.

— Il ne pouvait que les prendre à six pour cent, et, dit-il à Cadenet, vous faites mieux que cela dans votre partie... Associons-nous plus tard pour une affaire sérieuse ; mais une bonne occasion vaut au moins une cinquantaine de mille francs, et, quand vous aurez cette somme, eh bien ! nous causerons...

Cérizet avait apporté l'affaire de la maison à Théodose, après avoir reconnu qu'entre eux trois, Mme Poiret, Cadenet et lui, jamais ils ne pourraient réunir cent mille francs.

Le prêteur à la petite semaine était donc excessivement en sûreté dans ce bouge, et il eût au besoin trouvé main-forte. Par certaines matinées, il n'y avait pas moins de soixante à quatre-vingts personnes, tant

hommes que femmes, soit chez le marchand de vin,
soit dans le corridor, assis sur les marches de l'escalier,
soit dans le bureau, où le défiant Cérizet n'admettait
pas plus de six personnes à la fois. Les premiers arrivés
retenaient leur tour, et, comme chacun ne passait
qu'à son numéro, le marchand de vin ou son garçon
numérotaient les hommes à leurs chapeaux et les
femmes au dos.

On se vendait, comme les fiacres sur la place, des
numéros de tête pour des numéros de queue. Par
certains jours où les affaires à la Halle voulaient de la
prestesse, un numéro de tête s'achetait un verre d'eau-
de-vie et un sou. Les numéros sortants appelaient les
suivants dans le cabinet de Cérizet, et, [s']il s'élevait
des disputes, Cadenet mettait le holà en disant:

— Quand vous ferez venir la garde et la police, en
serez-vous plus avancés? *Il* fermera boutique.

Il était le nom de Cérizet. Quand, dans la journée,
une malheureuse femme au désespoir, sans pain chez
elle et voyant ses enfants pâlis, venait emprunter dix
ou vingt sous:

— Y est-*il* ? était son mot au marchand de vin ou à
son premier garçon.

Cadenet, gros homme court, habillé de bleu, à
manches de dessus en étoffe noire, à tablier de marchand de vin, la casquette sur la tête, semblait un
ange à ces pauvres mères quand il répondait :

— *Il* m'a dit que vous étiez une honnête femme, et
m'a dit de vous donner quarante sous. Vous savez ce
que vous aurez à faire...

Et, chose incroyable, *il* était béni! béni comme on
bénissait jadis Popinot.

On maudissait Cérizet le dimanche matin, en réglant
les comptes; on le maudissait dans tout Paris le samedi,
quand on travaillait afin de lui rendre la somme
prêtée et l'intérêt! Mais il était la Providence, il était
Dieu, du mardi au vendredi de chaque semaine.

La pièce où il se tenait, jadis la cuisine du premier

étage [1], était nue; les solives du plancher, blanchies
à la chaux, portaient les traces de la fumée. Les
murailles, le long desquelles il avait mis des bancs,
les pavés de grès qui formaient le parquet gardaient
et rendaient tour à tour l'humidité. La cheminée,
dont la hotte était restée, avait été remplacée par un
poêle en fer où Cérizet brûlait de la houille quand il
faisait froid. Sous cette hotte s'étendait un plancher
exhaussé d'un demi-pied, d'une toise carrée, où se
trouvaient une table valant vingt sous et un fauteuil
en bois sur lequel il y avait un rond en cuir vert.
Derrière lui, Cérizet avait fait garnir la muraille en
planches de bateau. Puis il était entouré d'un petit
paravent en bois blanc pour le garantir des vents du
côté de la fenêtre et du côté de la porte; mais ce
paravent, composé de deux feuilles, le laissait recevoir
la chaleur du poêle. La fenêtre avait à l'intérieur
d'énormes volets doublés de tôle et maintenus par
une barre. La porte se recommandait d'ailleurs par
une armature du même genre.

Au fond de cette pièce, dans un angle, tournait sur
lui-même un escalier venu de quelque magasin démoli,
racheté rue Chapon par Cadenet, qui l'avait fait ajuster
en supprimant, dans le plancher de l'entresol, toute
communication avec le premier étage, et Cérizet exigea
que la porte de l'entresol donnant sur le palier fût
mûrée. Ce domicile était donc une forteresse. En haut,
la chambre de cet homme avait pour tout mobilier
un tapis acheté vingt francs, un lit de pensionnaire,
une commode, deux chaises, un fauteuil et une caisse
en fer en façon de secrétaire, d'un excellent serrurier,
acquise d'occasion. Il se faisait la barbe devant la

---

1. C'est semble-t-il du *rez-de-chaussée* qu'il faut lire, si l'on tient compte
des précisions données plus haut, page 154, et ci-dessous. D'autre
part, le parquet est en pavés de grès, ce qui ne convient pas à un premier étage. Les *solives* sont celles du plancher de l'étage supérieur :
ce sont les poutres apparentes du plafond de la pièce ici décrite.

glace de la cheminée; il possédait deux paires de draps en calicot, six chemises en percale et le reste à l'avenant. Une fois ou deux, Cadenet vit Cérizet habillé comme peuvent l'être les élégants; il cachait donc, dans le dernier tiroir de sa commode, un déguisement complet avec lequel il pouvait aller à l'Opéra, voire dans le monde, et ne pas être reconnu, car, sans la voix, Cadenet lui eût demandé : « Qu'y a-t-il pour votre service? [1] »

Ce qui plaisait le plus en cet homme *à ses pratiques*, était sa jovialité, ses reparties; il parlait leur langage. Cadenet, ses deux garçons et Cérizet, vivant au sein des plus affreuses misères, conservaient le calme du croquemort avec les héritiers, de vieux sergents de la Garde au milieu des morts; ils ne gémissaient pas plus en écoutant les cris de la faim, du désespoir, que les chirurgiens ne gémissent en entendant leurs patients dans les hôpitaux, et ils disaient, comme les soldats et les aides, ces paroles insignifiantes :

— Ayez de la patience, un peu de courage! A quoi sert de se désoler? Quand vous vous tuerez, après?... On se fait à tout; un peu de raison, etc.

Quoique Cérizet eût la précaution de cacher l'argent nécessaire à son opération de la matinée dans un double fond de son fauteuil et sur lequel il s'asseyait, de ne prendre que cent francs à la fois, qu'il mettait dans les goussets de son pantalon, et de ne puiser à sa réserve qu'entre deux fournées en tenant sa porte fermée et ne la rouvrant qu'après avoir visité ses goussets, il n'avait rien à craindre des différents désespoirs venus de tous les côtés à ce rendez-vous d'argent. Certaine-ment, il existe bien des manières d'être probe ou ver-

---

1. Cérizet, on l'a vu, a été acteur (plus haut, page 99 et note 2). On le verra plus loin se déguiser pour aller chez Poupillier (page 233). Ce que ces transformations suggèrent de mystère et d'aventure con-vient à la vision de Paris qui nous est donnée par ailleurs.

tueux, et la *Monographie de la vertu* [1] n'a pas d'autre base que cet axiome social. L'homme manque à sa conscience, il manque ostensiblement à la délicatesse, il forfait à cette fleur de l'honneur qui, perdue, n'est pas encore la déconsidération générale; il manque enfin à l'honneur, il ne va pas encore à la police Correctionnelle; voleur, il n'est pas [encore] justiciable de la cour d'Assises; enfin, après la cour d'Assises, il peut être honoré dans le bagne en y apportant l'espèce de probité que les scélérats ont entre eux, et qui consiste à ne pas se dénoncer, à partager loyalement, à courir les mêmes dangers [2]. Eh bien! cette dernière probité, qui peut-être est un calcul, une nécessité, dont la pratique offre encore des chances de grandeur à l'homme et de retour au bien, régnait absolument entre Cérizet et ses pratiques. Jamais Cérizet ne commettait d'erreurs, ni ses pauvres non plus : on ne se niait rien réciproquement, ni capital, ni intérêts. Plusieurs fois, Cérizet, qui d'ailleurs sortait du peuple, avait rectifié d'une semaine sur l'autre une erreur involontaire au profit d'une malheureuse famille qui ne s'en était pas aperçue. Aussi passait-il pour un chien, mais un chien honnête; sa parole, au milieu de cette cité dolente, était sacrée. Une femme mourut, lui emportant trente francs :

— Voilà mes profits! dit-il à son assemblée, et vous hurlez après moi. Cependant, je ne tourmenterai pas des mioches!... Et Cadenet leur a porté du pain et de la piquette.

Depuis ce trait, habile calcul d'ailleurs, on disait de lui dans les deux faubourgs :

— Ce n'est pas un méchant homme!...

Le prêt à la petite semaine, entendu comme l'entendait Cérizet, n'est pas, toute proportion gardée, une

---

1. *Un ouvrage dans le genre de la* Physiologie du mariage, *dans lequel l'auteur travaille depuis 1833, époque à laquelle il fut annoncé.* (Note de Balzac.) Cet ouvrage, on le sait, n'a jamais paru.

2. Balzac définit ici la *loi du milieu*.

plaie aussi cruelle que celle du Mont-de-Piété. Cérizet donnait dix francs le mardi, sous la condition d'en recevoir douze le dimanche matin. En cinq semaines, il doublait ses capitaux, mais il y avait bien des transactions. Sa bonté consistait à ne retrouver de temps en temps que onze francs cinquante centimes; on lui redevait des intérêts. Quand il donnait cinquante francs pour soixante à un petit fruitier, ou cent francs pour cent vingt à un marchand de mottes, il courait des risques.

En arrivant par la rue des Postes [1] à la rue des Poules, Théodose et Dutocq aperçurent un rassemblement d'hommes et de femmes, et, à la clarté que les quinquets du marchand de vin y jetaient, ils furent effrayés en voyant cette masse de figures rouges, lézardées, grimées [2], sérieuses de souffrance, flétries, ébouriffées, chauves, grasses de vin, maigries par les liqueurs, les unes menaçantes, les autres résignées, celles-ci goguenardes, celles-là spirituelles, d'autres hébétées, qui s'élevaient sur ces terribles haillons que le dessinateur ne surpasse jamais, même dans ses plus extravagantes fantaisies.

— Je serai reconnu! dit Théodose en entraînant Dutocq; nous avons fait une sottise de venir le prendre au milieu de ses fonctions...

— D'autant plus que nous ne songeons pas que Claparon est couché dans son taudis [3], dont l'intérieur ne nous est pas connu. Tenez, il y a des inconvénients pour vous, il n'y en a pas pour moi, je puis avoir à causer avec mon expéditionnaire, et je vais aller lui dire de venir dîner — car il y a audience aujourd'hui, nous ne pouvons pas déjeuner — à la *Chaumière*, dans un des cabinets du jardin [4]...

---

1. Aujourd'hui la rue Lhomond. C'est en effet le plus court chemin pour aller de la rue Royer-Collard à la rue Laromiguière.
2. Ridées, fripées (de l'italien *grimo;* voyez plus haut, page 112).
3. Voyez plus haut, page 98.
4. *Le Jardin de la Chaumière,* ou *Les Montagnes Suisses,* 28 boulevard Montparnasse, était un lieu de divertissement, en même temps qu'un café et un restaurant.

— Mauvais; on peut être écouté sans s'en apercevoir, répondit l'avocat; j'aime mieux le *Petit Rocher-de-Cancale*: on se met dans un cabinet et l'on parle bas [1].

— Et si vous êtes vu avec Cérizet?

— Eh bien! allons au *Cheval-Rouge*, quai de la Tournelle [2].

— Cela vaut mieux; à sept heures, nous ne trouverons plus personne.

Dutocq s'avança donc tout seul au milieu de ce congrès de gueux, et il entendit son nom répété par la foule, car il était difficile qu'il ne rencontrât pas quelque justiciable, comme Théodose y eût rencontré des clients.

Dans ces quartiers, le juge de paix est le tribunal suprême, et toutes les contestations y meurent, surtout depuis la loi qui a rendu leur compétence souveraine dans les affaires où la valeur du litige ne s'élève pas à plus de cent quarante francs. On fit passage au greffier, non moins redouté que le juge de paix. Il vit sur l'escalier des femmes assises sur des marches : horrible étalage, semblable à ces fleurs disposées en gradins et parmi lesquelles il y en avait de jeunes, de pâles, de souffrantes; la diversité de couleurs, des fichus, des bonnets, des robes et des tabliers rendait la comparaison peut-être plus exacte que ne doit l'être une comparaison [3]. Dutocq fut presque asphyxié quand il ouvrit la porte de la pièce où déjà soixante personnes avaient passé, laissant leurs odeurs.

— Votre numéro? le numéro? crièrent toutes les voix.

---

1. *Le Petit Rocher de Cancale,* non loin de Saint-Germain-des-Prés, avait des prix plus abordables que le grand restaurant auquel il avait pris son nom (voyez plus loin, page 224).

2. Situé presque en face du pont de la Tournelle, *Le Cheval Rouge* tenait plus de l'auberge que du restaurant. « C'était un hangar au fond d'une cour, entre un puits et un magasin de futailles vides. » Balzac voulut en faire le siège de sa société secrète à la manière des Treize (Gozlan, *Balzac en pantoufles,* chapitre XVI).

3. Exactitude matérielle, mais des fleurs n'évoquent pas la misère ou la souffrance, et ne sauraient constituer un *horrible étalage*.

— Taisez vos becs ! cria une voix enrouée de la rue, c'est la plume de la justice de paix.

Le plus profond silence régna. Dutocq trouva son expéditionnaire vêtu d'un gilet de peau jaune comme les gants de la gendarmerie, et Cérizet portait là-dessous un ignoble gilet de laine tricotée. On peut imaginer cette figure malade sortant d'une pareille gaîne, et couverte d'un mauvais madras qui, laissant voir le front, le cou sans cheveux, restituait à cette tête son caractère à la fois hideux et menaçant [1], surtout à la lueur d'une chandelle des douze à la livre.

— Ça ne peut aller comme ça, papa Lantimèche [2], dizait Cérizet à un grand vieillard qui paraissait avoir soixante-dix ans et qui restait devant lui, son bonnet de laine rouge à la main, montrant une tête sans cheveux, une poitrine à poils blancs à travers son méchant bourgeron ; mettez-moi au fait de ce que vous voulez entreprendre ! Cent francs, même à la condition d'en rendre cent [vingt], ça ne se lâche pas comme un chien dans une église...

Les cinq autres pratiques, parmi lesquelles se trouvaient deux femmes, toutes deux nourrices, l'une tricotant, l'autre allaitant, éclatèrent de rire.

En voyant Dutocq, Cérizet se leva respectueusement et alla vivement à sa rencontre en ajoutant :

— Vous avez le temps de faire vos réflexions; car voyez-vous, ça m'inquiète, une somme de cent francs demandée par un vieux compagnon serrurier.

— Mais s'il s'agit d'une invention ?... s'écria le vieil ouvrier.

— Une invention et cent francs !... Vous ne connais-

---

1. De même dans *Le Père Goriot,* lors de l'arrestation, le chef de la police, en faisant sauter la perruque qui la couvrait, « rendit à la tête de Collin toute son horreur » (Pléiade, tome II, page 1013).

2. Dutocq se souvient du héros d'un court recueil, *Le père Lantimèche ou Paris en caricature* par L. H. H., Paris, 1805. Cité par F. Lotte, Pléiade, tome XI, page 1210.

sez pas les lois ; il faut deux mille francs, dit Dutocq ;
il faut un brevet, il faut des protections...

— C'est vrai, dit Cérizet, qui comptait bien sur des
hasards de ce genre ; tenez, papa Lantimèche, venez
demain matin, à six heures, nous causerons : on ne
parle pas invention en compagnie...

Et Cérizet écouta Dutocq, dont le premier mot fut :

— Si c'est bon, part à nous deux !...

— Pourquoi donc vous êtes-vous levé si matin pour
venir me dire cela ? demanda le défiant Cérizet, déjà
fâché du *Part à nous deux* [1] ! Vous m'auriez bien vu au
greffe.

Et il regarda Dutocq en coulisse, qui, tout en lui
disant la vérité, parlant de Claparon et de la nécessité
d'aller vivement dans l'affaire de Théodose, parut
s'entortiller. Puis il sortit après lui avoir donné le
rendez-vous.

— Vous m'auriez toujours vu ce matin au greffe,...
répondit Cérizet en reconduisant Dutocq jusqu'à la
porte.

— En voilà un, se dit-il en reprenant sa place, qui me
semble avoir soufflé sa lanterne pour que je n'y voie
plus clair... Eh bien ! nous lâcherons notre place
d'expéditionnaire... Ah ! vous, ma petite mère ! s'écria-
t-il ; vous inventez des enfants... C'est amusant, quoique
le tour soit bien connu !

---

1. Il est convenu que Cérizet partage avec Dutocq, dont il est le
lévrier (plus haut, page 97) ; mais l'usurier préférerait garder pour lui
les affaires imprévues qui ne sont pas strictement de son commerce,
comme celle de Papa Lantimèche et, plus loin, celle de Mme Cardinal
(page 226).

XVI. — COMMENT BRIGITTE
FUT CONQUISE

Il est d'autant plus inutile de raconter l'entrevue des trois associés, que les dispositions convenues furent la base des confidences de Théodose à Mlle Thuillier; mais il est nécessaire de faire observer que l'habileté déployée par La Peyrade épouvanta presque Cérizet et Dutocq. Dès cette conférence, le banquier des pauvres eut en germe dans sa conscience l'idée de tirer son épingle du jeu, quand il se trouvait en compagnie de joueurs si forts. Gagner la partie à tout prix et l'emporter sur les plus habiles, fût-ce par une friponnerie, est une inspiration de la vanité particulière aux amis du tapis vert. De là vint le terrible coup que La Peyrade devait recevoir.

Il connaissait d'ailleurs ses deux associés; aussi, malgré la perpétuelle contention de ses forces intellectuelles, malgré les soins continuels que voulait son personnage à dix faces, rien ne le fatiguait-il plus que son rôle avec ses deux complices. Dutocq était un grand fourbe, et Cérizet avait joué jadis la comédie; ils se connaissaient en grimaces. Une figure immobile, à la Talleyrand, les eût fait rompre avec le Provençal, qui se trouvait dans leurs griffes, et il devait avoir une aisance, une confiance, un jeu franc, qui certes est le comble de l'art. Faire illusion au parterre est un triomphe de tous les jours, mais tromper Mlle Mars,

Frédérick Lemaître, Potier, Talma, Monrose [1], est
le comble de l'art [2].

Cette conférence eut donc pour résultat de donner
à La Peyrade, aussi sagace que Cérizet, une peur secrète
qui, pendant la dernière période de cette immense
partie, lui embrasa le sang, lui chauffa le cœur, par
moment, au point de le mettre dans l'état morbide du
joueur suivant de l'œil la roulette quand il a risqué
son dernier enjeu. Les sens ont alors une lucidité
dans leur action, l'intelligence prend une portée pour
laquelle la science humaine n'a point de mesures [3].

Le lendemain de cette conférence, il vint dîner avec
les Thuillier; et, sous le vulgaire prétexte d'une visite
à faire à Mme de Saint-Fondrille, la femme de l'illustre
savant [4], avec laquelle il voulait se lier, Thuillier emmena sa femme et laissa Théodose avec Brigitte. Ni
Thuillier, ni sa sœur, ni Théodose, n'étaient les dupes
de cette comédie, et le vieux beau de l'Empire appelait
du nom de diplomatie cette manœuvre.

— Jeune homme, n'abuse pas de l'innocence de
ma sœur, respecte-la, dit solennellement Thuillier
avant de partir.

---

1. On connaît Talma, le grand tragédien de l'Empire. Potier,
acteur comique, eut du succès, sous l'Empire et surtout la Restauration,
aux Variétés et à la Porte Saint-Martin; il était mort en 1838. Monrose
est également un acteur comique en vogue sous la Restauration;
il était sociétaire de la Comédie Française. Mlle Mars, fille de l'acteur
Boutet de Monvel (plus haut, page 60), est, on le sait, la plus grande
comédienne de l'époque de Balzac. Quant à Frédérick Lemaître,
le prodigieux créateur du drame et du mélodrame romantiques, c'est
lui qui avait joué *Vautrin* en 1840; «Frédérick a été sublime», écrivait
Balzac, qui avait pour lui beaucoup d'amitié et d'admiration.

2. Voyez l'Introduction, page VI.

3. Par cette analyse de l'état d'exaltation où se trouve Théodose,
Balzac s'engage à donner aussitôt des preuves surprenantes du génie
de son hypocrite, et le rythme de l'action s'accélère.

4. Saint-Wandrille, Des Fongerilles, Saint-Fondrille, puis enfin
Marmus de Saint-Leu sont les noms successifs du héros d'*Entre
savants,* roman inachevé. Il habitait en effet rue Duguay-Trouin,
près du Luxembourg (Pléiade, tome X, page 1105.)

— Avez-vous, Mademoiselle, dit Théodose en rapprochant son fauteuil de la bergère où tricotait Brigitte, avez-vous pensé à mettre le commerce de l'arrondissement dans les intérêts de Thuillier?...

— Et comment? dit-elle.

— Mais vous êtes en relations d'affaires avec Barbet et Métivier.

— Ah! vous avez raison! Nom d'un petit rien[1]! vous n'êtes pas gauche! dit-elle après une pause.

— Quand on aime les gens, on les sert! répondit-il sentencieusement et à distance.

Séduire Brigitte était, dans cette longue bataille entamée depuis deux ans, comme emporter la grande redoute à la Moskowa, le point culminant[2]. Mais il fallait occuper cette fille, comme le diable fut censé, dans le Moyen-Age, occuper les gens, et de manière à rendre chez elle tout réveil impossible. Depuis trois jours, La Peyrade se mesurait avec sa tâche, et il en avait fait le tour pour en reconnaître les difficultés. La flatterie, ce moyen infaillible entre des mains habiles, échouait sur une fille qui, depuis longtemps, se savait sans aucune beauté. Mais l'homme de volonté ne trouve rien d'inexpugnable, et les Lamarque sauront toujours emporter Caprée[3]. Aussi, doit-on ne rien omettre de la mémorable scène qui se passa ce soir-là; tout a sa valeur, les temps de repos, les yeux baissés, les regards, les inflexions de voix.

— Mais, répondit Brigitte, vous nous avez déjà prouvé que vous nous aimiez beaucoup...

---

1. Variante familière et adoucissement du juron.

2. Souvenir de la bataille de Borodino, sur la Moskova, qui, le 7 septembre 1812, ouvrit la route de Moscou. La prise de la Grande Redoute, au centre des positions russes, était restée célèbre.

3. Le général Lamarque (voyez plus haut, page 50, une allusion aux troubles dont ses funérailles furent l'occasion) s'empara en 1808 de l'île de Capri ou Caprée, occupée par les Anglais, après une escalade que la configuration des lieux semblait rendre impossible. Ce fait d'armes a vivement impressionné Balzac (voyez *La Duchesse de Langeais;* Pléiade, tome V, page 249; éd. P.-G. Castex, page 343).

— Votre frère vous a parlé?...

— Non, il a dit seulement que vous aviez à me parler...

— Oui, Mademoiselle, car vous êtes l'homme de la famille; mais, en y réfléchissant bien, j'ai trouvé beaucoup de périls pour moi dans cette affaire, on ne se compromet ainsi que pour ses proches... Il s'agit de toute une fortune, trente à quarante mille francs de rentes, et pas la moindre spéculation... un immeuble!... La nécessité de donner une fortune à Thuillier m'avait abusé tout d'abord... Cela fascine, comme je lui ai dit... car à moins d'être un imbécile, on se demande: « Pourquoi nous veut-il tant de bien? » Et, comme je lui ai dit, donc : en travaillant pour lui, je me suis flatté de travailler pour moi-même. S'il veut être député, deux choses sont absolument nécessaires: payer le cens et faire recommander son nom par une sorte de célébrité. Si je pousse le dévouement jusqu'à penser à l'aider à composer un livre sur le crédit public, sur n'importe quoi,... je devais tout aussi bien songer à sa fortune... Et il serait absurde à vous de lui donner cette maison-ci...

— Pour mon frère!... Mais je la lui mettrais demain à son nom... s'écria Brigitte; vous ne me connaissez pas...

— Je ne vous connais pas tout entière, dit La Peyrade, mais je sais de vous des choses qui m'ont fait regretter de ne pas vous avoir tout dit dans l'origine, au moment où j'ai conçu le plan auquel Thuillier devra sa nomination. Il aura des jaloux le lendemain! et il aura certes une rude tâche; il faut les confondre, ôter tout prétexte à ses rivaux!

— Mais l'affaire... dit Brigitte, en quoi consistent les difficultés?

— Mademoiselle, les difficultés viennent de ma conscience... et je ne vous servirai certes pas en ceci sans avoir consulté mon confesseur... Quant au monde, oh! l'affaire est parfaitement légale, et je suis, vous le com-

prenez, moi, l'un des avocats inscrits au tableau, membre d'une compagnie assez rigide, et je suis incapable
de proposer une affaire qui donnerait lieu à du blâme...
Mon excuse sera d'abord de ne pas en retirer un liard...

Brigitte était sur le gril; elle avait le visage en feu,
cassait sa laine, la renouait, et ne savait quelle contenance tenir.

— On n'a pas, dit-elle, aujourd'hui, quarante mille
francs de rentes en immeubles à moins de un million
huit cent mille francs...

— Eh! je vous garantis que vous verrez l'immeuble,
que vous en estimerez le revenu probable, et que je
peux en rendre Thuillier propriétaire avec cinquante
mille francs.

— Eh bien! si vous nous faisiez obtenir cela, s'écria
Brigitte, arrivée au plus haut point d'irritation sous la
tourmente de sa cupidité soulevée, allez, mon cher
Monsieur Théodose...

Elle s'arrêta.

— Eh bien! Mademoiselle?

— Vous auriez travaillé pour vous, peut-être.

— Ah! si Thuillier vous a dit mon secret, je quitte
la maison.

Brigitte leva la tête.

— Il vous a dit que j'aimais Céleste?

— Non, foi d'honnête fille! s'écria Brigitte; mais
j'allais vous parler d'elle.

— Me l'offrir!... Oh! que Dieu nous pardonne, je ne
veux la devoir qu'à elle-même, à ses parents, ou faire
choisir... Non, je ne veux de vous que votre bienveillance, votre protection... Promettez-moi, comme
Thuillier, pour prix de mes services, votre influence,
votre amitié; dites-moi que vous me traiterez comme
un fils... Et alors, je vous consulterai... J'en passerai
par votre décision, je ne parlerai pas à mon confesseur.
Tenez, je l'ai vu, depuis deux ans que j'observe la
famille où je voudrais porter mon nom, et doter de
mon énergie... car j'arriverai!... Eh bien! vous avez

une probité de l'ancien temps, une judiciaire droite et inflexible... Vous avez la connaissance des affaires, et l'on aime ces qualités-là près de soi... Avec une belle-mère de votre force, je trouverais la vie intérieure débarrassée d'une foule de détails de fortune qui nous barrent le chemin en politique, dès qu'il faut s'en occuper... Je vous ai vraiment admirée dimanche soir... Ah! vous avez été belle! Avez-vous remué tout ça! Dans dix minutes, je crois, la salle à manger a été libre... Et, sans sortir de chez vous, vous avez trouvé tout ce qu'il fallait pour les rafraîchissements, pour le souper... « Voilà, disais-je en moi-même, une maîtresse femme!... »

Les narines de Brigitte se dilatèrent, elle respira les paroles du jeune avocat; et il la regarda par un coup d'œil en coulisse, afin de jouir de son triomphe. Il avait touché la corde sensible.

— Ah! dit-elle, je suis habituée au ménage, ça me connaît!...

— Interroger une conscience nette et pure! reprit Théodose, ah! cela me suffit.

Il était debout, il reprit sa place et dit:

— Voilà notre affaire, ma chère tante... car vous serez un peu ma tante...

— Taisez-vous, mauvais sujet!... dit Brigitte, et parlez...

— Je vais vous dire tout crûment les choses, et remarquez que je me compromets en vous les disant, car je dois ces secrets-là, voyez-vous, à ma position d'avocat... Ainsi, figurez-vous que nous commettons ensemble une espèce de crime de lèse-cabinet! Un notaire de Paris s'est associé avec un architecte, et ils ont acheté des terrains, ils ont bâti dessus; il y a dans ce moment-ci une dégringolade;... ils se sont trompés dans leurs calculs;... ne nous occupons pas de tout ça... Parmi les maisons que leur compagnie illicite, car les notaires ne doivent pas faire d'affaires, a bâties, il y en a une qui, n'étant pas achevée, éprouve une si grande dépréciation, qu'elle sera mise à prix à cent mille francs, quoique le terrain et la construction aient coûté quatre cent mille francs. Comme il n'y a que des intérieurs à faire, et que rien n'est plus facile à évaluer; que, d'ailleurs, ces choses-là sont prêtes chez les entrepreneurs, qui les donneraient à meilleur marché, la somme à dépenser ne dépassera pas cinquante mille francs. Or, par sa position, la maison rapportera plus de quarante mille francs, impôts payés. Elle est toute en pierre de taille, les murs de refend en moellons; la façade est couverte des plus riches sculptures, on y a dépensé plus de vingt mille francs; les fenêtres sont en glaces, avec des ferrures à nouveau système, dit *crémone*.

— Eh bien! en quoi consiste la difficulté?

— Oh! la voici: le notaire s'est réservé cette part dans le gâteau qu'il abandonne, et il est, sous le nom de ses amis, l'un des prêteurs qui regardent vendre l'immeuble par le syndic de la faillite: on n'a pas poursuivi, cela coûterait trop cher, l'on vend sur publications volontaires; or, ce notaire s'est adressé pour acquérir à l'un de mes clients en lui demandant son nom; mon client est un pauvre diable, et il m'a dit: « Il y a là une fortune, en la soufflant au notaire... »

— Dans le commerce, cela se fait!... dit vivement Brigitte.

— S'il n'y avait que cette difficulté, reprit Théodose, ce serait, comme disait un de mes amis à un de ses élèves, qui se plaignait de la peine que présentent les chefs-d'œuvre à faire en peinture: « Ah! mon petit, si ça n'était pas ainsi, les laquais en feraient! » Mais, Mademoiselle, si l'on attrape cet affreux notaire, qui, croyez-le bien, mérite d'être attrapé, car il a compromis bien des fortunes particulières; comme c'est un homme très fin, quoique notaire, il sera peut-être très difficile de le pincer deux fois. Quand on achète un immeuble, si ceux qui ont prêté de l'argent dessus ne sont pas contents de le perdre par l'insuffisance du prix, ils ont la faculté, dans un certain délai, de surenchérir, en offrant plus et en gardant l'immeuble pour soi. Si l'on ne peut pas abuser cet abuseur jusqu'à l'expiration du délai donné pour surenchérir, il faut substituer une nouvelle ruse à la première. Mais cette affaire est-elle bien légale?... Peut-on la conduire au profit de la famille où l'on désire entrer ?... Voilà ce que depuis trois jours je me demande...

Brigitte, il faut l'avouer, hésitait, et Théodose mit alors en avant sa dernière ressource.

— Prenez la nuit pour réflexion; demain, nous en causerons...

— Écoutez, mon petit, dit Brigitte en regardant l'avocat d'un air presque amoureux, avant tout il faudrait voir la maison. Où est-elle?

— Aux environs de la Madeleine! ce sera le cœur de Paris dans dix ans! Et, si vous saviez, on pensait à ces terrains-là dès 1819! La fortune de Du Tillet le banquier vient de là... La fameuse faillite du notaire Roguin, qui porta tant d'effroi dans Paris et un si grand coup à la considération de ce corps, qui a entraîné le célèbre parfumeur Birotteau, n'a pas eu d'autre cause; ils spéculaient un peu trop tôt sur ces terrains-là [1].

— Je me souviens de cela, répondit Brigitte.

— La maison pourra, sans aucun doute, être terminée à la fin de cette année, et les locations commenceront vers le milieu de l'an prochain.

— Pouvons-nous y aller demain?

— Belle tante, je suis à vos ordres.

— Ah çà! ne me nommez jamais ainsi devant le monde... Quant à l'affaire, reprit-elle, on ne peut avoir d'avis qu'après avoir vu la maison...

— Elle a six étages, neuf fenêtres de façade, une belle cour, quatre boutiques, et elle occupe un coin... Oh! le notaire s'y connaît, allez! Mais vienne un événe-

---

1. Voyez plus haut, page 98 et note 6.

ment politique, et les rentes, toutes les affaires tombent.
A votre place, moi, je vendrais tout ce que possède
Mme Thuillier et tout ce que vous possédez dans
les fonds, pour acheter à Thuillier ce bel immeuble,
et je referais la fortune à cette pauvre dévote avec les
futures économies... Les rentes peuvent-elles aller
plus haut qu'elles le sont aujourd'hui, cent vingt-
deux! c'est fabuleux; il faut se hâter.

Brigitte se léchait les lèvres; elle apercevait le moyen
de garder ses capitaux et d'enrichir son frère aux dépens de Mme Thuillier.

— Mon frère a bien raison, dit-elle à Théodose, vous
êtes un homme rare, et vous irez loin...

— Il marchera devant moi! répondit Théodose avec
une naïveté qui toucha la vieille fille.

— Vous [se]rez de la famille, dit-elle.

— Il y aura des obstacles, reprit Théodose; Mme
Thuillier est un peu folle, elle ne m'aime guère.

— Ah! je voudrais bien voir ça!... s'écria Brigitte.
Faisons l'affaire, reprit-elle, si elle est faisable; laissez-
moi vos intérêts entre les mains.

— Thuillier, membre du conseil général, riche d'un
immeuble loué quarante mille francs au moins, ayant
la décoration, publiant un ouvrage politique, grave,
sérieux... sera député lors du renouvellement de 1842.
Mais, entre nous, ma petite tante, on ne peut se dévouer
à ce point qu'à son vrai beau-père...

— Vous avez raison.

— Si je n'ai pas de fortune, j'aurai doublé la vôtre;
et, si cette affaire se fait discrètement, j'en chercherai
d'autres...

— Tant que je n'aurai pas vu la maison, dit Mlle
Thuillier, je ne puis me prononcer sur rien...

— Eh bien! prenez demain une voiture, et allons;
j'aurai, demain matin, un billet pour voir l'immeuble...

— A demain, vers les midi, répondit Brigitte en
tendant la main à Théodose pour qu'il y topât; mais il y

déposa le baiser le plus tendre et le plus respectueux à la fois que jamais Brigitte eût reçu.

— Adieu, mon enfant! dit-elle quand il fut à la porte [1].

Elle sonna vivement une de ses domestiques, et, quand elle se montra:

— Joséphine, allez sur-le-champ chez Mme Colleville, et dites-lui de venir me parler.

Un quart d'heure après, Flavie entrait dans le salon où Brigitte se promenait en proie à une agitation effrayante.

— Ma petite, il s'agit de me rendre un grand service et qui concerne notre chère Céleste... Vous connaissez Tullia, la danseuse de l'Opéra; j'en ai eu les oreilles rompues par mon frère, dans un temps...

— Oui, ma chère; mais elle n'est plus danseuse, elle est Madame la comtesse Du Bruel. Son mari n'est-il pas pair de France?

— Vous aime-t-elle encore?

— Nous ne nous voyons plus...

— Eh bien! moi, je sais que Chaffaroux, le riche entrepreneur, est son oncle... dit la vieille fille. Il est vieux, il est riche [2]; allez voir votre ancienne amie, et obtenez d'elle un mot pour son oncle par lequel elle lui dira que ce serait lui rendre le plus éminent service, à elle, que de donner des conseils d'ami sur une affaire pour laquelle il sera consulté par vous, et nous l'irons prendre chez lui demain, à une heure. Mais que la nièce

---

1. La grande scène de la séduction de Brigitte a été si bien préparée dans les pages qui la précèdent, qu'il ne s'y trouve aucun élément véritablement nouveau. Théodose, avec l'habileté qu'on lui connaît, joue à merveille, comme on pouvait s'y attendre, de la psychologie de Brigitte, dont les ressorts ont déjà été étudiés. C'est donc ici avant tout une mise en œuvre dramatique, qui marque le passage à l'action.

2. Si l'on en croit la chronologie d'*Un prince de la bohème,* Chaffaroux est mort en 1837 et a laissé alors une grosse fortune à sa nièce (Pléiade, tome VI, page 850). Balzac a oublié qu'il avait tué son personnage trois ans avant l'époque où se déroule l'action des *Petits Bourgeois.*

recommande le plus profond secret à l'oncle ! Allez,
mon enfant ! Céleste, notre chère fille, sera millionnaire,
et elle aura de ma main, entendez-vous, un mari qui
la mettra sur le pinacle.

— Voulez-vous que je vous dise la première lettre
de son nom ?

— Dites...

— Théodose de La Peyrade [1] ! Vous avez raison.
C'est un homme qui, soutenu par une femme comme
vous, peut devenir ministre !...

— C'est Dieu qui nous l'a mis dans notre maison !
s'écria la vieille fille.

En ce moment, M. et Mme Thuillier rentrèrent.

---

1. Même jeu, en particulier dans *Un homme d'affaires* : « Et la première lettre de son nom est Maxime de Trailles, dit La Palférine ».
Pléiade, tome VI, page 806.

XVII. — LE RÈGNE DE THÉODOSE

Cinq jours après, dans le mois d'avril, l'ordonnance qui convoquait les électeurs pour nommer le membre du conseil municipal, le 20 de ce mois, fut insérée au *Moniteur* et placardée dans Paris. Depuis un mois, le ministère dit du 1ᵉʳ mars fonctionnait[1]. Brigitte était de la plus charmante humeur ; elle avait reconnu la vérité des assertions de Théodose. La maison, visitée de fond en comble par le vieux Chaffaroux, fut reconnue par lui pour être un chef-d'œuvre de construction ; le pauvre Grindot, l'architecte intéressé dans les affaires du notaire et de Claparon, crut travailler pour lui ; l'oncle de Mme Du Bruel imagina qu'il s'agissait des intérêts de sa nièce, et il dit qu'avec trente mille francs il terminerait la maison. Aussi, depuis une semaine, La Peyrade était-il le Dieu de Brigitte ; elle lui prouvait par les arguments les plus naïvement improbes qu'il fallait saisir la fortune quand elle se présentait.

— Eh bien ! s'il y a là-dedans quelque péché, lui disait-elle au milieu du jardin, vous vous en confesserez.

— Allons, mon ami, s'écria Thuillier, que diable ! on se doit à ses parents...

— Je m'y déciderai, répondit La Peyrade d'une voix émue, mais aux conditions que je vais poser. Je ne veux pas, en épousant Céleste, être taxé d'avidité, de cupi-

---

1. Après la chute du ministère Soult, à cause du refus de la dotation pour le duc de Nemours (voyez plus haut, page 61), Thiers avait constitué, le 1ᵉʳ mars 1840, le nouveau ministère.

dité... Si vous me donnez des remords, faites au moins
que je reste ce que je suis aux yeux du public. Ne donne
à Céleste, toi, mon vieux Thuillier, que la nue-propriété
de la maison que je vais te faire avoir...

— C'est juste...

— Ne vous dépouillez pas, reprit Théodose, et que
ma chère petite tante se comporte de même au contrat.
Mettez le reste des capitaux disponibles au nom de
Mme Thuillier sur le Grand-Livre, et elle fera ce qu'elle
voudra. Nous vivrons ainsi en famille, et moi je me
charge de faire ma fortune, une fois que je serai sans
inquiétude sur l'avenir.

— Ça me va, s'écria Thuillier. Voilà le discours
d'un honnête homme.

— Laissez-moi vous embrasser sur le front, mon
petit, s'écria la vieille fille; mais, comme il faut une
dot, nous ferons soixante mille francs à Céleste.

— Pour sa toilette, dit La Peyrade.

— Nous sommes tous trois gens d'honneur, s'écria
Thuillier. C'est dit, vous nous faites faire l'affaire de la
maison, nous écrirons ensemble mon ouvrage politique, et vous vous remuerez pour m'obtenir la décoration...

— Ce sera, comme vous serez conseiller municipal,
le 1er mai! Seulement, bon ami, gardez-moi, vous aussi,
petite tante, le plus profond secret, et n'écoutez pas
les calomnies qui m'assassineront, lorsque tous ceux
que je vais jouer se retourneront contre moi... Je
deviendrai, voyez-vous, un va-nu-pieds, un fripon,
un homme dangereux, un jésuite, un ambitieux, un
capteur de fortunes... Entendrez-vous ces accusations
avec calme?...

— Soyez tranquille, dit Brigitte.

A compter de ce jour, Thuillier devint *bon ami*. Bon
ami fut le nom que lui donnait Théodose, avec des
inflexions de voix d'une variété de tendresse à étonner
Flavie. Mais *petite tante*, le nom qui flattait tant Brigitte,
ne se disait qu'entre les Thuillier, à l'oreille devant le

monde, et quelquefois pour Flavie. L'activité de Théodose et de Dutocq, de Cérizet, de Barbet, de Métivier, des Minard, des Phellion, des Laudigeois, de Colleville, de Pron, de Barniol, de leurs amis, fut excessive. Grands et petits mettaient la main à l'œuvre. Cadenet procura trente voix dans sa section; il écrivit pour sept électeurs qui ne savaient que faire leur croix. Le 30 avril, Thuillier fut proclamé membre du conseil général du département de la Seine, à la plus imposante majorité, car il ne s'en fallut que de soixante voix qu'il eût l'unanimité. Le 1ᵉʳ mai, Thuillier se joignit au corps municipal pour aller aux Tuileries féliciter le Roi le jour de sa fête, et il en revint radieux! Il avait pénétré là sur les pas de Minard.

Dix jours après, une affiche jaune annonçait la vente sur publications volontaires de la maison, sur une mise à prix de soixante-quinze mille francs; l'adjudication définitive devait avoir lieu vers la fin de juillet. A ce sujet, il y eut entre Claparon et Cérizet une convention par laquelle Cérizet assura la somme de quinze mille francs, en paroles, bien entendu, à Claparon, au cas où il abuserait le notaire au-delà du délai fixé pour une surenchère. Mlle Thuillier, prévenue par Théodose, adhéra pleinement à cette clause secrète, en comprenant qu'il fallait payer les fauteurs de cette infâme trahison[1]. La somme devait passer par les mains du digne avocat. Claparon eut, au milieu de la nuit, sur la place de l'Observatoire, un rendez-vous avec son complice le notaire, dont la charge, quoique mise en vente par une décision de

---

1. Balzac tient à démontrer que la probité des bourgeois est seulement le respect de la légalité qui garantit leurs droits. L'honnêteté pour eux consiste à payer son terme (page 10). Minard a fait fortune grâce à une de ces conceptions « qui déconsidèrent le commerce français » (page 45). Brigitte laisse son avidité lui dicter « les arguments les plus naïvement improbes » (page 175). Ainsi la bourgeoisie, à condition que le bénéfice en vaille la peine et que les apparences soient sauves, est prête à tremper dans tous les « tripotages » (page 178).

la chambre de discipline des notaires de Paris, n'était pas encore vendue.

Ce jeune homme, le successeur de Léopold Hannequin, avait voulu courir à la fortune au lieu d'y marcher ; il se voyait encore un autre avenir, et il essayait de tout ménager. Dans cette entrevue, il était allé jusqu'à dix mille francs pour acheter sa sécurité dans cette sale affaire ; il ne devait les remettre à Claparon qu'après la signature d'une contre-lettre souscrite par l'acquéreur. Ce jeune homme savait que cette somme était le seul capital qui servirait à Claparon pour refaire une fortune, et il se crut sûr de lui.

— Qui, dans tout Paris, pourrait me donner une pareille commission pour une semblable affaire ? lui dit Claparon. Dormez sur vos deux oreilles ; j'aurai pour acquéreur visible un de ces hommes d'honneur, trop bêtes pour avoir des idées dans notre genre... C'est un vieil employé retiré ; vous lui donnerez les fonds pour payer, et il vous signera votre contre-lettre.

Quand le notaire eut bien laissé voir à Claparon qu'il ne pouvait avoir de lui que dix mille francs, Cérizet en offrit douze mille à son ancien associé, puis il en demanda quinze mille à Théodose, en se réservant de n'en remettre que trois mille à Claparon. Toutes ces scènes entre ces quatre hommes furent assaisonnées des plus belles paroles sur les sentiments et sur la probité ; sur ce que des hommes destinés à travailler ensemble, à se retrouver, se devaient [1]. Pendant que ces travaux sous-marins s'exécutaient au profit de Thuillier, à qui Théodose les désignait en manifestant le plus profond dégoût de tremper dans ces tripotages, les deux amis méditaient ensemble

---

1. La *loi du milieu* (plus haut, page 159) ne joue pas ici, et le lecteur a le spectacle répugnant de ces quatre ou cinq escrocs qui se trahissent et se dupent l'un l'autre au profit de Thuillier (voyez la note à la page précédente).

sur le grand ouvrage que *bon ami* devait publier, et le membre du conseil général de la Seine acquérait la conviction qu'il ne pouvait jamais rien être sans cet homme de génie, dont l'esprit l'émerveillait, dont la facilité le surprenait, en voyant chaque jour une nécessité de plus d'en faire son gendre. Aussi, depuis le mois de mai, Théodose dînait-il quatre jours sur les sept de la semaine avec *bon ami*.

Ce fut le moment où Théodose régna sans contestation dans cette famille; il avait alors l'approbation de tous les amis de la maison. Voici comment. Les Phellion, en entendant chanter les louanges de Théodose par Brigitte et par Thuillier, craignirent de désobliger ces deux puissances au moment où ces perpétuels éloges pouvaient les importuner ou paraître exagérés. Il en fut de même chez la famille Minard. D'ailleurs, la conduite de cet ami de la maison fut constamment sublime; il désarmait la défiance par la manière dont il s'effaçait; il était là comme un meuble de plus; il fit croire et aux Phellion et aux Minard qu'il avait été chiffré, pesé par Brigitte, par Thuillier, et trouvé trop léger pour jamais être autre chose qu'un bon jeune homme à qui l'on serait utile.

— Il croit peut-être, dit un jour Thuillier à Minard, que ma sœur le couchera sur son testament; il ne la connaît guère.

Ce mot, l'œuvre de Théodose, calma les inquiétudes que prit le défiant Minard.

— Il nous est dévoué, dit un jour la vieille fille à Phellion, mais il nous doit bien quelque reconnaissance : nous lui donnons ses quittances de loyer, il est nourri presque chez nous...

Cette rebiffade [1] de la vieille fille, inspirée par Théodose, redite d'oreille à oreille [*sic*] dans les familles qui hantaient le salon Thuillier, dissipa toutes les craintes, et Théodose appuya les propos échappés à

---

1. Néologisme populaire fabriqué sur *rebuffade* et *se rebiffer*.

Thuillier et à sa sœur par une servilité de pique-assiette. Au whist, il justifiait les fautes de *bon ami*. Son sourire, fixe et bénin comme celui de Mme Thuillier, était prêt pour toutes les niaiseries bourgeoises de la sœur et du frère.

Il obtint ce qu'il voulait avec le plus d'ardeur, le mépris de ses vrais antagonistes; il s'en fit un manteau pour cacher sa puissance. Il eut, pendant quatre mois, la figure engourdie d'un serpent qui digère et englutine [1] sa proie. Aussi courait-il au jardin avec Colleville ou Flavie, y rire, y déposer son masque [2], s'y reposer et se retremper en se livrant auprès de sa future belle-mère à des élans nerveux de passion dont elle était effrayée, ou qui l'attendrissaient.

— Est-ce que je ne vous fais pas pitié?... lui disait-il la veille de l'adjudication préparatoire, où Thuillier eut la maison pour soixante et quinze mille francs. Un homme comme moi, ramper à la façon des chats, retenir mes épigrammes, manger mon fiel!... et subir encore vos refus!

— Mon ami, mon enfant!... disait Flavie, un peu découragée...

Ces mots sont un thermomètre qui doit indiquer à quelle température cet habile artiste maintenait son intrigue avec Flavie. La pauvre femme flottait entre son cœur et la morale, entre la religion et la passion mystérieuse [3].

Cependant, le jeune Félix Phellion donnait, avec un dévouement et une constance dignes d'éloges, des leçons au jeune Colleville; il prodiguait ses heures,

---

1. Néologisme expressif créé, semble-t-il, à partir d'*engluer* et de *déglutir*.

2. Et en prendre un autre.

3. Sur cette ambiguïté savamment ménagée, voyez plus haut, page 89 et la note.

et il croyait travailler pour sa future famille. Pour reconnaître ces soins, et par le conseil de Théodose, on invitait le professeur à dîner les jeudis chez Colleville, et l'avocat n'y manquait jamais. Flavie faisait tantôt une bourse, tantôt des pantoufles, un porte-cigare, à l'heureux jeune homme, qui s'écriait :

— Je suis trop payé, Madame, par le bonheur que je goûte à vous être utile...

— Nous ne sommes pas riches, Monsieur, répondait Colleville ; mais, sac-à-papier ! nous ne serons pas ingrats.

Le vieux Phellion se frottait les mains en écoutant son fils au retour de ces soirées, et il voyait son cher, son noble Félix épousant Céleste !...

Néanmoins, plus elle aimait, plus Céleste devenait sérieuse et grave avec Félix, d'autant plus que sa mère l'avait vivement sermonnée un soir, en lui disant :

— Ne donnez aucune espérance au jeune Phellion, ma fille. Ni votre père ni moi ne serons les maîtres de vous marier ; vous avez des espérances à ménager ; il s'agit bien moins de plaire à un professeur sans le sou que de vous assurer l'affection de Mademoiselle Brigitte et de votre parrain. Si tu ne veux pas tuer ta mère, mon ange, oui, me tuer... obéis-moi dans cette affaire aveuglément, et mets-toi bien dans la tête que nous voulons, avant tout, ton bonheur.

Comme l'adjudication définitive était indiquée à la fin de juillet, Théodose conseilla, vers la fin de juin, à Brigitte, de se mettre en règle, et, la veille, elle vendit tous les effets publics de sa belle-sœur et les siens. La catastrophe du traité des quatre puissances, véritable insulte à la France, est un fait historique, mais il est nécessaire de rappeler que, de juillet à la fin d'août, les rentes françaises, effarouchées par la perspective d'une guerre à laquelle s'adonna un peu trop M. Thiers, tombèrent de vingt francs, et l'on vit le trois pour cent à soixante [1]. Ce ne fut pas tout : cette déroute financière influa sur les immeubles de Paris de la façon la plus fâcheuse, et tous ceux qui se trouvaient en vente se vendirent en baisse. Ces événements firent de Théodose un prophète, un homme de génie aux yeux de Brigitte et de Thuillier, à qui la maison fut définitivement adjugée au prix de soixante-quinze mille francs. Le notaire, impliqué dans ce désastre politique, et dont la charge était vendue, se vit dans la nécessité d'aller à la campagne pour quelques jours; mais il gardait sur lui les dix mille francs de Claparon. Conseillé par Théodose, Thuillier fit un forfait avec Grindot, qui crut travailler pour le notaire en achevant la maison; et, comme durant cette période les travaux étaient suspendus et que les ouvriers restaient les bras croisés, l'architecte put achever d'une manière splendide son œuvre de prédilection. Pour vingt-cinq mille francs, il dora quatre salons!...

Théodose exigea que le marché fût écrit et qu'on mît cinquante mille francs au lieu de vingt-cinq mille francs [2]. Cette acquisition décupla l'importance de Thuillier. Quant au notaire, il avait perdu la tête en présence d'événements politiques qui furent comme une trombe par une belle journée. Sûr de sa domination, fort de tant de services et tenant Thuillier par l'ouvrage qu'ils faisaient en commun, mais admiré surtout de Brigitte à cause de sa discrétion, car il n'avait jamais fait la moindre allusion à sa gêne et ne parlait point d'argent, Théodose eut un air un peu

---

1. Par un traité signé à Londres le 15 juillet 1840 - sans que la France en eût été informée - l'Angleterre, l'Autriche, la Russie et la Prusse décidèrent de régler la question turco-égyptienne et de soutenir le sultan Mahmoud contre le pacha Méhémet-Ali, dont la France était l'alliée. L'opinion française alors se déchaîna, et l'attitude de Thiers fut si belliqueuse, que son ministère, constitué le 1er mars, fut appelé plaisamment « le ministère de Mars 1er ».

2. Cette précaution, qui semble avoir été prise à tout hasard, se révélera plus tard fort utile. Voyez plus loin, page 205.

moins servile que par le passé. Brigitte et Thuillier
lui dirent :

— Rien ne peut vous ôter notre estime, vous êtes
ici comme chez vous; l'opinion de Minard et de Phellion, que vous semblez craindre, a la valeur d'une
strophe de Victor Hugo pour nous [1]. Ainsi, laissez-les
dire... levez la tête!

— Nous avons encore besoin d'eux pour la nomination de Thuillier à la Chambre! dit Théodose.
Suivez mes conseils; vous vous en trouverez bien,
n'est-ce pas? Quand vous aurez la maison bien à vous,
vous l'aurez eue pour rien, car vous pourrez acheter
du trois pour cent à soixante francs, au nom de Mme
Thuillier, de manière à la remplir de toute sa fortune...
Attendez seulement l'expiration du délai de la surenchère, et tenez-moi prêts les quinze mille francs pour
nos coquins.

Brigitte n'attendit pas : elle employa tous ses capitaux, à l'exception d'une somme de cent vingt mille
francs, et, faisant le décompte de la fortune de sa
belle-sœur, elle acheta douze mille francs de rente
dans le trois pour cent, au nom de Mme Thuillier,
pour deux cent quarante mille francs; dix mille francs
de rente, dans le même fonds, à son nom, en se pro-
mettant de ne plus se donner les soucis de l'escompte.
Elle voyait à son frère quarante mille francs de rente,
outre sa retraite; douze mille francs de rente à Mme
Thuillier, et à elle dix-huit mille francs de rente, en
tout soixante-douze mille francs par an, et le logement,
qu'elle évaluait à huit mille francs.

— Nous valons bien maintenant les Minard!...
s'écria-t-elle.

— Ne chantons pas victoire, lui dit Théodose : le
délai de la surenchère n'expire que dans huit jours.

---

1. Légère invraisemblance psychologique - n'est-ce pas Balzac qui
parle ici, et dit : « ... a la valeur d'une strophe de Victor Hugo pour
eux »?

J'ai fait vos affaires, et les miennes sont bien délabrées...

— Mon cher enfant, vous avez des amis !... s'écria Brigitte, et, s'il vous fallait vingt-cinq louis, vous les retrouveriez toujours ici !...

Théodose échangea sur cette phrase un sourire avec Thuillier, qui l'emmena dehors et lui dit :

— Excusez ma pauvre sœur, elle voit le monde par le trou d'une bouteille... Mais, si vous aviez besoin de vingt-cinq mille francs, je vous les prêterais... sur mes premiers loyers, ajouta-t-il.

— Thuillier, j'ai une corde autour du cou, s'écria Théodose. Depuis que je suis avocat, je dois des lettres de change... Mais *motus*!... dit Théodose, effrayé lui-même d'avoir laissé partir le secret de sa situation[1]. Je suis entre les pattes de coquins... je veux les rouer...

---

1. Ce secret en est encore un pour le lecteur, auquel il est révélé en même temps qu'à Thuillier, mais avec plus de détails. On connaissait déjà la complicité *sous-marine* qui unissait Théodose à Dutocq et Cérizet (plus haut, pages 70 à 73 et surtout 97 à 102), mais on ne savait pas par quel moyen ces deux hommes *tenaient* l'avocat.

XVIII. — DIABLES CONTRE DIABLES!

En disant son secret, Théodose avait eu deux motifs : éprouver Thuillier, prévenir un coup funeste qui pouvait lui être porté dans la lutte sourde et sinistre depuis longtemps prévue. Deux mots vont expliquer son horrible situation.

Au milieu de sa profonde misère, il n'y eut que Cérizet qui vint le voir dans une mansarde où, par un grand froid, il était couché, faute d'habits. Il n'avait plus qu'une chemise sur lui. Depuis trois jours, il vivait d'un pain, en en coupant des morceaux avec une certaine discrétion, et il se demandait : « Que faire ? » au moment où son ancien protecteur se montra, sortant de prison et gracié[1]. Quant aux projets que ces deux hommes firent devant un feu de cotrets, l'un enveloppé de la couverture de son hôtesse, l'autre de son infamie, il est inutile de les rapporter. Le lendemain, Cérizet, qui dans la matinée avait rencontré

---

1. Cérizet a été utile à Théodose sous le ministère Périer, au temps où il était gérant d'un journal ministériel - c'est-à-dire en 1831. Il vient de nouveau en aide au Provençal au moment où il sort de prison, c'est-à-dire fin 1832 ou début 1833, si l'on en croit les indications contenues dans *Un homme d'affaires* (Pléiade, tome VI, pages 807 à 809 ; voyez le texte cité plus haut, page 96 en note). Or Théodose n'est introduit chez les Thuillier qu'en 1837 : il y a donc un étrange intervalle de quatre années qu'il faut remplir. Balzac ne s'en soucie qu'à la page 73, quand il parle de la misère où retombe Théodose en 1834-35, ce qui va contre la chronologie qui ressort de la présente page. En fait, les années 1833 à 1837 sont télescopées en ce qui concerne Théodose et Cérizet. On notera qu'il est dit plus loin (page 226) que Cérizet « commença *le prêt* dans le quartier » en 1837.

Dutocq, apportait un pantalon, un gilet, un habit, un chapeau, des bottes, achetés au Temple [1], et il emmena Théodose pour lui donner à dîner. Le Provençal mangea, chez Pinson, rue de l'Ancienne-Comédie, la moitié d'un dîner qui coûta quarante-sept francs. Au dessert, entre deux vins, Cérizet dit à son ami :

— Veux-tu me signer pour cinquante mille francs de lettres de change en te donnant la qualité d'avocat?...

— Tu n'en ferais pas cinq mille francs... dit Théodose.

— Cela ne te regarde pas; tu les paieras intégralement; c'est notre part, à Monsieur qui te régale et à moi, dans une affaire où tu n'as rien à risquer, mais où tu auras le titre d'avocat, une belle clientèle et la main d'une fille de l'âge d'un vieux chien et riche d'au moins vingt à trente mille francs de rente. Ni Dutocq ni moi, nous ne pouvons l'épouser; nous devons t'équiper, te donner l'air d'un honnête homme, te nourrir, te loger, te mettre dans tes meubles... Donc, il nous faut des garanties. Je ne dis pas cela pour moi, je te connais, mais pour Monsieur, de qui je serai le prête-nom... Nous t'équipons en corsaire, quoi! pour faire la traite des blanches [2]. Si nous ne capturons pas cette dot-là, nous passerons à d'autres exercices... Entre nous, nous n'avons pas besoin de prendre les choses avec des pincettes, c'est clair... Nous te donnerons les instructions, car l'affaire doit être prise en longueur; il y aura du tirage, quoi!... Voilà, j'ai des timbres...

— Garçon, une plume et de l'encre! dit Théodose.

— J'aime les gens comme ça! s'écria Dutocq.

— Signe « Théodose de La Peyrade », et mets toi-même : « Avocat, rue Saint-Dominique d'Enfer », sous les mots : *Accepté pour dix mille;* car nous daterons, nous te poursuivrons, tout cela secrètement, afin

---

1. Le grand marché des vêtements d'occasion, en partie sur l'emplacement actuel du square du Temple.

2. C'est ici le thème alors banal du *corsaire* à la chasse sociale, mais c'est ici un corsaire « en commandite », qui chasse pour le compte d'autrui, et qui devra partager ses prises.

d'avoir sur toi prise de corps. Les armateurs doivent avoir leurs sûretés quand le capitaine et le brick sont en mer.

Le lendemain de sa réception, l'huissier de la justice de paix rendit le service à Cérizet de faire les poursuites en secret ; il venait le soir voir l'avocat, et tout fut mis en règle sans aucune publicité. Le Tribunal de Commerce rend cent de ces jugements-là par séance. On connaît la rigidité des règlements du conseil de l'ordre des avocats du barreau de Paris. Ce corps, et celui des avoués, exerce une discipline sévère sur ses membres. Un avocat susceptible d'aller à Clichy serait rayé du tableau [1]. Donc, Cérizet, conseillé par Dutocq, avait pris contre leur mannequin les seules mesures qui pussent leur assurer à chacun vingt-cinq mille francs dans la dot de Céleste. En signant ces titres, Théodose n'avait vu que sa vie assurée et la possibilité de faire quelque chose ; mais, à mesure que l'horizon s'éclaircissait, à mesure qu'en jouant son rôle il montait d'échelons en échelons à une position de plus en plus élevée sur l'échelle sociale, il rêvait à se débarrasser de ses deux associés. Or, en demandant vingt-cinq mille francs à Thuillier, il espérait traiter à cinquante pour cent le rachat de ses titres avec Cérizet.

Malheureusement, cette infâme spéculation [2] n'est pas un fait exceptionnel ; elle a lieu trop souvent dans Paris sous des formes plus ou moins aiguës, pour que l'historien la néglige dans une peinture exacte et complète de la société [3]. Dutocq, libertin fieffé, devait

---

1. Les poursuites étant faites et le jugement rendu, Cérizet et Dutocq disposent donc à tout moment du pouvoir de faire mettre Théodose en prison pour dettes à Clichy et de ruiner sa situation sociale - à moins que celui-ci ne puisse présenter les cinquante mille francs, plus les frais.

2. Celle à laquelle se sont livrés Dutocq et Cérizet sur la misère de Théodose.

3. Balzac, on le sait, a souvent recours à cette justification. Parmi de nombreux exemples, on peut citer celui de la dernière partie de *Splendeurs et Misères des courtisanes*, Pléiade, tome V, page 1039.

encore vingt mille francs sur sa charge, et, dans l'espérance du succès, il espérait, en termes familiers, al-
longer la courroie jusqu'à la fin de l'année 1840. Jusqu'alors, aucun de ces trois personnages n'avait bronché
ni rugi. Chacun sentait sa force et connaissait le danger.
Égale était la défiance, égale l'observation, égale
l'apparente confiance, également sombres le silence
ou le regard[1], quand de mutuels soupçons fleuris-
saient à la surface des joues ou dans le discours. Depuis
deux mois surtout, la position de Théodose acquérait
une force de fort détaché. Dutocq et Cérizet tenaient
sous leur esquif[2] un amas de poudre, et la mèche
était sans cesse allumée; mais le vent pouvait souffler
dessus et le diable pouvait noyer la poudrière.

Le moment où les animaux féroces vont prendre
leur pâture a toujours paru le plus critique, et ce
moment arrivait pour ces trois tigres affamés. Cérizet
disait parfois à Théodose, par ce regard révolutionnaire
que deux fois en ce siècle les souverains ont connu :

— Je t'ai fait roi, et je ne suis rien. C'est n'être rien
que de n'être pas tout.

Une réaction d'envie allait son train d'avalanche en
Cérizet. Dutocq se trouvait à la merci de son expéditionnaire enrichi[3]. Théodose eût voulu brûler ses
deux commanditaires et leurs papiers dans deux
incendies. Tous trois s'étudiaient trop à cacher leurs
pensées, pour ne pas les deviner. Théodose avait
une vie de trois enfers en pensant au dessous de cartes,
à son jeu et à son avenir! Son mot à Thuillier fut un
cri de désespoir[4]; il jeta la sonde dans les eaux du
bourgeois, et n'y trouva que vingt-cinq mille francs.

---

1. Le style se fait épique pour exprimer la féroce grandeur de la
lutte qui va commencer.

2. Reprise de la comparaison de Théodose avec un vaisseau corsaire.

3. Cette situation est préparée plus haut, page 163.

4. La digression sur le passé de Théodose se termine ici, et l'on
revient au secret confié à Thuillier, page 184. Le passé simple étonne
un peu; on attendrait le plus-que-parfait.

— Et, se dit-il, revenu chez lui, peut-être rien, dans un mois.

Il prit les Thuillier en une haine profonde. Mais il tenait Thuillier par un harpon entré jusqu'au fond de l'amour-propre avec l'ouvrage intitulé *De l'impôt et de l'amortissement*, où il avait coordonné les idées publiées par le *Globe* saint-simonien [1], en les colorant d'un style méridional plein de force et leur prêtant une forme systématique. Les connaissances de Thuillier sur la matière avaient beaucoup servi Théodose. Il s'assit sur cette corde [2] [?], et il résolut de combattre, avec une si pauvre base d'opération, la vanité d'un sot. Selon les caractères, c'est du granit ou du sable.

Par réflexion, il fut heureux de sa confidence.

— En me voyant lui assurer sa fortune par la remise des quinze mille francs, au moment où j'ai tant besoin d'argent, il me regardera comme le Dieu de la probité.

Voici comme Claparon et Cérizet avaient amusé le notaire l'avant-veille du jour où le délai de la surenchère expirait. Cérizet, à qui Claparon donna le mot de passe et indiqua la retraite du notaire, alla lui dire :

— Un de mes amis, Claparon, que vous connaissez, m'a prié de venir vous voir; il vous attend après-demain, avec dix mille francs, le soir, où vous savez; il a le papier que vous attendez de lui, mais je dois être présent à la remise de la somme, car il m'est dû cinq mille francs... et je vous préviens, mon cher monsieur, que le nom de la contre-lettre est en blanc.

— J'y serai, dit l'ex-notaire.

Ce pauvre diable attendit jusqu'au lever du soleil, et l'un de ses créanciers avec qui Cérizet s'entendit moyennant le partage de la créance, le fit arrêter et reçut six mille francs montant de la dette.

---

1. *Le Globe,* organe des saint-simoniens en 1831 et 1832, offrait une riche collection d'articles de fond, où s'exprimait la Doctrine.
2. Image étrange, tirée du jeu des funambules?

— Voilà mille écus[1], se dit Cérizet, pour faire décamper Claparon.

Cérizet retourna voir le notaire et lui dit :

— Claparon est un misérable, Monsieur; il a reçu quinze mille francs de l'acquéreur, qui va rester propriétaire... Menacez-le de découvrir à ses créanciers sa retraite, et d'une plainte en banqueroute frauduleuse, il vous donnera moitié.

Dans sa fureur, le notaire écrivit une lettre fulminante à Claparon. Claparon, au désespoir, craignit une arrestation, et Cérizet se chargea de lui procurer un passeport[2].

— Tu m'as fait bien des farces, Claparon, dit Cérizet; mais écoute, tu vas me juger. Je possède pour tout bien mille écus... je vais te les donner! Pars pour l'Amérique, et commence là ta fortune comme je fais la mienne ici...

Le soir, Claparon, déguisé par Cérizet en vieille femme, partit pour le Havre en diligence. Cérizet se trouvait maître des quinze mille francs exigés par Claparon, et il attendit Théodose tranquillement, sans se presser. Cet homme, d'une intelligence vraiment rare, avait, sous le nom d'un créancier d'une somme de deux mille francs, un marchandeur[3] qui ne devait pas venir en ordre utile[4], formé une surenchère, une idée de Dutocq qu'il s'était empressé de mettre à exécution[5]. Il y voyait un supplément de sept mille

---

1. Trois mille francs, soit en effet la moitié du montant de la dette du notaire envers le créancier qui l'a fait arrêter.

2. Dans ces machinations, où il fait en sorte que Claparon et le notaire s'éliminent l'un l'autre, Cérizet est bien l'*artiste en Mal* qui a été annoncé (page 95), et son génie, dans un genre un peu différent, égale celui de Théodose.

3. Balzac définit lui-même cette profession plus loin, page 204.

4. C'est dire que la somme produite par la liquidation se trouve épuisée, avant qu'on en arrive à lui, par les paiements faits aux créanciers qui ont sur lui priorité.

5. C'est en réalité Théodose qui a appris à Dutocq l'existence de cette ressource juridique (voyez plus haut, page 151). Il y a là comme une ironie du sort : c'est Théodose qui donne des armes contre soi.

francs à recevoir, et il en avait besoin pour ajuster une affaire absolument semblable à celle de Thuillier, indiquée par Claparon, que le malheur hébétait. Il s'agissait d'une maison, sise rue Geoffroy-Marie, et qui devait être vendue pour une somme de soixante mille francs. Mme Veuve Poiret lui offrait dix mille francs, le marchand de vin autant, et des billets pour dix mille francs. Ces trente mille francs, et ce qu'il allait avoir, joints à six mille francs qu'il possédait, lui permettaient de tenter la fortune, avec d'autant plus de raison que les vingt-cinq mille francs dus par Théodose lui paraissaient certains.

— Le délai de la surenchère est passé, se dit Théodose en allant prier Dutocq de faire venir Cérizet; si j'essayais de me débarrasser de ma sangsue?...

— Vous ne pouvez pas traiter de cette affaire ailleurs que chez Cérizet, puisque Claparon y est, répondit Dutocq.

Théodose alla donc, entre sept et huit heures, au taudis du banquier des pauvres, que le greffier avait prévenu le matin de la visite de leur capital-homme.

La Peyrade fut reçu par Cérizet dans l'horrible cuisine où se hachaient les misères, où cuisaient les douleurs, et où ils se promenaient dans le sens de la longueur, absolument comme deux bêtes en cage, en jouant la scène que voici [1] :

— Apportes-tu les quinze mille francs?

— Non, mais je les ai chez moi.

— Pourquoi pas dans ta poche? demanda très aigrement Cérizet.

— Tu vas le savoir, répondit l'avocat, qui, de la rue Saint-Dominique à l'Estrapade, avait pris son parti.

Ce Provençal, en se retournant sur le gril où l'avaient

---

1. La belle scène qui suit est d'autant plus théâtrale — et visiblement — que l'un des personnages est un hypocrite et que l'autre a été acteur.

mis ses deux commanditaires, eut une bonne idée qui
scintilla du sein des charbons ardents. Le péril a ses
lueurs. Il compta sur la puissance de la franchise qui
remue tout le monde, même un fourbe. On sait gré
presque toujours à un adversaire de se mettre nu jusqu'à la ceinture dans un duel.

— Bon! dit Cérizet, les farces commencent...

Ce fut un mot sinistre qui passa tout entier par le
nez en y prenant une horrible accentuation.

— Tu m'as mis dans une position magnifique, et je
ne l'oublierai jamais, mon ami, reprit Théodose avec
émotion.

— Oh! comme c'est ça!... dit Cérizet.

— Écoute-moi : tu ne te doutes pas de mes intentions?

— Oh si!... répliqua le prêteur à la petite semaine.

— Non.

— Tu ne veux pas lâcher les quinze mille...

Théodose haussa les épaules et regarda fixement
Cérizet, qui, saisi de ces deux mouvements, garda le
silence.

— Vivrais-tu dans ma position, en te sachant sous
un canon chargé à mitraille, sans éprouver le désir
d'en finir?... Écoute-moi bien. Tu fais des commerces
dangereux, et tu serais heureux d'avoir une solide
protection au cœur de la justice de Paris... Je puis, en
continuant mon chemin, me trouver substitut du Procureur du Roi, peut-être avocat du Roi dans trois ans...
Aujourd'hui, je t'offre une part d'amitié [dévouée]
qui te servira bien certainement, ne fût-ce qu'à reconquérir plus tard une place honorable. Voici mes conditions...

— Des conditions!... s'écria Cérizet.

— Dans dix minutes, je t'apporte vingt-cinq mille
francs contre la remise de tous les titres que tu as
contre moi...

— Et Dutocq? et Claparon?... s'écria Cérizet.

— Tu les planteras là... dit Théodose à l'oreille de son ami.

— C'est gentil ! répondit Cérizet, et tu viens d'inventer ce tour de passe-passe en te trouvant à la tête de quinze mille francs qui ne sont pas à toi !...

— J'en fais ajouter dix mille... Mais d'ailleurs, nous nous connaissons...

— Si tu as le pouvoir de tirer dix mille francs à tes bourgeois, dit vivement Cérizet, tu leur en demanderas vingt... A trente, je suis ton homme... Franchise pour franchise.

— Tu demandes l'impossible ! s'écria Théodose. En ce moment, si tu avais affaire à un Claparon, tes quinze mille francs seraient perdus, car la maison est à notre Thuillier...

— Je vais aller le lui dire, répliqua Cérizet en montant dans sa chambre d'où Claparon venait de partir, dix minutes avant l'arrivée de Théodose, emballé dans une citadine [1].

Les deux adversaires avaient parlé, on s'en doute, de manière à ne pas être entendus, et, dès que Théodose éleva la voix, par un geste Cérizet fit comprendre à l'avocat que Claparon pouvait les écouter. Les cinq minutes pendant lesquelles Théodose entendit le bourdonnement de deux voix furent un supplice pour lui, car il jouait toute sa vie. Cérizet descendit et vint à son associé, le sourire sur les lèvres, les yeux brillant d'une malice infernale, tressaillant de joie, effrayant Lucifer en gaieté.

— Je ne sais rien, moi !... fit-il en remuant les épaules ; mais Claparon a des connaissances, il a travaillé pour des banquiers de haut bord, et il s'est mis à rire en disant : « Je m'en doutais !... » Tu seras forcé demain de m'apporter les vingt-cinq mille francs que tu

---

1. *Emballé* se dit familièrement de quelqu'un qu'on a fait partir dans une diligence. Une *citadine* est une voiture fermée, où Claparon ne risquait pas d'être aperçu.

m'offres, et tu n'en auras pas moins à racheter tes titres, mon petit.

— Et pourquoi?... demanda Théodose, en se sentant la colonne vertébrale liquide comme si quelque décharge de fluide électrique intérieur l'eût fondue.

— La maison est à nous!

— Et comment?

— Claparon a formé une surenchère au nom d'un marchandeur, le premier qui l'ait poursuivi, un petit crapaud nommé Sauvaignou; c'est Desroches l'avoué qui va poursuivre, et demain matin vous allez recevoir la signification... L'affaire vaut la peine que Claparon, Dutocq et moi, nous cherchions des fonds... Que serais-je devenu sans Claparon? Aussi lui ai-je pardonné... Je lui pardonne, et, tu ne me croirais peut-être pas, mon cher ami, je l'ai embrassé! Change tes conditions...

Ce dernier mot fut épouvantable à entendre, surtout commenté par la physionomie de Cérizet, qui se donnait le plaisir de jouer une scène du *Légataire*, au milieu de l'étude à laquelle il se livrait du caractère du Provençal.

— Oh! Cérizet!... s'écria Théodose, moi qui te voudrais tant de bien!

— Vois-tu, mon cher, entre nous, il faut de ça!... Et il se frappa le cœur.

— Tu n'en as pas. Dès que tu crois avoir barres sur nous, tu veux nous aplatir... Je t'ai tiré de la vermine et des horreurs de la faim! Tu mourais comme un imbécile... Nous t'avons mis en présence de la fortune, nous t'avons passé la plus belle pelure sociale, nous t'avons mis là où il y avait à prendre... et voilà! Maintenant, je te connais; nous marcherons armés.

— C'est la guerre! reprit Théodose.

— Tu tires le premier sur moi, dit Cérizet.

— Mais, si vous me démolissez, adieu les espérances! et, si vous ne me démolissez pas, vous avez en moi un ennemi!...

— Voilà ce que je disais hier à Dutocq, répliqua froidement Cérizet; mais, que veux-tu! nous choisirons entre les deux,... nous irons selon les circonstances [1]... Je suis bon enfant, reprit-il après une pause : apporte-moi tes vingt-cinq mille francs demain, à neuf heures, et Thuillier conservera la maison... Nous continuerons à te servir sur les deux bouts, et tu nous paieras... Après ce qui vient de se passer, mon petit, n'est-ce pas gentil?..

Et Cérizet frappa sur l'épaule de Théodose avec un cynisme plus flétrissant que ne l'était jadis le fer du bourreau.

— Eh bien! donne-moi jusqu'à midi, répondit le Provençal, car il y a, comme tu dis, du tirage!...

— Je tâcherai de décider Claparon; il est pressé, cet homme!

— Eh bien! à demain, dit Théodose en homme qui paraissait avoir pris un parti.

— Bonsoir, ami, fit Cérizet d'un ton nasal qui déshonorait le plus beau mot de la langue. — En voilà un qui en a, une sucée [2]!... se dit-il en regardant Théodose allant par la rue d'un pas d'homme étourdi.

---

1. La vocation théâtrale de Balzac est évidente dans toute cette scène, où le dialogue est en général excellent. Mais c'est ici du théâtre destiné à être lu, où les jeux de scène sont longuement indiqués, et où les réactions des personnages sont commentées.

2. Ce néologisme populaire rappelle l'expression d'argot : *une suée de coups.*

XIX. — ENTRE AVOUÉS

Quant Théodose eut tourné la rue des Postes, il alla, par une marche rapide, vers la maison de Mme Colleville, en s'exaltant en lui-même et se parlant de moments en moments. Il arriva, par le feu de ses passions soulevées et par cette espèce d'incendie intérieur que beaucoup de Parisiens connaissent, car ces situations horribles abondent à Paris, à une espèce de frénésie et d'éloquence qu'un mot fera comprendre. Au détour de Saint-Jacques du Haut-Pas, il s'écria, dans la petite rue des Deux-Églises.

— Je le tuerai !...

— En voilà un qui n'est pas content ! dit un ouvrier, qui calma par cette espèce plaisanterie l'incandescente folie à laquelle Théodose était en proie.

En sortant de chez Cérizet, il avait eu l'idée de se confier à Flavie et de lui tout avouer. Les natures méridionales sont ainsi, fortes jusqu'à de certaines passions où tout s'écrase. Il entra. Flavie était seule dans sa chambre; elle vit Théodose et se crut ou violée ou morte.

— Qu'avez-vous ? s'écria-t-elle.

— J'ai..., dit-il. M'aimez-vous, Flavie ?

— Oh ! pouvez-vous en douter ?

— M'aimez-vous absolument, là !... même criminel ?

— A-t-il tué quelqu'un ? se dit-elle.

Elle répondit par un signe de tête.

Théodose, heureux de saisir cette branche de saule [1],

---

1. Peut-être Balzac a-t-il écrit simplement : *cette planche de salut.*

alla de sa chaise sur le canapé de Flavie, et là, deux
torrents de larmes coulèrent de ses yeux, au milieu
de sanglots à faire pleurer un vieux juge.

— Je n'y suis pour personne! alla dire Flavie à sa
bonne.

Elle ferma les portes et revint auprès de Théodose,
en se sentant remuée au plus haut degré maternel. Elle
trouva l'enfant de la Provence étendu, la tête renversée
et pleurant. Il avait pris son mouchoir : le mouchoir,
quand Flavie voulut le retirer, était pesant de larmes.

— Mais qu'y a-t-il? qu'avez-vous? demanda-t-elle.

La nature, plus pénétrante que l'art, servit admirablement Théodose; il ne jouait plus de rôle, il était
lui-même, et ces larmes, cette crise nerveuse, furent
la signature de ses précédentes scènes de comédie [1].

— Vous êtes un enfant!... dit-elle d'une voix douce
en maniant les cheveux de Théodose, dans les yeux
duquel les larmes se séchaient.

— Je ne vois que vous au monde! s'écria-t-il en
baisant avec une sorte de rage les mains de Flavie, et,
si vous me restez, si vous êtes à moi comme le corps
est à l'âme, comme l'âme est au corps, dit-il en se reprenant avec une grâce infinie, eh bien! j'aurai du courage!

Il se leva, se promena.

— Oui, je lutterai, je reprendrai des forces, comme
Antée, en embrassant ma mère! et j'étoufferai dans mes
[mains] ces serpents qui m'enlacent, qui me donnent
des baisers de serpent, qui me bavent sur les joues,
qui veulent me sucer mon sang, mon honneur! Oh!
la misère!... Oh! qu'ils sont grands, ceux qui savent
s'y tenir debout, le front haut!... J'aurai dû me laisser
mourir de faim sur mon grabat, il y a trois ans et demi!...
Le cercueil est un lit bien doux en comparaison de la
vie que je mène!... Voici dix-huit mois que *je mange
du bourgeois!*... et, au moment d'atteindre à une vie

---

1. Sur les limites indécises entre la *nature* et l'*art* chez Théodose,
voyez l'Introduction, page VII.

honnête, heureuse, d'avoir un magnifique avenir; au moment où j'avance pour m'attabler au festin social, le bourreau me frappe sur l'épaule... Oui, le monstre! il m'a frappé sur l'épaule, et m'a dit : « Paie la dîme du diable, ou meurs[1]!... ». Et je ne les roulerais pas!... et je ne leur enfoncerais pas mon bras dans la gueule jusqu'à leurs entrailles!... Oh! si, que je le ferai!... Tenez, Flavie, ai-je les yeux secs?... Ah! maintenant je ris, je sens ma force et je retrouve ma puissance... Oh! dites-moi que vous m'aimez,... redites-le! C'est en ce moment, comme au condamné, le mot « Grâce! »

— Vous êtes terrible!... mon ami!... dit Flavie; oh! vous m'avez brisée.

Elle ne comprenait rien, mais elle tomba sur le canapé comme morte, agitée par ce spectacle, et alors Théodose se mit à ses genoux.

— Pardon!... pardon!... dit-il.

— Mais enfin, qu'avez-vous?... demanda-t-elle.

— On veut me perdre. Oh! promettez-moi Céleste, et vous verrez la belle vie à laquelle je vous ferai participer!... Si vous hésitez,... eh bien! c'est me dire que vous serez à moi, je vous prends!...

Et il fit un mouvement si vif, que Flavie, effrayée, se leva et se mit à marcher...

— Oh! mon ange! à vos pieds, là... Quel miracle! Bien certainement, Dieu est pour moi! J'ai comme une clarté. J'ai eu soudain une idée!... Oh! merci, mon bon ange, grand Théodose!... Tu m'as sauvé!

Flavie admira cet être caméléonesque[2]: un genou en terre, les mains en croix sur la poitrine et les yeux levés vers le ciel, dans une extase religieuse, il récitait une prière, il était le catholique le plus fervent, il se signa.

---

1. La situation a quelque analogie avec celle de Rafaël ou de Lucien de Rubempré.

2. Le terme est révélateur : Théodose a en effet l'hypocrisie en quelque sorte *objective* du caméléon, dont la couleur change avec une extrême facilité en fonction du milieu où il se trouve.

Ce fut beau comme la communion de saint Jérôme [1].

— Adieu! dit-il avec une mélancolie et une voix qui séduisaient.

— Oh! s'écria Flavie, laissez-moi ce mouchoir.

Théodose descendit comme un fou, sauta dans la rue et courut chez les Thuillier; mais il se retourna, vit Flavie à sa fenêtre et lui fit un signe de triomphe.

— Quel homme!... se dit-elle.

— Bon ami, dit-il d'un ton doux et calme presque patelin à Thuillier, nous sommes entre les mains de fripons atroces; mais je vais leur donner une petite leçon.

— Qu'y a-t-il? dit Brigitte.

— Eh bien! ils veulent vingt-cinq mille francs, et, pour nous faire la loi, le notaire ou ses complices ont formé une surenchère; prenez cinq mille francs sur vous, Thuillier, et venez avec moi, je vais vous assurer votre maison... Je me fais des ennemis implacables!... s'écria-t-il, ils vont vouloir me tuer moralement. Pourvu que vous résistiez à leurs infâmes calomnies et que vous ne changiez jamais pour moi, voilà tout ce que je demande. Qu'est-ce que c'est, après tout, que cela? Si je réussis, vous paierez la maison cent vingt-cinq mille francs au lieu de la payer cent vingt.

— Ça ne recommencera pas?... demanda Brigitte, inquiète et dont les yeux se dilatèrent par l'effet d'une violente peur.

— Les créanciers inscrits ont seuls le droit de surenchérir, et, comme il n'y a que celui-là qui en ait usé, nous sommes tranquilles. La créance n'est que de deux mille francs, mais il faut bien payer les avoués dans ces sortes d'affaires, et savoir lâcher un billet de mille francs au créancier.

— Va, Thuillier, dit Brigitte, va prendre ton chapeau, tes gants, et tu trouveras la somme où tu sais...

---

1. Il s'agit du tableau du Dominiquin, qui se trouve au Musée du Vatican.

— Comme j'ai lâché les quinze mille francs sans succès, je ne veux plus que l'argent passe par mes mains... Thuillier paiera lui-même, dit Théodose en se voyant seul avec Brigitte. Vous avez bien gagné vingt mille francs dans le marché que je vous ai fait faire avec Grindot; il croyait servir le notaire, et vous possédez un immeuble qui, dans cinq ans, vaudra près d'un million. C'est un coin de boulevard !

Brigitte était inquiète en écoutant, absolument comme un chat qui sent des souris sous un plancher. Elle regardait Théodose dans les yeux, et, malgré la justesse de ses observations, elle concevait des doutes.

— Qu'avez-vous, petite tante ?...

— Oh ! je serai dans des transes mortelles jusqu'à ce que nous soyons propriétaires...

— Vous donneriez bien vingt mille francs, n'est-ce pas, dit Théodose, pour que Thuillier fût ce que nous appelons possesseur incommutable [1] ? eh bien ! souvenez-vous que je vous ai gagné deux fois cette fortune...

— Où allons-nous ?... demanda Thuillier.

— Chez maître Godeschal ! qu'il faut prendre pour avoué...

— Mais nous l'avons refusé pour Céleste !... s'écria la vieille fille.

— Eh ! c'est bien à cause de cela que j'y vais, répondit Théodose ; je l'ai jugé, c'est un homme d'honneur, et il trouvera beau de vous rendre service.

Godeschal, successeur de Derville, avait été pendant plus de dix ans le maître clerc de Desroches. Théodose, à qui cette circonstance était connue, eut ce nom-là jeté dans l'oreille par une voix intérieure au milieu de son désespoir, et il entrevit la possibilité de réussir à faire tomber des mains de Claparon l'arme avec laquelle Cérizet le menaçait. Mais, avant tout, l'avocat devait

---

1. C'est-à-dire : dont la possession ne peut être contestée, qui ne peut être dépossédé.

pénétrer dans le cabinet de Desroches et s'y éclairer sur la situation de ses adversaires. Godeschal seul, à raison de l'intimité qui subsiste entre le clerc et le patron, pouvait être son guide.

Entre eux, les avoués de Paris, quand ils sont liés comme le sont Godeschal et Desroches, vivent dans une confraternité véritable, et il en résulte une certaine facilité d'arranger les affaires arrangeables. Ils obtiennent les uns des autres, à charge de revanche, les concessions possibles, par l'application du proverbe: *Passez-moi la rhubarbe, je vous passerai le séné*, qui se met en devoir dans toutes les professions, entre ministres, à l'armée, entre juges, entre commerçants, partout où l'inimitié n'a pas élevé de trop fortes barrières entre les parties.

« Je gagne d'assez bons honoraires à cette transaction » est une pensée qui n'a pas besoin d'être exprimée; elle est dans le geste, dans l'accent, dans le regard. Et comme les avoués sont gens à se retrouver sur ce terrain, l'affaire s'arrange. Le contre-poids à cette camaraderie existe dans ce qu'il faudrait nommer *la conscience du métier*. Ainsi, la société doit croire au médecin qui, faisant œuvre de médecine légale, dit : « Ce corps contient de l'arsenic; » aucune considération ne vient à bout de l'amour-propre de l'acteur, de la probité du légiste, de l'indépendance du ministère public. Aussi, l'avoué de Paris dit-il avec la même bonhomie: « Tu ne peux pas obtenir ça, mon client est enragé; » qu'il répond : « Eh bien! nous verrons... »

Or La Peyrade, homme fin, avait assez traîné sa robe au Palais pour savoir combien les mœurs judiciaires serviraient son projet.

— Restez dans la voiture, dit-il à Thuillier, en arrivant rue Vivienne, où Godeschal était devenu patron là où il avait fait ses premières armes [1]; vous ne viendrez que s'il se charge de l'affaire.

---

1. Godeschal vient de racheter l'étude de Derville, où il avait été

Il était onze heures du soir; La Peyrade ne s'était pas trompé dans ses calculs en espérant trouver un avoué de fraîche date occupé dans son cabinet à cette heure.

— A quoi dois-je la visite d'un avocat? dit Godeschal en allant au-devant de La Peyrade.

Les étrangers, les gens de province, les gens du monde ne savent peut-être pas que les avocats sont aux avoués ce que sont les généraux aux maréchaux[1]; il existe une ligne d'exception sévèrement maintenue entre l'ordre des avocats et la compagnie des avoués à Paris. Quelque vénérable que soit un avoué, quelque forte que soit sa tête, il doit aller chez l'avocat. L'avoué, c'est l'administrateur qui trace le plan de campagne, qui ramasse les munitions, qui met tout en œuvre; l'avocat livre la bataille. On ne sait pas plus pourquoi la loi donne au client deux hommes pour un, qu'on ne sait pourquoi l'auteur a besoin d'un imprimeur et d'un libraire. L'ordre des avocats défend à ses membres de faire aucun acte du ressort des avoués. Il est très rare qu'un grand avocat mette jamais le pied dans une étude; on se voit au Palais; mais, dans le monde, il n'y a plus de barrière, et quelques avocats, dans la position de La Peyrade surtout, dérogent en allant quelquefois trouver les avoués; mais ces cas sont rares et sont presque toujours justifiés par une urgence quelconque.

— Eh! mon Dieu, dit La Peyrade, il s'agit d'une affaire grave, et surtout d'une question de délicatesse que nous avons à résoudre à nous deux. Thuillier se trouve en bas, dans une voiture, et je viens, non pas à titre d'avocat, mais comme l'ami de Thuillier. Vous seul êtes en position de lui rendre un immense service, et j'ai dit que vous aviez une âme trop noble (car vous

---

troisième clerc en 1819. Il veille maintenant la nuit, comme jadis Derville dans *Le Colonel Chabert*.

1. Le maréchal de camp était chargé de l'administration, de l'intendance, de l'armement; il réunissait les moyens matériels dont le général avait besoin pour conduire les opérations — le général étant le supérieur du maréchal.

êtes le digne successeur du grand Derville) pour ne pas mettre à ses ordres toute votre capacité. Voici l'affaire.

Après avoir expliqué, tout à son avantage, la rouerie à laquelle il fallait répondre par de l'habileté, car les avoués rencontrent plus de clients menteurs que de clients véraces, l'avocat résuma son plan de campagne.

— Vous devriez, mon cher maître, aller ce soir trouver Desroches, le mettre au fait de cette trame, obtenir de lui qu'il fasse venir demain matin son client, ce Sauvaignou; nous le confesserions entre nous trois, et, s'il veut un billet de mille francs outre sa créance, nous le lâcherons, sans compter cinq cents francs d'honoraires pour vous et autant pour Desroches, si Thuillier tient le désistement de Sauvaignou demain, à dix heures. Ce Sauvaignou, que veut-il? Son argent! Eh bien! un marchandeur ne résistera guère à l'appât d'un billet de mille francs, quand même il serait l'instrument d'une cupidité cachée derrière. Le débat entre ceux qui le font mouvoir et lui nous importe peu... Voyons, tirez de là la famille Thuillier...

— Je vais aller chez Desroches à l'instant, dit Godeschal.

— Non, pas avant que Thuillier ne vous ait signé un pouvoir et remis cinq mille francs. Il faut mettre argent sur table dans ces cas-là...

Après une entrevue où Thuillier fut gêné, La Peyrade emmena Godeschal en voiture et le mit rue de Béthisy [1], chez Desroches, en alléguant qu'ils passaient par là pour retourner rue Saint-Dominique [2], et, sur

---

[1]. La rue de Béthisy prolongeait l'actuelle rue des Deux-Boules en direction du Louvre. Elle a disparu dans le percement de la rue de Rivoli.

[2]. Il était facile en effet de passer par la rue de Béthisy en allant de la rue Vivienne à la rue Saint-Dominique d'Enfer (Royer-Collard); mais c'est moins la politesse qui fait agir ici Théodose que le désir de s'assurer que Godeschal n'a pas changé d'avis, et qu'il rend bien visite à Desroches.

le pas de la porte de Desroches, La Peyrade prit rendez-vous pour le lendemain à sept heures.

L'avenir et la fortune de La Peyrade étaient attachés au succès de cette conférence [1]. Aussi ne doit-on pas s'étonner de le voir passer par-dessus les usages de la compagnie, en venant chez Desroches y étudier Sauvaignou, se mêler au combat, malgré le danger qu'il courait en se mettant sous les yeux du plus redoutable des avoués de Paris.

En entrant, et tout en saluant, il observa Sauvaignou. C'était, comme le nom le lui faisait pressentir, un Marseillais, un premier ouvrier placé, comme son nom de marchandeur l'indiquait, entre les ouvriers et le maître menuisier en bâtiment, pour soumissionner l'exécution des travaux entrepris. Le bénéfice de l'entrepreneur se compose de la somme qu'il gagne entre le prix du marchandeur et celui donné par le constructeur, déduction faite des fournitures; il ne s'agit que de la main-d'œuvre.

Le menuisier tombé en faillite, Sauvaignou s'était fait reconnaître, par jugement du Tribunal de Commerce, créancier de l'immeuble, et avait pris inscription. Cette petite affaire avait déterminé la dégringolade. Sauvaignou, petit homme trapu, vêtu d'une blouse en toile grise, ayant une casquette sur la tête, était assis sur un fauteuil. Trois billets de mille francs placés devant lui, sur le bureau de Desroches, disaient assez à La Peyrade que l'engagement avait eu lieu, que les avoués venaient d'échouer. Les yeux de Godeschal parlaient assez et le regard que Desroches lança sur l'avocat des pauvres fut comme un coup de pic donné dans une fosse [2]. Stimulé par le danger, le Provençal

---

1. Théodose vit des journées de perpétuelle tension, où tout son avenir est sans cesse en jeu. Balzac ne manque pas de le faire remarquer (pages 164, 165, 193), et il souligne ainsi, au début de chacune des grandes scènes, l'importance décisive qu'elle va revêtir.

2. On a également noté plus haut, page 200, l'extraordinaire comparaison de l'attitude de Brigitte avec celle d'un chat qui sent des souris.

fut magnifique; il mit la main sur les billets de mille francs et les plia pour les serrer.

— Thuillier ne veut plus, dit-il à Desroches.

— Eh bien! nous voilà d'accord, répondit le terrible avoué.

— Oui, votre client va nous compter soixante mille francs de dépenses faites dans l'immeuble, suivant le marché souscrit entre Thuillier et Grindot [1]. Je ne vous avais pas dit cela hier, dit-il en se tournant vers Godeschal.

— Entendez-vous ça?... dit Desroches à Sauvaignou. Voilà l'objet d'un procès que je ne ferai pas sans des garanties...

— Mais, mes chers Messieurs, dit le Provençal, je ne puis pas traiter sans avoir vu ce brave homme qui m'a remis cinq cents francs en acompte pour lui avoir signé un chiffon de procuration.

— Tu es de Marseille? dit La Peyrade en patois à Sauvaignou [2].

— Oh! s'il l'entame en patois, il est perdu [3]! dit tout bas Desroches à Godeschal.

— Oui, Monsieur.

— Eh bien! pauvre diable, reprit Théodose, on veut te ruiner... Sais-tu ce qu'il faut faire? Prends ces trois mille francs, et, quand l'autre viendra, prends ta règle et donne-lui une raclée en lui disant qu'il est un gueux, qu'il voulait se servir de toi, que tu révoqueras ta procuration, et que tu lui rendras son argent la semaine des trois jeudis. Puis, avec ces trois mille cinq cents francs-là, tes économies, va-t'en à Marseille. Et, s'il t'arrive quoi que ce soit, viens trouver ce monsieur-là... Il saura bien me trouver, et je te tirerai de presse [4];

---

1. On voit ici tout le sens de la précaution prise par Théodose, page 182 et note 2.

2. Balzac avait l'intention de mettre en patois provençal les répliques entre Théodose et Sauvaignou. Voyez l'Introduction, pages XXVII et XXVIII.

3. Sauvaignou est perdu.

4. Soustraire à l'action de la presse, tirer d'embarras.

car, vois-tu, je suis non seulement un bon Provençal, mais encore l'un des premiers avocats de Paris, et l'ami des pauvres...

Quand l'ouvrier trouva dans un compatriote une autorité pour sanctionner les raisons qu'il avait de trahir le prêteur à la petite semaine de son quartier, il capitula, demanda trois mille cinq cents francs.

— Une bonne raclée, ça valait bien ça, car, il pouvait aller en Police Correctionnelle...

— Non, ne tape que quand il te dira des sottises, lui répondit La Peyrade, ce sera de la défense personnelle...

Quand Desroches lui eut affirmé que La Peyrade était un avocat plaidant, Sauvaignou signa le désistement contenant quittance des frais, intérêt et principal de sa créance, faite par acte double entre Thuillier et lui, tous deux assistés de leurs avoués respectifs, afin que cette pièce eût la vertu de tout éteindre.

— Nous vous laissons les quinze cents francs, dit La Peyrade à l'oreille de Desroches et de Godeschal, mais à la condition de me donner le désistement, je vais l'aller faire signer à Thuillier, qui n'a pas fermé l'œil cette nuit, chez Cardot, son notaire...

— Bien! dit Desroches. Vous pouvez vous flatter, ajouta-t-il en faisant signer Sauvaignou, d'avoir lestement gagné quinze cents francs.

— Ils sont bien à moi, Monsieur l'écrivain?... demanda le Provençal, inquiet déjà.

— Oh! bien légitimement, répondit Desroches. Seulement, vous allez signifier ce matin une révocation de vos pouvoirs à votre mandataire, à la date d'hier; passez à l'étude, tenez, par là...

Desroches dit à son premier clerc ce qu'il y avait à faire, en enjoignant à un clerc de veiller à ce que l'huissier allât chez Cérizet avant dix heures.

— Je vous remercie, Desroches, dit La Peyrade en serrant la main de l'avoué; vous pensez à tout, je n'oublierai pas ce service-là...

— Ne déposez votre acte chez Cardot qu'après midi.

— Eh! pays, cria l'avocat en provençal à Sauvaignou, promène ta Margot toute la journée à Belleville, et surtout ne rentre pas chez toi...

— Je vous entends, dit Sauvaignou, la peignée à demain...

— Eh donc! fit La Peyrade en jetant un cri de Provençal.

— Il y a là-dessous quelque chose? disait Desroches à Godeschal au moment où l'avocat revint de l'étude dans le cabinet.

— Les Thuillier ont un magnifique immeuble pour rien, dit Godeschal, voilà tout.

— La Peyrade et Cérizet me font l'effet de deux plongeurs qui se battent sous mer. — Que dirai-je à Cérizet, de qui je tiens l'affaire? demanda-t-il à l'avocat, quand il revint de l'étude.

— Que vous avez eu la main forcée par Sauvaignou, répliqua La Peyrade.

— Et vous ne craignez rien? dit à brûle-pourpoint Desroches.

— Oh! moi, j'ai des leçons à lui donner!

— Demain, je saurai tout, dit Desroches à Godeschal; rien n'est plus bavard qu'un vaincu!

La Peyrade sortit en emportant son acte. A onze heures, il était à l'audience du juge de paix, calme, ferme, et, en voyant venir Cérizet pâle de rage, les yeux pleins de venin, il lui dit à l'oreille:

— Mon cher, je suis bon enfant aussi, moi! je tiens toujours à ta disposition vingt-cinq mille francs en billets de banque contre la remise de tous les titres que tu as contre moi...

Cérizet regarda l'avocat des pauvres sans pouvoir trouver un mot de réponse; il était vert; il absorbait sa bile!

XX. — NOIRCEURS DE COLOMBES

— Je suis propriétaire incommutable!... s'écria Thuillier [1] en revenant de chez Jacquinot, le gendre et le successeur de Cardot. Aucune puissance humaine ne peut m'arracher ma maison. Ils me l'ont dit.

Les bourgeois croient beaucoup plus à ce que leur disent les notaires qu'à ce que leur disent les avoués. Le notaire est plus près d'eux que tout autre officier ministériel. Le bourgeois de Paris ne se rend pas sans effroi chez son avoué, dont l'audace belligérante le trouble, tandis qu'il monte toujours avec un nouveau plaisir chez son notaire; il en admire la sagesse et le bon sens.

— Cardot, qui cherche un beau logement, m'a demandé l'un des appartements du second étage... reprit-il; si je veux, il me présentera dimanche un principal locataire [2] qui propose un bail de dix-huit ans, à quarante mille francs, impôts à sa charge... Qu'en dis-tu, Brigitte?

— Il faut attendre, répondit-elle. Ah! notre cher Théodose m'a donné une fière *venette* [3]!...

— Oh là! bonne amie; mais tu ne sais donc pas que Cardot, m'ayant demandé qui m'avait fait faire cette

---

1. Une lithographie de Daumier (planche VI) semble pouvoir illustrer ce passage

2. Le principal locataire prend en quelque sorte à ferme les loyers de toute la maison. Il paie au propriétaire le forfait prévu dans le bail et récupère les sommes avancées, ainsi que son bénéfice, parfois considérable, sur les locataires. Voyez plus loin, pages 224 et 225, des détails sur ce métier.

3. Expression très populaire. Une fameuse peur.

affaire-là, m'a dit que je lui devais un présent d'au moins dix mille francs. Au fait, je lui dois tout!

— Mais il est l'enfant de la maison, répondit Brigitte.

— Ce pauvre garçon, je lui rends justice, il ne demande rien.

— Eh bien! bon ami, dit La Peyrade en revenant à trois heures de la justice de paix, vous voilà richissime!

— Et par toi, mon cher Théodose...

— Et vous, petite tante, êtes-vous revenue à la vie?... Ah! vous n'avez pas eu si peur que moi... Je fais passer vos intérêts avant les miens. Tenez, je n'ai respiré librement que ce matin, à onze heures; maintenant, je suis sûr d'avoir à mes trousses des ennemis mortels dans les deux personnes que j'ai trompées pour vous. En revenant, je me demandais quelle a été votre influence pour me faire commettre cette espèce de crime? ou si le bonheur d'être de votre famille, de devenir votre enfant, effacera la tache que je me vois sur la conscience...

— Bah! tu t'en confesseras, dit Thuillier, l'esprit fort.

— Maintenant, dit Théodose à Brigitte, vous pouvez payer en toute sécurité le prix de la maison, quatre-vingt mille francs, les trente mille francs à Grindot, en tout, avec ce que vous avez payé de frais, cent vingt mille francs, et ces derniers vingt mille font cent quarante mille. Si vous louez à un principal locataire, demandez-lui la dernière année d'avance, et réservez-moi, pour ma femme et moi, tout le premier étage au-dessus de l'entresol. Vous trouverez encore quarante mille francs pour douze ans à ces conditions-là. Si vous voulez quitter ce quartier-ci pour celui de la Chambre, vous aurez bien de quoi vous loger dans ce vaste premier, qui a remise, écurie, et tout ce qui constitue une grande existence. Et maintenant, Thuillier, je vais t'avoir la croix de la Légion d'honneur!

A ce dernier trait, Brigitte s'écria :

— Ma foi ! mon petit, vous avez si bien fait nos affaires, que je vous laisse à conclure celle de la Maison Thuillier...

— N'abdiquez pas, belle tante, dit Théodose, et Dieu me garde de faire un pas sans vous ; vous êtes le bon génie de la famille. Je pense seulement au jour où Thuillier sera de la Chambre. Vous rentrerez dans quarante mille francs d'ici à deux mois. Et cela n'empêchera pas Thuillier de toucher ses dix mille francs de loyer au premier terme.

Après avoir jeté cet espoir à la vieille fille, qui jubilait, il entraîna Thuillier dans le jardin, et là, sans barguigner, il lui dit :

— Bon ami, trouve moyen de demander dix mille francs à ta sœur [1], et qu'elle ne puisse jamais se douter qu'ils me seront remis ; dis-lui que cette somme est nécessaire dans les bureaux pour faciliter ta nomination comme chevalier de la Légion d'honneur, et que tu sais à qui distribuer cette somme.

— C'est cela, dit Thuillier ; d'ailleurs, je la lui rendrai sur les loyers.

— Aie-la ce soir, bon ami ; je vais sortir pour ta croix, et demain, nous saurons à quoi nous en tenir...

— Quel homme tu es ! s'écria Thuillier.

— Le ministère du 1er mars va tomber [2] ; il faut obtenir cela de lui, répondit finement Théodose.

---

1. Jusqu'ici Théodose n'a reçu de Thuillier que les quinze mille francs promis par Cérizet à Claparon « au cas où il abuserait le notaire au-delà du délai fixé pour une surenchère » (page 177), et il s'est bien gardé de les remettre à Cérizet. Celui-ci ayant précisément fait faire une surenchère, Théodose considère que la somme lui appartient, et veut la consacrer au rachat des titres que Cérizet a contre lui ; mais il faut encore dix mille francs pour arriver à vingt-cinq mille, montant des billets que détient le « banquier des pauvres ».

2. Louis-Philippe et une partie de l'opinion ne voulaient pas la guerre (voyez plus haut, pages 175 et 181) ; le ministère Thiers, qui l'envisageait, dut finalement démissionner en octobre.

L'avocat courut chez Mme Colleville, et lui dit en entrant :

— J'ai vaincu ; nous aurons pour Céleste un immeuble d'un million dont la nue-propriété lui sera donnée au contrat par Thuillier ; mais gardons ce secret, votre fille serait demandée par des pairs de France. Cet avantage ne se fera, d'ailleurs, qu'en ma faveur [1]. Maintenant, habillez-vous, allons chez Mme la comtesse Du Bruel ; elle peut faire avoir la croix à Thuillier. Pendant que vous vous mettrez sous les armes, je vais faire un doigt de cour à Céleste, et nous causerons en voiture.

La Peyrade avait vu, dans le salon, Céleste et Félix Phellion. Flavie avait tant de confiance en sa fille, qu'elle l'avait laissée avec le jeune professeur. Depuis le grand succès obtenu dans la matinée, Théodose sentait la nécessité de commencer à s'adresser à Céleste. L'heure de brouiller les deux amants était venue ; il n'hésita point à clouer son oreille à la porte du salon avant d'y entrer, afin de savoir quelle lettre ils épelaient de l'alphabet de l'amour, et il fut convié, pour ainsi dire, à commettre ce crime domestique en comprenant par quelques éclats de voix qu'ils se querellaient. L'amour, selon l'un de nos poètes, est un privilège que deux êtres se donnent, de se faire réciproquement beaucoup de chagrin à propos de rien.

Une fois Félix élu dans son cœur pour le compagnon de sa vie, Céleste eut le désir moins de l'étudier que de s'unir à lui par cette communion du cœur par où commencent toutes les affections, et qui, chez les esprits jeunes, amène un examen involontaire. La querelle à laquelle Théodose allait prêter l'oreille prenait sa source dans un dissentiment profond survenu depuis quelques jours entre le mathématicien et Céleste.

Cette enfant, le fruit moral de l'époque pendant

---

1. Il est question de cette nue-propriété plus haut, page 176. Théodose prend immédiatement ses précautions, même avec Flavie.

laquelle Mme Colleville essaya de se repentir de ses fautes, était d'une piété solide; elle appartenait au vrai troupeau des fidèles, et chez elle, le catholicisme absolu, tempéré par la mysticité qui plaît tant aux jeune âmes, était une poésie intime, une vie dans la vie. Les jeunes filles partent de là pour devenir des femmes excessivement légères ou des saintes. Mais, pendant cette belle période de leur jeunesse, elles ont dans le cœur un peu d'absolutisme; dans leurs idées, elles ont toujours devant les yeux l'image de la perfection, et tout doit être céleste, angélique ou divin pour elles. En dehors de leur idéal, rien n'existe, tout est boue et souillure. Cette idée fait alors rejeter beaucoup de diamants à paille par des filles qui, femmes, adorent des strass [1].

Or Céleste avait reconnu non pas l'irréligion, mais l'indifférence de Félix en matière de religion. Comme la plupart des géomètres, des chimistes, des mathématiciens et des grands naturalistes, il avait soumis la religion au raisonnement : il y reconnaissait un problème insoluble comme la quadrature du cercle. Déiste *in petto*, il restait dans la religion de la majorité des Français, sans y attacher plus d'importance [qu'à] [2] la loi nouvelle éclose en juillet [3]. Il fallait Dieu dans le ciel, comme un buste de roi sur un socle à la mairie. Félix Phellion, digne fils de son père, n'avait pas mis le plus léger voile sur sa conscience; il y laissait lire par Céleste avec la candeur, avec la distraction d'un chercheur de problèmes : et la jeune fille mêlait la question religieuse à la question civile; elle professait une profonde horreur pour l'athéisme; son confesseur lui disait que le déiste est le cousin-germain de l'athée.

— Avez-vous pensé, Félix, à faire ce que vous m'avez

---

1. Elles rejettent des diamants ayant un léger défaut, pour adorer ensuite de faux diamants.
2. Le texte porte : *que la loi...*
3. Le nouveau régime, instauré en juillet 1830.

promis? demanda Céleste, aussitôt que Mme Colleville les eut laissés seuls.

— Non, ma chère Céleste, répondit Félix.

— Oh! manquer à sa promesse! s'écria-t-elle doucement.

— Il s'agissait d'une profanation, dit Félix. Je vous aime tant, et d'une tendresse si peu ferme contre vos désirs, que j'ai promis une chose contraire à ma conscience. La conscience, Céleste, est notre trésor, notre force, notre appui. Comment vouliez-vous que j'allasse dans une église m'y mettre aux genoux d'un prêtre en qui je ne vois qu'un homme?... Vous m'eussiez méprisé, si je vous avais obéi.

— Ainsi, mon cher Félix, vous ne voulez pas aller à l'église?... dit Céleste en jetant à celui qu'elle aimait un regard trempé de larmes. Si j'étais votre femme, vous me laisseriez aller seule là?... Vous ne m'aimez pas comme je vous aime!... car, jusqu'à présent, j'ai dans le cœur, pour [un athée], un sentiment contraire à ce que Dieu veut de moi!

— Un athée! s'écria Félix Phellion. Oh non! Écoutez, Céleste... Il y a certainement un Dieu, j'y crois, mais j'ai de lui de plus belles idées que n'en ont vos prêtres; je ne le rabaisse pas jusqu'à moi, je tente de m'élever jusqu'à lui... J'écoute la voix qu'il a mise en moi, que les honnêtes gens appellent la conscience, et je tâche de ne pas obscurcir les divins rayons qui m'arrivent [1]. Aussi ne nuirai-je jamais à personne, et ne ferai-je jamais rien contre les commandements de la morale universelle, qui fut la morale de Confucius, de Moïse, de Pythagore, de Socrate, comme celle de Jésus-Christ... Je resterai pur devant Dieu; mes actions

---

1. C'est ici un écho de la *Profession de foi du vicaire savoyard* d'où s'inspire la religiosité bourgeoise du XIXe siècle, de même que l'anticléricalisme, qui apparaît plus bas, descend de Voltaire. La théologie est remplacée par une évidence sentimentale et par des impératifs moraux.

seront mes prières; je ne mentirai jamais, ma parole sera sacrée, et jamais je ne ferai rien de bas ni de vil... Voilà les enseignements que je tiens de mon vertueux père, et que je veux léguer à mes enfants. Tout le bien que je pourrai faire, je l'accomplirai, même dussé-je en souffrir. Que demandez-vous de plus à un homme?...

Cette profession de foi de Phellion fit douloureusement hocher la tête à Céleste.

— Lisez attentivement, dit-elle, l'*Imitation de Jésus-Christ!*... Essayez de vous convertir à la sainte Église catholique, apostolique et romaine, et vous reconnaîtrez combien vos paroles sont absurdes... Écoutez, Félix : le mariage n'est pas, selon l'Église, une affaire d'un jour, la satisfaction de nos désirs; il est fait pour l'éternité... Comment! nous serions unis la nuit et le jour, nous devrions faire une seule chair, un seul verbe, et nous aurions dans notre cœur deux langages, deux religions, une cause de dissentiment perpétuel! Vous me condamneriez à des pleurs que je vous cacherais sur l'état de votre âme; je pourrais m'adresser à Dieu, quand je verrais incessament sa droite armée contre vous!... Votre sang de déiste et vos convictions pourraient animer mes enfants!... Oh! mon Dieu! combien de malheurs pour une épouse!... Non, ces idées sont intolérables... Oh! Félix! soyez de ma foi, car je ne puis être de la vôtre! Ne mettez pas des abîmes entre nous... Si vous m'aimiez, vous auriez déjà lu l'*Imitation de Jésus-Christ!*...

Les Phellion, enfants du *Constitutionnel*, n'aimaient pas l'esprit prêtre. Félix eut l'imprudence de répondre à cette espèce de prière échappée du fond d'une âme ardente :

— Vous répétez, Céleste, une leçon de votre confesseur, et rien n'est plus fatal au bonheur, croyez-moi, que l'intervention des prêtres dans les ménages...

— Oh! s'écria Céleste indignée, et que l'amour seul avait inspirée, vous n'aimez pas!... La voix de mon cœur ne va pas au vôtre! Vous ne m'avez pas comprise, car vous ne m'avez pas entendue, et je vous pardonne, car vous ne savez ce que vous dites.

Elle s'enveloppa dans un silence superbe, et Félix alla battre du tambour avec les doigts sur une vitre de la fenêtre, musique familière de ceux qui se livrent à des réflexions poignantes. Félix, en effet, se posait ces singulières et délicates questions de conscience phellione :

— Céleste est une riche héritière, et, en cédant, contre la voix de la religion naturelle, à ses idées, j'aurais en vue de faire un mariage avantageux : acte infâme. Je ne dois pas, comme père de famille, laisser les prêtres avoir la moindre influence chez moi; si je cède aujourd'hui, je fais un acte de faiblesse qui sera suivi de beaucoup d'autres pernicieux à l'autorité du père et du mari... Tout cela n'est pas digne d'un philosophe.

Et il revint vers sa bien-aimée.

— Céleste, je vous en supplie à genoux, ne mêlons pas ce que la loi, dans sa sagesse, a séparé. Nous vivons pour deux mondes, la société et le ciel. A chacun sa voie pour faire son salut; mais, quant à la société, n'est-ce pas obéir à Dieu que d'en observer les lois? Le Christ a dit : « Rendez à César ce qui appartient à César. » César est le monde politique... Oublions cette petite querelle !

— Une petite querelle !... s'écria la jeune enthousiaste. Je veux que vous ayez mon cœur, comme je veux avoir tout le vôtre, et vous en faites deux parts !... N'est-ce pas le malheur? Vous oubliez que le mariage est un sacrement...

— Votre prêtraille vous tourne la tête ! s'écria le mathématicien impatienté.

— Monsieur Phellion, dit Céleste en l'interrompant vivement, assez sur ce sujet !

Ce fut sur ce mot que Théodose jugea nécessaire d'entrer, et trouva Céleste pâle et le jeune professeur inquiet comme un amant qui vient d'irriter sa maîtresse.

— J'ai entendu le mot *assez!...* Il y avait donc trop? reprit-il en regardant tour à tour Céleste et Félix.

— Nous parlions religion,... répondit Félix, et je disais à Mademoiselle combien l'influence religieuse était funeste au sein des ménages.

— Il ne s'agissait pas de cela, Monsieur, dit aigrement Céleste, mais de savoir si le mari et la femme peuvent ne faire qu'un seul cœur quand l'un est athée et l'autre catholique.

— Est-ce qu'il y a des athées?... s'écria Théodose en donnant des marques d'une profonde stupéfaction. Est-ce qu'une catholique peut épouser un protestant? Mais il n'y a de salut possible pour deux époux qu'en ayant une conformité parfaite en fait d'opinions religieuses!... Moi qui suis, à la vérité, du Comtat, et d'une famille qui compte un pape dans ses ancêtres, car nos armes sont de *gueules à clef d'argent,* et nous avons pour supports un moine tenant une église et un pèlerin tenant un bourdon d'or, avec ces mots : *J'ouvre et je ferme,* pour devise, je suis là-dessus d'un absolutisme féroce. Mais aujourd'hui, grâce au système d'éducation moderne, il ne semble pas extraordinaire d'agiter de semblables questions!... Moi, disais-je, je n'épouserais pas une protestante, eût-elle des millions,... et quand même je l'aimerais à en perdre la raison! On ne discute pas la foi. *Una fides, unus Dominus,* voilà ma devise en politique.

— Vous entendez!... s'écria triomphalement Céleste en regardant Félix Phellion.

— Je ne suis pas un dévot; je vais à la messe à six heures du matin, quand on ne me voit pas; je fais maigre le vendredi; je suis, enfin, un fils de l'Église, et je n'entreprendrais rien de sérieux sans m'être mis en prières, à la vieille mode de nos ancêtres. Personne ne s'aperçoit de ma religion... A la révolution de 1789, il s'est passé dans ma famille un fait qui nous a tous attachés plus étroitement encore que par le passé à notre sainte mère l'Église. Une pauvre demoiselle de La Peyrade de la branche aînée, qui possède le petit domaine de La Peyrade, car nous, nous sommes Peyrade des Canquoëlle, mais les deux branches héritent l'une de l'autre ; cette demoiselle épousa, six ans avant la Révolution, un avocat qui, selon la mode du temps, était voltairien, c'est-à-dire incrédule, ou déiste, si vous voulez. Il donna dans les idées révolutionnaires et il abonda dans les gentillesses que vous savez, le culte de la déesse Liberté-Raison. Il vint dans notre pays imbu, fanatique de la Convention. Sa femme était très belle ; il la força de jouer le rôle de la Liberté ; la pauvre infortunée est devenue folle... Elle est morte folle ! Eh bien ! par le temps qui court, nous pouvons revoir 1793 !...

Cette histoire, forgée à plaisir, fit une telle impression sur l'imagination neuve et fraîche de Céleste, qu'elle se leva, salua les deux jeunes gens et se retira dans sa chambre.

— Ah ! monsieur, qu'avez-vous dit là !... s'écria Félix, atteint au cœur par le regard froid que Céleste venait de lui jeter en affectant une profonde indifférence. Elle se voit en déesse de la Raison...

— De quoi s'agissait-il donc ? demanda Théodose.

— De mon indifférence en matière de religion.

— La grande plaie du siècle, répondit Théodose d'un air grave.

— Me voici, dit Mme Colleville en se montrant habillée avec goût. Mais qu'a donc ma pauvre fille ? elle pleure...

— Elle pleure, Madame !... s'écria Félix ; dites-lui, Madame, que je vais me mettre à étudier l'*Imitation de Jésus-Christ*.

Et Félix descendit avec Théodose et Flavie, à qui l'avocat serrait le bras de manière à lui faire comprendre que, dans la voiture, il lui expliquerait la démence du jeune savant.

Une heure après, Mme Colleville et Céleste, Colleville et Théodose entraient chez les Thuillier et venaient dîner avec eux. Théodose et Flavie avaient entraîné Thuillier dans le jardin, et Théodose lui dit :

— Bon ami, tu auras la croix dans huit jours. Tiens, cette chère amie va te raconter notre visite à Mme la comtesse Du Bruel...

Et Théodose quitta Thuillier en voyant Desroches amené par Mlle Thuillier; il alla, poussé par un affreux et glacial pressentiment [1], au-devant de l'avoué.

— Mon cher maître, dit Desroches à l'oreille de Théodose, je viens voir si vous pouvez vous procurer vingt-sept mille six cent quatre-vingts francs soixante centimes pour les frais...

— Vous êtes l'avoué de Cérizet?... s'écria l'avocat.

— Il a remis les pièces à Louchard, et vous savez ce qui vous attend, après une arrestation. Cérizet a-t-il tort de vous croire vingt-cinq mille francs dans votre secrétaire? Vous les lui avez offerts, il trouve assez naturel de ne pas les laisser chez vous...

— Je vous remercie de votre démarche, mon cher maître, dit Théodose, et j'ai prévu cette attaque...

— Entre nous, répondit Desroches, vous l'avez joliment berné... Le drôle ne recule devant rien pour se venger, car il perd tout, si vous voulez jeter la robe aux orties et aller en prison...

— Moi! s'écria Théodose, je paie!... Mais il y a cinq acceptations de chacune cinq mille francs [2]: qu'en compte-t-il faire?

— Oh! après l'affaire de ce matin, je ne puis rien vous dire; mais mon client est un chien fini, galeux, et il a bien ses petits projets...

— Voyons, Desroches, dit Théodose en prenant le raide et sec Desroches par la taille, les pièces sont-elles encore chez vous?

— Voulez-vous payer?

— Oui, dans trois heures.

---

1. Balzac semble ici se laisser entraîner au plaisir de dramatiser. Théodose ne risque plus son avenir, puisqu'il a l'argent disponible et qu'il a (voyez un peu plus bas) « prévu cette attaque ».

2. En fait, Dutocq et Cérizet, à eux deux, détenaient cinq acceptations de chacune dix mille francs (plus haut, page 186).

— Eh bien ! soyez chez moi à neuf heures ; je recevrai vos fonds et vous remettrai les titres ; mais à neuf heures et demie, ils seront chez Louchard [1]...

— Eh bien ! à ce soir, neuf heures... dit Théodose.

— A neuf heures, répondit Desroches, dont le regard avait embrassé toute la famille alors réunie dans le jardin, Céleste qui, les yeux rouges, causait avec sa marraine, Colleville et Brigitte, Flavie et Thuillier. Sur les marches du large perron par lequel on montait du jardin dans la salle d'entrée, Desroches dit à Théodose, qui l'avait reconduit jusque-là :

— Vous pouvez bien payer vos lettres de change.

Par ce seul coup d'œil, Desroches, qui venait de faire causer Cérizet, avait reconnu les immenses travaux de l'avocat [2].

---

1. Dans *La Cousine Bette,* qu'il compose deux ans plus tard, le romancier oublie l'allusion au Garde du Commerce qu'il fait ici, dans une scène qui se passe en 1840, et il lui fait prendre sa retraite en 1838.

2. C'est aussi un *satisfecit* que se donne Balzac, arrivé à ce palier de son roman.

Le lendemain matin, au petit jour, Théodose allait chez le banquier des petits métiers voir l'effet qu'avait produit sur son ennemi le paiement accompli ponctuellement la veille, et faire encore une tentative pour se débarrasser de ce taon.

Il trouva Cérizet debout, en conférence avec une femme, et il en reçut une espèce d'invitation impérative de rester à distance, afin de ne pas troubler leur entretien. L'avocat fut donc réduit à des conjectures sur l'importance de cette femme, dont déposait l'air soucieux du prêteur à la petite semaine. Théodose eut un pressentiment, excessivement vague d'ailleurs, que l'objet de cette conférence allait influer sur les dispositions de Cérizet, car il lui voyait dans la physionomie ce changement complet que produit l'espérance.

— Mais, ma chère maman Cardinal...
— Oui, mon brave Monsieur...
— Que voulez-vous !...
— Il faut se décider...

Ces commencements ou ces fins de phrases étaient les seules lueurs que la conversation animée et tenue à voix basse, d'oreille à bouche, de bouche à oreille, faisait jaillir sur le témoin immobile, dont l'attention se fixa sur Mme Cardinal.

Mme Cardinal était une des premières pratiques de Cérizet; elle revendait de la marée. Si les Parisiens connaissent ces sortes de créations particulières à leur terroir, les étrangers n'en soupçonnent pas l'existence,

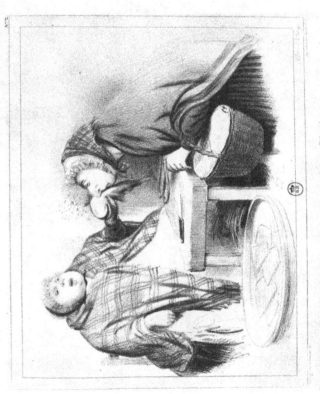

Blave son chez fous conez jas... In gurad jut c'es sera par la Xuiqnethe.

La revendeuse de marée, une concurrente de Mme Cardinal   *Cl. B. N.*

Lithographie de Traviès

et la mère Cardinal, en style nécrologique, méritait tout l'intérêt qu'elle excitait chez l'avocat. On rencontre tant de femmes de ce genre dans les rues, que le promeneur n'y fait guère plus d'attention qu'aux trois mille tableaux d'une exposition. Mais là, dans cette excursion, la Cardinal avait toute la valeur d'un chef-d'œuvre isolé, car elle était le type complet de son genre [1].

Elle était montée sur des sabots crottés; mais ses pieds, soigneusement enveloppés de chaussons, ne manquaient pas de longs gros bas drapés. Sa robe d'indienne, enrichie d'un falbala de boue, portait l'empreinte de la bretelle qui retient l'éventaire, en coupant par derrière la taille un peu bas. Son principal vêtement était un châle dit *cachemire en poil de lapin*, dont les deux bouts se nouaient au-dessus de sa *tournure*, car il faut bien employer le mot du beau monde pour exprimer l'effet que produisait la pression de la bretelle transversale sur ses jupes, qui se relevaient en forme de chou. Une rouennerie grossière, qui servait de fichu, laissait voir un cou rouge et rayé comme le bassin de la Villette quand on y a patiné. Sa coiffure était un foulard de soie jaune, assez tortillé d'une façon pittoresque.

Courte et grosse, d'un teint riche en couleur, la mère Cardinal devait boire son petit coup d'eau-de-vie le matin. Elle avait été belle. La Halle lui reprochait, dans son langage à figures hardies, d'avoir fait plus d'une journée la nuit. Son organe, pour se mettre au diapason d'une conversation honnête, était obligé d'étouffer le son, comme cela se fait dans une chambre de malade; mais alors il sortait épais et gras de ce gosier habitué à lancer jusqu'aux profondeurs des mansardes

---

1. Le romancier est de nouveau tenté par le pittoresque parisien et par le genre de la Monographie. Le morceau qui suit est un fragment de *Physiologie de la revendeuse de marée*. Voyez la lithographie de Traviès (planche X).

les noms du poisson de chaque saison. Son nez à la
Roxelane [1], sa bouche assez bien dessinée, ses yeux
bleus, tout ce qui fit jadis sa beauté se trouvait enseveli
dans les plis d'une graisse vigoureuse, où se trahis-
saient les habitudes de la vie en plein air. Le ventre et
les seins se recommandaient par une ampleur à la
Rubens.

— Et voulez-vous que je couche sur la paille?...
disait-elle à Cérizet. Que me font, à moi, les Poupillier!... Suis-je pas une Poupillier?... Où voulez-vous
qu'on les fiche, les Poupillier?...

Cette sauvage sortie fut réprimée par Cérizet, qui
dit à la revendeuse un de ces *chut!* prolongés auxquels
obéissent tous les conspirateurs.

Eh bien! Allez voir ce qu'il en est, et revenez, dit
Cérizet en poussant la femme vers la porte et lui disant
là quelques mots à l'oreille.

— Eh bien! mon cher ami, dit Théodose à Cérizet,
tu as ton argent?

— Oui, répondit Cérizet; nous avons mesuré nos
griffes, elles sont de la même dureté, de la même longueur, de la même force... Après?

— Dois-je dire à Dutocq que tu as reçu hier vingt-
sept...

— Oh! mon cher ami, pas un mot!... si tu m'aimes!...
s'écria Cérizet [2].

— Écoute, reprit Théodose, il faut que je sache une
bonne fois ce que tu veux. J'ai l'intention bien formelle de ne pas rester vingt-quatre heures sur le gril
où vous m'avez mis. Que tu roues Dutocq, cela m'est
parfaitement indifférent; mais je veux que nous nous
entendions... C'est une fortune, vingt-sept mille francs
entre tes mains, car tu dois avoir à toi dix mille francs

---

1. *A la Roxelane* se dit d'un nez retroussé. Ce nom est celui d'une
sultane du xvie siècle, la favorite de Soliman II.

2. Cérizet n'a aucune intention de partager l'argent avec Dutocq,
qu'il a tenu à l'écart de toute cette lutte. Dès la page 163, Balzac
annonce l'intention de Cérizet de « tirer son épingle du jeu ».

gagnés dans ton commerce, et c'est de quoi devenir honnête homme. Cérizet, si tu me laisses tranquille, si tu ne m'empêches pas de devenir le mari de Mlle Colleville, je serai quelque chose comme avocat du Roi à Paris; tu ne saurais mieux faire que de t'assurer une protection dans cette sphère.

— Voici mes conditions, elles ne souffrent pas la discussion; c'est à prendre ou à laisser. Tu me feras avoir la maison Thuillier à titre de principal locataire par un bon bail de dix-huit ans, et je te remettrai une des cinq autres lettres de change acquittée [1]. Tu ne me trouveras plus sur ton chemin, tu auras affaire à Dutocq pour les quatre autres... Tu m'as mis dedans; Dutocq n'est pas de force à lutter contre toi [2]...

— Je consens à cela, si tu veux donner quarante-huit mille francs de loyer de la maison, la dernière année d'avance, et faire partir le bail du mois d'octobre prochain...

— Oui, mais je ne donnerai que quarante-trois mille francs d'argent, ta lettre de change fera les quarante-huit. J'ai bien vu la maison, je l'ai étudiée, ça me va [3].

— Une dernière condition, dit Théodose: tu m'aideras contre Dutocq.

— Non, répondit Cérizet; il est assez cuit par moi [?], sans que j'aille encore lui donner des coups de lardoire: il rendrait tout son jus. Faut de la raison. Ce pauvre homme ne sait comment payer les derniers

---

1. Il faut supposer que Cérizet fera un arrangement avec Dutocq pour cette sixième lettre de change, ou qu'il détenait six des dix billets de cinq mille francs souscrits par Théodose.

2. La lutte *sous-marine* est donc pratiquement terminée; le combat de ces *animaux féroces,* prévu depuis longtemps et dont le début est annoncé page 188, prend fin par la victoire de Théodose, qui a maintenant le champ libre. La première partie du roman s'achève et l'action, avec l'affaire Poupillier, prend un nouveau tournant.

3. Il n'est pas précisé si les impôts sont à la charge de Cérizet. En tout cas, les conditions sont encore meilleures pour les Thuillier que celles du principal locataire proposé par Cardot (plus haut, page 208).

quinze mille francs de sa charge, et c'est bien assez
pour toi de savoir qu'avec quinze mille francs tu peux
racheter tes titres.

— Eh bien! donne-moi quinze jours pour te faire
obtenir ton bail...

— Pas plus tard que jusqu'à lundi prochain! Mardi,
ta lettre de change de cinq mille sera protestée, à moins
que tu ne paies lundi, ou que Thuillier ne m'ait accordé
le bail.

— Eh bien, lundi, soit!... dit Théodose. Sommes-
nous amis?...

— Nous le serons lundi, répondit Cérizet.

— Eh bien! à lundi; tu me paieras à dîner? dit en
riant Théodose.

— Au *Rocher-de-Cancale* [1], si j'ai le bail. Dutocq en
sera... nous rirons... Il y a bien longtemps que je n'ai ri...

Théodose et Cérizet se donnèrent une poignée de
main, en se disant réciproquement:

— A bientôt!

Cérizet ne s'était pas si promptement calmé sans
raison. D'abord, selon le mot de Desroches, « *la bile
ne facilite pas les affaires*, » et l'usurier en avait trop bien
senti la justesse, pour ne pas froidement se résoudre à
tirer parti de sa position, et à *juguler* (le mot technique) le
rusé Provençal.

— C'est une revanche à prendre, lui dit Desroches,
et vous tenez ce garçon-là... Voyez à en extraire la
quintessence.

Or, depuis dix ans, Cérizet avait vu plusieurs personnes enrichies par le métier de principal locataire.
Le principal locataire est, à Paris, aux propriétaires de
maisons ce que sont les fermiers aux possesseurs de
terres. Tout Paris a vu l'un des plus fameux tailleurs,
bâtissant sur le fameux emplacement de Frascati, à

---

1. C'est le grand restaurant de *La Comédie humaine,* « l'établissement où l'Europe entière a dîné » *(Cousine Bette).* Il était situé rue
Montorgueil.

l'angle du boulevard et de la rue de Richelieu, l'immeuble le plus somptueux, à ses frais, et comme principal locataire d'un hôtel dont le loyer n'est pas moindre de cinquante mille francs. Malgré les frais de construction, qui sont d'environ sept cent mille francs, les dix-neuf années de bail présenteront de très beaux bénéfices [1].

Cérizet, à l'affût des affaires, avait examiné les chances de gain que pouvait offrir la location de la maison *volée* par Thuillier, disait-il à Desroches, et il avait reconnu la possibilité de la louer plus de soixante mille francs au bout de six ans. Elle présentait quatre boutiques, deux sur chaque face, car elle occupe un coin de boulevard.

Cérizet espéra gagner une dizaine de mille francs au moins par an, pendant douze ans, sans compter les éventualités, ni les pots-de-vin donnés à chaque renouvellement de bail par les fonds de commerce qui s'y établiraient, et auxquels ils n'accorderait d'abord que six ans de bail. Or, il se proposait de vendre son fonds d'usurier à Mme Veuve Poiret et à Cadenet pour une dizaine de mille francs; il en possédait dix environ, il se trouvait donc en position de donner l'année d'avance que les propriétaires ont coutume d'exiger, comme garantie, des principaux locataires. Cérizet avait donc passé la nuit la plus heureuse; il s'était endormi dans un beau rêve, il se voyait en passe de faire un honnête métier, de devenir bourgeois comme Thuillier, comme Minard, comme tant d'autres [2].

---

1. Frascati, lieu de plaisir, restaurant et surtout maison de jeu, étant « défunt » en 1837, Buisson, qui était précisément le tailleur de Balzac (en même temps que de plusieurs personnages de *La Comédie humaine*), construisit sur son emplacement un luxueux immeuble de rapport. Dans ce *phalanstère colyséen* (Balzac l'appelle ainsi dans sa *Physiologie des boulevards de Paris*, 1844, éd. Conard, tome XL, page 614), il loua un pied-à-terre au romancier, qui a donc habité la maison dont il parle ici.

2. *L'artiste en mal* ne songe, comme le lui dit Théodose (page 192) qu'à « reconquérir... une place honorable », qu'à redevenir bourgeois.

Il renonçait alors à l'acquisition de la maison en construction rue Geoffroy-Marie [1]. Mais il eut un réveil
auquel il ne s'attendait point; il trouva la Fortune debout, lui versant à flots ses cornes dorées, dans la
personne de Mme Cardinal.

Il avait toujours eu des considérations pour cette
femme, et il lui promettait, depuis un an surtout, la
somme nécessaire pour acheter un âne et une petite
charrette, afin qu'elle pût faire son commerce en grand
en allant de Paris à la banlieue. Mme Cardinal, veuve
d'un fort de la Halle, avait une fille unique dont la
beauté fut vantée à Cérizet par d'autres commères.
Olympe Cardinal était âgée d'environ treize ans, quand,
en 1837, Cérizet commença *le prêt* dans le quartier, et,
dans un but de libertinage infâme, il eut les plus
grandes attentions pour la Cardinal; il l'avait tirée de
la plus profonde misère, en espérant faire d'Olympe
sa maîtresse; mais, en 1838, la petite fille avait quitté
sa mère, et *faisait sans doute la vie*, pour employer l'expression par laquelle le peuple parisien peint l'abus des
précieux dons de la nature et de la jeunesse.

Chercher une fille dans Paris, c'est chercher une
ablette en Seine, il faut le hasard d'un coup de filet.
Ce hasard était venu. La mère Cardinal, qui, pour régaler une commère, l'avait menée au théâtre de Bobino [2],
venait de trouver dans la jeune première sa fille, que le
premier comique tenait sous sa domination depuis
trois ans. La mère, d'abord assez flattée de voir sa
fille en belle robe lamée, coiffée comme une duchesse,
ayant des bas à jour, des souliers de satin, et applaudie
à son entrée, avait fini par lui crier de sa place:

— T'auras de mes nouvelles, assassin de ta mère!...
Je saurai si de méchants cabotins ont le droit de venir
débaucher des filles de treize ans!...

---

1. Voyez plus haut, page 191.
2. Le Théâtre du Luxembourg, ou Bobino, faisait les délices des
étudiants et des petits bourgeois du Quartier Latin. Il fut démoli
en 1868.

Elle voulut guetter sa fille à la sortie, mais la jeune première et le premier comique avaient sans doute sauté par-dessus la rampe, et s'en allèrent dans le gros du public, au lieu de sortir par la porte du théâtre, où la Veuve Cardinal et la mère Mahoudeau, sa bonne amie, firent un tapage infernal, que deux gardes municipaux apaisèrent. Cette auguste institution, devant qui les deux femmes abaissèrent le diapason de leurs voix, fit observer à la mère qu'à seize ans sa fille avait l'âge du théâtre, et qu'au lieu de crier à la porte après le directeur, elle pouvait le citer à la justice de paix ou à la police correctionnelle, à son choix.

Le lendemain, Mme Cardinal se proposait de *le* consulter[1], vu qu'*il* travaillait à la justice de paix; mais elle fut foudroyée par le portier de la maison où demeurait le vieux Poupillier, son oncle, lequel, lui dit monsieur Perrache, n'avait pas deux jours à vivre, étant à toute extrémité.

— Eh bien ! que voulez-vous que je fasse? dit la Veuve Cardinal.

— Nous comptons sur vous, ma chère Madame Cardinal; vous ne nous oublierez pas pour le bon avis que nous vous donnons. Voici la chose. Dans les derniers temps, votre pauvre oncle, ne pouvant plus se remuer, a eu confiance en moi pour aller toucher les loyers de sa maison, rue Notre-Dame-de-Nazareth[2], et les arrérages[a] d'une inscription de rente qu'il a sur le Trésor, de dix-huit cents francs.

A cet énoncé, les yeux de la Veuve Cardinal devinrent fixes, d'errants qu'ils étaient.

— Oui, ma petite, reprit le sieur Perrache, petit portier bossu; et, vu que vous êtes la seule qui pensiez à lui, qui lui portiez de temps en temps du poisson et

---

1. Cérizet. Voyez plus haut, page 156.
2. Balzac avait d'abord écrit : *rue du Dragon,* mais il a jugé invraisemblable que Poupillier soit propriétaire d'une maison dans le quartier même de Saint-Sulpice, où il exerce sa profession de *pauvre* patenté.

qui l'alliez voir, peut-être qu'il ferait des *dépositions* en votre faveur... Ma femme, dans ces derniers jours-ci, l'a gardé, l'a veillé; mais elle lui a parlé de vous, et il ne voulait pas qu'on vous dise qu'il était si malade... Voyez-vous, il est temps de vous montrer. Dame, voilà deux mois qu'il ne va plus à son affaire.

— Avouez, mon vieux gratte-cuir, dit la mère Cardinal au portier, cordonnier de son état [a], en allant avec une excessive rapidité vers la rue Honoré-Chevalier, où logeait son oncle dans une affreuse mansarde, qu'il m'aurait bien poussé du poil dans la main avant que je pusse imaginer cela!... Quoi! mon oncle Poupillier riche! le bon pauvre de l'église Saint-Sulpice!

— Ah! dit le portier, il se nourrissait bien... il se couchait tous les soirs avec sa bonne amie, une grosse bouteille de vin de Roussillon. Ma femme en a goûté; mais à nous, il nous disait que c'était du vin à six sous. C'est le marchand de vin de la rue des Canettes qui le lui fournissait.

— Ne parlez pas de tout cela, mon brave, dit la Veuve Cardinal, j'aurai soin de vous..., s'il y a quelque chose.

Ce Poupillier, ancien tambour-major aux Gardes-françaises, avait passé, deux ans avant 1789, au service de l'Église en devenant suisse à Saint-Sulpice. La Révolution l'avait privé de son état, et il était tombé dans une misère effroyable. Il fut obligé de prendre la profession de modèle, car il jouissait d'un beau physique. A la renaissance du culte, il reprit sa hallebarde ; mais en 1816, il fut destitué, tant à cause de son immoralité qu'à raison de son grand âge : il passait pour être septuagénaire. Néanmoins, comme retraite, on le souffrit à la porte, où il donna l'eau bénite. En 1820, son goupillon excita l'envie, et il le céda contre la promesse d'être souffert en qualité de pauvre à la porte de l'église. En 1820, riche de soixante-cinq ans sonnés, il s'en octroya quatre-vingt-seize et commença le métier de centenaire.

Dans tout Paris, il était impossible de trouver une barbe et des cheveux comme ceux de Poupillier. Il se tenait courbé presqu'en deux; il tenait un bâton d'une main tremblotante, une main couverte du lichen qui se voit sur les granits, et il tendait le chapeau classique, crasseux, à larges bords, rapetassé, dans lequel tombaient d'abondantes aumônes. Ses jambes, entortillées dans des linges et des haillons, traînaient d'effroyables sparteries en dedans desquelles il adaptait d'excellentes semelles en crin. Il se saupoudrait le visage d'ingrédients qui simulaient des taches de maladies graves, des rugosités, et il jouait admirablement la sénilité d'un centenaire. Il eut cent ans à compter de 1825, et il en avait réellement soixante-dix. Il était le chef des pauvres, le maître de la place, et tous ceux qui venaient mendier sous les arcades de l'église, à l'abri des persécutions des agents de police et sous la protection du suisse, du bedeau, du donneur d'eau bénite et aussi de la paroisse, lui payaient une espèce de dîme.

Quand, en sortant, un héritier, un marié, quelque parrain, disait: « Voilà pour vous tous, et qu'on ne tourmente personne, » Poupillier, désigné par le suisse, son successeur, empochait les trois quarts des dons et ne donnait qu'un quart à ses acolytes, dont le tribut s'élevait à un sou par jour. En 1820, l'avarice et sa passion pour le bon vin furent les deux sentiments qui lui restèrent; mais il régla le second et s'adonna tout entier au premier, sans négliger son bien-être. Il buvait le soir, après dîner, l'église fermée; il s'endormit pendant vingt ans dans les bras de l'ivresse, sa dernière maîtresse.

Le matin, au jour, il était à son poste avec tous ses moyens. Du matin à l'heure de son dîner, qu'il allait faire chez le fameux *Père Lathuile*, illustré par Charlet [1],

---

1. Il semble qu'il y ait ici un lapsus de Balzac : c'est Vernet, dans un tableau (voir la gravure, planche V), et non pas Charlet, dans une lithographie, qui a reproduit cet épisode de 1815.

il rongeait des croûtes de pain pour toute nourriture, et il les rongeait en artiste, avec une résignation qui lui valait d'abondantes aumônes. Le suisse, le donneur d'eau bénite, avec lesquels il s'entendait peut-être, disaient de lui:

— C'est le pauvre de l'église; il a connu le curé Languet, qui a bâti Saint-Sulpice[1]; il a été vingt ans suisse, avant et après la Révolution: il a cent ans.

Cette petite biographie, connue des dévotes, était la meilleure de toutes les enseignes, et aucun chapeau ne fut mieux achalandé dans tout Paris. Il avait acheté sa maison en 1826 et sa rente en 1830.

D'après la valeur des deux biens, il devait faire six mille francs de recettes par an, et les avoir placés dans une usure semblable à celle de Cérizet, car le prix de la maison fut de quarante mille francs, et la rente coûta quarante-huit mille francs. La nièce, abusée par son oncle, tout aussi bien que les portiers, les petits fonctionnaires de l'église et les âmes dévotes étaient abusés, le croyait plus malheureux qu'elle, et, quand elle avait des poissons avancés, elle les apportait à son oncle.

Elle jugea donc nécessaire de tirer parti de ses marchandises et de sa pitié pour un oncle qui devait avoir une foule de collatéraux inconnus, car elle était la troisième et dernière fille Poupillier; elle avait quatre frères, et son père, commissionnaire à charrette, lui

---

Les Batignolles furent alors « le théâtre d'une glorieuse résistance... Le maréchal (Moncey) et son état major étaient postés dans la grande avenue (vers la Barrière de Clichy), à l'endroit où se trouve le restaurant du *Père Lathuille,* qui n'était alors qu'un cabaret, auquel le souvenir des exploits de cette journée et le beau talent d'Horace Vernet donnèrent une célébrité très fructueuse pour le propriétaire de l'établissement ». Texier, *Tableau de Paris,* 1853. On notera que Poupillier avait un long chemin à parcourir pour aller dîner; mais à Clichy du moins il n'était pas connu.

1. Languet de Gergy était mort en 1750. Pendant trente-cinq ans, sollicitant des subventions, organisant des quêtes et des loteries, il avait réuni les fonds nécessaires à l'achèvement et à l'embellissement de son église.

parlait dans son enfance de trois tantes et de quatre oncles ayant tous les destinées les plus saugrenues.

Après avoir vu son oncle, elle prit son train de galop pour venir consulter Cérizet en lui apprenant comment elle avait retrouvé sa fille, et les raisons, les observations, les indices qui lui faisaient croire que son oncle Poupillier cachait un tas d'or dans son grabat. La mère Cardinal ne se reconnaissait pas assez forte pour s'emparer de la succession du pauvre légalement ou illégalement, et elle était venue se confier à Cérizet.

L'usurier des pauvres, semblable aux égoutiers, trouvait enfin des diamants dans le tas de fange où il barbotait depuis quatre ans en y épiant un de ces hasards [1] qui, dit-on, se rencontrent au milieu de ces faubourgs d'où sortent quelques héritières en sabots. Tel était le secret de sa mansuétude avec l'homme de qui la ruine avait été jurée. On peut imaginer en quelle anxiété il fut en attendant le retour de la Veuve Cardinal, à qui ce profond ourdisseur de trames ténébreuses avait donné les moyens de vérifier ses soupçons sur l'existence du trésor, et à qui sa dernière phrase avait promis tout, si elle voulait s'en remettre à lui du soin de recueillir cette moisson. Il n'était pas homme à reculer devant un crime, surtout quand il voyait chance à le faire commettre par autrui, tout en s'en appliquant les bénéfices. Et il achetait alors [a] la maison de la rue Geoffroy-Marie, et il se voyait enfin bourgeois de Paris, capitaliste en état d'entreprendre de belles affaires !

---

1. Balzac a employé le même mot plus haut, pages 162-163, à propos de l'affaire apportée par papa Lantimèche.

XXII. — DES DIFFICULTÉS
QUI SE RENCONTRENT
DANS LE VOL
LE PLUS FACILE

— Mon cher Benjamin [1], dit la revendeuse de
marée, en abordant Cérizet d'un visage enflammé
par la rapidité de sa course et par la cupidité, mon
oncle couche sur plus de cent mille francs en or!...
et je suis certaine que les Perrache, sous couleur de le
soigner, ont *reluqué* le magot!...

— Cette fortune-là, dit Cérizet, partagée entre
quarante héritiers, ne donnerait pas grand'chose à
chacun. Écoutez, mère Cardinal?... j'épouse votre
fille; donnez-lui l'or de votre oncle en dot, et je vous
laisserai la rente et la maison... en usufruit.

— Nous ne courrons aucun risque?

— Aucun.

— C'est fait! dit Mme Veuve Cardinal, quelle
belle vie ça me fera six mille francs de rente!

— Et un gendre comme moi, donc! s'écria Cérizet.

— Je serai donc bourgeoise de Paris! dit la Cardinal.

— Maintenant, reprit Cérizet après une pause pendant laquelle le gendre et la belle-mère s'embrassèrent,
je dois aller étudier le terrain. Ne quittez plus la place
et vous annoncerez aux portiers que vous attendez
un médecin; le médecin, ce sera moi, n'ayez pas l'air
de me connaître [2].

---

1. Mon fils préféré.
2. Après s'être laissé prendre pour un médecin, Cérizet se présen tera
finalement comme « l'homme d'affaires de Mme Cardinal » (page 2 3 8).

— Es-tu fûté, gros drôle! dit la mère Cardinal en donnant une tape au ventre de Cérizet en façon d'adieu.

Une heure après, Cérizet, vêtu tout en noir, déguisé par une perruque rousse et par une physionomie artistement dessinée[1], arriva rue Honoré-Chevalier en cabriolet de régie. Il demanda qu'on lui indiquât le logement d'un pauvre nommé Poupillier, au portier cordonnier qui lui dit:

— Monsieur est le médecin qu'attend Mme Cardinal?

Et sur un signe de Cérizet, il le conduisit à un escalier de service qui menait dans la mansarde occupée par le pauvre.

Perrache sortit sur le pas de sa porte et le cocher du cabriolet, questionné par lui, confirma la qualité que Cérizet se laissait donner.

La maison où demeurait Poupillier est une de celles qui sont sujettes à perdre la moitié de leur profondeur en vertu du plan d'alignement[2], car la rue Honoré-Chevalier est une des plus étroites du quartier Saint-Sulpice. Le propriétaire, à qui la loi défendait d'élever de nouveaux étages ou de réparer, était obligé de louer cette bicoque dans l'état où il l'avait achetée. Ce bâtiment, excessivement laid sur la rue, se composait d'un premier étage surmonté de mansardes au-dessus d'un rez-de-chaussée et d'un petit corps de logis en équerre sur chaque côté. La cour se terminait par un jardin planté d'arbres qui dépendait de l'appartement du premier étage. Ce jardin, séparé de la cour par une grille, aurait permis à un propriétaire riche de vendre à la ville la maison et de la rebâtir sur l'emplacement de la cour; mais non seulement le propriétaire était pauvre, mais encore il avait loué tout le premier étage

---

1. Cérizet, on le sait (page 99), a été acteur.

2. Très léger anachronisme. La scène se passe en 1840; or c'est par ordonnance royale du 12 mai 1841 que la largeur de cette rue est portée de sept à dix mètres : en conséquence, les constructions situées sur le côté gauche, en venant de Saint-Sulpice, devront reculer d'environ trois mètres (F. Lazare, *Dictionnaire des rues de Paris,* 1844).

par un bail de dix-huit ans à un personnage mystérieux sur qui ni la police officieuse du portier ni la curiosité des autres locataires n'avait pu mordre.

Ce locataire, alors âgé de soixante-dix ans, avait, en 1829, fait adapter un escalier à la fenêtre du corps de logis en retour qui donnait sur le jardin, pour y descendre et s'y promener sans passer par la cour. La moitié du rez-de-chaussée à gauche était occupée par un brocheur qui, depuis dix ans, avait transformé les remises et les écuries en atelier, et l'autre moitié par un relieur. Le relieur et le brocheur occupaient chacun la moitié des mansardes sur la rue. Les mansardes au-dessus d'un des corps de logis en retour dépendaient de l'appartement du mystérieux personnage. Enfin, Poupillier payait cent francs pour la mansarde qui couronnait l'autre petit corps de logis à gauche, et où l'on montait par un escalier qu'éclairaient des jours de souffrance. La porte cochère offrait ce renfoncement circulaire indispensable dans une rue étroite où deux voitures ne peuvent se rencontrer.

Cérizet prit une corde qui servait de rampe, en gravissant l'espèce d'échelle qui menait à la chambre où se mourait le centenaire, et où l'attendait l'affreux spectacle d'une misère jouée.

Or à Paris, tout ce qui se fait exprès est admirablement réussi. Les pauvres sont, en ceci, tout aussi forts que les boutiquiers pour leurs étalages, que les faux riches qui veulent obtenir du crédit.

Le plancher n'avait jamais été balayé; les carreaux disparaissaient sous une espèce de litière composée d'ordures, de poussière, de boue séchée et de tout ce que jetait Poupillier. Un mauvais poêle en fonte, dont le tuyau se rendait dans le trumeau d'une cheminée condamnée, ornait ce taudis, au fond duquel était une alcôve, un lit dit en tombeau, à pentes et à bonnes grâces en serge verte dont les vers avaient fait de la dentelle [1]. La fenêtre, presque aveugle, avait sur ses vitres comme une taie de poussière et de crasse qui dispensait d'y mettre des rideaux. Les murs, blanchis à la chaux, offraient au regard une teinte fuligineuse due au charbon et aux mottes que le pauvre brûlait dans son poêle. Sur la cheminée, il y avait un pot à eau ébréché, deux bouteilles et une assiette cassée. Une mauvaise commode vermoulue contenait le linge et les habits propres. Le mobilier consistait en une table de nuit de l'espèce la plus vulgaire, une table valant quarante sous, et deux chaises de cuisine presque dépaillées. Le costume, si pittoresque, du centenaire était accroché à des clous, et les informes sparteries qui lui servaient de souliers baillaient au bas. Son bâton prestigieux et son chapeau se trouvaient auprès de l'alcôve.

En entrant, Cérizet regarda le vieillard : il était la tête sur un oreiller brun de crasse, sans taie, et son profil anguleux, pareil à celui que, dans le dernier siècle, des graveurs se sont amusés à faire avec des paysages à roches menaçantes, et qu'on voit sur les boulevards, se dessinait en noir sur le fond vert des rideaux. Poupillier, homme de près de six pieds, regardait fixement un objet idéal au pied de son lit, et il ne remua point en entendant grogner la lourde porte, armée de fer et à forte serrure, qui fermait solidement son domicile.

— A-t-il sa connaissance? dit Cérizet, devant qui la Cardinal recula, car elle ne le reconnut qu'à la voix.

— A peu près, dit Mme Cardinal.

— Venez sur l'escalier; personne ne pourra nous entendre. Voici le plan, reprit Cérizet en parlant à l'oreille de sa future belle-mère. Il est faible, mais il a bon visage et nous avons bien huit jours à nous. D'ailleurs, je vais aller chercher un médecin qui nous

---

1. La *pente* est une bande de tissu disposée horizontalement autour du ciel de lit. Les *bonnes grâces* sont des rideaux étroits qui descendent du ciel de lit; leur rôle est surtout d'ornement.

convienne. Je reviendrai mardi avec six têtes de pavots. Dans l'état où il est, voyez-vous, une décoction de pavot le plongera dans un profond sommeil. Je vous enverrai un lit de sangle, sous prétexte de vous faire un coucher pour passer les nuits auprès de votre oncle. Nous le transporterons du lit vert sur le lit de sangle, et, quand nous aurons reconnu la somme que contient ce précieux meuble, eh bien! nous ne manquerons pas de moyens de transport. Le médecin nous dira s'il est en état de vivre quelques jours, et surtout de tester...

— Mon fils!...

— Mais il faut savoir qui sont les habitants de cette baraque! les Perrache peuvent donner l'alarme, et autant de locataires, autant d'espions.

— Bah! je sais déjà que M. Du Portail, le locataire du premier, un petit vieux, a soin d'une fille folle que j'entends appeler Lydie depuis ce matin; elle est au-dessous, gardée par une vieille Flamande nommée Katt. Ce vieillard a pour tout domestique un vieux valet de chambre, un autre vieux appelé Bruno, qui fait tout, excepté la cuisine.

— Mais ce relieur et ce brocheur, ça travaille dès le matin, dit Cérizet. Allons à la mairie, il me faut pour la publication des bans les nom, prénoms de votre fille et son lieu de naissance, afin de se procurer les actes nécessaires. De samedi prochain en huit la noce!

— Va-t-il! va-t-il, ce gueux-là! dit la mère Cardinal en poussant de l'épaule ce redoutable gendre.

En descendant, Cérizet fut surpris de voir le petit vieux, ce Du Portail, se promenant dans le jardin avec un des personnages les plus importants du gouvernement, le comte Martial de La Roche-Hugon. Il resta dans la cour, examinant cette vieille maison bâtie sous Louis XIV et dont les murs jaunes, quoiqu'en pierres de taille, pliaient comme le vieux Poupillier; il regardait les deux ateliers et y comptait les ouvriers. Cette maison était silencieuse comme un cloître. Observé lui-même, Cérizet s'en alla, pensant à toutes les difficultés que présentait l'extraction de la somme cachée par le moribond, quoiqu'elle fût sous un petit volume.

— Enlever cela pendant la nuit? se disait-il, les portiers sont aux aguets, et le jour, on sera vu par vingt personnes... On porte assez difficilement vingt-cinq mille francs d'or sur soi [1]...

Les sociétés ont deux termes de perfection : le premier est l'état d'une civilisation où la morale, également infusée, ôte l'idée du crime, et les jésuites arrivaient à ce terme sublime qu'a présenté l'Église primitive [2]; le second est l'état d'une civilisation où la surveillance des citoyens les uns sur les autres rend le crime impossible, ce terme que cherche la société moderne où le crime offre de telles difficultés qu'il faut ne pas raisonner pour en commettre. En effet, aucune des iniquités que la loi n'atteint pas ne reste impunie, et le jugement social est plus sévère encore que celui des tribunaux. Qu'on supprime un testament sans témoins, comme Minoret, le maître de poste de Nemours, ce crime est traqué par l'espionnage de la vertu comme un vol est observé par la police [3]. Aucune indélicatesse ne passe inaperçue, et partout où il y a lésion, la marque paraît. On ne peut pas plus faire disparaître les biens que les hommes, tant, à Paris surtout, les choses sont numérotées, les maisons gardées, les rues observées, les places espionnées. Pour exister, le délit veut une sanction comme celle de la Bourse, comme celle donnée par les clients de Cérizet, qui ne se plaignaient point et

---

1. Cette somme représente en effet un poids d'environ huit kilogrammes.

2. Balzac semble vouloir parler de la morale qui règne à l'intérieur de la Société de Jésus, considérée en tant que société humaine.

3. Allusion à *Ursule Mirouët,* où Minoret finit par rendre la fortune qu'il avait détournée.

qui eussent tremblé de ne plus le trouver à sa cuisine, le mardi [1].

— Eh bien ! mon cher Monsieur, dit la portière en allant au-devant de Cérizet, comment va-t-il, cet ami de Dieu, ce pauvre homme ?...

— Je suis l'homme d'affaires de Mme Cardinal, répondit Cérizet ; je viens de lui conseiller de se faire faire un lit pour garder son oncle, et vais envoyer un notaire, un médecin et une garde.

— Ah ! je puis bien servir de garde, répondit Mme Perrache ; j'ai gardé des femmes en couches.

— Eh bien ! nous verrons, repartit Cérizet, j'arrangerai cela... Qui donc avez-vous pour locataire du premier ?

— Monsieur Du Portail... Oh ! voilà trente ans qu'il loge ici ; c'est un rentier, Monsieur, un vieillard bien respectable... Vous savez, les rentiers, *y* vivent de leurs rentes... Il a été dans les affaires. Voilà bientôt onze ans qu'il essaie de rendre la raison à la fille d'un de ses amis, Mademoiselle Lydie de La Peyrade [2]. Oh ! elle est bien soignée, allez, et par les deux plus fameux médecins... Mais, jusqu'à présent, rien n'a pu lui rendre la raison.

— Mademoiselle Lydie de La Peyrade ! s'écria Cérizet ; êtes-vous bien sûre du nom ?

— Madame Katt, sa gouvernante, qui fait aussi le peu de cuisine de la maison, me l'a dit mille fois, quoiqu'en général, ni Monsieur Bruno, le domestique, ni Madame Katt, ne causent. C'est parler à des murailles

---

1. Voyez plus haut, page 156. Les fautes morales ne peuvent exister qu'avec l'accord de ceux qui en sont les victimes, et lorsqu'elles correspondent à une sorte d'institution.

2. Allusion précise aux événements de mars 1830, mis en scène dans *Splendeurs et Misères des courtisanes* (voyez plus haut les notes de la page 71). Cérizet laissant, comme on l'a vu, le champ libre à Théodose, c'est évidemment M. Du Portail, *alias* Corentin, qui devait par la suite intervenir dans la vie de celui-ci — si le roman n'avait pas été interrompu.

que de vouloir en obtenir des renseignements... Voilà vingt ans que nous sommes portiers, nous n'avons jamais rien su de M. Du Portail. Bien mieux, mon cher Monsieur, il est propriétaire de la petite maison à côté; vous voyez, à porte bâtarde? eh bien! il peut sortir à sa fantaisie et recevoir du monde par là sans que nous en sachions rien. Notre propriétaire n'est pas plus avancé que nous là-dessus; quand on sonne à la porte bâtarde, c'est Monsieur Bruno qui va ouvrir...

— Ainsi, dit Cérizet, vous n'avez pas vu passer le Monsieur avec qui ce petit vieillard mystérieux est en train de causer?

— Tiens! mais non...

C'est la fille de l'oncle à Théodose, se dit Cérizet en remontant en cabriolet. Du Portail serait-il le protecteur qui, dans le temps, a envoyé deux mille cinq cents francs à mon ami?... Si je lui faisais parvenir une lettre anonyme pour l'avertir du danger que vingt mille francs de lettres de change font courir au jeune avocat [1]?

Une heure après, un lit de sangle complet arriva pour Mme Cardinal, à qui la curieuse portière offrit ses services pour lui donner à manger.

— Voulez-vous voir Monsieur le curé? dit la mère Cardinal à son oncle que la construction du lit occupa beaucoup.

— Je veux du vin, répondit le pauvre, et pas d'autre médicament.

— Comment vous sentez-vous, père Poupillier, dit la portière.

— Je ne me sens point, répondit-il en souriant; voilà douze jours que je ne suis point à mon affaire...

La mendicité religieuse, sa place sous le porche de Saint-Sulpice était l'affaire...

— Ça lui revient, dit la mère Cardinal.

---

1. On entrevoit déjà comment Théodose et Du Portail vont être mis en rapport.

— Ils me volent, ils se passent de moi, reprit-il en lançant des regards menaçants... Ah! te voilà, ma petite Cardinal, un nom d'Église...

— Ah! ça me fait-il plaisir de vous voir revenu, s'écria la petite Cardinal, qui allait sur quarante ans.

Le centenaire était retombé.

— C'est égal, il pourra tester, comme dit mon *singe*. Les gens d'affaires ont dans le peuple le surnom de singes. Ce nom est aussi donné aux entrepreneurs.

— Vous ne m'oublierez pas, dit la portière; c'est moi qui a dit à Perrache d'aller vous quérir.

— Vous oublier! j'oublierais donc le bon Dieu, ma fille... Aussi vrai que je suis née Poupillier, vous aurez de ce que j'aurai de quoi faire crever votre tablier...

Cérizet revint au commencement de la soirée, après avoir fait toutes les diligences nécessaires pour avoir les expéditions d'actes indispensables à son mariage, et fait publier les bans aux deux mairies. Une seule tasse d'eau de pavot avait procuré le plus profond sommeil au vieux Poupillier. La nièce et Cérizet prirent le centenaire et le transportèrent d'un lit sur l'autre. Puis, avec une rapidité sans pudeur, ils défirent le lit et visitèrent la paillasse, ce coffre-fort des mendiants. La paillasse était vide; mais le lit, au lieu d'une sangle, avait un fond en bois comme un tiroir, et la lourdeur de ce lit, que le matin la mère Cardinal n'avait pu remuer fut expliquée, quand ces deux héritiers s'aperçurent qu'il existait un double fond. A force de recherches, Cérizet finit par découvrir que la traverse de devant était masquée au moyen d'une planchette. adaptée comme celles qui ferment les boîtes de dominos. Il tira cette languette, et vit quatre tiroirs de trois pouces d'épaisseur, tous pleins de pièces d'or.

— Nous les remplacerons par des gros sous, dit-il en poussant le coude de la mère Cardinal.

— Qu'y a-t-il là?

— Quatre-vingt-dix mille francs, au moins trente

mille par tiroir, répondit Cérizet, la dot de votre fille. Mais replaçons-le sur son lit, car rien ne sera plus facile que d'exploiter cette mine; une fois le secret connu c'est bien ingénieux...

— Il aura trouvé ce lit d'avare chez quelque marchand de meubles... s'écria la mère Cardinal.

— Voyons, si je pourrai porter mille pièces de quarante francs, dit Cérizet en bourrant d'or les deux goussets de son pantalon, où il tint trois cents pièces d'or, les deux poches de son gilet où il en mit deux cents, et les deux poches de sa redingote où il en mit deux cent cinquante dans son mouchoir et deux cent cinquante dans celui de la mère Cardinal. Ai-je l'air d'être bien chargé? dit-il en allant et venant.

— Mais non!...

— Eh bien! en quatre voyages, l'or des tiroirs sera chez moi. Le vieillard endormi fut replacé sur son lit, et Cérizet gagna la place Saint-Sulpice, où il prit un fiacre pour revenir chez lui. Pour ne pas donner de soupçons, il vint une seconde fois accompagné d'un médecin du quartier Saint-Marcel qui avait l'habitude de voir les pauvres, et qui connaissait leurs maladies, et la consultation finit vers neuf heures. Le médecin déclara que le vieillard n'irait pas trois jours, en le voyant si profondément absorbé par la tasse d'eau de pavot; aussitôt le médecin parti, Cérizet prit une

. . . .

EXTRAITS DE LA *SUITE*
COMPOSÉE PAR RABOU [1]

Le placard contenant les pages 239 à 241 étant resté inconnu de Mme de Balzac, la suite de Rabou, dont on trouvera ci-dessous quelques passages, s'articule avec la réplique de Poupillier, que Rabou appelle Toupillier, *à la page 239 : « Je veux du vin... »* Il existe donc deux versions, celle de Balzac et celle de Rabou, de la découverte du trésor.

La comparaison [2] n'est pas à l'avantage de Rabou, qui, avec ses lenteurs, ses facilités, et ses platitudes, donne surtout l'impression d'avoir voulu tirer à la ligne. On notera qu'il a exploité l'indication (page 235) concernant le regard de Poupillier fixé sur « un objet idéal au pied de son lit ». D'autre part, pressé de lier Du Portail à l'intrigue, il l'a fait intervenir dès la scène de l'enlèvement de l'argent par Cérizet.

— Comment vous trouvez-vous, père Toupillier ? demanda Mme Perrache, intervenant de sa voix la plus câline.

— Je vous dis que je veux du vin ! répéta le bonhomme avec une énergique insistance qu'on n'aurait pas attendue de sa faiblesse.

— C'est à savoir si ça vous est bon, *nononcle*, dit la

Cardinal d'un ton caressant. Faudrait attendre l'idée du médecin.

— Des médecins ! j'en veux pas, s'écria Toupillier ; et vous, qu'est-ce que vous faites ici ? Je n'ai besoin de personne.

— Bon oncle, je venais savoir si quelque chose pourrait vous ragoûter ; j'ai de la limande bien fraîche : hein ! une *tite* limande sur le plat avec un filet de citron ?

— Il est propre, votre poisson, répondit Toupillier, une vraie pourriture ! Le dernier que vous m'avez apporté, il y a plus de six semaines, est encore dans la commode, vous pouvez le reprendre.

— Dieu ! c'est ingrat, ces malades ! dit la Cardinal en parlant bas à la dame Perrache.

En même temps, pour faire acte de sollicitude, elle arrangea l'oreiller sous la tête du malade en disant :

— Là, *nononcle* ; n'est-ce pas que nous sommes mieux comme ça ?

— Laissez-moi tranquille, hurla Toupillier avec colère, je veux être seul ; du vin ! et fichez-moi la paix !

— Ne vous fâchez pas, petit oncle, on va vous en chercher, de ce vin !

— Du vin à six, rue des Canettes ! cria le pauvre.

— Oui, reprit la mère Cardinal ; mais laissez-moi un peu compter mes espèces. Je veux meubler un peu gentiment votre cave. Tiens ! un oncle, c'est un second père, et on ne doit rien regarder pour lui !

En même temps, s'asseyant les jambes écartées sur une des deux chaises dépaillées, elle déménagea sur son tablier tout le contenu de ses poches : un couteau, sa tabatière, deux reconnaissances du mont-de-piété, des croûtes de pain et force monnaie de billon, dont elle finit par extraire quelques pièces blanches.

Cette exhibition, destinée à constater le dévouement le plus généreux et le plus empressé, resta sans résultat. Toupillier ne parut pas même l'avoir remarquée. Épuisé par la fiévreuse énergie avec laquelle il avait

demandé son remède favori, il fit un effort pour
changer de position, et, le dos tourné à ses deux
gardes-malades, après avoir encore murmuré : « Du
vin ! du vin ! » il ne laissa plus entendre qu'une respi-
ration stertoreuse [?] accusant l'état de la poitrine qui
commençait à s'engouer.

— Faut pourtant aller *y* chercher son vin ! dit la
Cardinal en réintégrant d'assez mauvaise humeur dans
ses poches toute la cargaison qu'elle en avait tirée.

— Si vous ne voulez pas vous déranger, mère Cardinal ?... dit la portière, toujours empressée d'offrir
ses services.

La revendeuse eut un moment d'hésitation; mais,
pensant qu'il y aurait peut-être quelque lumière à
tirer d'une conversation avec le marchand de vin, et
d'ailleurs, tant que Toupillier couverait le trésor, la
portière pouvant être laissée seule avec lui sans inconvénient:

— Merci, Madame Perrache ! dit-elle, vaut autant
que je m'habitue à connaître ses fournisseurs.

Après avoir avisé derrière la table de nuit une bouteille crasseuse qui pouvait largement contenir deux
litres:

— Nous disons donc rue des Canettes? demanda-
t-elle à la concierge.

— Au coin de la rue Guisarde, répondit la femme
Perrache, le sieur Legrelu, un grand bel homme qui
a des gros favoris et pas de cheveux.

Puis, baissant la voix:

— Son vin à six, vous savez, c'est du roussillon
première. D'ailleurs, le marchand de vin est au fait;
il suffira de lui insinuer que vous venez pour sa pratique,
le pauvre de Saint-Sulpice.

— Faut pas me dire deux fois les choses, répondit
la Cardinal en ouvrant la porte et en faisant une fausse
sortie. — Ah çà ! dit-elle en revenant, quoi donc qu'il
brûle dans son poêle, si on avait à chauffer quelque
remède?

— Dame, répondit la portière, il ne fait déjà pas de grandes provisions pour l'hiver; aujourd'hui, que nous sommes en pur été...

— Et pas un poêlon seulement! pas un pot! continua la Cardinal; *qué* ménage, bon Dieu! C'est comme quelque chose pour aller aux provisions : car, enfin, c'est-*t*-honteux que le monde voie tout ce que vous rapportez du marché.

— Je puis vous prêter un cabas, dit la portière, toujours empressée et officieuse.

— Merci, je vais faire l'emplette d'un panier, répondit la marchande de marée, plus occupée de ce qu'il y aurait à déménager de chez le pauvre que de ce qu'il y aurait à y apporter. Doit y avoir dans le voisinage, ajouta-t-elle, un Auvergnat qui vend du bois et du charbon?

— Au coin de la rue Férou, vous trouverez votre affaire : un bel établissement où il y a des bûches peintes en arcade autour de la boutique, qu'on jugerait qu'elles vont vous parler.

— Je vois ça d'ici, dit Mme Cardinal.

Avant de sortir définitivement, elle eut une hypocrisie d'une grande profondeur. On l'avait vue hésiter à laisser seule la portière auprès du malade :

— Madame Perrache, lui dit-elle, vous ne le quittez pas, ce chéri, que je ne *soye* revenue!...

On a pu remarquer que Cérizet, dans l'affaire qu'il allait aborder, n'avait pas un parti très résolument pris. Le rôle du médecin, qu'au premier moment il avait eu l'idée de se donner, avait fini par lui faire peur, et il ne s'était plus présenté aux Perrache que comme l'homme d'affaires de sa complice. Une fois seul, il compta mieux avec lui-même et reconnut que son plan, d'abord compliqué d'un médecin, d'une garde-malade et d'un notaire, se présentait entouré des plus sérieuses difficultés. Un testament régulier en faveur de Mme Cardinal n'était pas une œuvre qui pût s'improviser. Il fallait de longue main acclimater à cette idée l'esprit revêche et soupçonneux du pauvre, et la mort était là qui, en un tour de main, pouvait déjouer les plus savantes préparations.

Quant à renouveler la scène du *Légataire* de Regnard, le moyen d'y penser, au milieu des raffinements d'une police et d'une civilisation qui ne semblent occupées qu'à disputer au drame et au roman ce qui peut leur rester encore d'air respirable !

Sans doute, en renonçant à faire tester le moribond, on laissait la rente de mille huit cent francs inscrite au grand-livre, et la maison de la rue Notre-Dame de Nazareth, aller aux héritiers de la loi ; et Mme Cardinal, à laquelle il avait été question d'assurer la propriété de ces deux objets, n'y viendrait plus que pour sa part de successible ; mais abandonner cette portion apparente de l'hoirie, c'était le moyen le plus sûr de s'en approprier la portion occulte. Celle-ci, d'ailleurs, préalablement mise en sûreté, qui empêcherait de revenir à la tentative du testament ?

Ramenant donc l'*opération* à des termes beaucoup plus simples, Cérizet la résuma à la manœuvre des têtes de pavots dont il avait déjà parlé, et, muni de cette seule arme de guerre, il se disposait à retourner chez Toupillier, pour donner à Mme Cardinal de nouvelles instructions, quand il la rencontra, ayant sous le bras le panier dont elle venait de faire l'acquisition ; elle portait dans ce panier la panacée du malade.

— Eh bien, dit l'usurier, c'est comme ça que vous êtes à votre poste !

— Il a bien fallu sortir pour lui acheter du vin, répondit la Cardinal. Il crie comme un brûlé qu'on lui *fiche* la paix, qu'il veut être seul et qu'on lui donne de sa tisane ! C'est son idée, à c't homme, que le roussillon *première* est ce qu'il y a de mieux pour son indisposition ; je vais lui en flanquer son soûl ; au moins, quand il sera *bu*, peut-être qu'il se tiendra plus tranquille.

— Vous avez raison, dit sentencieusement Cérizet. On ne doit jamais contrarier les malades ; mais ce vin,

voyez-vous, il faut le corriger : en y faisant infuser
ceci (et en même temps il levait l'un des couvercles
du panier et y insinuait des têtes de pavot), vous
procurerez à ce pauvre bonhomme un bon petit sommeil d'au moins cinq ou six heures ; dans la soirée, je
viendrai vous retrouver, et rien, je pense, ne nous
empêchera plus d'examiner un peu les forces de la
succession.

— Compris ! dit Mme Cardinal en clignant de l'œil.

— A ce soir donc ! dit l'usurier sans prolonger plus
longtemps la conversation.

Il avait le sentiment d'une affaire difficile et véreuse,
et ne tenait pas à être aperçu dans la rue, causant avec
sa complice.

En rentrant dans la mansarde du pauvre, la Cardinal
le trouva toujours livré à la même somnolence ; elle
congédia Mme Perrache, et vint à la porte recevoir
une falourde toute sciée qu'elle avait commandée à
l'Auvergnat de la rue Férou.

Dans un poêlon de terre dont elle s'était munie, et
qui s'adaptait à cette ouverture pratiquée dans la partie supérieure du poêle des pauvres pour y recevoir
leur marmite, elle jeta les têtes de pavot baignant dans
les deux tiers du vin qu'elle avait apporté, et alluma
un grand feu sous le vase, de manière à obtenir rapidement la décoction convenue.

La crépitation du bois et la chaleur, qui ne tarda pas
à se répandre dans la chambre, réveillèrent Toupillier
de son engourdissement. Voyant son poêle allumé :

— Du feu ici ! s'écria-t-il, vous voulez donc incen-
dier la maison !

— Mais, *nononcle*, répondit la Cardinal, c'est du
bois que j'ai acheté, de mes fonds à moi, pour dégour-
dir votre vin. Le médecin ne veut pas que vous en
preniez du froid.

— Où est-il, ce vin ? demanda alors Toupillier, qui
se calma un peu à l'idée que cette cuisine ne se faisait
pas à ses frais.

— Faut qu'il jette un bouillon, répondit la garde-malade; le médecin l'a bien recommandé. Pourtant, si vous voulez être sage, je vais vous en donner un demi-verre de froid pour *tancher* votre pépie. Je prends ça sur moi, vous n'en direz rien!

— Je ne veux pas de médecins, c'est des scélérats pour faire mourir le monde! cria Toupillier, que l'idée de boire avait ranimé. Eh bien, et ce vin? ajouta-t-il du ton d'un homme dont la patience était à bout.

Convaincue que, si cette complaisance ne faisait pas de mal, elle ne pouvait pas faire de bien, la Cardinal emplit à moitié un verre, et, pendant que d'une main elle le présentait au malade, de l'autre elle le soulevait sur son séant afin qu'il fût en position de boire.

De ses doigts décharnés et avides, Toupillier s'empara du verre, et, après en avoir absorbé le contenu d'un seul trait:

— Une belle *lichette!* dit-il, et encore qu'il y a de l'eau dedans!

— Ah! faut pas dire ça, *nononcle!* j'ai été le chercher moi-même chez le père Legrelu, et je vous le sers là au naturel; mais laissez mijoter l'autre; le médecin a dit qu'on pouvait vous en donner à votre soif.

Toupillier se résigna en haussant les épaules, et, au bout d'un quart d'heure la mixture étant en état de lui être servie, la Cardinal, sans nouvelle provocation, lui en apporta une tasse pleine à ras.

L'avidité que le pauvre mit à boire ne lui permit pas de s'apercevoir d'abord que le vin était frelaté; mais, à la dernière gorgée, il perçut une saveur fade et nauséabonde, et jeta la tasse sur son lit en criant qu'on voulait l'empoisonner.

— Tenez! voilà comme c'en est, du poison, répondit la revendeuse en faisant égoutter dans sa bouche ce qui restait au fond du vase; puis elle soutint au pauvre que, s'il ne trouvait pas au vin sa saveur ordinaire, c'est qu'il avait la bouche *mauvaise.*

A la suite de ce débat, qui se continua pendant quelque temps, le narcotique commença à opérer, et, au bout d'une heure, le malade était profondément endormi.

Dans son désœuvrement, en attendant Cérizet, la Cardinal eut une idée : elle pensa que, pour la commodité des allées et venues qui seraient nécessaires, le moment arrivé d'exporter le trésor, il était bon d'amortir la vigilance des Perrache. En conséquence, après avoir pris le soin d'aller jeter les têtes de pavots dans les lieux d'aisances, elle appela la concierge, et lui dit :

— Mère Perrache, venez donc goûter *son* vin ! N'aurait-on pas cru qu'*il* était pour en avaler une feuillette ? V'là qu'après la première tasse, il n'en veut plus !

— A la vôtre, dit la concierge en trinquant avec la Cardinal, qui eut soin de lui faire raison avec du vin naturel.

Gourmet moins distingué que le pauvre, Mme Perrache ne trouva à l'insidieux liquide, que d'ailleurs elle buvait froid, aucun goût qui pût lui faire soupçonner sa vertu narcotique ; au contraire, elle déclara que c'était un *velours*, et regretta que son mari ne fût pas là pour prendre sa part de l'écot.

Après une assez longue causerie, les deux commères se séparèrent. Alors, avec de la charcuterie dont elle s'était approvisionnée et le restant du roussillon, Mme Cardinal fit un repas qu'elle couronna par une sieste. Sans parler des émotions de la journée, l'influence d'un des vins les plus capiteux du monde aurait suffi à expliquer la profondeur et la durée de son sommeil ; quand elle se réveilla, le jour commençait à tomber.

Son premier soin fut de donner un coup d'œil au lit du malade. Il avait le sommeil agité et rêvait à haute voix.

— Des diamants, disait-il, des diamants ? A ma mort ! pas auparavant !

— Tiens! dit Mme Cardinal, il ne manquerait plus que ça, qu'il eût des diamants...

Et, comme elle vit que Toupillier paraissait en proie à un violent cauchemar, au lieu de le soulager en l'aidant à changer de position, elle se penchait sur la tête pour ne rien perdre de ses paroles, espérant qu'elle pourrait recueillir quelque importante révélation.

A ce moment, un coup sec frappé à la porte, dont l'excellente garde-malade avait eu le soin de retirer la clef, lui annonça la venue de Cérizet.

— Eh bien? dit-il en rentrant.

— Eh bien, il a pris la drogue. Il y a bien quatre bonnes heures qu'il dort comme un Jésus. Tout à l'heure, en rêvassant, il a parlé de diamants.

— Mon Dieu, dit Cérizet, il n'y aurait rien d'étonnant qu'on en trouvât. Ces pauvres, quand ils se mettent à être riches, ça fait des amas de tout...

— Ah çà! petit père, demanda la Cardinal, quelle fut donc votre idée d'aller dire à la mère Perrache que vous êtes mon homme d'affaires, et que vous ne faites pas dans la médecine? C'était convenu ce matin, que vous veniez sous la couleur d'un médecin...

Cérizet ne voulait pas avouer que l'usurpation de ce titre lui avait paru grave; il aurait craint de décourager sa complice.

— Je voyais cette femme, répondit-il, se disposant à me demander une consultation, je m'en suis débarrassé de cette façon.

— Tiens! dit la Cardinal, les beaux esprits se rencontrent; et ç'a été aussi mon truc de lui tourner la chose dans ce sens; de voir venir un homme d'affaires, ça semblait lui donner des idées à Madame gratte-cuir... Vous ont-ils vu entrer, les Perrache?

— Il m'a semblé, répondit Cérizet, que la femme dormait dans son fauteuil.

— Elle devait dormir, dit la Cardinal d'un air significatif.

— Quoi, vraiment? demanda Cérizet.

— Parbleu! dit la revendeuse, quand il y a en pour un, il y en a pour deux; on *y* a fait prendre le restant de la drogue.

— Quant au mari, reprit Cérizet, il est là, car, tout en tirant sa manique, il m'a fait un gracieux signe de connaissance dont je me serais très bien passé.

— Laissez donc que la nuit soit tout à fait venue, nous allons lui monter une *misloch* qu'il n'y verra que du feu.

En effet, un quart d'heure plus tard, avec une verve dont l'usurier resta émerveillé, la revendeuse organisa au naïf portier la comédie d'un *Monsieur* qui ne veut pas se laisser reconduire et avec lequel on fait assaut de politesse. Ayant l'air de convoyer le prétendu médecin jusqu'à la porte de la rue, au milieu de la cour, elle feignit que le vent avait soufflé sa lumière et, sous prétexte de la rallumer, elle éteignit celle de Perrache. Tout ce tracas, accompagné d'exclamations et d'une étourdissante loquacité, fut si vertement mené, que, appelé devant la justice, le concierge n'aurait pas hésité à déposer sous serment qu'entre neuf et dix heures de la soirée, le docteur, dont il avait constaté la venue, était descendu de chez le pauvre et avait quitté la maison.

Quand les deux complices furent ainsi tranquillement en possession du théâtre de leurs opérations, la Cardinal fit du Béranger sans le savoir, et, comme s'il se fût agi d'abriter les amours de Lisette, pour éviter qu'un voisin indiscret n'entrevît quelque chose de la scène qui se préparait, elle disposa son châle en poil de lapin en guise de rideau devant la fenêtre.

Dans le quartier du Luxembourg, la vie cesse de bonne heure; et, un peu avant dix heures, tous les bruits de la maison, aussi bien que tous les bruits extérieurs, étaient à peu près éteints. Un voisin, acharné à la lecture d'un roman-feuilleton, tint seul en échec les associés pendant quelque temps; mais aussitôt qu'il eut posé l'éteignoir sur sa lumière, Cérizet fut d'avis de se mettre à l'œuvre. En commençant sans délai, on serait plus assuré que le dormeur restait encore sous l'empire du narcotique; et puis, si la recherche du trésor n'était pas trop longue, rien n'empêcherait que la Cardinal, sous prétexte d'aller chez le pharmacien chercher quelque remède nécessité par une crise survenue dans l'état du malade, ne se fît ouvrir la porte de la rue. Selon l'habitude des concierges pris dans leur premier sommeil, il était à espérer que les Perrache tireraient le cordon de leur lit sans se lever. Cérizet aurait donc le moyen de sortir en même temps que sa complice, et à eux deux, dans le premier voyage, ils pourraient mettre en sûreté une partie de la somme. Pour l'extraction du reste, il serait facile de s'ingénier dans la journée du lendemain.

Puissant pour le conseil, Cérizet n'était qu'un homme de main très insuffisant, et, sans la robuste assistance de la Cardinal, jamais il ne serait parvenu à soulever de son lit ce que l'on pourrait appeler le cadavre de l'ex-tambour-major. Sous son pesant sommeil, en proie à la plus complète insensibilité, Toupillier était devenu une masse inerte qui heureusement pouvait être manœuvrée sans beaucoup de précautions. Puisant dans sa cupidité un redoublement de vigueur, l'athlétique Mme Cardinal, malgré l'insignifiance du concours que lui prêtait l'homme d'affaires, parvint à opérer sans encombre le transbordement de son oncle, et le lit fut enfin livré à son ardente recherche.

D'abord on ne trouva rien, et la revendeuse, pressée d'expliquer comment, dans la matinée, elle s'était assurée que son oncle couchait sur *cent mille francs d'or*, fut obligée de convenir qu'une conversation avec les Perrache et sa brûlante imagination avaient fait presque tous les frais de sa prétendue certitude. Cérizet était outré : avoir pendant toute la journée caressé l'idée et l'espérance d'une fortune, s'être décidé à une démarche hasardeuse et compromettante, et, en fin de cause, se trouver en face du néant! La déception était si cruelle, que, s'il n'eût pas craint de se commettre avec la force musculaire de sa future belle-mère, il se fût porté contre elle à quelque rageuse extrémité.

A tout le moins, il passa sa colère en paroles. Rudement semoncée, la Cardinal se contentait de répondre que tout espoir n'était pas perdu, et, avec une foi qui eût remué des montagnes, continuant de bouleverser le lit de fond en comble, elle se disposait à vider la paillasse qu'elle avait vainement explorée dans tous les sens; mais Cérizet ne permit pas cette mesure extrême, il fit remarquer qu'après l'autopsie de la paillasse il resterait sur le plancher un détritus de paille qui pourrait donner des soupçons.

Pour n'avoir rien à se reprocher, la Cardinal, nonobstant l'opposition de Cérizet, qui trouvait ce soin ridicule, voulut au moins déplacer le fond sanglé, et il fallait que, par la passion de sa recherche, ses sens fussent terriblement éveillés, car, pendant qu'elle soulevait le châssis de bois, elle perçut le bruit d'un petit objet qui venait de se détacher et de tomber sur le carreau.

Mettant à ce détail, qui pour un autre eût passé inaperçu, une importance que rien ne semblait justifier, l'ardente exploratrice prit aussitôt la lumière, et, après avoir quelque temps fureté dans les immondices de toute sorte qui recouvraient le sol, elle finit par mettre la main sur un morceau de fer poli, long d'un demi-pouce, et dont l'usage resta pour elle inexpliqué.

— C'est une clef! s'écria Cérizet, qui s'était approché avec assez d'indifférence, mais dont l'imagination prit aussitôt le galop.

— Ah! ah! voyez-vous! dit la Cardinal avec un accent de triomphe; mais qu'est-ce que ça peut ouvrir, ajouta-t-elle par réflexion, une armoire de poupée?

— Du tout, repartit Cérizet; c'est une invention moderne, et de très grosses serrures fonctionnent avec ce petit instrument.

En même temps, d'un coup d'œil rapide il embrassa tous les meubles qui garnissaient la chambre, alla à la commode, dont il tira tous les tiroirs, regarda dans le poêle, dans la table; mais nulle part l'apparence d'une serrure à laquelle cette clef pût s'adapter.

La Cardinal eut tout à coup une illumination.

— Attendez! dit-elle, j'ai remarqué que, du lit où il était couché, ce vieux filou ne cessait pas d'avoir l'œil devant lui sur la muraille au vis-à-vis.

— Une armoire cachée dans le mur? ça n'est pas impossible, dit Cérizet s'emparant avec émotion de la lumière.

Et, après avoir examiné avec attention la porte de l'alcôve qui faisait face à la tête du lit, il ne constata qu'une immense tapisserie de poussière et de toiles d'araignée.

Il s'adressa alors au sens du toucher, qui va plus au fond des choses, se mit à sonder et à percuter le mur dans toutes les directions. A la place où Toupillier n'avait cessé de diriger son regard, il finit par percevoir, dans un espace assez circonscrit, la sonorité du vide, et, en même temps, il reconnut qu'il frappait sur du bois. Il frotta alors vigoureusement la place avec son mouchoir disposé en tampon, la fit nette, et, sous la couche poudreuse qu'il avait enlevée, il ne tarda pas à découvrir une planche de chêne hermétiquement ajustée dans la muraille; sur l'un des côtés de cette planche s'apercevait un petit trou rond, c'était celui de la serrure à laquelle s'adaptait la clef.

Pendant que Cérizet faisait jouer le pêne, qui fonctionna sans difficulté, la Cardinal, tenant la lumière, était devenue pâle et haletante; mais, cruelle déception! l'armoire ouverte, il n'apparut qu'un espace vide où pénétra inutilement la clarté que la revendeuse s'était empressée d'y porter.

Laissant cette bacchante pousser des exclamations de désespoir et saluer son oncle bien-aimé de toutes les plus furieuses épithètes que l'on peut croire, Cérizet avait gardé son sang-froid.

Après avoir introduit son bras dans l'ouverture et en avoir palpé le fond :

— Une armoire de fer! s'écria-t-il.

En même temps, d'un ton impatient:

— Éclairez-moi donc, Madame Cardinal! ajouta-t-il.

Puis, comme la lumière ne pénétrait pas assez franchement dans l'espace qu'il voulait explorer, il arracha la chandelle du goulot de la bouteille, où, faute d'un bougeoir, la Cardinal l'avait fichée, et, la prenant à la main, il la promena soigneusement sur toutes les parties du panneau de fer dont l'existence venait d'être constatée.

— Pas de serrure! dit-il après le plus minutieux examen; il doit y avoir un secret.

— Est-il traître, ce vieux grigou! disait Mme Cardinal, tandis que de ses doigts osseux Cérizet sollicitait les moindres places.

— Ah! fit-il, j'y suis! après des tâtonnements qui durèrent plus d'une demi-heure.

Pendant ce temps, la vie de Mme Cardinal était comme suspendue.

Sous la pression à laquelle elle était soumise, la plaque de fer remonta vivement dans l'épaisseur de la muraille, et, au milieu d'un amas d'or jeté à même dans une assez large excavation qui venait d'être mise à nu, apparut un écrin de maroquin rouge qui, par sa dimension, faisait supposer une proie des plus magnifiques.

— Je prends les diamants pour la dot, dit Cérizet en se voyant en présence de la splendide parure que contenait l'écrin. Vous, la mère, vous ne sauriez comment vous en défaire : je vous laisse l'or pour votre part. Quant à la rente et à la maison, elles ne valent pas la peine qu'on s'évertue à faire faire au brave homme un autre testament.

— Minute, mon petit! répondit la Cardinal, qui

trouva quelque chose de trop sommaire dans ce partage, nous allons d'abord compter les espèces.

— Chut! fit Cérizet en ayant l'air de prêter l'oreille.

— Quoi donc? demanda la Cardinal.

— N'avez-vous pas entendu remuer ici dessous?

— Je n'ai rien entendu, répondit la revendeuse.

Cérizet lui fit signe de se taire et écouta avec plus d'attention.

— J'entends un bruit de pas dans l'escalier, dit-il un peu après.

Et il remit vivement l'écrin dans l'armoire de fer, dont il essaya d'abaisser le panneau.

Pendant qu'il se dépensait en efforts inutiles, les pas se rapprochaient.

— Mais oui, l'on monte! dit avec épouvante la Cardinal.

Puis, se cramponnant à une idée de salut:

— Ah bah! c'est peut-être la folle, on dit qu'elle se promène la nuit.

Dans tous les cas, la folle avait une clef de la chambre, car, un moment plus tard, cette clef s'introduisait dans la serrure. D'un coup d'œil rapide, la Cardinal mesura l'espace qui la séparait de la porte; aurait-elle le temps d'aller pousser le verrou? Mais, calculant qu'elle serait devancée, elle souffla vivement la lumière pour se faire au moins quelques chances au moyen de l'obscurité.

Ressource inutile! Le trouble-fête qui venait d'entrer portait à la main un bougeoir.

Quand elle vit qu'elle avait affaire à un petit vieillard de chétive apparence, Mme Cardinal, l'œil enflammé, se jeta au-devant du survenant comme une lionne à laquelle il serait question d'enlever ses petits.

— Calmez-vous, ma bonne, lui dit le vieillard d'un air narquois; on est allé chercher la garde, elle sera ici dans un moment.

Ce mot de *la garde* cassa, comme on dit vulgairement, les jambes à Mme Cardinal.

— Mais Monsieur, la garde! dit-elle avec émoi; nous ne sommes pas des voleurs.

— C'est égal, à votre place, je ne l'attendrais pas, dit le vieillard; elle fait quelquefois des méprises fâcheuses.

— On peut donc *s'esbigner ?* dit la revendeuse d'un air d'incrédulité.

— Oui, quand vous m'aurez remis ce qui, *par hasard*, se sera égaré dans vos poches.

— Oh! mon bon Monsieur, rien dans les mains, rien dans les poches; on n'est pas pour faire tort au monde; que j'étais venue seulement pour garder ce pauvre chérubin d'oncle; fouillez-moi plutôt.

— Allons, filez, c'est bien! dit le petit vieillard.

La revendeuse ne se le fit pas répéter, et elle descendit rapidement l'escalier.

Cérizet avait bien la mine de prendre le même chemin.

— Vous, Monsieur, c'est autre chose, lui dit le vieillard; nous avons à causer; mais, si vous êtes docile, tout peut s'arranger à l'amiable.

Soit que le narcotique eût achevé d'opérer, soit que le bruit qui venait de se faire autour de Toupillier eût mis fin à son sommeil, il ouvrit les yeux, jeta autour de lui le regard d'un homme qui cherche à se reconnaître; puis, un peu après, apercevant sa chère armoire ouverte, il trouva dans son émotion la force de pousser deux ou trois fois le cri: « Au voleur! » de manière à réveiller la maison.

— Non, Toupillier, lui dit le petit vieillard, vous n'êtes pas volé; je suis arrivé à temps, et rien n'a été dérangé.

— Et vous ne le faites pas arrêter, ce gueux-là! s'écria le pauvre en désignant Cérizet.

— Monsieur n'est pas un voleur, répondit le vieillard; *au contraire*, c'est un ami monté avec moi pour me prêter main-forte.

En même temps, se retournant vers Cérizet:

— Je pense, mon cher, lui dit-il à voix basse, que nous ferons bien de remettre l'entretien que je désire avoir avec vous. Demain, à dix heures, chez M. Du Portail, la maison mitoyenne à celle-ci. Après ce qui s'est passé ce soir, il y aurait pour vous, je dois vous en prévenir, quelque inconvénient à ne pas accepter cette conférence; je vous retrouverais immanquablement, car j'ai l'honneur de savoir qui vous êtes; c'est vous que, pendant longtemps, les journaux de l'opposition avaient accoutumé d'appeler « le courageux Cérizet ».

Malgré la profonde ironie de ce souvenir, entrevoyant qu'il ne serait pas traité plus rigoureusement que Mme Cardinal, Cérizet se trouva trop heureux de ce dénoûment, et, après avoir promis d'être exact au rendez-vous, il s'empressa de s'esquiver.

Le lendemain, Cérizet ne faillit pas à se trouver au rendez-vous qui lui avait été intimé.

Préalablement reconnu à travers un guichet, en déclinant son nom, il eut accès dans la maison et se vit immédiatement introduit dans le cabinet de Du Portail, qu'il trouva occupé à écrire.

Sans se lever, et faisant signe à son hôte de prendre un siège, le petit vieillard continua une lettre commencée. Après l'avoir fermée à la cire avec un soin et une perfection du cachet qui pouvaient faire supposer ou une nature extrêmement proprette et méticuleuse, ou un homme ayant exercé des fonctions diplomatiques, Du Portail sonna Bruno, son valet de chambre, et dit en lui remettant la lettre:

— Chez M. le juge de paix de l'arrondissement.

Ensuite il essuya avec soin la plume de fer dont il venait de se servir, remit symétriquement en place tous les objets dérangés sur son bureau; ce fut seulement quand tout ce tracas petit ménager fut terminé qu'il se tourna vers Cérizet et lui dit:

— Vous savez que nous avons perdu cette nuit ce pauvre M. Toupillier?

— Non vraiment, dit Cérizet en prenant l'air le plus sympathique qu'il put se procurer; vous m'en donnez, Monsieur, la première nouvelle.

— Vous auriez pu au moins vous en douter; quand on fait prendre à un moribond un immense bol de vin chaud qui encore a dû être narcotisé, car, pour en avoir bu un simple verre, la femme Perrache est restée pendant toute la nuit livrée à un sommeil presque léthargique, évidemment on s'est arrangé pour précipiter la catastrophe.

— J'ignore, Monsieur, dit Cérizet avec dignité, ce que Mme Cardinal a pu donner à son oncle. J'ai sans doute commis la légèreté d'assister cette femme dans les soins *conservatoires* qu'elle avait cru devoir donner à une succession sur laquelle elle m'avait fait entendre qu'elle avait des droits acquis; mais avoir attenté à la vie de ce vieillard, j'en suis incapable, et jamais rien de pareil n'a pu entrer dans ma pensée.

— C'est vous qui m'avez écrit cette lettre? dit brusquement Du Portail en prenant sous une boule de verre de Bohême un papier qu'il présenta à son interlocuteur.

— Cette lettre? répondit Cérizet avec l'hésitation d'un homme qui ne sait s'il doit mentir ou avouer.

— Je suis sûr de ce que je dis, reprit Du Portail, j'ai la manie des autographes; j'en possède un de vous, recueilli à l'époque où l'opposition vous avait constitué à l'état glorieux de martyr; j'ai comparé les écritures, et c'est bien vous qui hier, par le mot que voici, m'avez avisé des embarras d'argent auxquels le jeune La Peyrade est en ce moment livré.

— Sachant, dit alors l'homme de la rue des Poules, que vous aviez recueilli chez vous une demoiselle de La Peyrade, laquelle doit être la cousine de Théodose, j'ai cru deviner en vous ce protecteur inconnu dont, en plus d'une occasion, mon ami a reçu l'assistance la plus généreuse; comme j'ai pour ce pauvre garçon une vive affection, dans son intérêt je m'étais permis...

— Vous avez bien fait, interrompit Du Portail.

Je suis enchanté d'être tombé sur un ami de La Peyrade.
Je ne dois pas même vous cacher qu'hier soir c'est
surtout cette qualité qui vous a protégé. Mais que
signifient ces vingt-cinq mille francs de lettres de
change ? Il est donc mal dans ses affaires, notre ami ? Il
mène donc une vie dissipée ?

— Au contraire, repartit Cérizet, c'est un puritain.
Lancé dans la haute dévotion, il n'a pas voulu, comme
avocat, d'autre clientèle que celle des pauvres. Il est,
d'ailleurs, sur le point de se marier richement.

— Ah ! il se marie ; et qui épouse-t-il ?

— Il serait question pour lui d'une demoiselle Colleville, fille du secrétaire de la mairie du douzième.
Par elle-même, cette fille n'a aucune fortune, mais un
M. Thuillier, son parrain, membre du conseil général
de la Seine, promet de la doter convenablement.

— Et qui a emmanché cette affaire ?

— La Peyrade a eu de grands dévouements pour la
famille Thuillier, dans laquelle il a été introduit par
M. Dutocq, greffier de la justice de paix de l'arrondissement.

— Mais c'est au profit de ce M. Dutocq, m'écrivez-
vous, qu'ont été souscrites les lettres de change. Ce
serait donc alors une affaire de courtage matrimo-
nial ?

— Il pourrait bien y avoir quelque chose comme ça,
repartit Cérizet. Vous savez, Monsieur, qu'à Paris
ces sortes de transactions sont assez communes ; des
ecclésiastiques même ne dédaignent pas de s'en mêler.

— Le mariage est très avancé ? demanda Du Portail.

— Mais oui, et, depuis quelques jours surtout,
l'affaire a beaucoup marché.

— Eh bien, mon cher Monsieur, je compte sur vous
pour la faire manquer ; j'ai d'autres vues sur Théodose,
un autre parti à lui proposer.

— Permettez ! répondit Cérizet ; faire manquer son
mariage, c'est le mettre dans l'impossibilité d'acquit-
ter sa dette ; et j'ai l'honneur de vous faire remarquer

que ces lettres de change sont des titres sérieux.
M. Dutocq est greffier d'une justice de paix, c'est-à-
dire qu'en matière d'intérêts on n'en aura pas facilement raison.

— La créance de M. Dutocq, répondit Du Portail,
vous l'achèterez; vous verrez à vous entendre avec
lui à ce sujet. Au besoin, si Théodose se montrait
trop récalcitrant à mes projets, ces lettres de change
deviendraient entre nos mains une arme précieuse : vous
vous chargeriez de poursuivre en votre nom, et vous
n'aurez, d'ailleurs, à vous embarrasser de rien; je me
charge de solder la somme principale et les frais.

— Vous êtes rond en affaires, Monsieur! dit Cérizet,
et il y a vraiment plaisir à être votre agent. Maintenant,
quand vous trouverez le moment venu de me mettre
mieux au courant de la mission que vous me faites
l'honneur de vouloir me confier...

— Vous parliez tout à l'heure, reprit Du Portail,
de la cousine de Théodose, Mlle Lydie de la Peyrade.
Cette jeune personne, qui n'est plus de la première
jeunesse, car elle approche la trentaine, est fille naturelle de la célèbre Mlle Beaumesnil, du Théâtre-
Français et de La Peyrade, commissaire général de
police sous l'Empire, et oncle de notre ami. (Voir
Grandeurs et Misères des Courtisanes) [sic]. Jusqu'au
moment où sa mort, arrivée subitement, laissa sans
ressource sa fille, qu'il aimait à l'adoration et qu'il
avait reconnue, j'avais été lié avec cet excellent homme
de la plus vive amitié.

Bien aise de montrer qu'il avait aussi quelque aperçu
de l'intérieur de Du Portail:

— Et cette amitié, répondit Cérizet, vous en avez,
Monsieur, saintement rempli les devoirs, car, en prenant chez vous l'intéressante orpheline, vous vous
chargiez d'une tutelle difficile: l'état de santé de Mademoiselle de La Peyrade réclame, autant que je puis
savoir, des soins aussi persévérants qu'affectueux.

— Oui, repartit Du Portail, la pauvre enfant, lors

de la mort de son père, fut si cruellement éprouvée, que sa raison en resta quelque peu atteinte; mais, un changement heureux s'étant depuis quelque temps marqué dans son état, pas plus tard qu'hier, j'ai provoqué une consultation du docteur Bianchon et des deux médecins en chef de Bicêtre et de la Salpêtrière. Ces Messieurs, à l'unanimité, ont été d'avis que le mariage et une première couche amèneraient infailliblement la guérison de la malade; vous comprenez que c'est là un remède trop facile et trop agréable pour ne pas être essayé.

— Alors, dit Cérizet, ce serait Mlle Lydie de La Peyrade, sa cousine, qu'il serait question de faire épouser à Théodose?

— Vous l'avez dit, repartit Du Portail; et il ne faut pas croire qu'à notre jeune ami, s'il acceptait ce parti, je demande un dévouement entièrement gratuit. Lydie est agréable de sa personne, elle a des talents, un charmant caractère, et disposera, en faveur de son mari, d'une position considérable dans les affaires publiques; elle a d'ailleurs une jolie fortune, laquelle se compose de quelque chose que lui a laissé sa mère, de tout ce que je possède, et qu'à défaut d'héritiers habiles à me succéder je compte lui assurer par contrat de mariage; enfin, d'un héritage assez important que, cette nuit même, elle a recueilli.

— Comment! dit Cérizet, est-ce que le vieux Toupillier...?

— Par un testament olographe que voici, le pauvre la constitue sa légataire universelle. Ainsi, vous le voyez, j'ai eu quelque mérite à ne donner aucune suite à votre escapade et à celle de Mme Cardinal, car c'était tout simplement notre propriété que vous vouliez mettre au pillage.

— Mon Dieu, dit Cérizet, je ne prétends pas excuser l'égarement de Mme Cardinal; pourtant, en sa qualité d'héritière du sang, dépossédée pour une étrangère, elle avait, ce me semble, quelque droit à l'indulgence que vous avez bien voulu lui montrer.

— En ceci, vous vous trompez, répondit Du Portail, et l'apparente libéralité dont Mlle de La Peyrade est devenue l'objet, c'est tout simplement une restitution.

— Une restitution? fit Cérizet avec curiosité.

— Une restitution, répéta Du Portail, et rien de plus facile à établir. Vous souvient-il d'un vol de diamants commis, il y a une dizaine d'années, au préjudice d'une de nos célébrités dramatiques?

— Oui vraiment, répondit Cérizet; j'étais alors gérant d'un de *mes* journaux, et c'est moi qui rédigeai le *fait-Paris*. Mais permettez donc! cette célébrité, c'était Mlle Beaumesnil.

— Précisément, la mère de Mlle Lydie de La Peyrade.

— Ainsi, dit Cérizet, ce misérable Toupillier... Mais non, je me souviens, le voleur fut condamné. Il s'appelait Charles Crochard. On disait même, sous le manteau, qu'il était fils naturel d'un grand personnage, le comte de Granville, procureur général à Paris sous la Restauration. (Voir *Une Double Famille*.)...

Du Portail raconte alors comment il parvint à retrouver la trace des diamants, dont Toupillier était devenu, dans des circonstances extraordinaires, le dépositaire infidèle. Il les lui laissa pourtant, à condition qu'il les restituerait à sa mort.

Du reste, mes précautions furent bien prises: j'avais exigé qu'il vînt occuper un logement dans ma maison, d'où je le veillais de près; par mes soins avait été disposée la cachette dont vous avez si subtilement découvert le secret, mais, ce que vous ignorez, c'est que ce secret, en même temps qu'il ouvrait l'armoire de fer, mettait chez moi en branle un timbre d'une sonorité puissante, destinée à m'avertir de toutes les tentatives d'enlèvement qui auraient pu être dirigées contre notre trésor.

— Pauvre Madame Cardinal! s'écria plaisamment Cérizet, comme elle était loin de compte!

— Voilà donc la situation, dit Du Portail: pour l'intérêt que je porte au neveu de mon vieil ami, et aussi parce que, à raison de la parenté, il m'apparaît une grande convenance dans ce mariage, je veux faire épouser à Théodose sa cousine et cette dot. Comme il est possible qu'à raison de l'état mental de la future, La Peyrade résiste à entrer dans mes vues, je n'ai pas jugé convenable de lui faire directement la proposition. Vous vous êtes trouvé sur mon chemin, je vous sais adroit, retors, et aussitôt j'ai pensé à vous charger de cette petite négociation matrimoniale. Maintenant, vous entendez bien: vous parlerez d'une fille riche, ayant un petit inconvénient, mais, par contre, une dot assez rondelette; vous ne nommerez personne et viendrez immédiatement me faire savoir comment l'ouverture aura été prise.

— Votre confiance, dit Cérizet, me réjouit autant qu'elle m'honore, et je la justifierai de mon mieux.

— Il ne faut pas se faire illusion, reprit Du Portail, un refus doit être le premier mouvement d'un homme qui a partie ailleurs, mais nous ne nous tiendrons pas pour battus. Je ne renonce pas facilement à mes idées quand je les crois justes, et, dussions-nous pousser notre zèle pour le bonheur de La Peyrade jusqu'à le faire enfermer à Clichy, je suis décidé à ne pas avoir le démenti d'une combinaison dont je suis assuré qu'en résultat il reconnaîtra la bonne inspiration...

Théodose commence en effet par refuser la proposition que lui transmet Cérizet au cours du dîner (annoncé page 224) au Rocher de Cancale. *Du Portail met donc en application le plan de campagne qu'il a exposé: il manœuvre en sous-main de manière à brouiller Théodose avec les Thuillier, et à faire manquer son mariage avec Céleste. Ces menées souterraines remplissent plus de deux cents pages. Du Portail utilise en particulier les services d'une brillante comtesse hongroise, Mme de Godollo, qui n'est ni comtesse, ni hongroise, mais qui s'introduit chez les Thuillier et prend chez eux une influence redoutable; elle ne perd aucune occasion de nuire à Théodose et de favoriser Félix Phellion. D'autre part, Du Portail obtient la saisie de la brochure composée par Théodose pour servir les ambitions électorales de Thuillier, contre lequel des poursuites sont engagées. Mais en dépit de ces persécutions et d'une foule d'autres machinations, plus ingénieuses les unes que les autres, Théodose finirait par épouser Céleste, si Du Portail lui-même, sous un déguisement distingué, ne se décidait à rendre visite à Thuillier : après un entretien secret, il obtient la rupture du mariage. Il ne reste plus à Théodose qu'à faire la démarche à laquelle il s'était jusqu'alors obstinément refusé, à rendre visite à Du Portail.*

En arrivant à la rue Honoré-Chevalier, La Peyrade eut un doute; l'aspect délabré de la maison où il avait affaire lui fit craindre d'en avoir mal retenu le numéro. Il ne lui semblait pas qu'un personnage de l'importance qu'on pouvait supposer à ce M. Du Portail, qui pesait si cruellement sur sa vie, pût habiter en pareil lieu. Ce fut donc avec hésitation qu'il s'adressa au sieur Perrache, le portier. Mais, une fois arrivé à l'antichambre de l'appartement qui lui fut indiqué, la bonne tenue du vieux valet de chambre Bruneau [*sic*] et la tournure extrêmement confortable de tout l'ameublement lui parurent rentrer tout à fait dans ses prévisions. Introduit dans le cabinet du rentier aussitôt qu'il se fut nommé, sa surprise ne fut pas médiocre quand il se trouva en présence du prétendu commandeur, ami de Mme de Godollo, ou, si on l'aime mieux, en présence du petit vieillard qu'il avait entrevu chez les Thuillier un moment auparavant.

— Enfin ! dit Du Portail en se levant pour approcher un siège, on vous voit, Monsieur le réfractaire ; vous vous êtes bien fait tirer l'oreille !

— Puis-je savoir, Monsieur, dit La Peyrade avec hauteur et sans occuper le fauteuil qui lui était offert, quel intérêt vous avez à vous entremettre dans mes affaires ? Je ne vous connais pas, et j'ajouterai que le lieu où je vous ai aperçu une seule fois ne m'avait pas créé un désir démesuré de faire votre connaissance.

— Et où donc m'avez-vous vu ? demanda Du Portail.

— Chez une espèce de coureuse qui se faisait appeler Madame la comtesse de Godollo.

— Où Monsieur, par conséquent, allait aussi, dit le petit vieillard, et sur un pied beaucoup moins désintéressé que moi.

— Je ne suis pas venu, dit Théodose, dans l'intention de faire assaut d'esprit. J'ai droit, Monsieur, à des explications relativement à tout votre procédé avec moi ; j'ose donc vous prier de n'en pas éloigner le moment par des facéties auxquelles je ne suis pas le moins du monde en humeur de prêter le collet.

— Eh bien, mon cher, dit Du Portail, asseyez-vous ; je ne suis pas en humeur, moi, de me tordre le cou à faire la conversation de bas en haut.

L'intimation n'avait rien que de raisonnable, et elle était faite sur un ton à laisser croire que le rentier ne s'effaroucherait pas beaucoup des grands airs. La Peyrade prit donc le parti de déférer au désir de son hôte ; mais il eut soin de garder à son obéissance le plus de mauvaise grâce qu'il lui fut possible.

— M. Cérizet, dit Du Portail, un homme extrêmement bien posé dans le monde et qui a l'honneur d'être un de vos amis...

— Je ne vois plus cet homme, dit vivement La Peyrade, comprenant bien l'intention malicieuse du vieillard.

— Enfin, reprit Du Portail, dans le temps où vous aviez quelquefois occasion de le voir, en lui payant, par exemple, à dîner au *Rocher de Cancale*, j'avais chargé le vertueux M. Cérizet de vous pressentir sur un mariage...

— Que j'ai refusé, interrompit Théodose, et que je refuse plus énergiquement que jamais.

— C'est là la question, reprit le rentier; moi, je crois, au contraire, que vous l'accepterez, et c'est pour causer de cette affaire que depuis si longtemps je désire une rencontre avec vous.

— Mais cette folle que vous me jetez à la tête, dit La Peyrade, que vous est-elle donc? Ce n'est ni votre fille ni votre parente, je suppose, car, dans la chasse aux maris que vous faites pour elle, vous mettriez plus de discrétion.

— Cette fille, dit Du Portail, est la fille d'un de mes amis; elle a perdu son père il y a déjà plus de dix ans; depuis ce temps, je l'ai recueillie chez moi et lui ai donné tous les soins que comportait sa situation douloureuse; sa fortune, que j'ai fort augmentée, jointe à la mienne dont je compte la constituer héritière, fait d'elle un parti très riche. Je sais que vous n'êtes pas ennemi des grosses dots, car vous allez les chercher dans les lieux les plus infimes : dans des Maisons Thuillier, par exemple; ou, pour me servir de votre expression, chez des *coureuses* que vous connaissez à peine; je me suis donc figuré que vous voudriez bien en prendre une de ma main, attendu que l'infirmité de ma jeune fille est déclarée très guérissable par les médecins, tandis que vous ne guérirez jamais M. et Mlle Thuillier d'être l'un un sot, l'autre une mégère, pas plus que vous ne guérirez Mme Komorn d'être une femme de vertu très moyenne et très évaporée.

— Il peut me convenir, répondit La Peyrade, d'épouser la filleule d'un sot et d'une mégère, si je la choisis; de même, si la passion m'y emporte, je peux devenir le mari d'une coquette; mais la reine de Saba, si on me l'impose, ni vous, Monsieur, sachez-le bien, ni de plus puissants, ni de plus habiles, ne me la feraient accepter.

— Aussi est-ce à votre bon sens et à votre intelligence que j'entends m'adresser, mais encore faut-il avoir les gens à portée pour leur parler. Voyons, raisonnons un peu votre situation, et ne vous effarouchez pas si, comme un chirurgien qui veut guérir son malade, je porte la main sans miséricorde dans les plaies d'une existence jusqu'ici très laborieuse et très tourmentée. Un premier point d'abord à constater, c'est que l'affaire Céleste Colleville est tout à fait manquée pour vous.

— Et pourquoi cela? dit La Peyrade.

— Parce que je sors de chez Thuillier et que je l'ai terrifié en lui faisant la peinture de tous les malheurs qu'il avait déjà encourus et qu'il devait encourir encore s'il persistait dans la pensée de vous donner en mariage sa filleule. Il sait maintenant que c'est moi qui ai paralysé la bienveillance de Madame la comtesse du Bruel dans l'affaire de la croix; que j'ai fait saisir sa brochure; que j'ai lancé dans sa maison cette Hongroise qui vous a tous si bien joués; que c'est par mes soins qu'aujourd'hui, dans les journaux ministériels, a commencé un feu dont chaque jour accroîtra la vivacité, sans parler des autres machines qui seront au besoin dirigées contre sa candidature. Ainsi, vous le voyez, cher Monsieur, non seulement vous n'avez plus pour Thuillier le mérite d'être son grand électeur, mais vous êtes la pierre d'achoppement de son ambition : c'est assez vous dire que le côté par lequel vous vous imposiez à cette famille, qui, au fond, n'a jamais sincèrement voulu de vous, est tout à fait battu en brèche et démantelé.

— Mais pour avoir fait tout ce dont vous vous flattez, demanda La Peyrade, qui donc êtes-vous?

— Je ne vous répondrai pas que vous êtes bien curieux, car je vous le dirai tout à l'heure; mais poursuivons, s'il vous plaît, l'autopsie de votre existence, aujourd'hui perdue et à laquelle je prépare une résur-

rection glorieuse. Vous avez vingt-huit ans, une
carrière à peine ébauchée et dans laquelle je vous dé-
fends de faire un pas de plus. Quelques jours encore,
et le conseil de l'ordre des avocats s'assemblera et il
censurera d'une façon plus ou moins absolue votre
conduite dans l'affaire de cet immeuble que vous
avez eu la candeur de mettre aux mains des Thuillier.
Or, il ne faut vous faire aucune illusion : n'eussiez-
vous à encourir qu'un avertissement sévère, et je cave
au moindre malheur, un avocat n'est pas comme ce
cocher que le blâme du Parlement ne devait pas
empêcher de conduire son fiacre : blâmé, vous êtes
autant dire rayé du tableau...

— Et c'est à votre bienveillance, sans doute, dit
La Peyrade, que je devrai ce précieux résultat?

— Et je m'en vante, dit Du Portail, car, pour vous
remorquer au port, il était d'abord nécessaire de vous
désemparer de tout votre gréement; sans cela, vous
auriez toujours voulu voguer de vos propres voiles
dans ces bas-fonds de la bourgeoisie.

Voyant que décidément il avait affaire à forte partie,
l'adroit Provençal jugea convenable de modifier son
attitude, et, d'un air beaucoup plus réservé:

— Vous permettrez, Monsieur, dit-il, que, jusqu'à
plus amples développements, j'ajourne au moins ma
reconnaissance.

— Vous voilà donc, reprit Du Portail, à vingt-huit
ans, sans le sou, sans état, avec des antécédents très...
médiocres, d'anciennes connaissances, comme M.
Dutocq et le *courageux* Cérizet; devant à Mlle Thuillier
dix mille francs, qu'en bonne conscience vous seriez
tenu de lui rendre, quand vous n'en auriez pas pris
l'engagement d'amour-propre ; ... enfin, tout à l'heure,
ce mariage, votre dernière espérance, votre planche de
salut, vient de vous être rendu impossible. Entre nous,
si j'ai quelque chose de raisonnable à vous proposer,
croyez-vous n'être pas un peu à ma disposition?

— Il sera toujours temps, répondit La Peyrade, de

vous prouver le contraire, et je n'ai pas de résolution
à prendre tant que les desseins que vous voulez bien
avoir sur moi ne me seront pas connus.

— Je vous ai fait parler d'un mariage, reprit Du
Portail; ce mariage, dans ma pensée, s'unit étroitement
à une autre combinaison d'existence qui, pour vous,
se présente entourée d'une sorte de dévolution héré-
ditaire. Savez-vous ce que faisait à Paris cet oncle
que vous étiez venu retrouver vers 1829? Dans votre
famille, il passait pour millionnaire; et, mort subitement avant que vous pussiez le joindre, il ne laissa
pas même la somme nécessaire pour se faire enterrer;
le corbillard des pauvres et la fosse commune, voilà
quelle fut sa fin.

— Vous l'avez donc connu? demanda Théodose.

— C'était, répondit Du Portail, mon ami le plus
cher et le plus ancien.

— Mais, à ce compte, dit vivement La Peyrade,
une somme de cent louis, qui, dans les premiers temps
de mon séjour à Paris, me parvint par une main inconnue...?

— Venait effectivement de moi, répondit le rentier;
malheureusement, entraîné par un tourbillon d'affaires
dont vous vous rendrez mieux compte dans un moment,
je ne pus donner suite au bienveillant intérêt dont le
souvenir de votre oncle me remplissait pour vous:
ainsi s'explique que je vous aie laissé sur la paille d'une
mansarde arriver, comme les nèfles, à cette maturité de
la misère qui devait appeler sur vous la main d'un
Dutocq et d'un Cérizet.

— Je n'en reste pas moins, Monsieur, votre obligé,
dit La Peyrade, et, si j'avais su que vous étiez ce généreux protecteur resté pour moi introuvable, croyez que,
sans attendre votre désir, j'eusse été le premier à
chercher l'occasion de vous voir et de vous remercier.

— Laissons les compliments, dit Du Portail; et,
pour en venir au côté sérieux de notre conférence,
que diriez-vous si je vous apprenais que cet oncle,

dont vous veniez à Paris chercher la protection et l'appui, était l'un des agents de cette puissance occulte qui est un thème à tant de fables ridicules et l'objet de si sots préjugés?

— Je ne saisis pas bien, dit La Peyrade avec une curiosité inquiète; oserai-je vous prier de mieux préciser?

— Par exemple, je suppose, reprit Du Portail, que votre oncle, encore vivant, vous dise : « Tu cherches, mon beau neveu, la fortune, l'influence; tu as la prétention de te tirer de la foule, d'être mêlé à toutes les grandes affaires de ton temps; tu voudrais trouver emploi de ton esprit vif, alerte, plein de ressources et légèrement tourné à l'intrigue, et enfin dépenser dans une sphère élevée et élégante cette puissance de volonté et d'invention que tu as jusqu'ici fourvoyée à la sotte et inutile exploitation de ce qu'il y a de plus sec et de plus coriace au monde, à savoir, un bourgeois. Eh bien, baisse la tête, mon beau neveu, entre avec moi par cette petite porte que je vais t'ouvrir et qui donne dans une grande maison assez mal famée, mais qui vaut mieux pourtant que sa réputation. Le seuil passé, tu te relèveras puissant de toute la hauteur de ton génie, s'il en est en toi quelque étincelle : les hommes d'État, les rois même t'associeront à leurs pensées les plus secrètes; tu seras leur collaborateur occulte, et, à ce compte, aucune des joies que l'argent et la hauteur des fonctions peuvent promettre à un homme ne sera pour toi défendue et inabordable. »

— Mais, Monsieur, objecta La Peyrade, sans oser encore vous comprendre, je vous ferai remarquer que mon oncle est mort assez misérable pour que la charité publique ait dû se charger de son inhumation...

— Votre oncle, répondit Du Portail, était un homme de talents rares, mais il avait dans le caractère des côtés légers par lesquels toute sa destinée fut compromise. Il était dépensier, ardent au plaisir, sans souci de l'avenir; il voulut aussi goûter à cette joie faite pour le commun des hommes, et qui pour les grandes vocations exceptionnelles est le pire des embarras et des pièges, je veux parler de la famille : il eut une fille dont il était fou, ce fut par là que des ennemis terribles ouvrirent une brèche dans sa vie et purent préparer la catastrophe épouvantable qui la couronna. Votre oncle, j'entre, vous le voyez, dans votre argument, votre oncle est mort foudroyé par le poison.

— Et ce serait là, dit La Peyrade, un encouragement à marcher dans cette voie ténébreuse où il m'eût engagé à le suivre !

— Mais si c'est moi, cher Monsieur, répondit Du Portail, qui vous y montre le chemin ?

— Vous, Monsieur ! dit La Peyrade avec stupéfaction.

— Oui, moi, qui fus élève de votre oncle et plus tard son protecteur et sa providence; moi, dont près d'un demi-siècle n'a fait que grandir presque chaque jour l'influence; moi, qui suis riche, qui vois les gouvernements, à mesure qu'ils se renversent les uns sur les autres, comme des capucins de cartes, venir me demander la sécurité et la force de leur avenir; moi, qui suis le directeur d'un grand théâtre de pantins où j'ai des *Colombines* de la tournure de Mme de Godollo; moi, qui demain, si cela était nécessaire au succès d'un de mes vaudevilles ou de mes drames, pourrais me montrer à vous, porteur du grand cordon de la Légion d'honneur, de l'ordre de la Jarretière ou de celui de la Toison d'or ! Et voulez-vous savoir pourquoi ni vous ni moi ne mourrons empoisonnés; pourquoi, plus heureux que les royautés contemporaines, je pourrai transmettre mon sceptre au successeur que je me suis choisi ? C'est que, comme vous, mon jeune ami, malgré votre apparence méridionale, j'étais froid, profondément calculateur, que jamais je ne perdais mon temps aux bagatelles de la porte; que la chaleur, quand j'étais amené, par le besoin de la circonstance, à en montrer, je ne l'avais jamais qu'en surface. Il est plus

que probable que vous avez entendu parler de moi ; eh
bien, pour vous, j'ouvre une fenêtre dans mon nuage :
regardez-moi et remarquez-le bien, je n'ai ni le pied
fourchu, ni une queue au bas des reins; au contraire
apparaît en moi la figure du plus inoffensif des rentiers
du quartier Saint-Sulpice; dans ce quartier où je jouis,
je puis le dire, de l'estime universelle depuis vingt-cinq
ans, je m'appelle Du Portail, tandis que, pour vous,
si vous me le permettez, je vais m'appeler CORENTIN !

— Corentin ! s'écria La Peyrade avec une surprise
épouvantée.

— Oui, Monsieur, et vous voyez qu'en vous révé-
lant ce secret, je mets la main sur vous et vous enrégi-
mente. Corentin ! *le plus grand homme de police des temps
modernes*, comme dit de moi l'auteur d'un article de la
Biographie des hommes vivants, auquel je dois d'ailleurs
la justice de dire qu'il ne sait pas un mot de ma vie.

— Monsieur, dit La Peyrade, certainement je vous
garderai le secret; mais la place que vous voulez bien
m'offrir auprès de vous...

— Vous épouvante ou du moins vous inquiète,
interrompit vivement l'ex-rentier. Avant même de
vous être bien rendu compte de la chose, le mot vous
fait peur. La pôoolice !... ce terrible préjugé qui la
marque au front, vous vous reprocheriez de ne pas
le   partager?

— Très certainement, dit La Peyrade, c'est une
institution utile, mais je ne crois pas qu'on l'ait toujours calomniée. Si le métier de ceux qui la font était
honorable, pourquoi se cacheraient-ils?

— Parce que tout ce qui menace la société, répondit
Corentin, et qu'ils ont la mission de réprimer, se prépare et se trame dans l'ombre. Les larrons, les conspirateurs mettent-ils sur leur chapeau : *Je suis Guillot,
berger de ce troupeau !* et faudra-t-il, quand nous cher-
chons à les atteindre, que nous nous fassions précéder
de la sonnette que le commissaire fait promener, le

matin, par son appariteur pour ordonner aux concierges de balayer le devant de leurs portes?

— Monsieur, dit La Peyrade, là où le sentiment est universel, il n'y a plus un préjugé, il y a une opinion, et cette opinion doit faire la règle de tout homme qui prétend à l'estime de soi-même et des autres.

— Et quand vous dépouilliez ce notaire en faillite, s'écria Corentin; que vous voliez un cadavre pour enrichir les Thuillier, vous prétendiez à votre propre estime et à celle du conseil de votre ordre; et qui sait encore si, dans votre vie, vous n'avez pas d'autres actions plus noires! Je suis plus honnête homme que vous, car, hors de mes fonctions, je n'ai pas un acte douteux à me reprocher, et, quand le bien s'est présenté à moi, je l'ai fait partout et toujours. Croyez-vous que, depuis onze ans, la garde de cette folle ait été tout roses? Mais c'était la fille de votre oncle, de mon vieil ami; et lorsque, sentant mes jours qui s'avancent, je viens vous dire, à beaux écus comptants, de me relever de cette faction...

— Quoi! dit La Peyrade, cette folle serait la fille de mon oncle La Peyrade?

— Oui, Monsieur, la fille que je veux vous faire épouser est la fille de Peyrade, car il avait démocratisé son nom, ou, si vous l'aimez mieux, elle est la fille du père Canquoëlle, nom de guerre qu'il avait pris du petit domaine des Canquoëlles, où votre père mourait de faim avec onze enfants. Est-ce que, malgré la discrétion que votre oncle gardait sur sa famille, je ne la sais pas à fond comme si j'en étais? Est-ce qu'avant de vous destiner à votre cousine, je n'avais pas pris tous mes renseignements? Vous faites la petite bouche avec la police; mais, comme disent les gens du peuple, le plus beau de votre nez en est fait; votre oncle en était, et, grâce à la police, il fut le confident, j'ai presque dit l'ami de Louis XVIII, qui trouvait à sa conversation un plaisir infini; votre cousine est une enfant de la balle; par votre caractère et par votre esprit, par la sotte position que vous vous êtes faite, tout votre être gravite vers le dénoûment que je vous propose, et c'est de me remplacer, s'il vous plaît, de succéder à Corentin, Monsieur, qu'il est question! Et vous croyez que je n'ai pas mainmise sur vous et que, par de sottes considérations d'amour-propre bourgeois, vous parviendrez à m'échapper!

Il fallait que La Peyrade ne fût pas si profondément aheurté à un refus qu'on aurait pu le croire, car la chaleur du grand homme de la police et cette espèce d'appropriation que l'on faisait de sa personne amenèrent sur sa figure un sourire.

Corentin cependant s'était levé et, arpentant à grands pas la pièce où se passait la scène, ayant l'air de se parler à lui-même:

— La police! s'écriait-il, c'est d'elle que l'on pourrait dire ce que Basile disait à Bartholo de la calomnie, *la police, monsieur! la police, vous ne savez pas ce que vous dédaignez!* Et dans le fait, reprit-il un peu après, qui est-ce qui la méprise? Les imbéciles, qui ne savent qu'insulter ce qui fait leur sécurité. Car supprimez la police, vous supprimerez la civilisation. Est-ce qu'elle leur demande leur estime, à ces gens-là? Elle ne veut leur inspirer qu'un sentiment: la peur, ce grand levier avec lequel on gouverne les hommes, race impure dont, avec Dieu, l'enfer, le bourreau et les gendarmes, on parvient à peine à comprimer les détestables instincts.

S'arrêtant ensuite devant La Peyrade et le regardant avec un sourire dédaigneux:

— Vous êtes donc de ces niais, continua le panégyriste, qui dans la police ne voient qu'un ramassis de mouchards et de délateurs, et qui n'y ont jamais soupçonné des politiques raffinés, des diplomates du premier ordre, des Richelieu de robe courte? Mais Mercure, monsieur, Mercure, le plus spirituel des dieux du paganisme, n'était-il pas la police incarnée? Il est vrai qu'il était aussi le dieu des voleurs. Nous valons donc mieux que lui, car nous n'admettons pas ce cumul.

— Pourtant, dit La Peyrade, Vautrin, le fameux chef de la police de sûreté...?

— Eh oui! dans les bas-fonds, répliqua Corentin reprenant sa promenade, il y a toujours de la vase, et encore, ne vous y trompez pas, Vautrin est un homme de génie, mais que ses passions, comme celles de votre oncle, ont engagé de travers. Mais montez plus haut (car là gît toute la question, savoir, le bâton de l'échelle où l'on aura l'esprit de se percher) : M. le préfet de police, ministre honoré, choyé, respecté, est-ce que c'est un mouchard? Eh bien, moi, monsieur, je suis le préfet de police occulte de la diplomatie et de la haute politique, et vous hésitez à monter sur ce trône dont Charles-Quint vieilli pense à descendre? Paraître petit et faire des choses immenses, vivre dans une cave confortablement arrangée comme celle-ci et commander à la lumière; avoir à ses ordres une armée invisible, toujours prête, toujours dévouée, toujours soumise; connaître l'envers de toute chose, n'être jamais dupe d'aucune ficelle, parce qu'ici même on les tient toutes en main; voir à travers toutes les cloisons, pénétrer tous les secrets, fouiller dans tous les cœurs et dans toutes les consciences : voilà, Monsieur, ce qui vous fait peur! et vous ne redoutiez pas d'aller vous vautrer dans l'obscur et bourbeux marécage de la Maison Thuillier; vous, cheval de race, vous vous laissiez atteler à un fiacre, à l'ignoble besogne de la députation et du journal de ce bourgeois enrichi!

— On fait ce qu'on peut, répondit La Peyrade.

— Chose bien remarquable, d'ailleurs, poursuivit Corentin ne répondant qu'à sa propre pensée : plus juste et plus reconnaissante que l'opinion, la langue nous a mis à notre place, car, du mot de *police*, elle a fait le synonyme de civilisation, et l'antipode de la vie sauvage quand elle a voulu que l'on écrivît: *Un État policé*. Aussi nous soucions-nous bien peu, je

vous le jure, du préjugé qui essaye de nous flétrir;
personne mieux que nous ne connaît les hommes,
et les connaître, c'est être arrivé à mépriser leur mépris
tout aussi bien que leur estime.

— Il y a certainement beaucoup de vrai dans la
thèse que vous développez si chaleureusement, finit
par dire La Peyrade.

— Beaucoup de vrai! répondit Corentin en allant se
rasseoir; dites donc que c'est la vérité, rien que la
vérité, mais que ce n'est pas toute la vérité. Au reste,
mon cher Monsieur, assez pour aujourd'hui. Me
succéder dans mes fonctions et épouser votre cousine
avec une dot qui ne doit pas être au-dessous de cinq
cent mille francs, voilà mon offre. Je ne vous demande
pas en ce moment de réponse: je n'aurais pas de confiance dans une résolution qui n'aurait pas été sérieusement réfléchie. Demain, je serai ici toute la matinée;
puisse ma conviction avoir fait la vôtre!

Puis, congédiant son interlocuteur par un petit
salut sec et cassant:

— Je ne vous dis pas adieu, je vous dis au revoir,
Monsieur de La Peyrade.

Là-dessus, Corentin s'approcha d'une console, où
il trouva tout ce qu'il fallait pour préparer un verre
d'eau sucrée, que véritablement il avait bien gagné,
et, sans regarder le Provençal qui sortait un peu aba-
sourdi, il ne parut plus occupé que de cette prosaïque
préparation...

*Théodose finit par accepter les offres de Du Portail.
Dès que Lydie aperçoit le jeune homme, il le reconnaît,
pousse un grand cri et s'évanouit; ce choc salutaire la guérit
aussitôt de sa folie. Théodose lui aussi a aussitôt reconnu
sa victime et il est prêt à réparer. Côté Thuillier, Félix
Phellion, qui sur ces entrefaites est devenu pieux, a découvert
une étoile, et a été élu à l'Académie des Sciences, épouse*

Céleste Colleville. A Théodose, qui vient d'apprendre ce mariage, Du Portail ne cache pas sa pensée :

Je crois que vous êtes un peu jaloux du bonheur de ce jeune homme. Mon cher, permettez-moi de vous le dire, si un pareil dénoûment était de votre goût, il fallait procéder comme lui: quand je vous ai envoyé cent louis pour que vous fissiez votre droit, je ne vous destinais pas à me succéder, vous deviez ramer péniblement sur votre galère, avoir le courage de travaux obscurs et pénibles, votre jour serait arrivé. Mais vous avez voulu violer la fortune.

— Monsieur! dit La Peyrade.

— Je veux dire la hâter, la couper en herbe... Vous vous êtes jeté dans le journalisme; de là dans les affaires; vous avez fait la connaissance de MM. Dutocq et Cérizet; et, franchement, je vous trouve heureux d'avoir abordé au port qui vous a reçu aujourd'hui. Du reste, vous n'êtes pas assez simple de cœur pour que les joies réservées à Félix Phellion eussent jamais eu pour vous grande saveur. Ces bourgeois...

— Les bourgeois, dit vivement La Peyrade, je les sais maintenant, et je les ai appris à mes dépens. Ils ont de grands ridicules, de grands vices même, mais ils ont des vertus et à tout le moins des qualités estimables; là est la force vitale de notre société corrompue.

— Votre société! dit en souriant Corentin; vous parlez comme si vous étiez encore dans les rangs. Vous êtes hors cadre, mon cher, et il faudrait vous montrer plus content de votre lot; les gouvernements passent, les sociétés périssent ou s'étiolent; mais nous, nous dominons tout cela, et la police est éternelle.

ÉTABLISSEMENT DU TEXTE

Les seuls éléments dont nous disposions se trouvent à Chantilly à la Bibliothèque Lovenjoul.
Il s'agit :

1. *d'un manuscrit autographe discontinu comprenant quarante-sept feuillets numérotés par Balzac, qui correspondent respectivement aux passages suivants de la présente édition : feuillets 16, de la page 29, ligne 4* (-qu'à la nausée), *à la page 30, ligne 15* (leurs louanges à elles) ; *18, de la page 31, ligne 26* (affection pour son bourreau), *à la page 33, ligne 12* (sous Francœur et Rebel) ; *27, de la page 45, ligne 30* (par la publicité), *à la page 47, ligne 6* (aux avocats qui, depuis 1830) ; *31, de la page 52, ligne 4* (à l'Académie des Sciences), *à la page 53, ligne 12* (Louis XV, un) ; *33 à 70, de la page 56* (Chapitre VI), *à la page 118, ligne 13* (ces grandes paroles) ; *137 à 141, de la page 226, ligne 17* (Olympe sa maîtresse), *à la page 234, ligne 11* (Le relieur et le brocheur occupaient). *Ce manuscrit porte la cote A 186.*

2. *d'un jeu d'épreuves, dont les pages sont numérotées de 1 à 204, et comportant, surtout vers le début, des additions et corrections autographes. La cote est A 187.*

3. *d'un jeu d'épreuves non corrigées comportant un placard de plus que le précédent (de la page 239 : « Je veux du vin... » à la fin). Il est relié à la suite du manuscrit A 186.*

Comme on l'a dit à la fin de l'Introduction, le meilleur texte est évidemment celui du manuscrit, en tenant compte des additions et corrections sur épreuves, quand il y en a. Là où le manuscrit manque, le texte le moins mauvais est celui des épreuves, avec également les additions et corrections, s'il y a lieu.

En outre, le texte de la Monographie du rentier, dont Balzac a recopié en tout une cinquantaine de lignes (pages 49 à 54, en note), a permis pour ces passages de corriger les épreuves fautives, cela malgré l'absence du manuscrit.

Enfin, les Lettres à l'Étrangère fournissent diverses leçons de la dédicace.

La stricte application des règles ci-dessus, et en particulier le recours au manuscrit, ont permis d'établir un texte qui s'écarte fréquemment de celui des éditions précédentes. Voici une demi-douzaine d'exemples. Ils sont pris exclusivement dans les pages pour lesquelles nous possédons le manuscrit de Balzac, et dont le texte est donc indiscutable.

Page 57, lignes 22-23. Ils sont tous fous de cette petite. Omis dans Conard, page 45, ligne 3, et dans Pléiade, page 101, ligne 37.

Page 73, ligne 12. Il est indigné de voir des gens *et non* Il est indigne de voir des gens, *ce qui fait faux sens (Conard, page 58, avant-dernière ligne. Pléiade, page 112, ligne 34).*

Page 83, ligne 10. Il a bien de l'entregent, *et non* il a bien de l'intrigue *(Conard, page 67, ligne 5. Pléiade, page 119, ligne 27).*

Page 113, ligne 28. il avait les gestes Phellion, le parler Phellion, les idées Phellion. *Omis dans Conard, page 92, ligne 34, et dans Pléiade, page 139, ligne 39.*

Page 114, ligne 29. me mésestimez-vous donc assez, *et non* me méprisez-vous donc assez *(Conard, page 93, ligne 32. Pléiade, page 140, ligne 28.*

Page 117, ligne 13. Ah ! Madame, dit Théodose en emmenant Mme Phellion, empêchez le Commandant de faire une faute capitale... *Omis dans Conard, page 96, ligne 7 et dans Pléiade, page 142, ligne 24.*

VARIANTES

Aux trois états successifs du texte : manuscrit, épreuves, épreuves corrigées, correspondent les abréviations : ms., ép., ép. corr. Les Lettres à l'Étrangère *fournissent des variantes de la dédicace.*

Chaque variante est précédée et suivie d'un ou plusieurs mots qui permettent de la rattacher au contexte.

Page 4 :

a. Le 5 janvier 1844, Balzac communiquait à Mme Hanska le début de sa dédicace : « A Constance-Victoire. Voici, madame et amie, un ouvrage auquel je tiens trop pour ne pas le faire protéger par ces deux noms, dans la signification desquels je voudrais voir une miraculeuse prophétie, etc. » Lettres à l'Étrangère, *tome II, page 262.*

Au paquet de lettres qu'il expédia le 13 janvier (et qui contient celle du 5), il joignit le texte in extenso *de cette dédicace* (op. cit., *page 270) : il est différent, à la fois de ce qu'on vient de lire et de la version définitive. Le voici :* « A Constance-Victoire. Voici, madame et amie, une de ces œuvres qui tombent on ne sait d'où dans la pensée et qui plaisent à un auteur avant qu'il puisse prévoir comment les accueillera le public, ce grand juge du moment. Mais, presque sûr de votre bienveillance, je vous la dédie. Elle vous appartient, comme autrefois la dîme appartenait à l'Église ; en mémoire de Dieu de qui tout vient, qui fait tout mûrir, tout éclore ! Quelques restes de glaise laissés par Molière au bas de sa statue de Tartuffe ont été maniés ici d'une main plus audacieuse qu'habile. Mais à quelque distance

que je reste du plus grand des comiques, je serai content
d'avoir utilisé ces miettes de l'avant-scène de sa pièce, en
montrant l'hypocrite moderne à l'œuvre. La raison qui
m'a le plus encouragé dans cette difficile entreprise, c'est
de la voir dépouillée de toute question religieuse, qui fut
si nuisible à la comédie de *Tartuffe*, et qui devait être écartée
aujourd'hui. Puisse la double signification de vos noms
être pour l'auteur une prophétie, et daignez trouver ici
l'expression de sa respectueuse reconnaissance.

1er janvier 1844

De Balzac

[*la date n'a qu'une valeur sentimentale*]

*Le début de la version ci-dessus fut modifié à la demande de
Mme Hanska.* « On ôtera le *madame et amie, (lui écrit-il
en effet,)* qui ne me plaît pas plus qu'à vous, et il n'y aura
rien qu'un *madame* dans le courant de la prose. » (*Lettre du
6 février 1844. Op. cit., page 300.*)

b. en montrant à l'œuvre notre hypocrite moderne *ép.*

Page 6 :

a. bourgeoisie, tantôt l'hôtel d'un cardinal ; ici les restes
addition barrée sur ép. corr.

b. le bassin [...] les tombes ? *add. ép. corr.*

c. et que Victor Hugo compare *ép.*

Page 8 :

a.

I

Le lieu de la scène

Le dimanche était le jour adopté par M. et Mme Thuillier pour recevoir leurs amis. Ce jour-là, le soir, tous les
personnages du drame domestique, le sujet de cette scène,
se trouvaient réunis. L'excessive importance de ce récit,
la profonde instruction qui en résultera pour les familles,
exigent ici des soins particuliers. Quelques indications

assez semblables à celles qui servent de sommaire aux pièces de théâtre, seront d'ailleurs d'autant moins déplacées en tête de cette esquisse, qu'elles faciliteront l'introduction des personnages.

D'abord la maison de M. Thuillier [...], sœur aînée de M. Thuillier.

Puis la situation et l'aspect [...] ont un parfum [...] de chacun.

Cette maison, acquise dans les six mois *ép. Telle est la première version du début du roman.*

Page 9 :

a. de taille, si commune à Paris et si laide, que la Ville *ép.*

b. sculptent les maisons nouvelles. Cette façade grisâtre *ép.*

Page 18 :

a. le carton solitaire ; ils ne peuvent pas voir un carton blanc bordé de bleu sans que cet aspect bien-aimé les impressionne.

Mademoiselle Thuillier *ép.*

Page 25 :

a. Modeste *ép. Le prénom de Mme Thuillier, et celui de sa filleule Mlle Colleville, est uniformément Modeste sur les épreuves. Balzac a parfois oublié de le corriger en Céleste.*

Page 29 :

a. une beauté régulière, froide, correcte *ép.*

b. un ton de froideur qui glaçait. Ses yeux bruns *ép.*

Page 57 :

a. Dutocq, qui voisinait avec Barbet, *ms.*

Page 61 :

a. avait annoncé M. Constant Popinot ! car on portait son père sur la liste des futurs ministres.

Une confidence de Cardot à M. Anselme Popinot,

père du jeune magistrat, avait été la cause de cette visite. Anselme Popinot [*lisez* Constant] était substitut du procureur du Roi près le tribunal de la Seine, où son grand-oncle avait laissé de beaux souvenirs.

Dix minutes après *ms.*

Page 67 :

  a. actuel ; il avait la bosse de la philanthropie *ms.*

Page 68 :

  a. L'homme fort de la classe moyenne, les pauvres *ms.*

Page 76 :

  a. La femme de quarante ans. *ms.*

Page 78 :

  a. Enfin [...] cela. *add. ms.*

Page 80 :

  a. en atteignant [...] dans la rue, *add. ms.*

Page 84 :

  a. La femme de quarante ans, *ms.*

  b. quelques-unes de ces abjurations qui *ms.*

Page 85 :

  a. enjeu du joueur au désespoir. *ms.*

Page 87 :

  a. Anatole *ms.*, *non barré.*

Page 89 :

  a. de laine grise rayée de *ms.*, *les trois derniers mots barrés.*

Page 90 :

  a. de mépris. Je vous ai cru grande, j'ai rêvé *ms.*

Page 92 :

   a. Flavie éprouvait [...] profondément. *add. ms.*

Page 94 :

   a. petit homme [...] desséché, *add. ms.*

Page 99 :

   a. quand on la leur remplit. J'ai dit, messeigneurs !...
— Et le notaire *ms.*

   b. roués par un banquier, dans la peau *ms.*

   c. et prenant [...] fait acteur. *add. ms.*

Page 102 :

   a. attachée [...] vêtements. *add. ms.*

Page 104 :

   a. gagner vingt ou trente mille francs *ms.*

Page 105 :

   a. Phellion dispose d'un tiers des voix du quartier ;
Dutocq d'un autre tiers ; lui [et] Laudigeois *ms.*

Page 107 :

   a. Thuillier sortit ravi en se disant : *ms.*

   b. il est [...] homme *add. ms.*

Page 110 :

   a. Phellion, à plat ventre devant ses supérieurs, l'homme *ms.*

   Le manuscrit s'arrêtant à la page 118 pour reprendre seulement à la page 226, et les épreuves correspondantes ne comportant aucune correction, il n'y a aucune variante pour toute cette partie du roman.

Page 227 :

   a. sa maison, rue du Dragon, et les arrérages *ms.*

Page 228 :

a. cordonnier de son état *add. ms.*

Page 231 :

a. les bénéfices — A moi l'or comme [*plusieurs mots illisibles sous les ratures*], à la bonne femme l'usufruit de la rente et de la maison, se disait-il. Et il achetait alors *ms.*

BIBLIOGRAPHIE SOMMAIRE

I. *LE TEXTE*

Bibliothèque Lovenjoul : A 186 et A 187 (manuscrit et épreuves d'imprimerie).

Les Petits Bourgeois, édition et continuation de Rabou, en feuilleton dans *Le Pays* du 26 juillet au 28 octobre 1854.

Les Petits Bourgeois (même texte), édition originale. Bruxelles et Leipzig, Kiessling, Schnée et Cie, 1855, 5 vol. « Édition autorisée pour la Belgique et l'étranger, interdite pour la France. »

Les Petits Bourgeois (même texte), première édition française. Paris, De Potter, 8 vol. in-8°, 1856-57. (Repris dans Balzac, *Œuvres Complètes*, éd. Michel Lévy, Paris, 1869, tome XI.)

Les Petits Bourgeois, éd. Bouteron et Longnon, Paris, Conard, 1950, in-8° (réimpression). Tome XX des *Œuvres Complètes*, voyez plus bas.

Les Petits Bourgeois, éd. Bouteron, Paris, Gallimard, 1950, in-12 (réimpression). Tome VII de *La Comédie humaine*, voyez plus bas.

II. *AUTRES ŒUVRES DE BALZAC*

Œuvres Complètes, éd. Bouteron et Longnon, Paris, Conard, 1912-1940, 40 vol. in-8°, en particulier le tome III des *Œuvres Diverses* (XL) qui contient la *Monographie du Rentier* (pages 209 à 223), la *Physiologie de l'employé* (pages 484 à 518), *Ce qui disparaît de Paris* (pages 606 à 609), et *Histoire et Physiologie des boulevards de Paris* (pages 606 à 616). Cette édition est ici désignée par : éd. Conard.

La Comédie humaine, éd. Bouteron, Paris, Gallimard, 1935-1937, Bibliothèque de la Pléiade, 10 vol. in-16. Cette édition est ici désignée par l'abréviation : Pléiade.

Le tome XI (1959), qui contient en particulier les *Préfaces,* a été établi par Roger Pierrot.

Histoire des Treize, éd. P.-G. Castex, Paris, Garnier, 1956, in-12.

Illusions Perdues, éd. A. Adam, Paris, Garnier, 1956, in-12.

Splendeurs et Misères des Courtisanes, éd. A. Adam, Paris, Garnier, 1958, in-12.

La Vieille Fille, éd. P.-G. Castex, Paris, Garnier, 1957, in-12.

L'Envers de l'Histoire Contemporaine, éd. M. Regard, Paris, Garnier, 1959, in-12.

Lettres à l'Étrangère, Paris, Calmann-Lévy, (surtout tomes II et III).

III. *INSTRUMENTS DE TRAVAIL*

Bibliothèque Lovenjoul, A 272 et A 274 (Correspondance de Mme de Balzac, Dutacq, Rabou, etc.).

Spoelberch de Lovenjoul, *Histoire des œuvres de H. de Balzac,* Paris, Calmann-Lévy, 1879, in-8° (la troisième édition, 1888, est préférable).

F. Lotte, *Dictionnaire biographique des personnages fictifs de La Comédie humaine,* Paris, Corti, 1952, in-8°.

F. Lotte, *Index des personnes réelles et des allusions littéraires,* dans Pléiade, tome XI (1959), pages 1131 à 1292 (voyez plus haut).

Clouzot et Valensi, *Le Paris de La Comédie humaine, (Balzac et ses fournisseurs),* Paris, Le Goupy, 1926, in-8°.

F. Lazare, *Dictionnaire des rues de Paris,* Paris, chez l'auteur, 1844, in-8°.

Desgranges, *Petit Dictionnaire du Peuple,* Paris, 1821.

IV. *ÉTUDES*

Aucune monographie n'a été consacrée aux *Petits Bourgeois.* Les références des travaux qui nous ont été le plus utiles sont indiquées en note, aux pages concernées.

LES PERSONNAGES
DES
PETITS BOURGEOIS
DANS L'ŒUVRE DE BALZAC

O n *a vu dans l'Introduction (pages XII et XIII) tout ce que le roman a emprunté à la* Monographie du rentier *et à la* Physiologie de l'employé *; un Colleville ou un Phellion, encore si proches du type auquel ils appartiennent, doivent presque autant à ces petits ouvrages, qui ne font pas partie de* La Comédie humaine, *qu'au roman (voyez ci-dessous) où ils apparaissent pour la première fois.*

D'autre part, on a vu également (pages XVIII à XXIV) que si les principaux personnages viennent de La Femme supérieure *(1838, première version des* Employés*), ils n'y ont pas été pris tels quels ; ils ont été transformés, et à tel point que Balzac a jugé nécessaire de revoir* La Femme supérieure *en tenant compte de ces changements : il en est résulté la version définitive des* Employés, *publiée en 1844. On ne saurait donc considérer* Les Petits Bourgeois *comme un simple prolongement, un appendice des* Employés. *Ce n'est pas ici, comme certains semblent l'imaginer, un roman pauvre et peu inspiré, où Balzac se serait laissé porter par les personnages de ses romans antérieurs, où il se serait contenté d'exploiter les richesses accumulées de son passé d'auteur. Si l'œuvre est inachevée, il est impossible de prétendre que ce qui a été fait porte la marque de la stérilité. Le héros du roman, Théodose de La Peyrade, est une création entièrement* *nouvelle, et il n'avait jamais été question de lui dans* La Comédie humaine *auparavant. Thuillier et Colleville, qui appartenaient à* La Femme supérieure, *deviennent en vérité de nouveaux personnages. La même remarque est encore plus vraie pour Brigitte Thuillier et Flavie Colleville. Quant à Minard, si la continuité est mieux ménagée entre l'*employé besogneux *dessiné en 1838 et le bourgeois parvenu de 1844, les deux* états *du même personnage n'en sont pas moins profondément différents. Phellion et Dutocq ont également été modifiés. Enfin les silhouettes de la Cardinal et de Poupillier, ainsi que le nouvel avatar de Cérizet devenu usurier de bas-quartier, ont un caractère absolument original. Les personnages des* Petits Bourgeois *sont donc presque tous, ou nouveaux, ou* renouvelés, *et ce roman constitue, dans la création balzacienne, une étape significative et relativement importante. En effet, au niveau de cette œuvre — que le public contemporain ne put pas lire — des personnages s'élaborent, achèvent de se définir, ou se métamorphosent.*

On vient d'examiner la relation Employés-Petits Bourgeois, *mais cet exemple n'est pas unique. Cérizet, qui a déjà parcouru toute une carrière dans* La Comédie humaine *(voyez page 96 et note 1), se voit attribuer, au cours de la rédaction des* Petits Bourgeois, *un passé d'acteur*[1]. *Cette addition (page 99, variante c) pourrait bien être l'acte de naissance du court roman,* Un Homme d'affaires, *où la ruse de Cérizet n'est concevable que si le personnage a l'expérience du théâtre ; or Balzac donne cette nouvelle œuvre comme terminée le 3 janvier 1844 (page 96, note 1), mais il est plus vraisemblable qu'à ce moment il en a eu seulement l'idée ; ne mettait-il pas Cérizet en scène dans* Les Petits Bourgeois, *auxquels il se consacrait alors entièrement ?* Un Homme d'affaires *apparaît d'ailleurs comme le déve-*

---

1. « Car, dans un moment d'excessive misère, il s'était fait acteur. », page 99.

loppement d'une anecdote sur l'un des principaux thèmes de notre roman : la lutte incessante des créanciers et des débiteurs [1]. *De la même manière — mais il ne s'agit plus ici que d'un détail — l'histoire, dans* Les Petits Bourgeois, *de la fortune de Minard, réalisée grâce à une* « de ces conceptions perverses qui déconsidèrent le commerce français » *apparaît à Balzac comme exemplaire ; aussi, quand il revoit en 1844* La Maison Nucingen *(texte de 1837-38), insère-t-il dans un développement de Couture sur les pratiques malhonnêtes des commerçants la phrase suivante :* « La fameuse Maison Minard a commencé par des ventes de ce genre » *(Pléiade, tome V, page 638) — allusion incompréhensible pour le lecteur attentif de l'époque, qui n'avait jamais entendu parler de cette Maison, et qui avait laissé Minard* misérable *employé* sous Rabourdin.

Cette addition est révélatrice : elle montre que Balzac considérait La Comédie humaine *comme un ensemble posé* uno intuitu, *et qu'il n'était pas disposé à tenir compte des vicissitudes de la parution — ni même de l'achèvement — des romans séparés. Ce sens architectural d'une construction dont tous les éléments sont solidaires implique un effort constant pour relier les diverses parties de l'édifice romanesque les unes aux autres, effort qui est très apparent dans* Les Petits Bourgeois. *La plupart des personnages mis en scène, ou simplement cités, figurent déjà — on a insisté sur ce point — dans* Les Employés. *C'est le cas des Thuillier, des Colleville, des Phellion, des Barniol, des Laudigeois, des Minard, de Dutocq, des Saillard, des Baudoyer, des Falleix, des Rabourdin, de Clergeot, de Bois-Levant, de Poiret jeune, etc. Bien souvent ils n'apparaissent que là ; les deux romans ont plus de rapports entre eux qu'avec aucune autre Scène de* La Comédie humaine *où ils forment une petite province du Paris bourgeois. Aucun personnage im-*

---

1. À ce sujet, voyez l'Introduction, page xxx et note 1.

portant des Petits Bourgeois *ne joue de véritable rôle ailleurs que dans* Les Employés, *à l'exception de Cérizet dont on a déjà parlé.*

Par contre, des personnages épisodiques ou des allusions permettent d'évoquer plus de dix romans antérieurs :

Pierre Grassou, « le peintre des bourgeois » *qui a fait le portrait des Thuillier (pages 13 et 79).*

César Birotteau. *Les spéculations de Du Tillet sur les terrains de la Madeleine, la faillite de Roguin et celle de Birotteau sont évoquées (page 171). L'architecte Grindot est chargé de terminer l'immeuble acquis par les Thuillier (pages 175, 182, 200, 205).*

Un Prince de la bohème. *Tullia rend visite à Flavie Colleville (page 39). Quand elle est devenue comtesse Du Bruel, Théodose lui demande d'intervenir pour faire avoir à Thuillier la Légion d'honneur (page 211). Chaffaroux, son oncle, accepte d'examiner la maison dont on envisage l'achat (pages 173 et 175).*

L'Interdiction. *Il est fait allusion à plusieurs reprises au juge Popinot et à sa bienfaisance (pages 115, 119, 133, 153, etc).*

Le Colonel Chabert. *Godeschal a racheté l'étude Derville (page 201).*

Le Père Goriot. *Mlle Michonneau, devenue Mme Veuve Poiret, tient une pension dans la maison de Cérizet (page 154).*

Ursule Mirouët. *Allusion rapide à la suppression du testament par Minoret (page 237).*

Du Bousquier, *père supposé de Flavie Colleville (page 34), évoque surtout* La Vieille Fille *et le* Cabinet des Antiques.

Cette liste ne saurait être exhaustive : il faudrait éplucher les énumérations de noms propres (par exemple, page 153), il faudrait citer Olivier Vinet, Constant Popinot, Joseph Bridau, bien d'autres encore. Comme toujours chez Balzac, le tissu des allusions est très serré. Mais ces exemples suffiront pour montrer par quels liens multiples, parfois ténus, souvent solides, Les Petits Bourgeois *sont rattachés à* La Comédie humaine. *Notons pour terminer qu'une addition de 1844 introduit Théodose dans* Splendeurs et Misères des courtisanes, *(Introduction, page* XXXII*) ; d'autre part, Barbet et Métivier reparaissent dans l*'Envers de l'Histoire Contemporaine [1].

---

1. Sur la biographie des personnages, on se reportera aux notes au bas des pages, à l'Introduction, et aux *Dictionnaire* et *Index* de F. Lotte.

MONOGRAPHIE DU RENTIER

INTRODUCTION

Plaisanterie *appliquée ou échantillon de méthode ?*
La Monographie *tient certes beaucoup moins de l'un
que de l'autre. L'intention humoristique est évidente - trop
évidente peut-être. Balzac s'est allégrement lancé dans
une* charge. *Déguisé en naturaliste, il prolonge à plaisir
la présentation zoologique de son personnage, et mène avec
une ironie un peu appuyée son enquête pseudo-scientifique. Le
Rentier, note-t-il, «* paraît avoir un système d'organes
complets *» et «* sa chair est filandreuse *». Balzac entasse
de façon bouffonne l'*arcade zygomatique *sur l'*os hyoïde
et le bec coracoïde *; il ira jusqu'à s'interroger sur la paléon-
tologie du Rentier. Bref le public sera satisfait : il réclame
des* physiologies, *c'est-à-dire de petits tableaux - description et inventaire systématiques - des divers types sociaux ;
en voici une dont la science est bien conditionnée, et où l'auteur - c'est une des lois du genre - s'amuse de sa méthode.
Mais d'autre part, on ne saurait oublier tout à fait que
l'application, si parodique soit-elle ici, des sciences de la
nature à l'étude d'un type social répond chez Balzac à des
préoccupations anciennes et fort sérieuses qui sont au cœur
même de* La Comédie humaine. *Dès 1832, il écrivait :
«* Les études psychologiques, dirigées dans une voie
d'analyse, acquerront sans doute une consistance
mathématique, cesseront d'être creuses et conjectu-
rales... [1] *Or c'est bien ici une* analyse *du Rentier. Et*

---

1. *Lettre à Charles Nodier,* Revue de Paris, 21 octobre 1832. Éd.
Conard, tome XXXIX, page 564.

*l'*Avant-Propos *de* La Comédie humaine *rappelle en 1842, c'est-à-dire deux ans après la* Monographie, *qu'il existe* « des Espèces Sociales comme il y a des Espèces Zoologiques [1] ». *Il convient d'étudier* « un ouvrier, un administrateur, un avocat, un oisif, un savant, un homme d'État, un commerçant, un marin, un poète, un pauvre, un prêtre [2] », *ajoutons un rentier, de la même manière que le naturaliste établit la monographie du loup, du lion, de l'âne, du corbeau, du requin, du veau marin, de la brebis, etc. Il n'est donc pas facile, à première vue, de déterminer avec exactitude la part de fantaisie à la mode et celle de conviction personnelle dans la* Monographie du rentier.

La fantaisie est en tout cas l'élément le plus apparent. Et Balzac lui-même, par son attitude, semble engager son lecteur à ne pas attacher une importance excessive à ce petit texte. Il n'accorde en effet à ce court travail qu'une mention très rapide dans une lettre à Mme Hanska du 15 juillet 1839, où il le cite avec trois autres pochades du même ordre. « Je ne vous parle pas, *écrit-il*, de *l'Epicier*, de *La Femme comme il faut*, du *Rentier*, du *Notaire*, quatre figures que j'ai faites dans *Les Français peints par eux-mêmes* [3] de Curmer. Vous lirez sans doute ces petites esquisses [4]. » *Ces quatre études constituent effectivement la contribution de Balzac à la grande entreprise de l'éditeur Curmer qui lui avait réservé une place de choix. La* Monographie *paraît donc en 1840, en tête du tome III. Le texte en avait été soigneusement revu.* « Envoyez-moi l'épreuve du *Rentier* avec celle du *Notaire*, *avait écrit Balzac dans un billet à Curmer. Je*

---

1. Pléiade, tome I, page 4.
2. *Ibid.*
3. Voyez plus haut, l'*Introduction* page XI.
4. *Lettres à l'Étrangère*, Paris, Calmann-Lévy, 1899, tome I, page 519.

ne serais pas fâché de la voir, comme il y avait des corrections sur le bon à tirer [1]. » *L'illustration, qui avait été confiée à Grandville, comprend six dessins, dont deux à pleine page* [2] *et la lettrine. Le premier représente un musée d'histoire naturelle : au milieu des squelettes d'une grue, d'une oie et d'un âne, on aperçoit celui d'un homme coiffé d'un bonnet de coton et flanqué d'un parapluie et d'un gibus ; sur un écriteau, on lit :* « Rentier mâle ». *Une autre gravure met en scène un groupe de savants maniant microscope, balance et cornues ; un phrénologiste palpe des têtes ; dans un bocal on distingue un petit personnage conservé dans l'alcool, un Rentier. L'artiste, on le voit, n'avait pas voulu être en retard sur le texte. Mais Balzac a bientôt l'occasion de vendre une seconde fois sa copie ; comme elle est trop mince, on lui joint la* Physiologie du rentier de province *d'Arnould Frémy* [3] *probablement composée pour l'occasion, et l'ensemble est publié en 1841 par Martinon sous le titre* Physiologie du rentier de Paris et de province ; *c'est un petit volume in-32 comme les* Physiologies Aubert [4] *qui vont faire fureur pendant deux ans, et, comme elles, il est abondamment illustré par Gavarni, Henri Monnier, Daumier et Meissonier* [5].

---

1. Bibliothèque Lovenjoul, manuscrit A 204, f⁰ 11. Et le texte avait été remanié; on lit dans le même recueil (f⁰ 12) au verso d'un feuillet du manuscrit du *Notaire* : « *Copie* Rentier. Notaire. Comme ces deux types seront travaillés encore, attendez la deuxième épreuve avant de faire faire la lettre du commencement, pour connaître celle que j'adopterai par la tournure de la phrase. » Il s'agit de la lettrine initiale.

2. Tous deux sont ici reproduits : *Le Rentier et sa femme*, planche VIII ; et l'autre planche, XII. De même, deux gravures qui suivent, planches VII et XI.

3. Le même auteur avait fait *La Revendeuse à la toilette* et *Le Ramoneur* pour *Les Français peints par eux-mêmes*.

4. L'éditeur Aubert lance en effet vers 1841 une collection de *Physiologies* qui est appelée au plus grand succès. Des douzaines de titres paraîtront en 1842.

5. La planche IX entre les pages 50-51, reproduit une page de ce petit livre.

Un extrait de l'ouvrage est publié par le Constitutionnel *dans son* Supplément *du 26 septembre 1841 sous le titre* L'habitant de Versailles ; *le nom de Balzac est alors pour un journal un tel talisman qu'il est signé :* De Balzac et Arnould Frémy, *bien qu'il ne comporte pas un seul mot de Balzac. En 1847 enfin, au tome II du* Provincial à Paris [1] *(réimpression sous un autre titre des* Comédiens sans le savoir*), Balzac réédite pour la dernière fois sa* Monographie. *Après sa mort, elle devait figurer dans le tome XXI* (Œuvres diverses, *tome II*) de l'édition Lévy *in-8°, et dans le tome XL (*Œuvres diverses, *tome III) de l'édition Conard.*

L'auteur de la Physiologie du mariage *(1829) a été l'un des premiers à donner à l'*analyse *dans le domaine moral une certaine teinture scientifique. Personne n'est dupe — et l'auteur moins que tout autre — des classifications péremptoires, des axiomes, postulats et corollaires, qu'il prodigue alors. Il n'en reste pas moins que douze ans avant l'éditeur Aubert, il est un de ceux qui ont lancé le genre de la* Physiologie, *avec ce curieux mélange, sur lequel on a plus haut attiré l'attention, de badinage plaisant ou satirique, et d'observation sociale méthodiquement conduite.* Physiologie de la toilette, Physiologie du cigare, Physiologie de l'adjoint, Nouvelle Théorie du déjeuner, Traité de la vie élégante, *sous ces appellations diverses, l'esprit est le même dans toutes ces études qu'il multiplie en 1830 et 1831 pour les donner à la* Mode, *à la* Silhouette *ou à la* Caricature. *De 1832 à 1839, il semble s'en détourner. Il y revient — et peut-être un peu plus sérieusement — avec les textes publiés dans* Les Français peints par eux-mêmes, *et il marque la continuité de son dessein en commençant par reprendre en 1839 le*

---

1. Pages 177 à 292. Paris, Roux et Cassanet, in-8°.

sujet qu'il avait déjà traité en 1830 : l'Épicier [1] *; la seconde version, qui a emprunté un certain nombre de phrases à la première, est plus élaborée ; il ne s'agit plus d'une chronique dans un journal, mais de la collaboration à un ouvrage collectif, qui est destiné à durer.*

Une monographie *diffère évidemment assez peu d'une* physiologie *; par ce terme, toutefois, Balzac semble entendre une* physiologie *plus serrée, où les résultats de l'enquête sont exposés selon la méthode des* familles, *propre aux sciences naturelles ; l'on caractérise tour à tour le* genre, *éventuellement les* sous-genres, *et les différentes* variétés. *Le projet d'une* Monographie *de la vertu n'ayant jamais abouti, Balzac n'a composé que la* Monographie *du* rentier *et la* Monographie *de la presse* parisienne *; cette dernière, morceau remarquable et trop peu connu, parut en 1844 dans* La Grande Ville *: elle est précédée d'un* Tableau synoptique de l'ordre Gende-lettre *comportant deux* genres, *qui sont subdivisés respectivement en* huit *et* cinq *sous-genres, ceux-ci se distribuant, s'il y a lieu, en deux, trois et jusqu'à cinq* variétés. *Cette étude, précise Balzac, est tirée* « de l'histoire naturelle du Bimane en société ». *Mais il ne tenait pas essentiellement à ce nom de* monographie, *puisque la* Monographie *du* rentier, *on l'a vu, fut réimprimée en 1841 sous le titre, plus* « commercial », *de* Physiologie *du* rentier.

L'affectation scientifique du jargon et de la présentation, comme l'a bien compris l'illustrateur, est pourtant plus marquée dans notre Monographie *que dans l'*Épicier *ou* le Notaire. *Balzac ne distingue pas divers types d'épicier, tandis qu'il catalogue et décrit douze* variétés de rentier.

---

1. *La Silhouette,* 22 avril 1830, et *Les Français peints par eux-mêmes,* tome I, 1840. Éd. Conard, tome XXXIX, pages 11 à 14 et 14 à 21.

Le texte lui-même est beaucoup plus étoffé : son étendue est double de celle du Notaire. *Malgré des lenteurs, des redites et parfois quelque désordre, le plan est plus rigoureux : description physique, origines du type, place dans la société, comportement, idées politiques, mœurs, variétés. Le ton perpétuellement facétieux et les grosses plaisanteries n'arrivent pas à dissimuler la finesse de l'observation et le caractère positif des considérations : il y a ici les éléments d'une véritable sociologie du Rentier parisien.*

Mais il est clair que, tout en accumulant les faits précis et les remarques judicieuses, Balzac n'a pas prétendu faire œuvre de savant. Sa classification des variétés, par exemple, répond beaucoup plus aux commodités de l'exposé qu'à la nature des choses. Douze variétés : pourquoi pas huit ou quinze ? C'est précisément quinze variétés qu'il avait d'abord distinguées lors d'une première rédaction. On lit au dos de feuillets du manuscrit de Pierre Grassou *le brouillon suivant* [1].

« Voici les différentes espèces que doit décrire le patient micographe occupé de la monographie de cette tribu, dans son beau traité de Rienologie.

I. Le Rentier proprement dit.

II. Le Rentier célibataire.

III. Le Rentier campagnard.

IV. Le Rentier actionnaire.

V. Le Rentier taciturne.

VI. Le Rentier des faubourgs.

VII. Le Rentier escompteur.

VIII. Le Rentier militaire.

IX. Le Rentier de naissance.

X. Le Rentier pensionné.

XI. Le Rentier ouvrier.

---

1. Bibliothèque Lovenjoul, manuscrit A 190, f°s 39 (v°) et 38 (v°).

> *XII. Le Rentier dameret.*
> *XIII. Le Rentier dévot.*
> *XIV. Le Rentier spirituel.*
> *XV. Le Rentier à vices.* »

*Il a repris dix de ces variétés — si toutefois l'on iden-
tifie le Rentier marié au Rentier proprement dit et le Rentier
chapolardé au Rentier actionnaire — dans sa rédaction
définitive ; il a laissé de côté le Rentier à vices (qui peut se
ramener au Rentier taciturne), le Rentier ouvrier (singulière
variété, si toutefois j'ai bien lu), le Rentier dévot, le Rentier
de naissance et le Rentier spirituel ; il a ajouté le Rentier
collectionneur et le Rentier philanthrope.*

*On pourrait épiloguer à perte de vue sur ces divisions
et subdivisions. Ces divers types et sous-types sont loin
d'avoir une autonomie et des particularités incontestables.
Le Rentier lui-même ne coïncide-t-il pas le plus souvent
avec le Bourgeois, comme on le voit assez par les emprunts
à la* Monographie *pour caractériser le salon des Petits
Bourgeois ? Quant au Rentier escompteur, ne se ramène-t-il
pas à l'Escompteur de la même manière que le Rentier actionnaire à l'Actionnaire, le Rentier militaire au Militaire (en
retraite), le Rentier collectionneur au Collectionneur, etc. ?
En fait, en dépit de déclarations qu'il faudrait nuancer,
Balzac semble ne guère attacher d'importance à ces êtres collec-
tifs dont l'existence est mythologique. Romancier avant tout, il
est bien persuadé qu'il n'y a de réalité que singulière. Si
les sciences de la nature fournissent un modèle de recherche
et de connaissance, il convient d'adapter leurs méthodes
à l'étude des êtres humains, qui reste foncièrement différente.
Le vrai type, pour Balzac, ce n'est pas l'être abstrait,
exemplaire et factice, dont les Sciences Naturelles fournissent
la planche anatomique, c'est l'individu unique et irrempla-
cable, en situation dans une histoire qui, jusqu'à la fin
des siècles, ne se répétera jamais : la sienne. Le vrai Collec-*

tionneur, c'est le cousin Pons, et non la Variété VI de la Monographie du rentier *; le véritable escompteur, c'est Gobseck, et non la Variété X; le véritable militaire, c'est Philippe Bridau, et non la Variété V. La* Monographie *est seulement l'occasion de rassembler un trésor d'observations déjà utilisées ou qu'il utilisera plus tard dans ses romans. Le Rentier, magma informe, ne vit pas; c'est un amas de matériaux avec lesquels le romancier fabrique de la vie.* « Carrière..., *écrit-il de façon significative,* d'où j'ai tiré les Birotteau [1]. »

Ce serait donc une grave erreur de prétendre trouver dans les physiologies *ou* monographies *la quintessence sociologique du roman balzacien : elles n'en sont que la dégradation ou le lointain point de départ. Un personnage de roman ne coïncide avec une Variété que lorsqu'il est resté à l'état d'ébauche : c'est dans une certaine mesure le cas de Colleville [2]. Les* généralités, *comme dit Balzac [3], ne prennent tout leur sens et leur utilité que lorsqu'elles servent à* « peindre le cadre d'[*une*] Scène, [*à*] donner une idée de l'esprit d'[*une*] société [4] » — *bref à éclairer une aventure singulière et concrète, un drame. S'il y a une sociologie dans* La Comédie humaine, *c'est une sociologie en action. Les formules de l'*Avant-Propos, *on l'a vu, semblent faire écho à celles des* Physiologies, *mais l'ambition clairement affirmée de Balzac est de mettre en scène* « le drame à trois ou quatre mille personnages que présente une société [5]», *tandis que les naturalistes se contentent de dresser un catalogue descriptif de la société animale. Pour reprendre les*

---

1. Page 344.
2. Voyez plus haut, pages XII et 33 à 37, les rapports de ce personnage avec une des variétés de la *Physiologie de l'employé*.
3. Page 54. Sur les modalités et la signification des échanges entre Physiologie et roman, voyez l'*Introduction*, pages XII à XIV, et XXIII.
4. *Ibid.*
5. Pléiade, tome I, page 5.

formules célèbres, la Monographie, *c'est la concurrence à l'État Civil, mais le roman, c'est la concurrence à Dieu le Père; il y a entre les deux tout ce qui sépare un inventaire d'une création. Si c'est la même Société dans les deux cas, avec parfois des détails identiques, l'esprit est foncièrement différent : dans la première, la Société est constituée, cristallisée, morte, et on en fait l'autopsie ; dans le second, la Société est en train de se faire, elle évolue, elle vit. La* Monographie *reste donc un divertissement, un jeu — avec le fond de sérieux qu'il y a dans tous les jeux. N'en doutons pas, en dépit de son goût indéniable pour la méthode des Sciences Naturelles, en dépit de son admiration pour Cuvier et surtout Geoffroy Saint-Hilaire, ce n'est pas Balzac-Philosophe ou Balzac-Savant qui fonde Balzac-Créateur, mais bien l'inverse. Si la* Monographie du rentier *est très supérieure aux productions analogues qui pullulent alors, c'est que sous la plaisanterie et l'artifice on y retrouve par moments la richesse humaine et l'expérience créatrice du romancier.*

ÉTABLISSEMENT DU TEXTE

En *l'absence du manuscrit et des épreuves, il convient de reproduire le texte paru dans la première édition des* Français peints par eux-mêmes, *et repris sans changement par Balzac pour les diverses publications ou réimpressions qui ont suivi (voyez plus haut, pages 302 et 303).*

Ce texte ne pose donc aucun problème. On ne sera que plus surpris de constater que notre édition, ici encore, diffère souvent de celle qui a précédé. Voici trois exemples : ... la police qui ne sait jamais rien que ce qu'on lui apprend *(page 324, lignes 27-28), et non :* ... la police qui ne sait jamais rien de ce qu'on lui apprend *(Éd. Conard, tome XL, page 214, ligne 8).*

... un bonheur admirablement inutile *(page 327, lignes 11-12) et non* ... un bonheur rarement inutile *(Éd. Conard, page 215, ligne 15).*

Ses fournisseurs[...] lui ajoutent quelques centimes pour lui procurer le plaisir de les rogner *(page 329, ligne 32), et non* ... lui ajoutent quelques centimes pour avoir le plaisir de les rogner *(Éd. Conard, page 216, ligne 33).*

MONOGRAPHIE DU RENTIER

RENTIER. — Anthropomorphe selon Linné [1], Mammifère selon Cuvier, Genre de l'Ordre des Parisiens, Famille des Actionnaires, Tribu des Ganaches, le *Civis inermis* des anciens, découvert par l'abbé Terray, observé par Silhouette, maintenu par Turgot et Necker [2], définitivement établi aux dépens des Producteurs de Saint-Simon par le Grand-Livre [3].

Voici les caractères de cette Tribu remarquable,

---

1. « *Nous tenons pour la classification du grand Linné contre celle de Cuvier ; le mot anthropomorphe est une expression de génie, et convient éminemment aux mille espèces créées par l'état social.* » (*Note de Balzac.*)

Balzac est partisan, contre Cuvier, de Geoffroy Saint-Hilaire et de sa théorie de l'*unité de composition*. « Il n'y a qu'un animal », écrit-il, qui « prend[...] » les différences de sa forme dans les milieux où il est appelé à se développer. Les Espèces Zoologiques résultent de ces différences... Je vis que, sous ce rapport, la Société ressemblait à la Nature. La Société ne fait-elle pas de l'homme, selon les milieux où son action se déploie, autant d'hommes différents qu'il y a de variétés en zoologie ? » *Avant-Propos* de *La Comédie humaine*. Pléiade, tome I, page 4.

2. Ces quatre personnages eurent tour à tour la direction des finances, mais pas dans l'ordre qu'indique Balzac. Silhouette, en 1759, lança avec succès un emprunt sur les bénéfices des fermes ; Terray, en 1771, fit opérer une réduction d'un quinzième sur les rentes perpétuelles et d'un dixième sur les rentes viagères. Quant à Turgot (1774-1776) et Necker (1776-1781, 1788-1789), ils ont certes tenté de faire des économies, mais ils ne semblent pas avoir particulièrement lésé les rentiers.

3. Les rentiers, inscrits sur le Grand-Livre de la Dette Publique créé sous le Consulat, ne font pas partie de la classe productive chère à Saint-Simon.

adoptés aujourd'hui par les micographes [1] les plus distingués de la France et de l'Étranger.

Le Rentier s'élève entre cinq et six pieds de hauteur. Ses mouvements sont généralement lents ; mais la Nature, attentive à la conservation des espèces frêles, l'a pourvu d'omnibus à l'aide desquels la plupart des Rentiers se transportent d'un point à un autre de l'atmosphère parisienne, au delà de laquelle ils ne vivent pas [2]. Transplanté hors de la Banlieue, le Rentier dépérit et meurt. Ses larges pieds sont recouverts de souliers à nœuds, ses jambes sont douées de pantalons à couleurs brunes ou roussâtres ; il porte des gilets à carreaux d'un prix médiocre ; à domicile, il est terminé par des casquettes ombelliformes ; au dehors, il est couvert de chapeaux à douze francs. Il est cravaté de mousseline blanche. Presque tous les individus sont armés de cannes et d'une tabatière d'où ils tirent une poudre noire avec laquelle ils farcissent incessamment leur nez, usage que le fisc français a très heureusement mis à profit. Comme tous les individus du Genre Homme (Mammifères), il est septivalve et paraît avoir un système d'organes complets : une colonne vertébrale, l'os hyoïde, le bec coracoïde et l'arcade zygomatique. Toutes les pièces sont articulées, graissées de synovie, maintenues par des nerfs ; le Rentier a certainement des veines et des artères, un cœur et des poumons. Il se nourrit de verdure maraîchère, de céréales passées au four, de charcuterie variée, de lait falsifié, de bêtes soumises à l'octroi municipal ; mais, nonobstant le haut prix de ces aliments particuliers à la ville de Paris, le sang a chez lui moins d'activité que chez les autres espèces. Aussi

---

1. Balzac a bien écrit *micographe* (voyez le manuscrit cité plus haut à la page 306) au lieu de *micrographe* qui eût été le néologisme correct.

2. Pour Balzac, le Rentier est un être essentiellement parisien ; il appartenait à Arnould Frémy d'étudier le Rentier de Province. (Voyez plus haut, page 303.)

présente-t-il des différences notables qui ont porté les observateurs français à en constituer un Genre. Sa face pâle et souvent bulbeuse [1] est sans caractère, ce qui est un caractère. Les yeux, peu actifs, offrent le regard éteint des poissons quand ils ne nagent plus, étendus sur le persil de l'étalage chez Chevet [2]. Les cheveux sont rares, la chair est filandreuse, les organes sont paresseux. Les Rentiers possèdent des propriétés narcotiques extrêmement précieuses pour le gouvernement qui, depuis vingt-cinq ans, s'est efforcé de propager cette espèce : il est, en effet, difficile aux individus de la Tribu des Artistes, genre indomptable qui leur fait la guerre, de ne pas s'endormir en écoutant un Rentier dont la lenteur communicative, l'air stupide et l'idiome dépourvu de toute signifiance sont hébétants. La science a dû chercher les causes de cette propriété.

Quoique, chez les Rentiers, la boîte osseuse de la tête soit pleine de cette substance blanchâtre, molle, spongieuse, qui donne aux véritables Hommes, parmi les Anthropomorphes, le titre glorieux de roi des animaux, ce qui semble justifié par la manière dont ils abusent de la Création, Vauquelin, D'Arcet, Thénard, Flourens, Dutrochet, Raspail [3], et autres individus de la Tribu des Chercheurs, n'y ont pas, malgré leurs essais, découvert les rudiments de la pensée. Chez tous les Rentiers distillés jusqu'aujourd'hui, cette substance n'a donné à leurs analyses que 0,001 d'esprit,

---

1. C'est-à-dire en forme de bulbe, d'oignon. Voyez à propos de Poiret, dans *Le Père Goriot* : « Quelle passion avait bistré sa face bulbeuse? » (Pléiade, tome II, page 856).

2. Chevet, le célèbre traiteur et marchand de comestibles du Palais-Royal, était le fournisseur de Balzac. Son nom revient souvent dans *La Comédie humaine*.

3. Tous ces personnages sont des chimistes, à l'exception de Flourens (mort en 1867) et de Dutrochet (mort en 1847), qui ont surtout été des physiologistes. Vauquelin (mort en 1829) est mis en scène et fréquemment cité dans *César Birotteau* : c'est lui que César et Popinot viennent consulter (Pléiade, tome V, pages 409 à 415).

0,001 de jugement, 0,001 de goût, 0,069 de bonnas-
serie, et le reste en envie de vivre d'une façon quelconque. Les phrénologues, en examinant avec soin l'enveloppe extérieure du mécanisme intellectuel, ont
confirmé les expériences des chimistes : elle est d'une
rondeur parfaite, et ne présente aucun accident bossu.

Un illustre auteur prépare un *Traité de Rienologie* [1]
où les particularités du Rentier seront très amplement
décrites, et nous ne voulons emprunter rien de plus
à ce bel ouvrage. La science attend ce travail avec
d'autant plus d'impatience, que le Rentier est une
conquête de la civilisation moderne. Les Romains,
les Grecs, les Égyptiens, les Perses ont ignoré totale-
ment ce grand Escompte national appelé Crédit ;
jamais ils n'ont voulu *croire* (d'où crédit) à la possibilité
de remplacer un domaine par un carré de papyrus quelconque. Cuvier n'a trouvé aucun vestige de ce Genre
dans les gypses qui nous ont conservé tant d'animaux
antédiluviens, à moins qu'on ne veuille accepter l'homme pétrifié découvert dans une carrière de grès, et
que les curieux ont été voir il y a quelques années,
comme un spécimen du Genre Rentier ; mais combien
de graves questions cette opinion ne soulèverait-elle
pas ? Il y aurait donc eu des Grands-Livres et des
agents de change avant le déluge ! Le Rentier ne remonte certainement pas plus haut que le règne de
Louis XIV.; sa formation date de la constitution
des rentes sur l'Hôtel-de-Ville. L'Écossais Law a
beaucoup contribué à l'accroissement de cette Tribu
dolente. Comme celle du ver à soie, l'existence du
Rentier dépend d'une feuille, et, comme l'œuf du papillon, il est vraisemblablement pondu sur papier. Malgré
les efforts des rudes logiciens auxquels sont dus les

---

1. Dans la *Monographie de la presse parisienne* (*La Grande Ville*,
Maresq, 1844, tome II, page 158), il est question du Rienologue, qui
est assimilé au Vulgarisateur. Il est clair que le sens est ici différent :
science des riens, des petits détails. Henri Monnier est vraisembla-
ment l'*illustre auteur* et savant auquel il est fait plusieurs fois allusion.

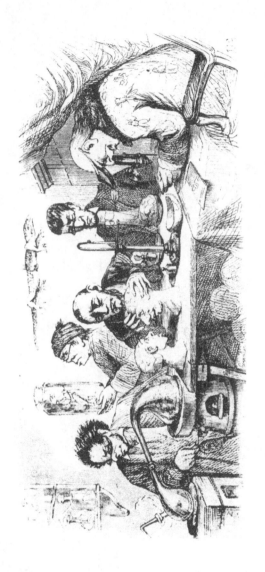

« *Chez tous les Rentiers distillés jusqu'aujourd'hui... Les phrénologues* [...] *ont confirmé les expériences des chimistes...* »
Gravure de Grandville pour la *Monographie du Rentier*
(V. page 303).

travaux célèbres du Comité du Salut Public, il est impossible de nier ce Genre après l'érection de la Bourse, après les emprunts, après les écrits d'Ouvrard, de Bricogne, Laffitte, Villèle[1] et autres individus de la Tribu des Loups-Cerviers et des Ministres spécialement occupés à tourmenter les Rentiers. Oui ! le faible et doux Rentier a des ennemis contre lesquels la Nature sociale ne l'a point armé. La Chambre des Députés leur consacre d'ailleurs, quoique à regret, un chapitre spécial au budget tous les ans.

Ces observations sans réplique font justice des tentatives, restées d'ailleurs sans succès, des Producteurs, des Économistes, ces Tribus créées par Saint-Simon et Fourier, qui ne tendaient à rien de moins qu'à retrancher ce Genre, considéré par eux comme parasite. Ces classificateurs ont été beaucoup trop loin. Ils n'ont pas tenu compte des travaux antérieurs du Rentier. Il est dans ce Genre plusieurs individus, notamment dans la Variété des PENSIONNÉS et des MILITAIRES, qui ont accompli des labeurs. Il est faux que, semblable à la poulpe trouvée dans la coque de l'argonaute, les Rentiers jouissent d'une coquille sociale qui ne leur appartienne pas. Aussi tous ceux qui veulent supprimer le Rentier — et plusieurs économistes persistent malheureusement encore dans cette thèse — commencent-ils par vouloir coordonner autrement la science, et font-ils table rase en renversant la Zoologie politique. Si ces insensés novateurs réussissaient, Paris s'apercevrait bientôt de l'absence des Rentiers.

Le Rentier, qui constitue une transition admirable entre la dangereuse Famille des Prolétaires et les

---

1. Balzac s'est inspiré du fameux Ouvrard (1770-1846), financier et fournisseur aux armées, dans son personnage de Du Bousquier (voyez plus haut, page 34). Bricogne, haut fonctionnaire du ministère des Finances, se rendit célèbre entre 1815 et 1820 par ses critiques de l'Administration; il venait de mourir en 1837. On connaît d'autre part le grand banquier Laffitte (1767-1844), et Villèle (1773-1854) qui fut premier ministre de 1821 à 1828.

Familles si curieuses des Industriels et des Propriétaires, est la pulpe sociale, le Gouverné par excellence. Il est médiocre, soit ! Oui, l'instinct des individus de cette classe les porte à jouir de tout sans rien dépenser ; mais ils ont donné leur énergie goutte à goutte, ils ont fait leur faction de garde national quelque part. D'ailleurs, leur utilité ne saurait être niée sans une formelle ingratitude envers la Providence : à Paris, le Rentier est comme du coton entre les autres Espèces plus remuantes qu'il empêche de se briser les unes contre les autres. Otez le Rentier, vous supprimez en quelque sorte l'ombre dans le tableau social ; la physionomie de Paris y perd ses traits caractéristiques. L'Observateur, cette variété de la Tribu des Gâte-Papier, ne verrait plus, défilant sur les boulevards, ces curiosités humaines qui marchent sans mouvement, qui regardent sans voir, qui se parlent à elles-mêmes en remuant leurs lèvres sans qu'il se produise de son, qui sont trois minutes à ouvrir et à fermer l'opercule de leur tabatière, et dont les profils bizarres justifient les délicieuses extravagances des Callot, des Monnier, des Hoffmann, des Gavarni, des Grandville [1]. La Seine, cette belle reine, n'aurait plus ses courtisans : le Rentier ne va-t-il pas la voir quand elle charrie, quand elle est prise en entier, quand elle arrive au-dessus de l'étiage inscrit au Pont-Royal, quand elle est à l'état de ruisseau, perdue dans les sables du bras de l'Hôtel-Dieu [2] ?

---

1. La fantaisie de Callot (1592-1635) se donne libre cours dans plusieurs de ses séries d'estampes, par exemple les *gobbi*. Sur Henri Monnier (1805-1877) et Balzac, voyez plus haut, page XVI sq. A Gavarni (1804-1866), l'un des plus célèbres dessinateurs du temps, Balzac avait consacré une chronique dès 1830 (*La Mode,* 2 octobre. Éd. Conard, tome XXXIX, pages 144 à 147). Auteur des *Contes Fantastiques,* et musicien, Hoffmann (1776-1822) avait également été caricaturiste. Quant à Grandville (1803-1847), c'est lui, on l'a vu, qui a illustré la *Monographie.*

2. C'est le bras le moins important, qui coule le long de la Rive Gauche. L'ancien Hôtel-Dieu s'étendait en effet sur tout le côté sud de l'actuel Parvis.

« ... ces curiosités humaines [...] qui se parlent à elles-mêmes [...] sans qu'il se produise de son, qui sont trois minutes à ouvrir et à fermer l'opercule de leur tabatière... »

Lithographie de Verdeil

En toute saison, le Rentier a des motifs pour aller contempler la Seine. Le Rentier s'arrête encore très bien devant les maisons que démolit la Tribu des Spéculateurs. Intrépidement planté comme sont ses pareils sur leurs jambes, le nez en l'air, il assiste à la chute d'une pierre qu'un maçon ébranle avec un levier en haut d'une muraille ; il ne quitte pas la place que la pierre ne tombe, il a fait un pacte secret avec lui-même et la pierre, et quand la chute est accomplie, il s'en va excessivement heureux, absolument comme un Académicien le serait de la chute d'un drame romantique, car on trouve chez le Rentier beaucoup de sentiments humains. Inoffensif, il ne pratique pas d'autres renversements. Le Rentier est admirable en ce sens qu'il remplit les fonctions du Chœur antique. Comparse de la grande comédie sociale, il pleure quand on pleure, il rit quand on rit, il chante en ritournelle les infortunes et les joies publiques. Il triomphe dans un coin du théâtre des triomphes d'Alger, de Constantine, de Lisbonne, d'Ulloa, comme il déplore la mort de Napoléon, les catastrophes de Fieschi, de Saint-Merri, de la rue Transnonain. Il regrette les hommes célèbres qui lui sont inconnus [1], il traduit en style de Rentier les pompeux éloges des journaux, il lit les journaux, les prospectus, les affiches, lesquelles seraient inutiles sans lui.

N'est-ce pas pour lui que sont inventés ces mots qui ne disent rien et répondent à tout : Progrès, Vapeur, Bitume, Garde nationale, Élément démocratique, Esprit d'association, Légalité, Intimidation, Mouvement et Résistance [2] ? Vous êtes enrhumé, le caoutchouc empêche les rhumes ! Vous éprouvez ces

---

1. Les quinze lignes qui précèdent ont été reprises dans *Les Petits Bourgeois*, pages 49 et 50 ; voyez les notes correspondantes. D'autre part je reproduis la page 64 de la *Physiologie* avec le croquis du Rentier qui surveille la chute de la pierre (planche IX).

2. A quelques mots près, cette phrase a été également recopiée dans *Les Petits Bourgeois*, pages 48 et 49.

effroyables lenteurs administratives qui enrayent l'activité française, vous êtes vexé superlativement, le Rentier vous regarde en hochant la tête, il sourit et dit :

— Ah ! la Légalité !

Le commerce ne va pas :

— Voilà les effets de l'Élément démocratique !

A tout propos, il se sert de ces mots consacrés et dont la consommation est si grande, que, depuis dix ans, il y en a de quoi défrayer cent historiens futurs, si l'avenir veut les expliquer. Le Rentier est sublime de précision dans sa manière d'employer et de quitter ce mot d'ordre, inventé par les individus de la Famille des Politiques pour occuper les Gouvernés. Sous ce rapport, il est une machine barométrique pour la connaissance du Temps parisien, comme les grenouilles vertes dans un bocal, comme les capucins qui se couvrent et se découvrent au gré de l'atmosphère. Quand le mot arrive — et en France il arrive toujours avec la chose ! à Paris, le mot et la chose, n'est-ce pas comme un cheval et son cavalier [1] ? — aussitôt le Rentier se mêle aux furieux tourbillons de la chose, il y applaudit dans son petit monde, il encourage ce galop parisien : il n'y a rien de beau comme le bitume ; le bitume peut servir à tout ; il en garnit les maisons, il en assainit les caves, il l'exalte comme pavage, il porterait des souliers de bitume ; ne pourrait-on pas faire des biftecks en bitume ? La ville de Paris doit être un lac d'asphalte. Tout à coup le bitume, plus fidèle que le sable, garde l'empreinte des pieds [2] ;

---

1. Cette comparaison est reprise dans *Les Petits Bourgeois,* page 52 à la note 2.

2. « On ne pourra jamais croire, dans les siècles futurs, combien ce liquide gluant, fumant et puant, nommé bitume, a obtenu de succès dans la société française pendant tout le cours de l'année 1838. Le bitume était devenu un caprice, une mode, une idée fixe, une puissance. » *Les Cent et Un Robert Macaire,* 61 (texte de Huart), Paris, Aubert, 1839.

« Quelques mois après, ce n'était plus cela... Le trottoir d'essai que l'on avait confectionné avec le bitume en question s'était parfai-

il est broyé sous les *roues innombrables qui sillonnent Paris dans tous les sens.*

— On reviendra du bitume ! dit le Rentier, qui destitue le bitume comme il a destitué Manuel et la Branche-Aînée, le moiré métallique et la garde nationale, la girafe et les commandites, etc. [1] Si le feu prenait dans Paris, les boulevards s'en iraient dans les ruisseaux ! Il jette feu et flamme contre le bitume. Un autre jour, il soupçonne le Progrès d'aller en arrière, et, après avoir soutenu l'Élément démocratique, il arrive à vouloir renforcer le Pouvoir, il va jusqu'à prendre Louis-Philippe en considération.

— Êtes-vous sûr, demande-t-il alors, que le *roâ* ne soit pas un grand homme ? La bourgeoisie, *Môsieur*, avouez-le, n'aurait su faire un mauvais choix.

Il a sa politique résumée en quelques mots. Il répond à tout par le colosse du Nord, ou par le machiavélisme anglais. Il ne se défie ni de la Prusse ambitieuse, ni de la perfide Autriche ; il s'acharne avec le *Constitutionnel* sur le machiavélisme anglais et sur la grosse boule de neige qui roule dans le Nord, et qui se fondrait au Midi. Pour le Rentier, comme pour le *Constitutionnel,* l'Angleterre est d'ailleurs une commère à deux fins, excessivement complaisante ; elle est tour à tour

---

tement conservé tant qu'on avait eu la précaution de l'entourer d'une corde et de trois invalides pour empêcher les piétons de marcher dessus ; mais un gamin ayant franchi la barrière, on vit que bitume bitumineux aimait beaucoup les souliers, et conservait tous ceux qui se posaient sur sa surface. » *Ibid.,* 63.

1. La renommée de Manuel a survécu en fait à la Branche-Aînée et à Charles X. Sur le moiré métallique, voyez plus haut, page 13 et note 1. Sur la girafe envoyée à Charles X par Méhémet-Ali en 1827, Balzac écrivait le 17 juin 1830 dans *La Silhouette :* « Pendant des mois entiers, elle occupa tous les esprits, fut visitée par tout Paris ; deux esclaves noirs la promenaient dans ses audiences publiques ; la littérature, le théâtre, la lithographie, la mode exploitèrent sa célébrité... Aujourd'hui, on la dédaigne, on l'oublie, elle n'est plus visitée que par le provincial arriéré, la bonne d'enfant désœuvrée et le jean-jean simple et naïf. » *Études de philosophie morale sur les habitants du Jardin des Plantes.* Éd. Conard, tome XXXIX, pages 57 et 58.

la machiavélique Albion et le pays-modèle : machiavélique Albion quand il s'agit des intérêts de la France
froissée et de Napoléon ; pays-modèle quand il est
utile de l'opposer aux ministres [1].

Les savants qui ont voulu rayer le Rentier de la
grande classification des êtres sérieux se sont fondés
sur son aversion pour le travail : on doit l'avouer, il
aime le repos. Il a contre tout ce qui ressemble à un
soin une si violente antipathie, que la profession
de receveur de rentes a été créée pour lui. Ses inscriptions de rentes sur le Grand-Livre ou ses contrats,
son titre de pension, sont déposés chez un de ces
hommes d'affaires qui, n'ayant pas eu de capitaux pour
acheter une étude d'avoué, d'huissier, de commissaire-
priseur, d'agréé, de notaire, se sont fait un cabinet
d'affaires. Au lieu d'aller chercher son argent au Trésor,
le Rentier le reçoit au sein de ses pénates. Le Trésor
public n'est pas un être vivant, il n'est pas causeur,
il paye et ne dit mot ; tandis que le commis du receveur
ou le receveur viennent causer quelques heures chez
le Rentier quatre fois par an. Quoique cette visite
coûte un pour cent de la rente, elle est indispensable
au Rentier, qui s'abandonne à son receveur ; il en tire
quelques lumières sur la marche des affaires, sur les
projets du gouvernement. Le Rentier aime son receveur par suite d'une sensiblerie particulière à cette
Tribu ; il s'intéresse à tout également : il s'attache à
ses meubles, à son quartier, à sa servante, à son portier, à sa mairie, à sa compagnie quand il est garde
national. Par-dessus tout, il adore la ville de Paris,
il aime le roi systématiquement, il nomme avec emphase Mademoiselle d'Orléans, MADAME. Le Rentier
réserve toute sa haine pour les républicains. S'il admet
dans son journal et dans sa conversation l'Élément

---

1. Ce paragraphe a été repris presque mot pour mot (à partir de
« Il répond à tout ») dans *Les Petits Bourgeois*, page 51, ligne 5 sq.

démocratique, il ne le confond pas avec l'Esprit républicain.

— Ah ! minute, dit-il ; l'un n'est pas l'autre !

Il s'enfonce alors dans des discussions qui le ramènent en 1793, à la Terreur ; il arrive alors à la réduction des rentes, cette Saint-Barthélemy financière. La République est connue pour nourrir de mauvais desseins contre les Rentiers, la République seule a le droit de faire banqueroute, « parce que, dit-il, il n'y a que *tout le monde* qui ait le droit de ne payer *personne* ». Il a retenu cette phrase et la garde pour le coup de massue dans les discussions politiques. En causant avec le Rentier, vous éprouvez aussitôt les propriétés narcotiques communes à presque tous les individus de ce Genre. Si vous le laissez appréhender un bouton de votre redingote, si vous regardez son œil lent et lourd [1], il vous engourdit ; si vous l'écoutez, il vous décroche les maxillaires, tant il vous répète de lieux communs. Vous apprenez d'étranges choses.

« La Révolution a positivement commencé en 1789, et les emprunts de Louis XIV l'avaient bien ébauchée. Louis XV, un égoïste, homme d'esprit néanmoins, roi dissolu (vous connaissez son Parc-aux-Cerfs), y a beaucoup contribué ! M. Necker, Genevois malintentionné, a donné le branle. Ce sont toujours les étrangers qui ont perdu la France. Il y a eu la queue au pain. Le maximum a causé beaucoup de tort à la Révolution. Buonaparte a pourtant fusillé les Parisiens, eh bien ! cette audace lui a réussi. Savez-vous pourquoi Napoléon est un grand homme ? Il prenait cinq prises de tabac par minute dans des poches doublées de cuir adaptées à son gilet ; il rognait les fournisseurs ; il avait Talma pour ami : Talma lui avait appris ses gestes, et néanmoins il s'était toujours refusé à décorer Talma d'aucun ordre. L'Empereur

---

1. « Monsieur Phellion avait une figure de bélier pensif. » *Les Employés* (Pléiade, tome VI, page 936).

a monté la garde d'un soldat endormi pour l'empêcher d'être fusillé, pendant ses premières campagnes d'Italie. Le Rentier sait qui a nourri le dernier cheval monté par Napoléon, et il a mené ses amis voir ce cheval intéressant, mais en secret, de 1813 à 1821 ; car, après l'événement du 5 mai 1821 [1], les Bourbons n'ont plus eu rien à craindre de l'Empereur. Enfin Louis XVIII, qui cependant avait des connaissances, a manqué de justice à son égard en l'appelant *Monsieur de Buonaparte* [2]. »

Néanmoins le Rentier possède des qualités précieuses : il est bénin, il n'a pas la lourde lâcheté, l'ambition haineuse du paysan qui émiette le territoire. Sa morale consiste à n'avoir de discussion avec personne ; en fait d'intérêt, il vit entre son propriétaire et le portier ; mais il est si bien casé, si accoutumé à sa cour, à son escalier, à la loge, à la maison ; le propriétaire et le portier savent si bien qu'il restera dans son modeste appartement jusqu'à ce qu'il en sorte, comme il le dit lui-même, *les pieds en avant*, que ces deux personnes ont pour lui la plus flatteuse considération. Il paie l'impôt avec une scrupuleuse exactitude. Enfin il est, en toute chose, pour le gouvernement. Si l'on se bat dans les rues, il a le courage de se prononcer devant le portier et les voisins ; il plaint le gouvernement, mais il excepte de sa mansuétude le préfet de police : il n'admet pas les manœuvres de la police ; la police, qui ne sait jamais rien que ce qu'on lui apprend, est à ses yeux un monstre difforme ; il voudrait la voir disparaître du budget. S'il se trouve pris dans l'émeute, il présente son parapluie, il passe, et trouve ces jeunes gens d'*aimables garçons égarés par la faute de la police*. Avant et pendant l'émeute, il est pour le gouverne-

---

1. La mort de Napoléon.
2. A l'exception de l'avant-dernière phrase et avec quelques légères modifications, ce paragraphe est repris dans *Les Petits Bourgeois*, pages 53 et 54.

ment ; dès que le procès politique commence, il est pour les accusés [1]. En peinture, il tient pour Vigneron, auteur du *Convoi du pauvre* [2]. Quant à la littérature, il en observe le mouvement en regardant les affiches ; néanmoins il souscrit aux *Chansons* de Béranger. Dans le moment actuel, il se pose sur sa canne et demande d'un petit air entendu à un DAMERET (Variété du Rentier) :

— Ah çà ! décidément, ce George Sand (il prononce *Sang*) dont on parle tant, est-ce un homme ou une femme ?

Le Rentier ne manque pas d'originalité. Vous vous tromperiez si vous le preniez pour une figure effacée. Paris est un foyer si vigoureusement allumé, Paris flambe avec une énergie si volcanique, que ses reflets y colorent tout, même les figures des arrière-plans [3]. Le Rentier met à son loyer le dixième de son revenu, d'après la règle d'un code inconnu qu'il applique à tout propos. Ainsi vous lui entendez prononcer les axiomes suivants : « Il faut manger les petits pois avec les riches, et les cerises avec les pauvres. Il ne faut jamais manger d'huîtres dans les mois sans R, etc. » Il ne dépasse donc jamais le chiffre de cent écus pour son loyer. Aussi le Genre Rentier fleurit-il au Marais, au faubourg Saint-Germain, dans les rues abandonnées par la vie sociale. Il abonde rue du Roi-Doré, rue Saint-François, rue Saint-Claude, aux environs de la place Royale, aux abords du Luxembourg [4], dans

---

1. Idée reprise dans *Les Petits Bourgeois,* page 51.

2. La gravure d'après ce tableau célèbre est reproduite avec un commentaire de Balzac (planche II du présent volume.)

3. « ... une espèce de salon de province, mais éclairé par les reflets du continuel incendie parisien... » *Les Petits Bourgeois,* page 52.

4. Ces trois rues, non loin de la place Royale (actuellement place des Vosges), existent toujours. Situées en plein quartier du Marais, elles prennent de part et d'autre de la rue de Turenne, qui se nommait alors rue Saint-Louis au Marais. Balzac lui-même habita rue du Roi-

quelques faubourgs ; il a peur des quartiers neufs.
Après trente ans de végétation, chaque individu
s'est achevé la coquille où il se retire, et s'est assimilé
pièce à pièce un mobilier auquel il tient : une pendule
en lyre ou à soleil dans un petit salon mis en couleur,
frotté, plein d'harmonies ménagères. Ce sont des
serins empaillés sous un globe de verre, des croix en
papier plié, force paillassons devant les fauteuils, et
une vieille table à jouer. La salle à manger est à baro-
mètre, à rideaux roux, à chaises antiques. Les serviettes,
quand le couvert est mis, sont passées dans des cou-
lants à chiffres fabriqués avec des perles de verre bleu
par les mains de quelque amitié patiente. La cuisine
est tenue avec une propreté remarquable. Peu soucieux
de la chambre de domestique, le Rentier se préoccupe
beaucoup de sa cave ; il a longtemps bataillé pour
obtenir cave au bois et cave au vin, et quand il est
questionné sur ce détail, il dit avec une certaine emphase :

— J'ai cave au bois et cave au vin ; il m'a fallu du
temps pour amener là mon propriétaire, mais il a fini
par céder.

Le Rentier fait sa provision de bois au mois de
juillet; il a les mêmes commissionnaires pour le scier;
il va le voir corder au chantier. Tout chez lui se mesure
avec une exactitude méthodique. Il attend avec bonheur
le retour des mêmes choses aux mêmes saisons : il
se propose de manger un maquereau, il y a discussion
sur le prix à y mettre, il se le fait apporter et plaisante
avec la marchande. Le melon est resté dans sa cuisine
comme une chose aristocratique, il s'en réserve le
choix, il le porte lui-même. Enfin il s'occupe réellement et sérieusement de sa table, le manger est sa
grande affaire ; il éprouve son lait pour le café du ma-

Doré de 1822 à 1825. Quant au quartier du Luxembourg, c'est celui
des *Petits Bourgeois*.

tin, qu'il prend dans un gobelet d'argent en façon de calice.

Le matin, le Rentier se lève à la même heure par toutes les saisons ; il se barbifie, s'habille et déjeune. Du déjeuner au dîner, il a ses occupations. Ne riez pas ! Là commence cette magnifique et poétique existence, inconnue aux gens qui se moquent de ces êtres sans malice. Le Rentier ressemble à un batteur d'or, il lamine des riens, il les étend, les change en événements immenses comme superficie ; il étale son action sur Paris, et dore ses moindres instants d'un bonheur admirablement inutile, vaste et sans profondeur. Le Rentier existe par les yeux, et son constant usage de cet organe en justifie l'hébétement. La curiosité du Rentier explique sa vie, il ne vivrait pas sans Paris, il y profite de tout. Vous imagineriez difficilement un poème plus beau ; mais ce poème de l'école de Delille est purement didactique. Le Rentier va toujours aux messes de mort et de mariage, il court aux procès célèbres, et, quand il n'a pu obtenir de place à l'audience, il a du moins vu par lui-même la foule qui s'y porte. Il court examiner par lui-même le dallage de la place Louis XV, il sait où en sont les statues et les fontaines [1] ; il admire les sculptures que les écrivains ont obtenues de la Spéculation dans les maisons des nouveaux quartiers. Enfin, il se rend chez les inventeurs qui mettent des annonces à la quatrième page des journaux, il se fait démontrer leurs perfectionnements et leurs progrès ; il leur adresse ses félicitations sur leurs produits, et s'en va content pour son pays, après leur avoir promis des consommateurs. Son admiration est infatigable. Il va, le lendemain des incendies, contempler l'édifice qui n'existe plus. Il est pour lui des jours bien solennels : ceux où il assiste à une séance de la

---

1. Les travaux d'embellissement de la place de la Concorde, en particulier l'érection des statues et l'aménagement des fontaines, eurent lieu de 1836 à 1840.

Chambre des Députés. Les tribunes sont vides, il se
croit arrivé trop tôt, le monde viendra ; mais il oublie
bientôt le public absent, captivé qu'il est par des ora-
teurs anonymes dont les discours de deux heures
tiennent deux lignes dans les journaux. Le soir, mêlé
à d'autres Rentiers, il exalte *Môsieu* Guérin (de l'Eure),
ou le commissaire du roi qui lui répliqua. Ces illustres
inconnus lui ont rappelé le général Foy, ce saint du
libéralisme, abandonné comme un vieil affût. Pendant
plusieurs années, il parlera de M. Guérin (de l'Eure),
et s'étonnera d'être tout seul à en parler. Quelquefois,
il demande :

— Que devient M. Guérin (de l'Eure) ?

— Le médecin ?

— Non, un orateur de la Chambre.

— Je ne le connais pas.

— Cependant, il aurait bien ma confiance, et je
m'étonne que le *roâ* ne l'ait pas encore pris pour
ministre.

Quand il y a un feu d'artifice, le Rentier fait à neuf
heures un déjeuner dînatoire, met ses plus mauvais
vêtements, serre son mouchoir dans la poche de côté
de sa redingote, se dépouille de ses objets d'or et
d'argent, et s'achemine à midi, sans canne, vers les
Tuileries. Vous pouvez alors l'observer, entre une
heure et deux, paisiblement assis, lui et sa femme, sur
deux chaises, au milieu de la terrasse, où il reste jusqu'à neuf heures du soir avec une patience de Rentier.
La ville de Paris ou la France ont dépensé, pour
vingt mille bourgeois de cette force, les cent mille
francs du feu d'artifice. Le feu a toujours coûté cent
mille francs.

Le Rentier a vu tous les feux d'artifice, il en conte
l'histoire à ses voisins, il atteste sa femme ; il dépeint
celui de 1815, au retour de l'Empereur.

— Ce feu, *Môsieur*, a coûté un million. Il y est mort
du monde; mais dans ce temps-là, *Môsieur*, on s'en
souciait comme de *cela!* dit-il en donnant un petit

coup sec sur le couvercle de sa tabatière. Il y avait des batteries de canon, tous les tambours de la garnison. Il y avait là (il montre le quai) un vaisseau de grandeur naturelle, et là (il montre les colonnades) un rocher. En un moment, on a vu tout en feu : c'était Napoléon, parfaitement ressemblant, abordant de l'île d'Élbe en France ! Mais cet homme-là savait dépenser son argent à propos. *Môsieur*, je l'ai vu, moi, au commencement de la Révolution ; pensez que je ne suis pas jeune, etc.

Pour lui se donnent les concerts monstres, les *Te Deum*. Quoiqu'il soit pour l'indifférence en matière de religion [1], il va toujours entendre la messe de Pâques à Notre-Dame. La girafe [2], les nouveautés du Muséum, l'Exposition des tableaux ou des produits de l'industrie [3], tout est fête, étonnement, matière à examen pour lui. Les cafés célèbres par leur luxe sont encore créés pour ses yeux toujours avides. Jamais il n'a eu de journée comparable à celle de l'ouverture du chemin de fer, il a parcouru quatre fois le chemin dans la journée. Il meurt quelquefois sans avoir pu voir ce qu'il souhaite le plus : une séance de l'Académie Française !

Généralement le Rentier va rarement au spectacle ; il y va pour son argent, et il attend un de ces grands succès qui attirent tout Paris ; il fait queue, il consacre à cette dépense les produits de ses économies. Le Rentier ne paie jamais les centimes de ses mémoires, il les met religieusement dans une sébile, et trouve ainsi, par trimestre, quelque quinze ou vingt francs qu'il s'est volés à lui-même. Ses fournisseurs connaissent sa manie, et lui ajoutent quelques centimes pour lui procurer le plaisir de les rogner. De là cet axiome :

---

1. Voyez plus haut, page 3 et note 3.
2. Voyez un peu plus haut, page 321, note 1.
3. La première de ces expositions du commerce et de l'industrie fut inaugurée par Louis-Philippe le 1er mai 1834. Pour l'abriter, un bâtiment avait été construit spécialement place de la Concorde.

« Il faut toujours rogner les mémoires. » Le marchand qui résiste à ce retranchement lui devient suspect.

Le soir, le Rentier a plusieurs sociétés : celle de son café, où il regarde jouer aux dominos ; mais son triomphe est au billard : il est extrêmement fort au billard sans avoir jamais touché une queue, il est fort comme *galerie*, il connaît les règles, il est d'une attention extatique. Vous pouvez voir dans les billards célèbres des Rentiers suivant les boules avec le mouvement de tête des chiens qui regardent les gestes de leurs maîtres ; ils se penchent pour savoir si le carambolage a eu lieu, ils sont pris en témoignage, et font autorité ; mais on les trouve parfois endormis sur les banquettes, narcotisés l'un par l'autre. Le Rentier est si violemment attiré au dehors, il obéit à un mouvement de va-et-vient si impérieux, qu'il fréquente peu les sociétés de sa femme, où l'on joue le boston, le piquet et l'impériale ; il l'y conduit et vient la chercher. Toutes les fois, depuis vingt ans, que son pas se fait entendre, la compagnie a dit :

— Voilà Monsieur Mitouflet [1] !

Par les jours de chaleur, il promène sa femme, qui lui cause alors la surprise de le régaler d'une bouteille de bière. Le jour où leur unique servante réclame une sortie, le couple dîne chez un restaurateur, et s'y livre aux surprises de l'omelette soufflée, aux joies des plats *qui ne se font bien que chez les restaurateurs*. Le Rentier et sa femme parlent avec déférence au garçon, ils vérifient leur compte d'après la carte, ils étudient l'addition, font provision de cure-dents, et se tiennent avec une dignité sérieuse : ils sont en public.

---

1. Balzac écrivait à Théophile Gautier (voyez Lovenjoul, *Autour de Balzac,* page 85) le 28 avril 1839 : « J'ai deux ouvrages dont l'un est en manuscrit et fini. C'est *Qui a terre a guerre*, et *Les Mitouflet ou l'élection en province.* » Ni l'un ni l'autre de ces deux ouvrages ne furent terminés. *Qui a terre a guerre* devint *Les Paysans* et l'autre donna sans doute naissance au *Député d'Arcis* [où le nom de Mitouflet a disparu] (Note de l'édition Conard).

La femme du Rentier est une de ces femmes vulgaires entre la femme du peuple et la bourgeoise à prétentions. Elle désarme le rire, elle n'offusque personne, chacun devine chez elle un parti pris ; elle a des boucles de ceinture en chrysocale conservées avec soin ; fière de son ventre de cuisinière, elle n'admet plus le corset ; elle a eu la beauté du diable, elle cultive le bonnet rond, mais elle met parfois un chapeau qui lui va comme à une marchande de chiffons. Comme disent ses amies, la chère Madame Mitouflet n'a jamais eu de goût. Pour ces sortes de femmes, Mulhouse, Rouen, Tarare, Lyon, Saint-Étienne, conservent ces modèles à dessins barbares et sauvages, à couleurs outrageusement mélangées, à semis de bouquets impossibles, à pois singulièrement accommodés, à filets mignons.

Quand le Rentier n'a pas un fils petit clerc, en voie d'être employé[1], huissier audiencier, greffier, commis marchand, il a des neveux dans l'armée ou dans les douanes ; mais fils, neveux ou gendres, il voit rarement sa famille. Chacun sait que la succession du Rentier se compose de sa rente. Aussi, dans cette Tribu, les sentiments sont-ils sans hypocrisie et réduits à ce qu'ils doivent être dans la société. Il n'est pas rare, dans cette classe, de voir le père et la mère faisant de leur côté, pour soutenir un fils, un neveu, les mêmes efforts que le neveu, le fils, font pour leurs parents. Les anniversaires sont fêtés avec toutes les coutumes patriarcales, on y chante au dessert. Les joies domestiques, empreintes de naïveté, sont causées par certains meubles longtemps désirés et obtenus au moyen de privations imposées. La grande religion des Rentiers est celle de ne rien avoir à autrui, de ne rien devoir. Pour eux, les débiteurs sont capables de tout, même d'un crime. Quelques Rentiers dépravés font des collections, entreprennent des bibliothèques ; d'autres

---

1. C'est-à-dire fonctionnaire.

aiment les gravures ; quelques-uns tournent des coque-
tiers en bois de couleurs bizarres ou pêchent à la ligne
sur les bateaux vers Bercy, sur des trains de bois où
les débardeurs les trouvent quelquefois endormis,
tenant leur canne abaissée. Nous ne parlerons pas des
mystères de leur vie privée, le soir, qui les montre-
raient sous un jour original, et souvent font dire avec
une sorte de bonhomie féminine par leur indulgente
moitié :

— Je ne suis pas la dupe des rendez-vous de Monsieur au café Turc [1].

Plus on tourne autour de cette figure, plus on y
découvre de qualités excellentes. Le Rentier se rend
justice, il est essentiellement doux, calme, paisible.
Si vous le regardez trop attentivement, il s'inquiète,
et se contemple lui-même pour chercher le motif
de cette inquisition. Vous ne le prendrez jamais en
faute : il est poli, il respecte tout ce qu'il ne comprend
pas, au lieu d'en plaisanter comme les individus du
Genre Hommes-Forts ; il salue les morts dans la rue,
il ne passe jamais devant une porte tendue de noir sans
asperger la bière, ni sans demander le nom de celui
auquel il rend les derniers devoirs ; s'il le peut, il
s'en fait raconter la vie, et s'en va *donnant une larme* à sa
mémoire. Il respecte les femmes ; mais il ne se commet
point avec elles, il n'a point le mot pour rire ; enfin,
peut-être son plus grand défaut est-il de ne pas avoir
de défauts. Trouvez une vie plus digne d'envie que
celle de ce citoyen ! Chaque jour lui amène son pain
et des intérêts nouveaux. Humble et simple comme
l'herbe des prairies, il est aussi nécessaire à l'état social
que le vert est indispensable au paysage. Ce qui le

---

1. Situé boulevard du Temple, près de l'actuelle place de la République, le café Turc, luxueusement décoré, avait eu son heure de vogue;
mais il était tombé, et Balzac écrira en 1844 : « Il est à la Mode ce que
les ruines de Thèbes sont à la Civilisation. » *Histoire et Physiologie
des boulevards de Paris,* parue dans *Le Diable à Paris,* éd. Conard,
tome XL, page 617.

rend particulièrement intéressant est sa profonde abnégation : il ne lutte avec personne, il admire les artistes, les ministres, l'aristocratie, la royauté, les militaires, l'énergie des républicains, le courage moral des savants, les gloires nationales et les araignées mélomanes inventées par le *Constitutionnel*, les palinodies du *Journal des Débats* et la force d'esprit des ministériels : il admet toutes les supériorités sans les discuter, il en est fier pour son pays. Il admire pour admirer. Voulez-vous apprendre le secret de cette curieuse existence ? Le Rentier est ignorant comme une carpe. Il a lu les chansons de Piron. Sa femme loue les romans de Paul de Kock, et met deux mois à lire quatre volumes in-douze ; elle a toujours oublié les événements du premier volume au dernier ; elle mitige sa lecture par l'éducation de ses serins, par la conversation avec son chat. Elle a un chat, et ce qui la caractérise est un amour immodéré pour les animaux. Quand le Rentier tombe malade, il devient l'objet du plus grand intérêt. Ses amis, sa femme et quelques dévotes le catéchisent, il se réconcilie généralement avec l'Église : il meurt dans des sentiments chrétiens, lui qui, jusqu'alors, a manifesté de la haine contre les prêtres ; opinion due à Sa Majesté libérale feu le *Constitutionnel I*er. Quand cet homme est à six pieds de terre, il est aussi avancé que les vingt-deux mille hommes célèbres de la *Biographie universelle*, dont cinq cents noms environ sont populaires[1]. Comme il était léger sur la terre, il est probable que la terre lui est légère. La science ne connaît aucune épizootie qui atteigne le Rentier, et la mort procède avec lui comme le fermier avec la luzerne : elle les fauche régulièrement.

---

1. Il s'agit de la *Biographie universelle ou histoire par ordre alphabétique de la vie publique et privée de tous les hommes qui se sont fait remarquer par leurs écrits, leurs actions, leurs talents, leurs vertus et leurs crimes,* éditée par L.-G. Michaud, 52 volumes parus de 1811 à 1828.

Nous n'avons pas obtenu sans peine du patient micographe [1] qui prépare son magnifique *Traité de Rienologie* la description des Variétés du Rentier ; mais il a compris combien elles étaient nécessaires à cette monographie, et nous avons livré leurs figures au crayon d'un dessinateur déjà nommé [2].

L'auteur de la *Rienologie* admet les douze Variétés suivantes :

I. LE CÉLIBATAIRE. Cette belle Variété, qui se recommande par le contraste des couleurs de son vêtement, toujours omnicolore, se hasarde au centre de Paris. C'est au-dessous de ses gilets que vous pourrez voir encore les breloques de montre à la mode sous l'Empire : des graines d'Amérique montées en or, des paysages en mosaïque pour clef, des dés en lapis-lazuli. Ce Rentier se met volontiers au Palais-Royal en espalier et a le vice de saluer la loueuse de chaises. Le Célibataire se lance aux cours publics en hiver. Il dîne dans les restaurants infimes, loge au quatrième étage dans une maison à allée où il y a un portier à l'entresol. Il se donne la femme de ménage. Certains individus portent de petites boucles d'oreilles ; quelques-uns affectent un œil de poudre [3], et sont alors vêtus d'un habit bleu barbeau. Généralement bruns, ils ont de fantastiques bouquets de poils aux oreilles et aux mains, et des voix de basse-taille qui font leur orgueil. Quand ils n'ont pas l'œil de poudre, ils se teignent les cheveux en noir. Le Prudhomme, trouvé par un de nos plus savants naturalistes, par Henri Monnier, qui le montre avec une complaisance infinie, magnifiquement conservé dans l'esprit, encadré de dessins admirables, le Prudhomme appartient à cette Variété. Ces Rentiers parlent un idiome étrange. Quand on leur demande : « Comment vous portez-vous ? »

---

1. Voyez plus haut, page 314, note 1.
2. Grandville, nommé page 318 (note 1).
3. Ils ont les cheveux légèrement poudrés.

ils répondent : « A vous *ram' mes devoares!* » Si vous leur faites observer que le verbe *ramer ses devoirs* n'a pas le sens de *rendre ses devoirs*, ils vous répliquent d'un air presque narquois : « Voici trente ans que je dis, *Ram' mes devoares*, et à bien du monde, personne ne m'a repris ; et d'ailleurs ce n'est pas à mon âge qu'on change ses habitudes. » Ce Rentier n'est susceptible d'aucun attachement, il n'a pas de religion, il ne se passionne pour aucun parti, passe une partie de ses jours dans les cabinets de lecture, se réfugie le soir au café s'il pleut, et y regarde entrer et sortir les habitués. Nous ne pouvons les suivre dans leurs lentes promenades nocturnes quand il fait beau temps. Les *fructus belli* en emportent chaque hiver une certaine quantité. Ne confondez pas ce genre avec le DAMERET : le Célibataire veut rester garçon, le Dameret veut se marier.

II. LE CHAPOLARDÉ [1]. Cette variété a fourni le Gogo. Ce Rentier est irascible, mais il s'apaise facilement. Ses traits maigres offrent des tons jaunes et verdâtres. Il est le seul qui s'adonne à des idées ambitieuses, mais incomplètes, lesquelles troublent sa mansuétude et l'aigrissent. Ce Rentier se prive de tout : il est sobre, ses vêtements sont râpés ; il grimpe encore plus haut que le précédent, affronte les rigueurs de la mansarde, se nourrit de petits pains et de lait le matin, dîne à douze sous chez Miseray ou à vingt sous chez Flicoteaux [2]; il userait cinq sous de souliers pour aller dans un endroit où il croirait pouvoir

---

1. M. Chapolard est le type du bourgeois, comme M. Gogo est celui de la dupe. Ce nom est une création plaisante qui fait penser à celles de Daumier par exemple dans ses légendes : M. Chamouillard, M. Chaboulard, Mme Chapotard, etc. (*Catalogue* de Delteil, tomes V, n⁰ˢ 1447 et 1465, et VII, n° 2314.)

2. Un chapitre d'*Un Grand Homme de province à Paris* est intitulé *Flicoteaux* (*Illusions Perdues,* éd. Antoine Adam, Classiques Garnier, pages 206 à 214). Ce restaurant, véritable institution du quartier Latin, y est longuement décrit. Il se trouvait place de la Sorbonne, dans le prolongement de l'actuelle rue Champollion.

économiser trois sous. Le malheureux porte des redingotes décolorées où brille le fil aux coutures, ses gilets
sont luisants. Le pelage de sa tête tient de celui du
chinchilla, mais il porte ses cheveux plats. Le corps est
sec, il a l'œil d'une pie, les joues rentrées, le ventre
aussi. Cet imbécile calculateur, qui met sou sur sou
pour se faire un capital afin d'augmenter son prétendu
bien-être, ne prêterait pas à un homme d'honneur
les mille francs qu'il tient prêts pour la plus voleuse
des entreprises. Il s'attrape à tout ce qui présente un
caractère d'utilité, se laisse prendre assez facilement
par le Spéculateur, son ennemi. Les chasseurs d'actionnaires le reconnaissent à sa tête d'oiseau emmanchée
sur un corps dégingandé. De tous les Rentiers, c'est
celui qui se parle le plus à lui-même en se promenant.

   III. Le Marié. Ce Rentier divise sagement sa rente
par allocations mensuelles ; il s'efforce d'économiser
sur cette somme, et sa femelle le seconde. Chez lui,
le mariage se trahit par la blancheur du linge, par des
gilets couleur nankin, par des jabots plissés, par des
gants de soie qu'il fait durer une année. Peu causeur,
il écoute, et il a trouvé moyen de remplacer une première interrogation en offrant une prise de tabac.
Remarquable par son excessive douceur, le Marié
s'applique à quelques ouvrages domestiques : il fait
les commissions de ménage, promène le chien de sa
femme, rapporte des friandises, se range cinq minutes
avant le passage d'une voiture, et dit : *Mon ami* à un
ouvrier. Cet anthropomorphe s'indigne et amasse du
monde quand un charretier brutalise ses chevaux,
demande pourquoi tant charger une voiture, et parle
d'une loi à faire sur les animaux, comme il en existe
une en Angleterre, berceau du gouvernement constitutionnel. Si le charretier se met à l'état de rébellion
envers les spectateurs, en sa qualité de père de famille,
le Marié s'évade. Il offre la plupart des caractères du
Rentier proprement dit. Son défaut consiste à souscrire
aux ouvrages par livraisons en cachette de sa femme.

Quelques-uns vont à l'Athénée [1] ; d'autres s'affilient à ces obscures sociétés chantantes, les filles naturelles du Caveau, et nommées Goguettes [2].

IV. LE TACITURNE. Vous voyez passer un homme sombre et qui paraît rêveur, une main passée dans son gilet ; l'autre tient une canne à pomme d'ivoire blanc. Cet homme est comme une contre-façon du Temps, il marche tous les jours du même pas, et sa figure semble avoir été cuite au four. Il accomplit ses révolutions avec l'inflexible régularité du soleil. Comme depuis cinquante ans la France se trouve toujours dans des circonstances graves, la police, inquiète et sans cesse occupée à se rendre compte de quelque chose, finit par suivre ce Rentier : elle le voit rentrer rue de Berry, au quatrième, s'essuyer mystérieusement les pieds sur un paillasson fantastique, tirer sa clef, s'introduire dans un appartement avec précaution. Que fait-il ? on ne sait. Dès lors, on l'observe. Les agents rêvent fabrication de poudre, faux billets, lavage de papier timbré. En le suivant le soir, la police acquiert la certitude que le Taciturne paye fort cher ce qui se donne aux étudiants. La police l'épie, il est cerné, il sort, entre chez un confiseur, chez un apothicaire ; il leur livre dans l'arrière-boutique des paquets qu'il a dérobés à l'attention publique. La police multiplie alors ses précautions. L'agent le plus rusé se présente, lui parle d'une succession ouverte à Madagascar, pénètre dans la chambre incriminée, y reconnaît les symptômes de la plus excessive misère, et acquiert

---

1. L'Athénée, rue de Valois, était l'ancien Lycée de La Harpe. C'était une sorte de Société Savante. On y faisait des cours ; il y avait en outre une bibliothèque et un cabinet de lecture.

2. A la suite du Caveau du XVIIIe siècle, de nombreuses sociétés chantantes prospéraient dans Paris ; ce sont elles qui firent la gloire de *notre immortel Béranger.* L'une des plus célèbres s'appelait la *Mère Goguette.* Voyez la monographie du *Goguettier* par L.-A. Berthaud dans *Les Français peints par eux-mêmes,* et *Les Sociétés chantantes* par L. Couilhac dans *La Grande Ville* (tome II).

la certitude que cet homme, pour subvenir à ses
passions, emploie son temps à rouler des bâtons
de chocolat, à y coller des étiquettes : il rougit de son
travail au lieu de rougir de la destination qu'il lui
donne. Toute la vie de ce Rentier est concentrée sur
une passion qui l'envoie finir ses jours, idiot, à Bicêtre
ou aux Incurables.

V. Le Militaire. Cette originale Variété se recommande aux amateurs de types par le port de la canne,
dont le cordon est en cuir tressé, et qu'il suspend
à un bouton de sa redingote ; par l'usage des bottes,
par l'effacement des épaules, et par la manière de présenter les cavités thoraciques ; enfin, par une parole
infiniment plus hardie que chez les autres Variétés.
Ce Rentier, qui tourne sur lui-même avec tant de facilité que vous le croiriez monté sur un pivot, offre des
péripéties trimestrielles assez curieuses. Au commencement de chaque saison, il est splendide et magnifique ; il fume des cigares, régale ses amis d'estaminet,
va manger des matelotes à la Râpée, ou des fritures
de goujons : il a signé son certificat de vie chez l'obscur
et riche usurier qui lui a escompté les probabilités de
son existence. Tant que dure cette phase, il consomme
une certaine quantité de petits verres, sa figure rou-
geaude rayonne ; puis bientôt il revient à l'état inquiet
de l'homme talonné par les dettes, et au tabac de capo-
ral. Ce Rentier, le météore du genre, n'a point de domicile fixe. Il se dit volé par l'infâme qui *fait* la pension
militaire : quand il en a tiré quelque notable somme,
il lui joue le tour d'aller vivre à quelque barrière an-
tarctique, où il se condamne à la mort civile, en écono-
misant ainsi quelques trimestres de sa pension. Là,
le glorieux débris de nos armées vend, dit-on, quelquefois au restaurateur qui l'a nourri le certificat de vie
dû au scélérat. Cette variété danse aux barrières, parle
d'Austerlitz en se couchant au bivouac, le long des
murs extérieurs de Paris, ivre d'un trimestre. Vous
voyez quelques individus à trogne rouge, à chapeau

bossué, linge roux, col de velours graisseux, redingote couleur crottin de cheval, orné[e] d'un ruban rouge, allant comme des ombres dans les Champs-Élysées, sans pouvoir mendier, l'œil trouble, sans gants en hiver, une redingote d'alpaga en été ; des Chodrucs inédits [1], ayant mille francs de rente et dînant à neuf sous à la barrière, après avoir jadis encloué une batterie [2] et sauvé l'Empereur. La blague militaire donne à leurs discours une teinte spirituelle. Ce Rentier aime les enfants et les soldats. Par un hiver rigoureux, le commissaire de police, averti par les voisins, trouve le débris de nos armées sur la paille dans une mansarde inclémente ; il le fait placer par l'administration des hospices aux Incurables, au moyen d'une délégation en forme de ses pensions de la Légion d'honneur et militaire. Quelques autres sont sages, rangés, et vivent avec une femme dont les antécédents, la position sociale, sont suspects, mais qui tient un bureau de tabac, un cabinet de lecture, qui fabrique du fouet. Si leur existence est encore extrêmement excentrique, leur compagne les préserve de l'hôpital. Cette Variété, d'ailleurs, est la plus extraordinaire : elle est panachée comme costume à un tel point qu'il est difficile de déterminer son caractère vestimental. Les individus de cette Variété ont cependant une particularité qui leur est commune : c'est leur profonde horreur pour la cravate ; ils portent un col ; ce col est crasseux, rongé, gras, mais c'est un col, et non une cravate de bourgeois ; puis ils marchent militairement.

VI. Le Collectionneur. Ce Rentier à passion ostensible est mû par un intérêt dans ses courses à travers Paris ; il se recommande par des idées bizarres. Son

---

1. Estimant que son dévouement à la cause royale n'avait pas été assez récompensé par Louis XVIII, Chodruc-Duclos se promenait en guenilles au Palais-Royal. Sur ce personnage pittoresque, voyez Tony Delarue, *Vie anecdotique de Chodruc-Duclos,* Paris, 1828.

2. Enclouer une batterie, c'est la rendre inutilisable, étymologiquement en enfonçant un clou dans la culasse des canons qui la composent.

peu de fortune lui interdit les collections d'objets
chers ; mais il trouve à satisfaire sur des riens le
goût de la collection, passion réelle, définie, reconnue
chez les anthropomorphes qui habitent les grandes
villes. J'ai connu personnellement un Individu de
cette Variété qui possède une collection de toutes les
affiches affichées ou qui ont dû l'être. Si, au décès de
ce rentier, la Bibliothèque Royale n'achetait pas sa
collection, Paris y perdrait ce magnifique herbier des
productions originales venues sur ses murailles. Un
autre a tous les prospectus, bibliothèque éminemment
curieuse. Celui-ci collectionne uniquement les gravures
qui représentent les acteurs et leurs costumes. Celui-là
se fait une bibliothèque spécialement composée de
livres pris dans les volumes à six sous et au-dessous.
Ces Rentiers sont remarquables par un vêtement peu
soigné, par les cheveux épars, une figure détruite ;
ils se traînent plus qu'ils ne marchent le long des
quais et des boulevards. Ils portent la livrée de tous
les hommes voués au culte d'une idée, et démontrent
ainsi la dépravation à laquelle arrive un Rentier qui se
laisse atteindre par une pensée. Ils n'appartiennent
ni à la Tribu remuante des Artistes, ni à celle des
Savants, ni à celle des Écrivains, mais ils tiennent de
tous. Ils sont *toqués*, disent leurs voisins. Ils ne sont pas
compris, mais, toujours poussés par leur manie, ils
vivent mal, se font plaindre par leurs femmes de
ménage, et souvent, sont entraînés à lire, à vouloir
aller chez les hommes de talent ; mais les Artistes, peu
indulgents, les bafouent.

VII. LE PHILANTHROPE. On n'en connaît encore
qu'un individu [1], le Muséum l'empaillera sans doute.
Les Rentiers ne sont ni assez riches pour faire le bien,
ni assez spirituels pour faire le mal, ni assez industriels
pour faire fortune en ayant l'air de secourir les forçats

---

1. Balzac songe vraisemblablement à Edme Champion. Voyez
Les Petits Bourgeois, page 79, note 2.

ou les pauvres ; il nous semble donc impossible de
créer une Variété pour la gloire d'un fait anormal qui
dépend de la tératologie, cette belle science due à
Geoffroy Saint-Hilaire. Je suis à cet égard en dissentiment avec l'illustre auteur de la *Rienologie :* mon
impartialité me fait un devoir de mentionner cette
tentative, qui, d'ailleurs, l'honore ; mais les savants
doivent aujourd'hui se défier des classifications : la
nomenclature est un piège tendu par la synthèse à
l'analyse, sa constante rivale. N'est-ce pas surtout dans
les riens que la science doit longtemps hésiter avant
d'admettre des différences ? Nous ne voulons pas
renouveler ici les abus qui se sont glissés dans la bota-
nique à propos des roses et des dahlias.

VIII. Le Pensionné. Henri Monnier veut distinguer
cette Variété de celle des Militaires, mais elle appartient au type de l'Employé.

IX. Le Campagnard. Ce Rentier sauvage perche
sur les hauteurs de Belleville, habite Montmartre,
La Villette, La Chapelle, sous les récentes Batignolles.
Il aime les rez-de-chaussée à jardin de cent vingt pieds
carrés, et y cultive des plantes malades, achetées au
quai aux Fleurs. Sa situation *extra muros* lui permet
d'avoir un jardinier pour inhumer ses végétations. Son
teint est plus vif que celui des autres Variétés, il prétend
respirer un air pur, il a le pas délibéré, parle agriculture,
et lit *le Bon Jardinier.* Tollard est son homme [1]. Il
voudrait avoir une serre, afin d'exposer une fleur au
Louvre. On le surprend dans les bois de Romainville
ou de Vincennes, où il se flatte d'herboriser ; mais il y
cherche sa pâture, il prétend se connaître en champignons. Sa femelle, aussi prudente que craintive,
a soin de jeter ces dangereux cryptogames et d'y
substituer des champignons de couche, innocente

---

1. « Tollard et Vve Dortho, grénetiers-botaniques (sic), fleuristes
et pépiniéristes du Roi, quai de la Mégisserie, 56. » *Almanach des
25.000 adresses,* 1837, page 580.

tromperie avec laquelle elle entretient ce Rentier dans
ses recherches forestières. Pour un rien, il deviendrait
Collectionneur. C'est le plus heureux des Rentiers.
Il a, sous une vaste cloche en osier, des poules qui
meurent d'une maladie inconnue à ceux desquels
il les achète. Le Campagnard dit : *Nous autres campa-*
gnards, et se croit à la campagne, entre un nourrisseur [1]
et un établissement de fiacres. La vie à la campagne est
bien moins chère qu'à Paris, affirme-t-il en offrant du
vin d'Auxerre orgueilleusement soustrait à l'octroi.
Fidèle habitué des théâtres de Belleville ou de Montmartre, il est dans l'enchantement, jusqu'au jour où,
perdant sa femme par suite de rhumatismes aigus, il
craint le salpêtre pour lui-même et rentre, la larme à
l'œil, dans Paris, qu'il n'aurait jamais dû quitter,
si, dit-il, *il avait voulu conserver sa chère défunte!*

X. L'Escompteur. Cette Variété pâle, blême, à
garde-vue vert adapté sur des yeux terribles par un
cercle de fil d'archal, s'attache aux petites rues sombres,
aux méchants appartements. Retranchée derrière des
cartons, à un bureau propret, elle sait dire des phrases
mielleuses qui enveloppent des résolutions implacables. Ces Rentiers sont les plus courageux d'entre
tous : il demandent cinquante pour cent sur des effets
à six mois, quand il vous voient sans canne et sans
crédit. Ils sont francs-maçons, et se font peindre avec
leur costume de dignitaires du Grand-Orient. Les uns
ont des redingotes vertes étriquées qui leur donnent,
non moins que leur figure, une ressemblance avec
les cigales, dont l'organe clairet semble être dans leur
larynx ; les autres ont la mine fade des veaux, procèdent
avec lenteur et sont doucereux comme une purgation.
Ils perdent dans une seule affaire les bénéfices de dix

---

1. Établi dans les faubourgs de Paris, le plus souvent misérablement,
le nourrisseur élève des vaches dont il vend le lait dans la Capitale.
Voyez la description de Balzac dans *Le Colonel Chabert*, Pléiade,
tome II, pages 1111 à 1113.

escomptes usuraires, et finissent par acquérir une défiance qui les rend affreux. Cette Variété ne rit jamais et ne se montre point sans parapluie ; elle porte des doubles souliers.

XI. Le Dameret. Cette Variété devient rare. Elle se reconnaît à ses gilets, qu'elle porte doubles ou triples et de couleurs éclatantes, à un air propret, à une badine au lieu de canne, à une allure de papillon, à une taille de guêpe, à des bottes, à une épingle montée d'un énorme médaillon à cheveux ouvragés par le Benvenuto Cellini des perruques, et qui perpétue de blonds souvenirs. Son menton plonge dans une cravate prétentieuse. Ce Rentier, qui a du coton dans les oreilles et aux mains de vieux gants nettoyés, prend des poses anacréontiques, se gratte la tête par un mouvement délicat, fréquente les lieux publics, veut se marier avantageusement, fait le tour des nefs à Saint-Roch pendant la messe des belles, passe la soirée aux concerts de Valentino[1], suit la mode de très loin, dit : *Belle dame*[2], flûte sa voix et danse. Après dix années passées au service de Cythère, il se compromet avec une intrigante de trente-six ans, qui a deux frères chatouilleux, et finit par devenir l'heureux époux d'une femme charmante, très distinguée, ancienne modiste, baronne et gagnée par l'embonpoint ; puis il retombe dans le Rentier proprement dit.

XII. Le Rentier de faubourg. Cette Variété consiste en restes d'ouvriers, ou de chefs d'atelier économes, qui se sont élevés de la veste ronde et du pantalon de velours à la redingote marron et au pantalon bleu, qui n'entrent plus chez les marchands de vin, et qui, dans leurs promenades, ne dépassent pas la porte

---

1. Chef d'orchestre à l'Opéra, Valentino avait ouvert une salle de concert et de bal rue Saint-Honoré. « Salle babylonienne » « Pandémonium », lit-on dans *La Fausse Maîtresse*, Pléiade, tome II, page 49.
2. C'est ce que dit le Thuillier des *Petits Bourgeois* (page 122). Comparez également avec la description de Thuillier, pages 21 et 22.

Saint-Denis. Ce Rentier est tranquille, ne fait rien, est purement et simplement vivant ; il joue aux boules, ou va voir jouer aux boules [1].

Pauvre argile d'où ne sort jamais le crime, dont les vertus sont inédites et parfois sublimes ! carrière où Sterne a taillé la belle figure de mon oncle Tobie [2], et d'où j'ai tiré les Birotteau [3], je te quitte à regret. Cher Rentier, apprête-toi, dès que tu liras cette monographie, si tu la lis, à soutenir le choc du remboursement de ton cinq pour cent consolidé, ce dernier TIERS de la fortune des Rentiers réduite de moitié par l'abbé Terray [4], et que réduiront encore les Chambres avec d'autant plus de facilité que, quand une trahison légale est commise par mille personnes, elle ne charge la conscience d'aucune. En vain tu as lu pendant trente ans sur les affiches tour à tour républicaines, impériales et royales du Trésor : RENTES PERPÉTUELLES ! Malgré ce jeu de mots, pauvre agneau social, tu seras tondu en 1848, comme en 1790, comme en 1750. Sais-tu pourquoi ? tu n'auras peut-être que moi pour défenseur. En France, qui protège le faible récolte une moisson d'injures lapidaires. On y aime trop la plaisanterie, le seul feu d'artifice que tu ne vois pas, pour que tu puisses y être plaint. Lorsque tu seras amputé du quart de ta rente, ton Paris bien-aimé te rira au nez, il lâchera sur toi les crayons de la caricature, il te chantera des complaintes pour *De profundis* ; enfin, il te clouera entre quatre planches lithographiques ornées de calembours.

---

1. Regarder jouer aux boules est pour Balzac le signe d'un crétinisme tranquille. On le voit dans le cas du père d'Annette, au début d'*Argow le Pirate,* et dans celui de Ferragus, à la fin du roman du même nom.

2. On connaît l'admiration de Balzac pour Sterne, et en particulier son *Tristram Shandy.*

3. César, et son frère l'abbé Birotteau, le héros du *Curé de Tours.*

4. Ce n'est pas tout à fait exact : voyez plus haut, page 313, note 3.

TABLE DES MATIÈRES

Introduction I
Sommaire biographique LI
Avertissement LXIII

LES PETITS BOURGEOIS

Les Petits Bourgeois 3

Extraits de la « *Suite* » composée par Rabou 243

Établissement du texte 281
Variantes 285
Bibliographie sommaire 291
Les Personnages des Petits Bourgeois *dans l'œuvre de Balzac* 293

MONOGRAPHIE DU RENTIER

Introduction 301
Établissement du texte 311
Monographie du Rentier 313

Achevé d'imprimer par Corlet Numéric,
Z.A. Charles Tellier, Condé-en-Normandie (Calvados),
en août 2019
N° d'impression : 159633 - dépôt légal : août 2019
Imprimé en France